跨度传记文库

KUADU ZHUANJI WENKU

跨度
传记文库

三国猛将赵云传 ②

曹伟◎著

中国文史出版社

代　序

赵子龙名满天下，义垂古今。鼓角争鸣处，很多读者对赵云是隔着时空的知心朋友。

对于一个作者，在一个地方银行普普通通的柜台坚守岗位，工作节奏本身就容易让人忙得虚脱，但是他业余笔耕不辍，在喧嚣的尘世中保持一份宁静，保持一种谦卑而又傲然的写作姿态，是何其动人的景象。

我管曹伟叫兄弟，缘于贵州团省委特邀的驻村干部报告文学写作组的采风活动，我们经常在一起交流，相见恨晚。他的认真劲、他的笔法和他的为人，无不透露着剑胆琴心之气。我想如果曹伟生活在古代，那今天或者有人正好提着笔会写他。于是我就怀着好奇，读了他关于赵云的第一部作品《三国猛将赵云传》以及即将付梓的第二部。

要读懂书中的赵云，确实应该了解一下曹伟。赵云会使的崖角枪，曹伟不会；当然曹伟会敲击的电脑键盘，赵云也是闻所未闻。很显然他们的心灵是相通的。曹伟是平凡得不能再平凡的身边人，他不喝酒、不打麻将，你说要是交了这样一个朋友，是不是会觉得缺少意趣？但是他举杯与古人对话，他提笔驰骋疆场，是何等的高雅志趣。

部队生涯，使曹伟对古战场有着特殊情结。他研究战争，揉碎史书中人物的故事与悲欢，加上他自己调制的作料，开启了智慧的作坊，让人感叹他匠心独具的思想空间，流连于他精心烹制的“特色小吃”。

有一段时间正巧碰到曹伟生病住院，他对前来探望的我们说：“别担心，过几天就生龙活虎了！”明明佝偻着腰，还亮出大将风范，让人忍俊不禁。但是你看他病房的床头，分明就是每天坚持要写上两三千字的手稿。于是我知道这小子骨子里不只是倔强，而是一种别样的刚强！

我问了小伟几个问题：“一、你心目中的赵云与其他历史英雄有什么不同？二、本部作品与你所著前一部有哪些不一样之处？三、作品里的赵云与人们熟悉的《三国演义》《三国志》甚至最近热播的电视连续剧《武神赵子龙》有哪些区别？四、创作中总体参阅了哪些资料？五、你心目中的赵云都有哪些优秀的品质？”我想这些问题可能读者也会关注。

他的回答很干脆：“一、《三国》中唯一爱民的将领。二、和前部是无缝连接。三、单独抽出赵云这个武将来写，尽力去体现这个人物的忠、义及一身正气……”

我说小伟能不能举例说明一下。他展开了话题：赵云是历史上少有的爱民将领，在刘备取得益州时，他不怕得罪其他“同僚”，毅然劝阻刘备将成都土地分封众臣。剧情是紧接第一部，是对长坂坡后的故事延续，基本没有太大的变化。虽然达不到《三国演义》的艺术水平，但是用自己的想法，去展现他作为一个普通人的心理变化、成长等等，力图接地气。创作中参考了《三国志》《云别传》等，这个人物的记录本来就不多，所以拓展开来，还要达到武侠类小说的风格，还是挺辛苦。

曹伟坦言，第二部创作了两年多时间，在创作中遇到了很多困难，比如如何通俗中不失那个时代的语言气氛，于是就出现说话时夹杂一些文言文，但是为了让读者都能看懂，不得不牺牲一些东西。当然，在最后得到的反馈，这种写法得到了绝大多数读者的认可，虽然也有反对声，这是白菜萝卜的事了。“我心中的赵云拥有忠、仁、勇、孝、义这五种品德，这也是他受历代百姓喜爱、推崇的原因。现在的社会太缺乏这种精神，我想通过文学的方式，让急功近利的人们，重拾一个英雄梦。”

与其问很多的问题，不如一头扎进他写的故事中去。我读到了《三国演义》《三国志》里没有的成分。在那些成分里，有赵云的恋情，有他的江湖道义，有他的军事韬略，当然也有他的离愁别绪……也许不同的读者，会读到不同的赵云。

赵云身上有的正气，是这个时代所亟须的；赵云智勇双全的能耐，也是当今许多青年所缺失的；而赵云身上展现的仁、义、诚、敬、孝，也是时代所倡导的……

书中各种精彩的环境和情景描写，画面感极强，使人过目不忘。每章节结尾处还有“雄兵踏马衣甲冷，遥想桂阳峥嵘日。本是乱世沉浮人，一腔赤诚洗血恨”等流淌于作者笔下的深刻品鉴。这样的笔法我很喜欢，加上“闷雷春雨夜品剑，千里之外赠红颜。两心不渝天地鉴，白首直到夕阳间”等细节所折射的侠骨柔情，使赵云有血有肉，可学可仿。

这是有担当的创作，字字含金。曹伟用了文学的方式，我却建议急功近利的人们，用阅读的方式，重拾淡然、超然的“英雄气”。

掩卷沉思，每个人的那种壮志凌云、豪气干云、义薄天云的爆发点，一旦被触动，那么现实所向往的传奇力量和人世间期盼的正能量，是永远演绎和传播不完的！

萧子静

2016年8月

目　　录

第一章　焚赤壁，乌林逞威

夫战胜攻取而不修其功者凶，命曰“费留”。故曰：明主虑之，良将修之，非利不动，非得不用，非危不战。主不可以怒而兴师，将不可以愠而致战。合于利而动，不合于利而止。怒可以复喜，愠可以复说，亡国不可以复存，死者不可以复生。故明君慎之，良将警之。此安国全军之道也。

——《孙子兵法》

公元208年，曹操举兵数十万南下，兵分六路攻打刘备，刘备放弃新野，暂退樊城。同时，曹操又派遣使者去见江东劝降孙权。孙权见信犹豫不决，正逢刘表病逝，遂遣鲁肃去荆州吊丧，不料途中听闻其子刘琮已将荆州献与曹操，又闻刘备败退江夏。鲁肃大惊，忙前往江夏去见刘备，情势危机，双方一拍即合。诸葛亮决定随鲁肃渡江，前往柴桑与孙权结盟，刘备则领军前往长江南岸的樊口。同年十二月，周瑜率五万水军至樊口与刘备会合。双方军队逆流而上，在赤壁正遇准备渡江的曹操水军，双方初战，曹操失利，不得不将水军与陆军会合，屯兵北岸乌林。周瑜便将战船靠于赤壁南岸与曹操隔江相持，双方又在三江口交战，曹操水军又败。为解决北方兵士不习水战，曹操听从谋士庞统之计，将数百战船用铁链捆绑在一起，曰：连环船。

冬季的长江，河水依旧，浪花叠叠层层，尽情拍打着两岸礁石。

已近黄昏，气温骤降，寒风凛冽，长江南岸渡口，数十战船在波浪上跌宕起伏，为首大船，桅杆大旗随风摆动，上面大书一个“周”字。船首站立一将，白甲红袍，皮肤白皙，剑眉高额，一头长发被江风拂拭，甚是英俊。此人背手，在暮色的余光下，瞭望着北方，像是在思考着什么。他便是东吴大都督周瑜周公瑾。

“禀都督，老夫一切已准备妥当，只是这东风何时可起？”说话之人，全身披甲，虽年已不惑，却是老当益壮。

周瑜闻言，转身迎上，躬身说道：“让黄老将军受罪了，东风之事，看那诸葛亮胸有成竹，应不是信口雌黄。”原来这老将便是江东名将黄盖字公覆。

“诸葛亮若是真能借到东风，此等夺天地之大能，着实让人佩服之至。老夫先行告退，待天黑透，便依计而行。”黄盖说罢，抱拳拜别。

“祝老将军一路顺风，旗开得胜。”周瑜抱拳目送，注视着黄盖高大的背影缓缓离去。

腊月时节，江面有时也会起东风的，这诸葛亮必是算定了今夜东风起，便疑神疑鬼，以此来激励军心。此人多智谋，又不肯为我主所用，日后必为祸患。想到此，周瑜右手不自觉地紧握腰间佩剑，面露寒霜，对站岗兵士喊道：“速传丁奉、徐盛两位将军前来见我。”……

是夜，江面雾气腾腾，南岸临江有一高地，四周用数百盏油灯摆成八卦之像，中间又以七盏大灯摆成北斗七星之状，入口狭窄，外立男女两童子，各持拂尘与木剑，禁止任何人入内。天色渐暗，从大营处驰来一支军马，手中皆拿火把，犹如一条火蛇。守卫兵士上前望去，见为首乃丁奉与徐盛两名大将，忙去禀报小校出来迎接。

丁奉、徐盛勒马问道：“孔明何在？速叫他来相见。”

小校答道：“诸葛先生正在七星祭风台中，我等不得入内，不知两位将军来访是为何事？”

徐盛道：“我等奉周都督之命，前来保护诸葛先生。汝等可以先回去与鲁肃大人复命了。”

“鲁肃大人说过，未经他亲自来传，不准我等擅自离去，还望两位将军莫要为难小人。”小校面露难色，既不能违背鲁肃的命令，也不敢得罪眼前二人。

丁奉面露寒色，左手一挥，身后军士一拥而上，将守卫部队围在中间。

小校惊愕，问道：“将军这是为何？”

丁奉笑道：“你们可以撤回，就说我与徐盛将军奉周都督之命，前来接替护卫任务，就不必麻烦鲁肃大人费心了。”

小校无奈，又不敢轻易离去，只得让出一条道路，将部队退至外围。

丁奉、徐盛行至入口，见两童子，丁奉喊道：“那小娃，你家先生何在？”

“我家先生正在祭风台祈风，旁人不得打扰。”

童声清脆，左边持剑男童发言应答。

丁奉喊道：“我等奉命前来保护孔明先生，难道也不能入内？”

右边怀抱拂尘的女童冷冷地说：“不能。”语气甚是坚决。

丁奉脸色大变，正要发作，徐盛在旁轻声说：“诸葛亮在祭台摆七星阵求风，我等不宜强入，不如在外等待，见东风起后，再去不迟。”

丁奉闻言，点点头，从入口望去，见诸葛亮身披道袍，披头散发，两脚赤裸，在祭台中间手舞足蹈。丁奉便命士兵层层把守，又对两童说：“怕有曹军刺客，我便留他们在此守卫。”

两童子躬身行礼相谢，不再多言。丁奉与徐盛暂退江边，又过半个时辰，江面风起，由小至大，丁奉惊道：“诸葛亮神人也，果真借来东风！”

徐盛点头说：“东风已起，不知黄老将军大功可成？”

两人正说间，突闻兵士喧哗，两人向北望去，只见江面火光映天，火借风势，如火龙盘旋，贪婪地吞噬着数百战船。

"成功了，成功了，黄老将军成功了。"徐盛欣喜若狂。

丁奉也哈哈大笑，遂说道："大事已成，我们去寻孔明吧。"

徐盛点头，二人复返，问童子道："孔明先生可曾出来？"

见两童摇头，丁奉往里望去，见诸葛亮仍在祈风，大呼道："火计已成，孔明先生请出来与我等一见。"

祭台中的诸葛亮闻言，并未理睬，继续手舞足蹈，念念有词。

丁奉冷笑道："既然先生不肯移步相迎，我便进来见你。"说罢，推开童子，率军步入祭台。

徐盛见诸葛亮仍然没有停足之意，心中生疑，上前抓住诸葛亮的衣领一看，这人哪里是诸葛亮，只是身材相似而已。徐盛怒道："这厮是个假货，快说孔明何在？"

假诸葛亮哈哈大笑，说："诸葛军师不想麻烦大都督盛情相送，已先行回樊口了。"徐盛大怒，一把将他摔在地上。对丁奉说道："东风刚起，诸葛亮方才动身，应未走远。此处必有小路，我带兵顺路追赶，丁将军可从大路拦截。"

丁奉点头，分兵就走。徐盛率队在祭台寻找，果见杂草中有一条新筑的隐蔽小路，蜿蜒直至山脚江畔，忙领队追赶。

行至山脚，江水滔滔，见有一叶轻舟还未离岸，舟上有烛光闪烁，隐约有悠扬琴声从舟中传来。徐盛奔至江畔，大呼："孔明先生慢走，我家都督有请。"

"我家军师尚有要事需速回樊口，请回禀你家都督，就说多谢周都督牵挂了！"

舟篷走出一将，左手拿火把，右手持一把黑色长枪，立于舟尾，大声答道。

徐盛仔细一看，见这将身高七尺五，浓眉大眼，五官俊秀，穿银色龙鳞甲，肩上白色背披正被江风吹得哗哗作响。

此时马蹄声响，丁奉已从大路追至，见江畔小舟正要起航，对徐盛问道："孔明可在舟中？"

徐盛点头称是，丁奉大叫："孔明休走！"便欲引兵士上舟。

舟尾这将，立枪而站，冷道："谁敢上船，莫怪我无礼。"

丁奉问道："你是何人，也敢阻我？还不快快闪开。"

这将笑道："我乃刘皇叔帐下牙门将军，常山赵子龙是也。尔等若想上船，得问问我手中'涯角枪'是否同意。"

丁奉冷笑着说："好大胆子，可知此处乃我江东地界？"手中大刀一抖，便欲跃上舟来。

赵云目露寒光，右手紧握长枪，正待丁奉上舟。徐盛连忙上前拉住丁奉，在耳边轻声说："刘备已派人来接孔明，我们若是明目张胆去阻杀，此事便无法推与曹操，反而坏了两家联盟之义，主公若是怪罪下来，谁能担待？不如假意任他们离去，我们乘大船尾随，等在江中将小舟撞沉，岂不一举两得！"

丁奉听了，心知有理，止步不前，只是怒视赵云。赵云令舵手荡桨起航，待离开弓箭射程，方才走进船篷。船篷里空无一人，原来小舟中除了两名舵手，便只有赵云一人而已。

小舟不禁风浪，在江面上下起伏，逆东南风缓行。行无数里，舟尾舵手进篷禀报，有东吴战船一艘，在后紧随。

赵云笑道："不出军师所料，果然追来了。"便起身拉开船篷帘子，走到船尾，对东吴战船大呼："尔等护送至此，赵云心领了，只是凭白在此浪费时间，倒不如速上赤壁战场杀敌立功。"

徐盛、丁奉立于船头，正待下令撞沉小舟，丁奉突见掀开的船篷中空无一人，忙大喊："孔明何在？"

赵云哈哈大笑，朗声道："适才尔等欲上舟时，我家军师已经离去，此刻只怕早已至樊口了。二位将军追送至此，这般盛情，赵云替我家军师感谢二位了。"

徐盛一跺脚，急道："我等中孔明之计也！"

丁奉怒气冲冲地说："我这就传令撞沉小舟。"

"丁将军万万不可，孔明已回樊口，若是赵云未归，必知为我东吴所为，眼下两家联合抗曹，切不可为一时之气坏了大事。"徐盛见丁奉已对赵云恨得咬牙切齿，怕他真下令撞沉小船，忙出声阻止。

丁奉闻言，也不答话，只是怒视小舟缓缓离去。待小舟走远，这才右手握拳，狠狠地砸在船沿扶手，下令赶往赤壁战场，与周瑜本部会合。

小舟一路北上，见东吴战船未再追赶，舵手抹去额头冷汗，颤声对赵云说："刚才真是危险，战船若是撞来，我与将军还有命乎？"

"不用担心，一切皆在诸葛军师意料之中，我们不必回樊口，改道往乌林方向去与主公会合。"赵云面色不变，怀抱"涯角"枪，遥望着赤壁方向冲天火光，一股喜悦之情从内心升起，终于可以一洗长坂之耻。不久，小舟跨江，缓缓靠岸，只听得岸上喧哗，杀声、哀号声不绝于耳，曹军败退，刘备军暂时在此集结。刘备见赵云归来，喜道："诸葛军师叫我在此等候，子龙既至，我这就将三千兵马拨与你，乌林之西乃曹操逃亡必经之路，子龙速去埋伏，以立大功。"刘备话音刚落，有人早已牵出一匹骏马，此马毛发光亮，雪白无杂，正是赵云爱马"逐云"。而牵马之人，为一女子，长得脸若银盘，眼似水杏，唇不点而红，眉不画而翠，身穿红色软甲，一件粉红披风柔顺地垂拖在身后，此女便是马超之妹马云鹭。

马云鹭将逐云交给赵云，柔声说："赵大哥此行，必要注意安全，待立大功归来，云鹭在樊口与你相庆。"

"有劳云鹭在此保护主公，赵云先行一步。"赵云抱拳，翻身上马，领命而去，率三百骑兵直奔乌林西面。正行间，听有人唤他，赵云勒停逐云，见林中有一军，带队之人身高马大，虎须豹眼，乃张飞张翼德。

"俺听到马蹄声，还以为是曹贼到了，原来却是子龙，你这是要去何处？"张飞肩扛丈八蛇矛，勒马问道。

"云奉主公之命，前往西林埋伏，军情紧急，不便在此多留。"赵云言罢，对张飞抱拳礼毕，拍马便走。

张飞见赵云带队远去，暗自嘀咕："嘿嘿！有俺老张在此，曹操插翅难逃，子龙得白等了。"

再说曹操，在一帮文武保护下，乘小船逃上岸，回头望去，水火连天，数百战船熊熊燃烧。

“黄盖老匹夫竟敢诈降，可惜刚才一箭未取其性命。我此生必取其性命，以雪此恨！”

张辽满脸怒容，开口大骂，其余诸将皆露悲恸之色。

唯有曹操神闲气定，面色如常，见众人士气低落，笑道：“胜败乃兵家常事，尔等不必自责，待我等回到许昌，来年整兵再战。”

众人闻言，感激涕零，皆抱拳大呼：“誓死保护丞相脱困！”

赤壁滩上，火光又起，到处是逃命上岸的曹兵，自相践踏者比比皆是。众人正要护着曹操撤退，突见一支骑兵追来，有人大呼：“曹贼休走！”原来是东吴军队已追杀上岸，这率队之人，便是东吴先锋甘宁。

众人正慌乱，身后一军奔来，乃马延、张顗二将，两人围住甘宁厮杀，不足三合，便被甘宁斩于马下。此时吕蒙率军至，与甘宁合兵一向，来赶曹操。

“丞相先走，此处有我阻挡。”

张郃见情势紧急，横枪跃马，率身边十余从骑，统马延败兵千人，拍马去迎甘宁。曹操身旁又冲出一将，乃虎威将军于禁，大喊：“诸位保护丞相，我去助张将军。”说罢，去迎吕蒙。

曹操在众人保护下，忙往乌林方向逃去，正行间，追兵又至，领军之人，手提双锏，大呼：“阿瞒休走，可认得我凌统乎！”

众人慌乱，斜面冲出一军，直冲凌统，为首两将乃荡寇将军张辽与横野将军徐晃。原来两人撤退上岸后，收拢亲兵，来乌林大道寻曹操，正巧遇上凌统追击，忙上前截杀。

三人率兵一阵厮杀，凌统不敌，勒马暂退，张辽、徐晃也不追赶，忙护着曹操顺乌林大道撤退。行走一阵，曹操喝停诸将，道：“吾料诸葛亮必在大道埋伏，这样前行，岂不正中下怀。”随后用皮鞭指着西方，又道：“吾等从此处绕行，诸葛亮计谋落空，定然大失所望。”遂令改路西行。

沿僻静小路行进数里，至乌林西，见此处山高林茂，树草灌木极多，曹操仰天大笑，道：“都说周瑜、诸葛亮，神机妙算，吾看不过言过其实！若吾用兵，定会在此埋伏一支人马，待我军至，岂不覆灭乎？”正说时两边杀声震天，火光四起，一支人马从芦苇丛中杀出，领队大将银甲亮铠，气宇轩昂，挺枪跃马在前，大声喊道：“赵云奉令在此等候多时了！”

当日赵云独自在长坂万军之中七进七出，杀死杀退包括枪王韩荣在内的曹军五十余名大将，威震三军，此时突然出现，曹操等人皆露惧色。

徐晃、张辽拍马同出，去迎赵云。曹操知道赵云厉害，拨马就逃，诸将紧随保护。

三人率兵一阵厮杀，难解难分。这徐晃使得长柄大斧，精光闪闪，名曰“盘山星”，重百斤，寻常人难以拿起，更别说随意使用，可见徐晃臂力非凡。再看张辽，手握双刃画戟，人称“月牙戟”，戟端锐利，双面皆是刃口，锋利无比。

赵云手持之枪，有黑龙雕饰盘于枪身，枪头金光刺目，乃枪王韩荣临终所赠，名曰“天涯海角”，寓意天下无双之枪。

徐晃、张辽围住赵云，斧、戟同出。赵云左右刺枪，接下两人攻击，一时战得不分胜负。徐晃抡斧，用力劈下，赵云回枪斜刺斧面，卸去力道。这边张辽刺戟来助徐晃，赵云顺手拔出腰间“青虹”，随手劈去，格开“月牙戟”，趁张辽露出破绽，一枪疾刺空门。徐晃见张辽危机，忙举斧砍去，迫得赵云不得不暂舍张辽，反身来战徐晃。

张辽险些丧命“涯角”枪刃下，一股怒气从心中升起，双手握戟，疯狂地攻向赵云。

赵云久战，枪法不乱，又战十余合，徐晃知不能敌，又怕追兵至，回头对张辽喊道：“丞相已走远，我等再战无意，不如收兵去寻丞相。”

张辽虽怒，心知徐晃之言非虚，点头就要离去。

赵云冷笑道：“此处岂是二位想走便能走的！”遂挺枪再攻，缠斗二人。战场混乱，徐晃、张辽走脱不得。赵云战得正酣，突闻身后一阵嘈杂，原来是张郃、于禁击退甘宁赶来，见徐晃、张辽被困，忙拍马来助。赵云眉头微皱，长枪一挺，毫无惧意。

张郃提枪乱刺，喊道："我与赵云有弑师之仇，诸位权且先行，待我在此与他决一雌雄！"

徐晃边战边说："赵云武勇，怎能让张将军独自涉险？"

"我等皆率兵在此，丞相身边无兵，若再遇伏击，待之若何？诸位速去。"

张郃持"虎头亮金枪"上前架住"涯角"，对三人大呼。

于禁转头对张辽说道："张将军所言极是，我们速去保护丞相。"

"只恐张郃将军有失，张辽与于禁两位将军先行。"

徐晃说罢，抡斧就砍，斧影闪烁，如点点星光。

张辽与于禁对视一眼，点点头，反身率本部军马离去。

赵云见张辽、于禁撤退，也不追赶，与张郃、徐晃缠斗。他左杀右刺，将"百鸟朝凤""七探盘蛇"两大绝技使得淋漓尽致。

张郃边杀边说："子龙兄，若不是乱世，你我定然是交心兄弟，只可惜命运无常，你我终要决一死战。"

赵云叹口气，道："儁义兄，虽然各为其主，但我等都是为了匡正这残酷的乱世而各自奋战，你我兄弟之谊，云永记心中。"

"子龙，得罪了。"

张郃枪势一变，使出"风花雪夜寒梅"，顿时枪影重叠，如瑞雪梅花，朵朵盛开。

赵云见势，一枪挑去，使的同是"风花雪夜寒梅"。两把长枪犹如两只大蟒，绞在一起撕咬，杀得昏天暗地。徐晃拍马在侧面援攻，三人混战数十合，赵云虚晃一招，诱使徐晃露出破绽。赵云顺势再复一枪，徐晃躲避不及，被挑去右肩护甲。徐晃肩膀吃疼，勒马退走。赵云又反身去战张郃，张郃见徐晃受伤，心知不宜久战，奋力拼杀。徐晃复返，再入战圈，对张郃说："情势危机，我等不必恋战，不如摆脱赵云，去寻丞相。"

张郃点头称是，两人且战且退，率领残部逃离。

赵云勒马停步，令兵士打扫战场，有小校问道：“将军为何不继续追击？”

赵云答道：“曹操受惊，必会改道，张将军早已在大道等待，我们不必再去争功了。”遂下令返回樊口复命。一路遇到曹操溃兵无数，各自狼狈逃命。赵云见曹军如此惨景，心中暗道：“曹操坐拥百万之众，以吞天下之势，剑指江东，不想也有今日惨败。真是人生成败如梦，谁又能计成败得失？”

回到樊口，天色已明，寨中杀鸡宰羊，热闹非凡。赵云下马径直去寻刘备，刘备与诸葛亮正在大帐中谈笑，见赵云归来，刘备喜道：“我与军师正在准备庆功宴会，子龙归来可取曹操首级？”

赵云抱拳，道：“子龙失职，未能斩杀曹操，只是抢得些物资旗帜前来请罪。”

诸葛亮摇扇笑道：“子龙何罪之有，夺取曹操帅旗，也是大功一件。将军一路辛苦，下去歇息一下吧。待关、张二位将军再传捷报。”

赵云闻言，礼毕退下，正要回营整备军马，马云鹭前来寻他，两人并行。马云鹭伸手抚摸着逐云的背毛，说道：“子龙哥夺得曹操帅旗，可喜可贺！”

赵云摇头，道：“可惜云未能亲手留下曹贼人头，只盼关、张两位哥哥能将曹贼首级带回，以告慰葬身长坂的英灵！”

“若真杀了曹操老贼，北方必然大乱，但愿我父能趁机逃回西凉，与皇叔共同起兵，光复汉室。”

马云鹭脸上露出欣喜之色，显得更加娇媚。

“荆州的战争结束后，云鹭妹妹还是尽早赶回西凉吧！这次将你卷入这场战争，实乃云之过，待有时间，我会亲去与孟起兄请罪！”赵云不敢直视马云鹭，不知道为什么，他每次看到马云鹭娇美的玉容时，总会想起在博望坡香殒的王月萱。

“子龙哥，就这么想我离开？”

马云鹭转过头，水汪汪的眼睛中，闪过一丝幽怨。

赵云叹口气，说：“曹操大败，东吴必将与我抢夺荆州，云鹭妹妹多留无益。”

“云鹭知道了，待战后便自行离去，子龙哥不必相送。云鹭尚有公事，暂且告辞！”

马云鹭朱唇轻咬，强自欢笑。稍行礼，转身离去，背影单薄，在寒风中吊形吊影，只留下一股幽香。

赵云回过头，望着她离去的身影，心中悄悄地填满了孤独。

天色阴沉，呼呼的大风又在江面吹起，赵云回到营中整备兵马，又将部队屯于樊口高地，守卫大寨。辰时，听闻有兵马至，赵云率军阻挡，见带头之人乃张飞，便笑问道：“三哥凯旋，可取曹操首级？”

“曹操身边诸将奋不顾身，俺未能追上。不过经过两次伏击，曹操人困马乏，必被埋伏在华容道的二哥所斩。俺们就先回寨歇息，喝杯热酒暖暖身子，等二哥归来，拿老贼人头祭天。”

张飞扛着丈八蛇矛，大大咧咧地说。语气中微带一丝遗憾，毕竟斩杀曹操，可是天大的功劳。

赵云笑道：“张三哥先去与主公复命。为了防备东吴临阵倒戈，云还得在此守候，这杯温酒待关二哥归来再饮不迟！”

“辛苦子龙了。”

张飞说罢，抱拳礼毕，便领兵士通过，赵云又回高地守卫。又过几个时辰，天色已暗，气温骤降，高地寒风刺骨，士兵皆聚在篝火边取暖，赵云在营地步行，时不时慰问兵士几句。正行间，有探子来报，有一军沿山脚大道，正往樊口大寨而来。赵云闻言，立即统兵下山，在大道严阵以待。

“前方可是子龙？”

这军还未靠近，却有人大声叫喊。

赵云听得是关羽的声音，忙拍马上前迎接。见火把之下，凤眼长须，金甲青袍，威风凛凛，果是关羽，便笑道：“恭喜二哥建盖世奇功!”

关羽面露愧色，对赵云也不应答，抱拳礼毕而去，似乎心事重重。赵云正自疑惑，见周仓经过身旁，上前问道：“关将军为何垂头丧气?”

周仓轻叹口气，摇头苦笑，说：“元福不便回答，赵将军自然会知!”说罢，匆匆追赶关羽而去。

赵云勒马，心知情况有异，暂时收兵，命小校回高坡扼守路口，自己紧随关羽部，回到樊口大寨。

夜晚大寨中，置酒高会，会聚一堂，人皆面带喜气。刘备、诸葛亮见关羽归来，大悦，令人奏乐，顿时鼓乐声起，众人皆入席。

刘备立于酒席上位，端酒朗声说道：“今日赤壁大败曹贼，乃全军将士齐心协力之功，玄德在此敬诸位一杯!”说罢，一口饮下，席下之人皆起身同饮。

刘备再满酒高举，说：“此杯我要敬二弟关羽，恭贺他华容道斩杀曹阿瞒，立下此盖世大功，名留千古。”

众人纷纷欢呼，却见关羽走上前来，跪地不起，说道：“云长有负哥哥重任，未能斩杀曹操。”此言一出，众人哑口，原本热闹的庆功宴，变得静寂无声。

刘备奇道：“莫非曹操未经华容道?”

关羽摇头说：“确实往华容道来。”

刘备更奇，又问道：“那却为何不能斩杀曹操?”

“曹操对我昔日有恩，今见他人疲马乏，落魄如丧家之犬，故不忍杀之。”关羽垂头，据实相告。

刘备闻言，呆若木鸡，一时不知如何是好。

赵云在席下，双手还捧着温酒，听了关羽之言，心中暗道不妙。刘备尚且好说话，只是这诸葛军师可是铁面无私，执法从不留情，关羽犯如此大错，焉能有命?

果然，诸葛亮面色严肃地问道：“关将军出发前是如何与主公说的?”

关羽抬头说道："关某在出发前，曾立下军令状。今私放曹操，自知大罪难赦，愿以死谢罪！"他语气铿锵有力，已抱必死之心。

诸葛亮点点头，大喊："刀斧手何在？"

赵云闻言，忙上前跪道："军师息怒，关将军虽然私放曹操，但其情有可原，念在他屡立战功的分上，饶他一命，也好将功折罪。"张飞等人，纷纷下跪为关羽求情。

诸葛亮佯怒，说："军令如山，岂能儿戏？尔等不必多言。"就要派刀斧手去拿关羽。

此刻刘备缓过神来，忙喝退刀斧手，对诸葛亮泣道："我兄弟三人当日在桃园结义，誓言同生共死，今日若是斩了云长，备岂能苟活，望军师饶他一命，容他将功赎罪吧！"

关羽见刘备哭泣，忙说："云长大罪，让哥哥受累了！"

张飞叫道："军师若要斩俺二哥，不如将俺三兄弟一起斩了吧！"

诸葛亮沉默片刻，对关羽说道："今日是众人保你，方才饶你死罪。若是再有下次，定斩不赦！"

众人闻言，皆露喜色，刘备忙扶起关羽，说道："虽说老贼走脱，但曹军已败，此乃大功，诸位把酒畅饮，不醉不归。"

刘备复回上坐，亲自封赏诸将，除关羽将功补过外，众人皆有所获，赵云也由牙门将军提升偏将军。

众人一阵欢呼，举杯相庆，几杯酒下肚，各自激动，早将适才的不快，抛到九霄云外。赵云与孙乾、糜竺等人敬酒后，独自坐在椅上，心中想起杨昆、宋谦，一阵悲恸。他自顾饮下几杯，突然发现没有看见马云鹭的身影，正要向刘备询问，诸葛亮交给他一封书信，赵云举杯欲敬，诸葛亮摇摇头，似笑非笑地说："子龙还是先看看信中内容吧！"说罢，自行与人敬酒。

赵云忙将信拆开一看，见字迹秀美纤细，里面尽书马云鹭的道别之言，赵云顿感失落，独酌几杯，便告辞归营。

诸葛亮看在眼里，面露微笑，刘备问道："我见子龙看了军师所给书信，神色有异，不知军师给他的是何人所书？"

诸葛亮凑他耳边轻说几句，刘备恍然大悟，笑道："没想他俩这般矫情！倒是可惜了一场缘分。"

诸葛亮笑道："若是有缘，终会有果。倒是关将军放走了曹操，却是一件好事。"

刘备奇道："军师此言何意？"

"北方新定，若是曹操被诛，定然大乱，百姓又要再受流离之苦。"诸葛亮仰头轻叹，其实在他心中，也不知道什么是好，什么是坏。

正是：

赤壁火光映江红，
七星坛下笑周郎。
一叶扁舟往北上，
枪震乌林骇群豪！

第二章　夺南郡，零陵受降

公元208年，曹操赤壁大败，逃回许昌，留曹仁、曹洪分别把守南郡、彝陵，扼守荆州要道。同年，刘备移军油江口，对南郡虎视眈眈。

腊月的山风总是夹杂着刺骨的冷意，雾气朦朦胧胧，看不清江面。赵云早早来到江岸，他冷峻的面容没有一丝表情，目光如炬，遥望着水天相接的远方，十数骑军马严整地立于身后，没有发出一丝声响。

浪花疯狂地拍打礁石，溅起点点珠花。一艘战船的身影在雾气中若隐若现，缓缓驶来。待战船近岸，方才看清船貌，只见船头遍插旌旗，船首一面黑色大旗，上有金线所绣“周”字。旗下站立两人，一人身穿白甲红袍，气度优雅不凡，长相甚是英俊，正是东吴大都督周瑜。身旁之人一身蓝衣儒官打扮，赵云认得乃鲁肃。遂抱拳大喊：“再下偏将军赵云，奉军师之令，在此恭候周都督。”

大船靠岸，船身放下数截木梯，周瑜、鲁肃从第一截木梯走下，数千军士有序地跟着从后面几截木梯下船。

“有劳赵将军远迎，你家军师何在?”

周瑜还礼后，复又背手，昂首挺胸，言语中透出一股自信。

“我家军师与主公正在寨中准备酒菜，就等周都督与鲁肃先生入席。”赵云勒转马头，身后骑兵纷纷转向，退到他身后，动作整齐划一。

周瑜眉头微皱，虽然只是一瞬之间，却逃不过鲁肃的眼睛。待赵云在前领路，鲁肃小声问道："适才都督为何皱眉？"

周瑜轻声说："长坂一役，这赵云名满天下，今又见其带兵有素，只怕日后为我江东之患！"

鲁肃笑道："公瑾多虑了，赵云不过一介武夫而已。"

周瑜再无多言，只是心中暗道："但愿如此。"

前行数里，便见一坡，高坡南处，数寨向阳而驻，正是刘备军营。刚至寨口，刘备、诸葛亮亲自迎入。赵云复命后整兵休息。一进营帐，见关羽、张飞已在帐中对酌，忙唤赵云入座。

三人坐定，张飞递给赵云温酒，说道："据说这周瑜曾对军师有不轨之心，喝杯酒后，俺老张去看看他有什么能耐。"

关羽叱道："三弟，莫要胡言乱语！反而坏了大事。"

张飞挠头说道："俺不说话，只是看看。"

关羽端酒一口饮下，抚须说："我军屯油江口，意图南郡，只怕周瑜前来，也是为了南郡。"

赵云点头，道："主公若是不夺南郡，便不能得荆州。但倘若此时与东吴交恶，恐对我不利！非上策。"

张飞嚷道："两位兄弟无须多虑，曹操百万，俺尚且不惧，还怕什么东吴？一会儿周瑜若是有异，俺先去砍了便是。"

"若真如此，不须三弟出马，某自去便可！"关羽一掌拍在桌子上，脸上露出焦虑之色。

"此事我等不必操心，静待军师之命。"赵云双手端杯起身相敬，他心中也知事关重大，又无计可施，只得暂时出言，抚慰两人情绪。三人遂不再提，各自饮酒。

正饮间，刘备叫兵士来唤赵云去寨门。赵云辞别关、张二人，率十数从骑至寨门，见刘备、诸葛亮皆亲送周瑜。不久又有刘封率领警卫部队跟出，立于赵云之后。刘备、诸葛亮与周瑜、鲁肃并骑而行，一路畅谈，至江岸，刘备等人下马立足相送，待周瑜大船缓缓驶离，方才返回。半路刘备问道："适才军师与周瑜相约，若他先夺下了南郡，我等便无栖身之处，该当如何是好？"

诸葛亮摇扇，笑道："就让周都督先与曹仁混战罢了，亮自有妙计让主公稳获南郡。"说罢，凑在刘备耳边细语几句，刘备听了，哈哈大笑。

再说周瑜，辞别刘备后，乘船南下，鲁肃说道："都督为何轻易承诺？"

周瑜背手立于船头，嘴角微弯，笑着说："我军强盛，南郡唾手可得，不如顺水推舟，卖个人情罢了。"

"都督高见！只是诸葛亮多谋，恐生变故。"鲁肃心中仍然有些担忧。

"子敬不必担心，回营之后，我立即起兵攻打南郡。南郡一得，荆州九郡皆为我东吴所有。谅他诸葛亮就算张良在世，也无能为力了。"

周瑜仰头大笑，他眼中依稀看到了孙吴大旗插遍荆州大地。翌日，周瑜果然统大军进攻南郡，与守将曹仁在城外交锋，双方各有死伤。

自送走周瑜之后数日，赵云每日操练兵士。关、张二人时不时会来唤他饮酒，不时埋怨几句，赵云总出言安慰几句。没过几日，刘备召众人去中军大帐议事，诸葛亮说道："近来周瑜与曹仁在南郡连连交战，各有损伤，我料双方已惫，此乃我军夺取南郡之时，现定下一计，还望诸位尽心竭力。"

见众将皆露喜色，诸葛亮又道："子龙听令，命你部趁夜悄行至南郡郊外，寻一隐蔽之处待命。"

"遵军师将令！"赵云闻言，出列接符领命。

诸葛亮又对关羽说道："云长听令，命你部前去襄阳城外待命。"

关羽昂首阔步，出列接符领命。

诸葛亮礼道："祝二位将军马到功成，旗开得胜。"

关羽、赵云忙抱拳躬身行礼。

"军师这就不对了，二哥与子龙皆有任务，何故没有俺老张的份？"张飞心中不快，瞪眼吹须地出列大呼。

刘备斥道："翼德不得无礼，还不退下！"张飞见刘备发怒，不敢再说，退回列中。

张飞虽无礼，诸葛亮不怒反笑道："我倒是有事欲交与翼德，又怕翼德饮酒误事，矛盾至极。"

张飞由怒转喜，忙赔笑道："军师尽管放心，俺愿立军令状，若是饮酒误事，砍俺脑袋便是。"

刘备听了，对诸葛亮说："看翼德心急，军师就安排他件事情做吧。"

诸葛亮点头，随即严肃地说："既然翼德立下军令状，我就令你前往荆州城下待命，若有差池，军法处置！"

张飞心中欢喜，上前接了军符，抱拳大呼："多谢军师、多谢军师，俺决不有负重托。"

随后刘备令众人各自回营整兵，天黑尽后，各自引军前往指定地点。赵云率三千军马趁夜色赶到南郡，在城郊寻得一个小山谷，便将部队隐藏在向阳山腰，一面派出数批探子去南郡探听情况，一面等待诸葛亮的命令。

已是冬末春初的季节，掉落的枯枝落叶覆盖着路面，人马踏在上面，发出唰唰的声音。赵云每日都会到各哨点巡视。这日天色阴沉，赵云巡视一阵，经过山径小道，见两旁有绿色嫩芽，微微破土，赵云若有所思。他蹲在路旁，伸手抚摸着这些翠绿的精灵，自言自语地说道："再过一个月，花朵又要开放了吧！"

他脑海中，浮现出一个景象。那是去年春天新野城外，在漫山野花中，一位美丽少女跟自已畅谈兵法，她的每一个动作，都让赵云心生温暖。此时有兵唤他，赵云回过神来，询问何事。

兵士禀道：探子归来，说是周瑜已中毒箭身亡。赵云听了，将信将疑，正待再派人手去探，有诸葛亮信使来营，将一封书信交与他。赵云拆开一看，面露喜色，忙下令集结部队。太阳刚落山，便率军出谷，悄然至南郡城下埋伏。翌日清晨，南郡吊桥落下，架在护城河上，大门缓缓洞开，曹仁亲引万余马步兵出城，浩浩荡荡南去，正是赶往周瑜驻军方向。

等曹仁走远，赵云派出探子随行，又选出三百精壮士兵，换上曹兵衣甲待命。待探子归来，禀报曹仁正与东吴军交战，赵云便与三百兵士衣甲狼狈地徒步奔跑至南郡城下，对城头大呼：“周瑜诈死，我军中了埋伏，战场混乱，寻不得将军，故结伴折返而归。”

守将姓牛名金，身高八尺，力大无比，使得一手好枪，入伍前在绿林名气不小。因前日轻敌冒进，中周瑜之计被围，幸得曹仁亲自杀入重围，将其救出，故今日留他协助陈矫，防守南郡城。

牛金在城头见来者垂头丧气、衣甲不整，所持曹字旌旗破烂，欲叫人放下吊桥迎入，陈矫在旁劝说：“都督未归，不知真假，不如派出探子从后门出去，探得情况再放入不迟！”

牛金笑道：“陈大人多虑了！若真是吴军假冒，这点人数，进城不过是自寻死路而已。”遂提枪率兵下城。

城头吊桥在铁链声中落下，架在护城河上，城门缓缓打开，牛金率军立于门前等候。赵云回头对身后将士微一点头，带头向牛金跑去。

牛金勒马问道：“大都督在何处受伏？”

赵云等人假意听不清楚，牛金复问两遍，见来者只顾冲来，心中生疑，挺枪大喊：“尔等何人？敢诳我开门！”

赵云已经近身，抬头笑道：“我乃常山赵子龙是也！奉军师之命，前来取城。”

“别人怕你赵云，我却不怕。今日正好见识你有何能！”牛金持枪一指，身后数千兵马一拥而上，双方兵士混战，此刻赵云埋伏在外的大部也四处涌来，双方杀得尸铺吊桥，血染护城河。

赵云边走边杀，“涯角”枪下，无人能挡，杀至牛金身前。牛金拍马，举枪就刺，赵云身形微侧，躲开牛金枪刺，右手抓住攻来枪身，左手持“涯角”直刺牛金面门。牛金大惊，低头躲避，不想被一枪刺落头盔，骇得他忙弃了长枪，拍马就走。赵云知道步行追他不上，又继续往前冲杀，攻入城中。陈矫本为文官，哪里敢出来迎战，自顾带着数十亲兵，从后门逃出。

赵云大军入城，守军见牛金逃跑，又寻不到陈矫，纷纷丢弃兵器，跪地请降。赵云向降军询问陈矫下落，皆说不知。不多时，刘备、诸葛亮亲至，问有无获得陈矫兵符？赵云只道不知，诸葛亮道：“此符事关重大，子龙速去寻找。”

赵云听了，急忙派人前去固守前后城门，不允许任何人出入。随后又率兵亲至衙内，向衙内降兵问及陈矫兵符放在何处，降兵皆言不知。赵云心急，遂下令寻找，兵士掘地三尺，终于在大厅座椅下搜出一块铁质镀金小牌。赵云接过一看，上刻一头下山猛虎，栩栩如生，做欲扑状。赵云喜道：“此乃虎符，便是军师所要之物。”遂派人送往诸葛亮处。

再说曹仁率军进攻东吴军队，周瑜果真诈死，曹仁中计大败，引兵返回南郡，正行间，遇到牛金，牛金忙上前求助，曹仁大惊，忙催马速归以援南郡，行不数里，又遇陈矫，得知南郡已失，曹仁无奈，只得暂退彝陵。未行半程，迎面一军冲来，曹仁一望，见是曹洪，忙问道：“子廉，要去何处？”

曹洪勒马，说道：“此言何意？不是都督派人拿兵符，叫我举兵来助？”

曹仁闻言，怒道：“我等中计也！”遂率兵往襄阳而去。

周瑜击败曹仁，也不追赶，率大军至南郡城外，见吊桥高收，城门遍布鹿角，墙头旌旗遍布。大将程普正待下令攻城，只听一声炮响，刘备旗帜立于城头。赵云已换回龙鳞银甲，威风凛凛地站在城头喊道：“大都督少罪，南郡已归刘皇叔所有，都督还是到别处去吧。”

“刘备、孔明何在？”周瑜指鞭问道。

“主公、军师皆在府衙休息，都督有事但说无妨，赵云转告就是。”赵云在城头朗声应答，城头风起，吹得旌旗呼呼作响。

“好个孔明，安敢如此！”

周瑜闻言大怒，下令程普攻城。只见赵云左手一挥，城头箭如飞蝗，倾盆而下，程普忙下令撤退，周瑜更怒，拔剑指向城头赵云，喊道："诸葛小儿，背信弃义。"

赵云笑道："大都督与我家军师有约，你取不了，我家便可自行取之，何有背信弃义之言？"

周瑜怒道："今日不攻下南郡，誓不退兵。"

甘宁在旁请命邀战，周瑜应诺。甘宁骑马在城下大呼："赵云，还记得我甘宁乎？"

赵云在城头，笑道："那日与你在荆州一战，岂能相忘？"

甘宁提鞭指骂道："你莫做缩头乌龟，胆敢下来与我甘兴霸再战百合，分个高下乎？"

"我家军师只是令我固守城池而已，我劝你们还是离去罢了。"赵云昂首，对甘宁的挑衅毫不在意。

甘宁大怒，拉弓搭箭，他臂力惊人，百米之外，一箭射断城头"刘"字军旗，军旗随风落下。甘宁手举长弓，威风十足，身后东吴军尽皆欢呼雀跃。

赵云面露恨色，被射断军旗，对守军而言，乃莫大耻辱，身旁军士咬牙切齿，纷纷上前请战。赵云摇摇头，对众人说道："军师令我等死守南郡，怎能为一点屈辱而随意出城迎战？尔等无须多言，各尽职责，守好城池。"众军士无奈，只得怒视城下。

甘宁见数次挑衅，赵云仍立足城头，不为所动，只得返回阵中。正巧鲁肃率后兵至，周瑜对他说道："子敬曾说赵云不过一介武夫，今日我看他乃真将才也，如今之计，唯有强攻。"

鲁肃忙上前阻道："大都督万万不可，主公久攻合肥不下，一旦孙、刘两家反目，若是逼得刘备反投曹操，我军危也。不如转攻彝陵、襄阳诸郡！"

周瑜闻言，寻思片刻，微微点头，引军撤退十数里，准备分军去取彝陵、襄阳。突有探子来报说："诸葛亮用兵符，星夜诈调荆州守城军马来救，却教张飞袭了荆州。"又一探马飞来报说："诸葛亮差人拿兵符去襄阳见夏侯惇，诈称曹仁求救，诱惇引兵出，却教关羽袭取了襄阳。”

襄阳、荆州二城，刘备全不费力，皆属旗下。周瑜面色铁青，问道：“诸葛亮怎得兵符？”众将面面相觑，不知所以。唯有程普上前说道：“陈矫在南郡，赵云夺取南郡，兵符自然落入诸葛亮之手。”

“诸葛匹夫，我与你势不两立！”

周瑜想起自己连日奋战，击败曹仁之际，却被诸葛亮设计夺去南郡，白折了兵士钱粮，顿时怒急攻心，欲返攻南郡。此时有令传至，原来孙权久攻合肥不下，令周瑜派兵增援。周瑜不得不下令暂且休兵，令程普率兵去合肥，自己暂回柴桑养伤。

再说南郡，东吴大军方退，刘备、诸葛亮走上城头，刘备说：“周瑜匆匆离去，恐另有所图。”

诸葛亮笑道：“周瑜此行必去取襄阳、荆州，只是皆不能如愿。”

赵云抱枪作揖，说道：“军师料事如神，不知周瑜闻之，有何感想。”

“非我善耍诡计，要想三分天下，主公必须取得荆州之地，此不得已而为之。”诸葛亮摇扇，望着周瑜退军的方向，眼光中透出一丝睿智。

刘备不费吹灰之力，获得南郡、襄阳、荆州三郡，心中大喜，遂留赵云镇守南郡，自己与诸葛亮移驾荆州。待刘备走后，赵云不敢懈怠，一面加强城门守备力量，一面招兵买马，将南郡城守得如铁桶一般。

翌日，鲁肃带十几名侍卫至城下，赵云出城相迎，作揖后说道：“子敬先生前来，不知所为何事？”

鲁肃还礼，道：“我欲求见刘皇叔与孔明先生，劳赵将军代为通告。”

赵云心中暗笑：“此人前来必是为了南郡城，我且装作不知罢了，待他与军师说去。”遂据实相告，说道：“我家军师已随主公去了荆州，子敬先生要见，还得往荆州走上一遭。”

鲁肃闻言，告辞离去，径直往荆州去寻刘备了。没过几日，刘备遣人来调赵云前往荆州。赵云领令，率部日夜兼程，不日便至荆州城外。刚到门下，斜面插出一军，为首之将，绿袍金铠，手提青龙偃月刀，胯下赤兔马，威武万分，正是关羽关云长。两人一见面，甚是高兴。关羽抚须问道："我闻子龙镇守南郡，为何在此相见？"

赵云抱拳，答道："云奉主公之令，引本部军马前来荆州听候调遣，莫非二哥也与我一样？"

关羽点点头，说："大哥叫刘琦来襄阳换我，令我速至荆州，此次将我等集结，恐有所图。"

"主公早取荆州九郡，我军便有立足之地，可与曹操一争雌雄，我等必当尽心竭力。"赵云的脸上露出一丝期望。

两人合军一向，并肩入城。张飞在城头见了，忙下城迎接，三人见面，各自欢喜。安顿好部队，赵云与关羽同去见刘备。刚入大堂，见已摆好酒菜，孙乾等人忙过来招呼。众人欢聚一堂，刚坐定，刘备、诸葛亮也至。赵云见二人身后跟着一人，身材瘦高，眉中白毛点点，昂首挺胸，一副大儒之气，知此人非凡。刘备等人入席，遂向众人介绍，原来此人姓马名良，字季常。马良，字季常，襄阳宜城人，其兄弟五人，并有才名，而马良在马氏五兄弟最为出色。又因为他天生白眉，故而被时人赞誉"马氏五常，白眉最良"。前些日子，由伊籍举荐，刘备派人请来，聘为从事。

刘备首坐上席，其余文武各坐左右。右侧依次为关羽、张飞、赵云等，左侧为诸葛亮、庞统等。刘备起身，举杯说道："刘备万幸，得诸位贤臣鼎力相助，夺取三郡，备在此先敬一杯。"说罢，仰头饮下。

众人起身同饮，刘备又满一杯，笑道："我得季常之计，欲南征武陵、长沙、桂阳、零陵四郡。今日诸位不醉不休，明日各自整备兵马，听我号令。"众将欣喜，开怀大饮，不表。

翌日，刘备留关羽镇守荆州，糜竺、刘封守江陵。令张飞为先锋，赵云合后，自己与诸葛亮为中军，率军一万五千人南征。

不日，便至零陵城外百里处，探子骑马来报，太守刘度已派遣刘贤遂大军出城屯兵，与零陵成犄角之势，以待刘备大军。刘备遂令下寨休整。翌日清晨，大军启程，推至零陵城外一座大山处。诸葛亮望山而笑，刘备不解，问道："军师何故发笑？"

诸葛亮道："我有破敌之策，故而发笑。"遂唤众将商议，安排妥当，方才进军。

赵云受命埋伏在山道两旁，山风阵阵，枯树摇晃，发出"唰唰"之声。突听山外杀声震天，由远至近。不多时，有一将手持开山大斧，带数十骑，狼狈而走。

赵云心道："果如军师所说，朝此来了。"遂挺枪跃马而出，拦住其去路，大呼："认得常山赵子龙乎？"

逃窜这将，乃零陵大将，叫作邢道荣，手提一把开山大斧，有万夫不挡之勇。刚才对阵，被诸葛亮诱入埋伏圈，先遇张飞，战数合不敌，反身便逃，正巧被赵云遇上。邢道荣见路被阻，挥斧便砍。

赵云拍马，斜出一枪，挡住大斧，反手一枪刺去，邢道荣回斧截下。赵云大喝一声，枪如梨花，瑞雪叠叠，邢道荣不敌，暗道不妙，又见张飞率部追至，只得弃了兵器，下马乞降。赵云令人将其绑了，押至刘备处，刘备即令拖出辕门处斩。诸葛亮忙制止，问道："将军可愿降？"

邢道荣忙点头，说："小将自然愿降。"

诸葛亮道："汝若与我夺下零陵城，便准你投降。"

邢道荣连称愿往，道："我归营中，晚上里应外合，将刘贤拿住，何愁刘度不降？"

诸葛亮遂放其离去，赵云心有疑虑，上前说道："仅凭此人一己之言，如何信得？"

刘备也是不信，诸葛亮笑道："破零陵，非此人不可。"

是夜，诸葛亮派出一军如约至刘贤寨外放火，火光刚起，刘贤、邢道荣率伏兵冲出，放火之军反身撤退，刘贤、邢道荣率军追杀。刘备一众在山头观战，赵云见火光之中，人影攒动，说："这邢道荣果无降意，反设伏兵诳我。"正欲请命前去，诸葛亮却令张飞引军去劫刘贤营寨，张飞领命而去。赵云立足，继续观看山下战况。片刻，诸葛亮道：“我料刘贤回营见翼德，必然夺路而走，冒死来袭我寨，子龙可引军杀下山去，定要活捉刘贤。”

赵云闻言，抱拳而去，率数百骑兵奔跑下山，果遇刘贤、邢道荣来袭大寨。赵云也不多话，双腿一夹马背，逐云四蹄狂奔，飞身而跃，朝邢道荣一枪刺去。邢道荣大惊，忙举斧去挡，只听一声惨叫，邢道荣被赵云刺于马下。刘贤被骇得目瞪口呆，回过神来，急拨马奔走，赵云抽出刺在邢道荣体内的“涯角”枪头，反身来追刘贤，正遇张飞赶来，一矛将其刺伤落马，再复一矛，只听一声刺耳的金属声响，原来赵云出枪架住丈八蛇矛。张飞疑惑，问道：“子龙为何阻我?”

赵云道：“张三哥手下留情，云离去时，军师特意嘱咐，要活捉这刘贤。”

张飞听了，收回蛇矛，绑了刘贤与赵云一同回去复命。刘贤见到刘备，忙磕头请降，刘备见他已是胆寒，便放他回去劝降其父刘度。

翌日，刘度投降，开门迎入刘备大军。刘备入城，仍令刘度为太守，调刘贤至荆州，又亲自安抚百姓，派赵云、张飞收编降兵。赵云、张飞领命，各自整编所属。刚归营中，有人送信至，被士兵带入帐中。赵云问是何人叫他送信，这人说是一黑衣男子给他一两银子，叫他前来。赵云拆开一看，面露喜色，忙跟手下交代几句，换上平民衣裳匆匆出门。

零陵城中，百姓久闻刘备仁德，尽皆欢喜，家家灯笼高挂，张灯结彩。赵云行至中心酒楼，小二殷勤接入，赵云入门，环视大厅，见最左靠墙桌上，有一黑衣男子正自独饮。赵云行至此桌坐下，男子也不看他，盛满两杯酒，自顾饮下一杯。

赵云端起一杯，起身敬道：“多谢童大哥当日赠我枪谱，不然云恐已命丧长坂!”

原来此人正是童飞，童飞抬起头来，脸上的冷傲丝毫没有改变。

他冷冷地说：“就算我不把‘风花雪月寒梅枪’传你，韩荣想杀你，也非易事。此次我正好路过零陵，想来也是缘分一场，特邀子龙与我同饮。”

赵云从童飞身上，依稀看到了童渊，心中有一种莫名难过。童飞再盛一杯，说道：“子龙可知相思之苦？”

赵云摇头，道：“我一生征战，倒是忘了男女之情。”

童飞斜眼盯着赵云，许久才说：“子龙可认识马云鹭乎？”

赵云闻言，起身问道：“云鹭乃我妹子，早已回西凉去了，童大哥莫非见过她？”

童飞笑道：“那日在汉中听闻公子张卫将于六月十五日迎娶马超之妹马云鹭，我知子龙与她关系匪浅，故来相告。”

赵云愣了一下，知道童飞所言非假，心中忐忑不安，童飞一口将杯中烈酒饮下，说：“我尚要继续云游，就此告辞，子龙好自为之吧！”说罢，起身就欲离去。

“你为什么要告诉我这些事？”赵云抬起头，看着童飞，眼中露出一丝疑惑。

“因为，我不想你步入韩荣的后尘。”童飞语气冰冷，他转过身，不再说话，一步步缓缓走出酒馆。

赵云没有相送，他静坐酒桌前独酌，想起往事，心中矛盾不已，直到天色黑尽，才独自回营。月亮的光辉，将他孤独的背影映在地面上，拉得很长。

正是：

银甲刺骨枪舞雪，
南郡盘龙高城固。
铁马金戈伊人笑，
回首只是蓦然间！

第三章　烽烟起，智取桂阳

东汉建安十四年，春。

刘备攻取零陵后，整顿月余，在马良的建议下，又欲起兵攻打桂阳。

晨曦，阳光穿透云裳，温柔地抚慰着刚从寒冬解放的大地。零陵西城军营校场上，已有人在练枪。只见枪影闪烁，寒光点点，使得犹如凤赤九天、龙浑九渊。待这一套枪法使完，有人在旁高声嚷道："子龙枪法使得越来越精妙了，俺老张忍不住，也想与你讨教一二。"

原来在场中练枪之人正是偏将军赵云，听到有人唤他，立枪收势，抹去额头汗珠，说道："雕虫小技，让张三哥见笑了。"

"好便是好！子龙无须谦虚。你看今日天气甚好，一会儿操练完，咱两兄弟找个好去处豪饮几杯，岂不痛快？"张飞话语一变，说到酒字，眼放精光。

赵云知道张飞就是来找他喝酒的，便笑道："三哥又忘了，前日主公才告诫我等近日不得喝酒，免得耽误了大事。"

张飞哈哈大笑，说："都在这城里待了十余日，也不见得有什么大事，今日俺老张馋得慌，独饮又无趣，子龙莫要推辞了。"正说间，有传令兵来，急传二人去衙内见刘备。两人一同骑马至衙门，入内求见。刘备见二人，忙问道："翼德、子龙，桂阳郡离零陵最近，我欲取之，尔等谁愿领兵？"

赵云闻言，抱拳请命道："云愿率部前往，定在桂阳城内恭迎主公。”

张飞也叫嚷道：“子龙那日才立了大功。这次桂阳之行，自然得由俺去。俺老张不要别人相帮，自带三千军马便可，待斩杀了大将便前来邀功!”

赵云道：“我也只带三千人马前去，如取不得城，愿受军法。”

张飞争道：“俺也愿受军法。”

刘备见两人相争，正自犹豫，转头去看诸葛亮。诸葛亮笑道：“子龙先答声，自然是子龙前去。”

“军令如此草率，如何服众？不如拈阄，谁拈着谁去!”张飞鼓眼吹须，甚是不服。

刘备便令二人拈阄，不想也被赵云拈着了，张飞大叫：“此番不算，再来个。”

刘备怒叱道：“你这个翼德，规矩是你定的，输了还在此胡言乱语，还不退下。”

张飞见刘备发怒，退到一边，不敢再多言。诸葛亮遂叫赵云立军令状，令他率三千兵马前去。赵云拜退，统三千军马出征，张飞在城门相送，说道：“终究争不过子龙，若是你拿不下桂阳，俺老张再来取。”

赵云抱拳，笑道：“桂阳之事，不必三哥费心，静待捷报便是。说罢，引军出城，浩浩荡荡，直往桂阳方向行进。

刘备与诸葛亮在城头注视赵云离去，刘备问道：“军师为何定要子龙前去？”

诸葛亮摇扇，说：“我闻桂阳太守赵范，乃子龙同乡，故安排子龙前去。”

刘备笑道：“原来军师有此用意。”两人相视而笑，不绝于耳。

再说赵云，出城便派出探子先行，自带大军在后。到了夜晚也不赶路，只叫寻空旷、视野广阔处扎寨歇息，到第二日天大亮，方才继续行军。如此几日，部队至桂阳城外五十里处，迎面奔来一骑，至赵云身前，抱拳道：“禀将军，桂阳守将陈应、鲍隆已在城外布阵，以待我军。”

赵云手握“涯角”，笑道：“敌将出城来迎，真是天助我也！待我前去会会他们。”说罢，令军士加快脚程。至桂阳城外，见城下旌旗阵阵，旗上各书“陈”“鲍”两个大字。这领军大将叫作陈应，人称“白额虎”，本为山头猎户，自小使得一手飞叉绝活，据说他曾三叉杀死一头健壮大虫。后逢战乱，跟随乡人参军，由于武艺高强，数立战功，很受太守赵范器重。副将鲍隆，人称“翻天蛟”，善使大刀，不知有多少人曾折在他“地滚”刀法之下。两人皆是赵范心腹。那日赵范闻赵云率军前来，自知不敌，本欲待其至城下时，开门献出太守大印，谁知陈应、鲍隆不肯投降，纷纷请战。赵范拗不过两人，只得令二人各领三千军马迎战。

城下陈应一身精铁战甲，肩披赤黑披风，手持一把虎头钢制大叉，威风十足，见赵云部至，转头对鲍隆喊道：“布阵！”

鲍隆领命，拍马于阵中，举起手中红色小旗，顿时金鼓大震，旌旗遍布，左右两侧各有两队人马，譬如两翼，相互照应，为掎角之势。

赵云勒马立足，身旁小校叫作毛仁，乃当日长坂之人，跟随刘备历经数战，有些见识，逃至江夏后，便被编入赵云部。他说道：“此阵名曰‘鹤翼’，其左右两部兵马是为两翼，其张合自如，既可用于抄袭敌军两侧，又可合力夹击突入阵型中部之敌，两翼灵活协同，攻击迅猛。我部兵力不济，不足以强攻，将军不如暂退数里暂避其锋。”

赵云仔细观察此阵半晌，说道：“出城之前，我与军师立下军令状，取不下桂阳，只能提头去见，如何退得？我见此阵虽然精妙，但机动不足，我可率精锐骑兵，以‘白马’阵形，奔袭中心，斩杀主将。”

毛仁闻言色变，急劝道：“将军万万不可涉险。若是两翼合围，恐将军有失。”

赵云笑道：“不入虎穴焉得虎子，无须多虑，我直取中央主将，待敌两翼合围，尔等率后军来助即可。”说罢，领五百骑兵，拍马行至阵前大呼：“我主刘玄德，乃刘景升之弟。今辅公子刘琦同领荆州，特来抚民。汝等何故举兵来迎？”

阵中陈应持叉大笑，骂道：“我等只服曹丞相，刘备乃虚伪小人而已，我焉能降之？劝汝引军速去，莫要白搭了性命。”

赵云闻言，冷笑道：“景升新亡，尔等便不认主，不过忘恩负义之辈。”

鲍隆横刀指骂：“废话不多说，汝可敢入阵乎？”

“有何不敢？”

赵云跃马挺枪，率队直奔阵中，逐云张蹄狂奔，甚是兴奋。五百骑兵相互纵横冲锋，锐不可当，正是西凉战阵“白马”。

见赵云入阵，鲍隆大喜，令左右两翼向中心靠拢，赵云边杀边行，只顾前冲，周围骑兵四面展开，所过之处，无人能挡。鲍隆指挥两翼步兵正欲合围，此时毛仁率后军一拥而上，截住厮杀，掩护赵云率骑兵直插入阵心。正杀间，迎面有两名小校率骑兵阻路，两面骑兵混杀在一起。赵云无心纠缠，拍马上前，两校左右夹攻，三合不到，两校被挑落马下，其部自乱。赵云遂冲杀过去，奔主帅大旗所在。

陈应见赵云至，手握虎头钢叉，拍马出战，二人无话，见面便杀。赵云一枪刺去，招式凌厉，陈应忙举叉去挡，枪叉相接，溅出火花点点。赵云见一击不成，反手再刺，陈应侧身躲过，举叉就刺。此时有将冲来，提刀便砍，原是副将鲍隆，因见陈应不敌，恐其有失，故前来相助。

赵云斜眼瞄见鲍隆杀至，出枪迫开陈应，反身一枪刺向鲍隆面门，鲍隆哪想到赵云反应如此之快，急忙低头躲避，只惜慢了一步，被刺落了头盔，两耳一阵嗡鸣，勒马就走。陈应忙抡叉去刺赵云背心，赵云弃了鲍隆，回枪去迎陈应。战不三合，陈应不敌，回马便逃，数名从骑掩护在后。赵云杀退挡路从骑，一拍逐云，紧追不舍。陈应、鲍隆败退，所部士气大降，兵士各自溃逃，鹤翼阵形自然散开。

陈应一路狂奔，不时回头张望，见赵云追来，面露一丝狡黠之色。赵云策马而上，逐云脚快，眼见就要追上，陈应突然转身，用飞叉掷来。这飞叉乃他成名绝技之一，寻常人等不及反应，便被透胸叉死，只可惜这次的对手远非常人。见飞叉来，赵云伸出左手，一把抓住，握在手中，反手掷回，正中陈应坐下马臀。大马吃疼倒地，陈应落地摔倒，赵云上前将其生擒，捆绑了夹于马背。

鲍隆回过神来，正欲统兵来战，却见赵云擒了陈应，知胜负已定，忙率残部退回城中。

赵云拍马至城下，大呼："陈应已被我所擒，尔等还不速降？"

城头一片静寂，赵云见无人应答，便夹着陈应，策马在城下来回奔跑，众兵士在旁大呼小叫，威风至极。

赵范在城头见了，面露惧色，便命城头军士放箭，鲍隆阻止道："莫要射箭，恐误伤了陈将军。"

赵范说道："陈将军受此侮辱，如何是好？"

鲍隆咬牙切齿，恨道："待我整顿兵马，今夜趁黑出城，袭他军寨，救出陈将军。"

赵范长叹，说道："事到如今，只得依将军所言。"遂令城门军士造饭歇息。

赵云在城下叫骂一阵，见鲍隆不出，退兵三十里扎寨，令人押陈应入帐，冷笑道："汝乃刘景升旧部，却为曹阿瞒做事，实为叛逆，今日被擒，理当处斩。"左右刀斧手闻言，上前按住陈应，就要拖出问斩。

陈应大呼："我等受降曹操，也是奉公子刘琮之命，何来叛逆之言？"

"曹操赤壁大败，孤身逃回许昌，我大军前来抚民，尔等举军相迎，还敢言非叛？也罢，今日我便饶汝一命，你回城中劝那太守赵范早早献出城池，方可保命！"赵云面色冷峻，说罢，令人解开绳索，放陈应离去。

陈应抱拳作谢，狼狈而去，鲍隆忙开门迎入，两人问候几句，一同去见赵范。陈应只把赵云之言，据实相告。赵范听了，骂道："我本欲降，尔等硬是要战，这下可好，凭白折了千数人命。"

鲍隆禀道："大人勿怒，待我今夜袭营，定然击退赵云。"

赵范责道："莫再言战，我这就下城请降。"

鲍隆伏地而拜，道："我军虽败，但未受大创，此时言降，恐军士不服，望大人恩准让某引军偷袭，若再败，愿受大人处置。"

赵范见鲍隆坚决，叹口气，道："只让你再战一次，望将军小心。"

鲍隆起身，喜道："我这就整兵，按计划行事。"说罢，起身作揖便走。

陈应追出两步，大喊道："赵云勇不可当，鲍将军切勿与他交手，只让士兵围攻。"

鲍隆回头，说："多谢陈将军提醒。将军好生将养，待我捷报传来。"

陈应抱拳，道："祝鲍将军旗开得胜!"

鲍隆点点头，转身离去，黑色背披在他身后飘荡。他知道，此战关系到桂阳城的归属，他不能败。

是夜三更，鲍隆令人在城头鸣鼓，大喊大叫，吸引赵云部，自率三千人马，从西门偷偷潜出，趁夜色绕道迂行至赵云寨后。鲍隆令人在寨后放火，听得寨内士兵大呼救火，心中大悦，提刀拍马，率军冲入营内，却见空无一人，鲍隆勒马，大呼撤退。刚出寨门，只听两声炮响，道路两旁火光四起，赵云率军拦在中间，勒马斜枪，大笑道："夜半鸣鼓，岂能掩我耳目，赵云在此等候多时了。"

鲍隆心中暗道不妙，又不敢上前挑战赵云，忙催兵强攻，两军蜂拥而上，短兵相接。只见火光攒动，杀声震天，赵云抡枪刺死几名敌兵，去寻鲍隆，只是战场混乱，血肉横飞，鲍隆早已不见踪影。赵云举枪大呼："鲍隆已逃，尔等还不投降?"身旁从骑，纷纷附和高声大喊。两军将士闻言，暂时罢手，面面相觑，各自狐疑，兵士四寻鲍隆，果然不见，尽皆气愤，余部弃甲伏地请降。赵云同意受降，将降兵编入本队，收兵归寨。此时已过五更，赵云见部队疲倦，便令大部休整，自己亲自率数十人巡视。

再说鲍隆孤身逃回城中，忙去府衙见赵范，赵范一夜未眠，听鲍隆归来，忙出衙相迎，问道："将军可得胜归来？"

鲍隆垂头丧气，双膝跪地，说道："属下无能，反中了赵云埋伏，大败而归，特来请罪！"

赵范似乎重心不稳，后退几步方才站定，叹道："罢了，罢了！待天明我便出城去向赵云乞降。"鲍隆无话可说，只是痛涕流泪，磕头不起。

赵范回屋坐定，仰首闭目，叫俾女奉茶。内屋走出一紫衣女子，长得是俏丽若三春之桃，清素若九秋之菊，手中端着檀木茶盘，莲步轻移，来到赵范身前，将茶奉上。赵范睁眼去看，忙起身接茶，说道："有劳嫂嫂，这天还未亮，您如何就起身了？"

原来此女乃赵范大哥孀居之妻樊娟。这樊娟十五岁便嫁与赵范兄长，三年前其夫病故，无路可走，就来投靠赵范，受赵范好生招待，故感其德，见赵范房间一夜灯明，便来看他，正遇俾女端茶，就接过送来。

递过茶后，见赵范面有愁色，樊娟便问道："我见叔叔彻夜未眠，不知所为何事忧虑？"

"嫂嫂不知，城外有大敌来犯，我军屡败，眼看桂阳就要不保，我又怎生能眠！"赵范面带忧色，端茶茗饮下。

樊娟躬身拜道："奴家受叔叔大恩，愿献一计，为你保城。"

赵范奇道："嫂嫂有何计策？"

樊娟说："叔叔可以假降，以进城安民的名誉，将敌大将邀至府邸饮酒，再在后堂埋伏刀斧手。我假意进来奉酒，之后叔叔可假意将我许他，诱他入得后堂，命刀斧手群起杀之。"

赵范听了，寻思片刻，忙将茶杯放下，起身对樊娟一拜，说道："有劳嫂嫂之言，桂阳有救了。"遂令鲍隆选数十精壮，又命陈应在城头挂满白旗。

赵云在寨中正思考破敌之策，毛仁来禀，桂阳城头满是白旗。赵云略惊，亲自出帐去看，果然如此，心中起疑："莫非赵范有归降之意？"

赵云令三军暂待，午时，果然吊桥放下，城门大开，赵范一身文官服饰，双手捧着印绶，率数十骑缓缓走出。赵云闻报，接过大印，亲自将其迎入寨中，令人置酒。

赵范一阵客套，两人举杯而饮，酒至数巡，赵范看似有些许醉意，其实心中有数。正欢间，插话说道："我闻将军乃常山人士，我也是常山人，我俩也都姓赵，应是一家之人。若是将军不弃，你我结为兄弟，实为万幸。"

赵云心想：此人未必诚心降服，现在又要结拜兄弟，不知有何意，待我应诺下来，探他真意。便喜道："不知太守也是同乡，能为兄弟，云之幸也。"

赵范佯装大喜，先报年庚，他与赵云同年，只是小了四个月份，遂拜云为兄。二人开怀痛饮，叙些常山趣事，至黄昏，赵范方才告辞归城，赵云送至城门，方才离去。

翌日，赵范令人来请赵云入城安民，左右皆道："不知其心，将军不可轻易涉险。"

赵云笑道："我只带五十骑兵入城，尔等在城外等待，若是有异，我自取赵范首级。"遂选五十精锐，跟随入城。

赵范亲自在城门迎接，同赵云一起入城，城门街道两旁，尽是城中民众，持香伏拜，恭迎赵云入城。赵云忙下马步行，一路与百姓交谈，安抚民心。直到府衙，赵范设席款待。赵云入内，经过前院，见凉亭假山，倒映在水面，突然想起王月萱在亭中弹奏，曾经的离别再一次浮现在他脑海。

"大哥可有心事？"赵范见赵云神色有异，便出声问道。

赵云缓过神来，尴尬一笑，与赵范入室。室内已摆上一桌酒菜，两人相对而坐，饮酒几巡，二人微醉。赵范见壶中已空，大叫上酒。

里屋走出一妇人，白衣素缟，有倾国倾城之色，手端酒盘，举止优雅，将酒置于桌上，面带微笑，对二人行个万福，缓缓退出室内。

上酒自有俾女，为何有如此绝色亲自奉酒，恐有深意。赵云本非好色之人，虽然心中生疑，却面不改色地问道："此女何人？"

赵范见赵云询问，以为赵云有意，心中欣喜，假意面带悲色，说："此乃我亡兄遗孀，四年前我兄病故，我见她孤苦伶仃，便派人去常山接到府中代为照顾。"

赵云闻言，肃然起敬，忙道："兄弟怎不早说，我也未起身行礼，反失了礼数。"

赵范敬杯酒，又道："我嫂嫂一人守寡多年，也是凄苦，我本欲给她寻门好人家，只是未遇达条件之人。"

赵云奇道："嫂嫂有何要求？"

赵范说："条件有三：第一要文武双全，名闻天下；第二要相貌堂堂，威仪出众；第三要与家兄同姓。"

赵云笑道："第三条不难，只是这一、二条实在勉强。"

赵范起身敬酒，说："现今世上，达此三条者，非大哥莫属，还望大哥不弃，将她娶去，也可为赵家传宗接代，岂不美哉？"

赵云一愣，拍桌怒道："你我即是兄弟，你哥便是我哥，你嫂即是我嫂，何以厚颜无耻，说出如此违背常伦之事？"

赵范见赵云斥责，羞惭满面，也怒道："我一片好心，你怎生如此无礼？"说罢，就欲起身出门唤人。

赵云掷杯在地，上前一拳打翻赵范，手握"青虹"剑柄，一路无人敢近，步出衙门，引五十精骑，出门去了。

赵范爬起身，胸口疼痛，缓过气来，赵云早已离去。他知计谋失败，忙令人唤陈应、鲍隆商议。鲍隆尚在后堂埋伏，闻赵范来传，知道有变，忙去客堂相见，却见赵范一脸愁容。不久陈应也到，赵范问计，陈应寻思片刻，说："赵云已出城，错失大好时机，现在定然在外整兵，欲与我再战。不如我与鲍隆出城佯降，明日大人亲率大军来战，在阵前只管与他叫骂，我俩趁他不备，将他打下马去，擒了献给大人。”

鲍隆问道：“不知我俩要带多少人马去投赵云？”

陈应笑道：“兵不在多，而在于精。五百精兵即可。”

赵范点头，说：“二位还且小心行事，莫要走漏了风声。”

三人计定，赵范假意怒叱陈应、鲍隆，夺了两人兵权。

再说赵云回到营寨，整军待战，又令哨兵严密监视。不久兵士禀报，城头已经撤去白旗，重立曹字大旗。两军相视，皆未言战。是夜，陈应、鲍隆领五百人马，出城径直奔至寨门求见赵云，赵云不知真假，嘱咐左右一番，方才令人将陈应、鲍隆带入大帐，问道：“两位将军此来有何事？”

陈应、鲍隆抱拳作揖，道：“赵范本已投降将军，现又出尔反尔，乃卑鄙小人，我二人出言相劝，反受其害，故星夜来投，还请将军收留。”

赵云冷声道：“尔等此时来降，必有所图！”遂令毛仁拿下二人。

鲍隆忙禀道：“事到如今，我也不瞒将军，这赵范本是假降，知将军武勇，不敢力敌，故以女色来诱，又令我引军在后堂埋伏，只等将军去寻美色，我便趁机擒拿于你。谁知事情败露，将军愤而离去，就拿我等撒气，我俩气不过，便引亲兵五百来投，望将军明鉴。”

赵云点头，大笑道：“此言方是，这赵范笑里藏刀，非仁义之辈。二位将军弃他来投，乃主公之幸。”便叫放开二人，置酒招待，赵云叫小校轮番敬酒，二人酒力不胜，皆大醉。赵云又派人叫来管事校尉，令毛仁严加逼问，校尉受不住，全盘托出。毛仁请示道：“赵将军，陈应、鲍隆二人如何处置？”

赵云冷笑道：“不出我所料，都拖下去斩了。”

毛仁领命，带刀斧手将陈应、鲍隆拖出大帐，可怜两名大将，还在迷糊中，便丢了性命，只吓得管事校尉浑身哆嗦，伏地求饶。

赵云说道：“皆是这二贼不安好心，与尔等无关，只需带我入城，将功折过。”

校尉忙言愿往，赵云便叫小校引那五百人在前，自带一千兵马在后，去取桂阳。天色漆黑，赵云部未起火把，赵范在城头只能看到前面持火把的五百军士，他认得领头小校，还未询问，小校大呼：“两位将军趁赵云酒醉，已然将其斩杀，现在寨中整顿，令我等回来禀报大人。”

赵范大喜，忙令人放下吊桥，跑至城门迎接。赵云见城门吊桥已落，城门已开，大喜，双腿一夹，逐云奔跑如飞。赵范隐见一骑从暗中奔出，马上之人，银甲亮盔，手提一把长枪，背披飘荡，正是赵云。吓得赵范连喊关门，可惜为时已晚，赵云率部已至城门，守军匆忙迎战，哪里抵挡得住，几个回合便被骑兵一冲即散。赵范正欲逃走，被赵云赶上，一把擒过马来，扔在地上，令人绑了，暂时押入衙内看管。又令毛仁招降城内兵士，自己安抚民众，一切办妥，来到府衙，令人将赵范押入大堂。

“大哥，我俩有结拜之义，你不能杀我啊！”赵范被两名兵士押着，一路大呼大叫。赵云皱眉，冷声说道：“你既然知道结拜之义，为何还遣陈应、鲍隆二贼来害我？”

赵范自知理屈，忙道：“此乃陈应、鲍隆二人强加于我，我也无奈！”

赵云鄙夷，斜瞄一眼，道：“任你无情，我却有义，饶你一条性命待主公处理。”左手一挥，令人将赵范押下。

毛仁劝道：“此乃卑鄙小人，将军不杀，恐留后患！”

赵云叹口气，说：“赵范与我有结义之情，杀他不义。”

毛仁点头，心生敬佩。

赵云又一面遣人去向刘备报捷，一面加强城池守卫，亲身处理城内大小事务。

数日之后，刘备本部军马至桂阳城下，赵云率众人在城门迎接，张飞一见赵云，便大嚷："无聊死俺了，下次攻武陵，子龙莫要再与我争功。"

赵云笑道："这次自然不与三哥争了。

刘备、诸葛亮入城，赵云将赵范欲嫁嫂设计之事告知。刘备笑道："此乃好事，子龙何不将计就计，应诺下来。不如由我与军师做媒，你就娶了樊氏如何？"

诸葛亮故作神秘地说："只怕子龙心中已有人选，樊氏自然入不得眼。

赵云微怒，说道："天下女子不少，大丈夫又何患无妻，为何要为一女子坏了名誉，主公、军师莫再说笑了。"

刘备、诸葛亮哈哈大笑，刘备便夸道："子龙真丈夫也！"

诸葛亮询问赵范何在，赵云令毛仁押来与刘备处置。刘备令人解开绑绳，以赵范献城有功为由，仍为桂阳太守，赵范感恩戴德，赵云在旁冷眼相视，看得赵范心有余悸。刘备又下令重赏赵云，设席犒劳三军。

是夜席散，刘备遣人来叫赵云。赵云见刘备，说道："赵范非真心投降，主公与他太守之位，恐我军离去，他又反投曹操。"

刘备点头称是，赵云一头雾水，诸葛亮在旁笑道："我军新至，人心不服，暂让他领桂阳，也可安抚百姓。"

赵云点头，又问道："今夜设宴，为何不见张三哥？"

刘备笑道："翼德怕你再与他争功，早已率三千人马星夜赶往武陵，我与军师明天便率大部前去增援，桂阳还得辛苦子龙在此留守。"

赵云抱拳领命，说："主公且放心，云在此守候，若是赵范有二心，定斩不饶。"遂告辞归营。月光如雪，赵云经过凉亭时，驻足观看，思绪万千，想起博望坡上，红颜薄命，又想起那日马云鹭单薄的背影，赵云心中一阵刺痛。他抬起头，望着半空圆月，暗暗下定决心。

冰凉的铠甲在月光下发出淡淡的光芒，也许，赵云此刻才真正体会到，其实他自己的前半生也是在孤独中度过的。

正是：

雄兵踏马衣甲冷，
遥想桂阳峥嵘日。
本是乱世沉浮人，
一腔赤诚洗血恨。

第四章　葭萌关，同门之谊

翌日，刘备、诸葛亮引军前往武陵，仍然任赵范为桂阳太守，又留赵云屯军城内，保卫城池。接下来几日，赵范皆派人来请赵云去府衙赴宴。赵云心有芥蒂，只住军营，也不去府衙应邀。赵范心有疑虑，不知赵云所想，每日唉声叹气。

樊娟见了，说道："与其像这样在此担惊受怕，叔叔不如与我离开桂阳，回常山老家去。"

赵范道："嫂嫂此言，正合我意。这赵云驻兵名为城防，实为监视于我，像这样刀悬于首，确实不如辞官归乡。"

樊娟见赵范同意，说道："奴家这就去收拾衣物。"

"话虽如此，只怕赵云阻拦。"赵范长叹，露出一丝不安。

樊娟笑道："要走自然不能与他知道。"

赵范思索一会儿，说："我尚有旧部亲信，正好在西门，我去问他哪日当值，到时好放我们出城。"两人商定，各自收拾准备。

再说赵云在营中每日操练军士，有人偷偷来告，赵范欲走，说得准确时间。赵云闻言，也未多说，只是安排告发者自顾去领赏。几日后，夜过三更，赵范带十余亲信，护着一辆马车，偷偷溜至西门。守门校尉见是赵范，叫人打开城门，带百余心腹军士跟随离去。众人上大道匆匆行路数里，却见路中横有一骑。赵范派人拿着火把上前去看，见到马上之人，众人大惊失色，原来是赵云横枪立马，挡在路中。

"深更半夜，太守何故在此？"

赵云语气冷漠，手中“涯角”枪在月光中显得更加冰寒。

赵范苦笑，说道：“你都在这里等我了，我还能说些什么？”

赵云冷笑道：“太守既然要走，何不白天出发，这夜半三更，路不安全，不如与我回去，明日我多派些人手送你离去。”

赵范叹口气，说：“大哥何必苦苦相逼，我已无心为官，只想回常山隐居，苟全于世。”

此时樊娟从马车下来，对赵云说道：“将军与我叔叔有结拜之义，按理你也应该叫我声嫂嫂。奴家也知妇道人家本不该多嘴，只求将军能放我们一条生路，让我们归乡去吧！”说罢，双腿跪地，赵范一众人等，也纷纷下跪求活。

赵云心知樊氏说得有理，斜背“涯角”枪，说道：“我也不想为难尔等，今日在此相候，本是相送。只是我与赵范结义之情，就此划断。”言毕，将衣袍撕下一块，丢在地上，勒马退至一旁。

众人拜谢，赵范忙扶樊娟上车，引着众人离去。经过赵云身旁，赵范躬身再拜，轻声说：“大哥，对不住了！”

赵云摇摇头，没有说话，独自勒马转身返城，刚至西门，见城门迎面奔出一支军马，原来是毛仁得报赵范从西门离去，慌忙引军来赶，正遇赵云，忙将手中火把交与身旁军士，上前说道：“禀将军，赵范将印绶悬于府衙大堂，不见踪影。有兵报他与内贼从此门逃出。”

赵云听了，摆手说：“此事我已知道。不必追赶，收兵归营。”

毛仁虽然疑惑，却只得收兵返城。回到营内，毛仁说道：“赵范不辞而别，将军如何向主公交代？”

赵云答道：“我这就写信与主公，告知我放赵范离去，故自愿领罚。”

毛仁劝说：“主公不知事由，将军何苦为难自己？就说赵范私自离去，将军并不知情，待去追赶，已然不及。”

赵云摇头，严肃地说：“大丈夫做事，敢作敢为。我既然放走赵范，就该担当此责。”遂修书一封，令毛仁遣人送去武陵。

数日后，刘备回信，只是通告张飞已取武陵，又令赵云暂代桂阳太守之职，管理城中军政大小事务，对私放赵范离去之事，半句未提。赵云领命，让毛仁选拔精壮，操练“鹤翼阵”，自己着手处理政务。又过几日，再传捷报，关羽自荆州前往刘备处请命，刘备应诺，关羽引军，几日便夺取长沙。刘备大喜，班师返回荆州城，又令赵云领军回师。

再次前往荆州城，赵云终于可以静下心来，欣赏沿途的美景。大军沿途行进，春风轻轻地吹动着两旁大树，翠绿的叶子摆动而发出哗哗的声响，鸟儿在空中飞翔，不时落在树梢上嬉闹。赵云率领着部队，缓缓前进，领略着森林的静怡，面对这份平和，他心中百感交集。杨昆、宋谦、王月萱……一个个鲜活的面容，似乎在他眼前闪过，不论是敌人，还是朋友，都已成为云烟，消逝在历史的长河之中……

翌日，部队到达荆州，赵云将部队驻扎在城东，自己前往府衙，一路上见家家户户门口张灯结彩，甚是热闹，原来刘备深得民心，现在统领荆州，百姓自然欢喜。

行至太守府，刘备已闻信，忙与诸葛亮出门迎接。赵云半膝跪拜，请罪道：“云私放赵范离去，自知有罪，请主公、军师责罚。”

刘备扶他起身，说：“此事我已说过，不怪于你。赵范与你有金兰之义，若你杀之，则不义。若留他，又怕有二心，此番离去，也是好事。子龙勿需自责。”

诸葛亮笑道：“子龙取桂阳有功，就算有过，也可功抵于过。”

赵云低头，说声惭愧。刘备拉他入府，又介绍降将黄忠、魏延与他相识。赵云与黄、魏二人客套几句，便被拉入厅堂。此时厅堂之上，早已准备吃喝。糜芳、孙乾等人，见赵云至，忙起身招呼，张飞上前叫道：“子龙，快来与我兄弟喝酒。”

赵云笑道：“等我敬完诸位同僚再去不迟。”

张飞嚷道：“我们与你在长坂便约好了，可等不得你耽搁。”说罢，叫上关羽，左右架住赵云，硬是拖到另一桌去。赵云拗不过他俩，只得与麋芳等人抱拳致歉。待三人离去，麋芳对孙乾说道："这关将军高傲，张将军暴躁，只有赵云将军善待于人。"

孙乾笑道："人无完人，各有所长。来，不管他事。子方兄，我敬你一杯。"二人对饮，尽谈家常闲事。

赵云被关、张二人拉到一旁饮酒。酒过三巡，张飞突然问道："子龙，常跟你在一起那个妞子跑哪去了？这些时日，都没见到人。"

赵云闻言，说道："三哥说的是云鹭妹子，她早已回西凉去了。"

关羽笑问："我瞧子龙与云鹭男才女貌，既要离去，子龙为何不挽留？"

赵云苦笑，夹起一筷子菜，塞在嘴里，咀嚼几口，吞下肚子，再端酒饮下。

张飞与关羽对视一眼，笑道："俺以前在谯郡郊外，遇到一女子采桑，长得甚是美丽，水灵透色。俺一见就喜欢上了，哪里管她同不同意，直接抢了就走。刚开始要死要活，后来生了张苞，也就不闹了，现在与俺老张关系好得不得了，哈哈。"

关羽抚须叹息："有人忧愁有人喜。子龙，人生难得一红颜知己，若你有意，二哥陪你前往西凉马家。"说到这里，关羽的脸上露出一丝苦涩。

赵云沉默片刻，猛地举杯再饮，说道："荆州初定，少不得二位哥哥坐镇，云自去便可。"

这时刘备与诸葛亮正好至此，闻言，诸葛亮端杯笑道："子龙既然下定决心，我便与主公给你们做媒，给你准备聘礼前去西凉。"

刘备也在一旁笑呵呵地说："聘礼已经准备好了，子龙明日就可以启程。"

赵云愣了愣，恍然大悟，说道："我说关、张二位哥哥只拉我说这档子事，原来你们是早算计好了！"

"哈哈哈哈！"众人哄堂大笑。

赵云也笑道："聘礼就不用主公费心了，我自有一物相送。"

诸葛亮对刘备笑着说："我们都白操心了，原来子龙早有主意了。”

刘备道：“当日云鹭女扮男装，吾初见便知，子龙又岂会不知，这是说不破的心意。我看子龙面薄，又不敢说透而已。”

众人又哈哈大笑，赵云窘迫，低头自顾饮酒吃菜。刘备举杯敬众将，欢笑畅饮，直到夜半方散。

翌日，艳阳高照，赵云身穿灰白布服，将“涯角”枪用布包裹了背在肩后，腰挂“青虹”宝剑，独自一人牵着逐云走到城门。正当刘封值守，见是赵云，忙作揖道：“赵将军一人离去，路上没人照应。侄儿这就派兵士与您同去。”

赵云摇摇头，抱拳还礼，说：“我独来独往惯了，你不必为我费心。”说罢，也不等刘封招呼，便自行走出城去。

正是春暖花开的季节，一路上鸟语花香。赵云为了避开曹操领地，只得绕道益州。逐云脚程快，官道路坦，无几日，便到益州地界。俗话说：“蜀道难，难于上青天。”

还未过葭萌关，地势变得险恶，连山绝壑，长林古木，绝涧之上，依附悬崖峭壁而建的栈道比比皆是。第一次行走栈道，赵云从扶手往下看去，只觉得一阵心惊，既惊工匠的巧夺天工，又叹蜀道的险峻。

葭萌关，峰连玉垒，上通汉中，下接锦城，易守难攻，雄踞万山之中，扼守成都之要道。赵云策马来到关口，随百姓排队入关，守门军士见赵云腰间佩剑，也未盘问。这年头兵荒马乱，哪个出门不佩戴兵器防身。

赵云正要过门，领队将官喊道：“那背枪汉子，可否将枪外裹布解下一看。”

赵云回首，见这将官身材高大，面容清秀，虽然脸上挂笑，眼中却有一丝孤傲。将官背手步来，盯着赵云，他身后的兵士迅速将二人围住。

赵云昂首笑道：“不过是防身之器，大人何必非要麻烦？”

将官笑道：“若是寻常，怎会拿布包裹，我看你是心中有鬼吧？”

赵云心知不能横添枝节，缓缓将枪解下，拉开裹布，露出紫黑色的“涯角”枪，那金黄的枪头在阳光下甚是夺目。

这将官见了此枪，甚是喜欢，心道：“这枪非凡，牵的马也是好马，若是拿去献与大哥，岂不美哉？”便说：“这枪不错，只是落在你这般百姓手中，岂不可惜？我愿拿十金买下你这枪与马，你可愿意？”

赵云闻言，嘴角微弯，露出一丝笑容，说道：“此枪和马莫说十金，就是千金，我也不卖。”

将官脸色突变，冷声道：“如果我硬是要买呢？”

“大人若是实在想要，只需赢过我，自然双手奉送。倘若再下侥幸赢了，大人还得送我出关。”赵云心知不能善了，不如先声明条件，让这将官在大庭广众下与自己比试，到时输了也不好赖账。

将官仰头大笑，说道：“本来还有十两金子，你非要与我比试，怕你最后是分文不得了。现在还有机会，你可要想好了，一会儿莫说我欺负你。”

赵云也笑道：“君子一言，驷马难追。”

将官连声说好，便叫兵士清出一块空地，此时周围聚集了看热闹的百姓，有个老者劝赵云道：“汉子，你不知道此人是谁吧？”

赵云摇摇头，听老者之言，这将官似乎有些来头。

老者又说：“此人乃葭萌关副将，叫作张成，乃益州从事张任之弟，自小便跟随张将军南征北战，练就了一身本领，你可要小心啊！”

赵云并未在意这张成，但闻张任之名，突然想起童渊临终之言，心中升起一丝期待。此时他正听老者说话，旁边兵士已收拾好空地，前来相请。赵云对老者行礼致谢，转身从人群中穿过，走到空地。张成手持一把银枪，早已在场中等候，见赵云入场，说道：“我让你三招，免得别人笑话我欺你。”

“让我三招？不必了，我喜欢公平。”赵云闻言，觉得好笑，同时也对张成心生好感。

“这是你自找的。”张成银枪一挺，身子跨步，举枪平扎。赵云见他马步平稳，出枪迅速，心中暗赞，反手抡枪，格开银枪，身体都未移动半步。张成大惊，他不敢再有轻视之心，回枪疾刺，却不想又被赵云看似随手一枪逼开。张成连番受挫，顿生怒气。只见他枪势一变，枪影随形，身法灵动飘逸，使的正是“百鸟朝凤”。看热闹的百姓，见张成所使枪法精妙至极，发出一阵叫好声。

赵云心道：“这张成将‘百鸟朝凤’使得如此熟练，确实下过一番苦功。可惜悟性还是不够，只有形，没有精的枪法，只是个花架子罢了！”

见张成枪至，赵云身形一变，挡住银枪，反手一绞，弹开张成，上前一枪斜刺。张成举枪来挡，赵云招式瞬变，张成虽然架住枪头直刺，却料不到后招枪尾自下撩上，顿时被掀翻在地，正挣扎着想要爬起，“涯角”金灿灿的枪尖已架在他颈子上。周围鸦雀无声，所有人都在震惊之中，特别是跟随张成多年的兵士，他们做梦也没想到张成与这百姓比试，居然撑不了一个回合。

张成更是目瞪口呆，一时半会儿不知该说什么。赵云却笑道：“大人输了，得送我出关了。”

张成回过神来，说道：“你自行出关便是，为何要我相送？”

赵云道：“我已得罪了大人，怕你手下有意刁难，只得委屈你一趟了。”说罢，拉起张成，就往外走去。士兵生怕赵云对张成不利，不敢上前，只得各持武器，跟在后面。赵云骑上逐云，一把将张成提上马背，策马就走。后面兵士慌忙寻马追赶，直至北关门，守军见张成被俘，忙上前阻拦。赵云勒马，对张成说：“叫他们让出道来。”

张成扭头，冷笑道：“我岂能受汝胁迫，宁死不从！”

赵云笑道：“这个可由不得你。”说罢，将“涯角”挂在马背，伸手拔出“青虹”宝剑，将冰凉的剑刃架在张成脖子上，对守军大呼：“速让条路，否则我怕手滑！”

守军面面相觑，不知如何是好。正好追兵至，领头之人，钢甲铁袍，面目威严，手握一柄火红长枪，肩裹深黄色披风，威风堂堂。见到赵云，大声喊道："好汉莫伤我弟性命，有话好说。"

"你是何人？"

赵云勒转马头，心知不妙，万不得已时，只有弃了张成硬冲出关。这时张成大呼："大哥不在成都，来此做甚？"

来将勒停坐骑，斥责道："幸好我今日至葭萌关公干，不然就要出大事。"说完又抱拳对赵云说："好汉，再下张任，你剑下之人乃舍弟张成，都怪我管教无方，还望你手下留情。"

赵云道："我也不想伤他，只是为了安全离去，不得不出此下策。"张任闻言，忙叫挡路兵士散开。赵云勒马行出关门，将张成推下马。

张成刚被一顿训斥，低头不语，不想却被赵云丢下马，狼狈地从地上爬起，甚是难堪。

张任见赵云放了张成，忙抱拳道："多谢好汉，你自去吧。"

赵云收了"青虹"宝剑，勒马大笑："张大将军，可知道常山赵子龙乎？"

张任道："我师弟常山赵子龙自长坂一战，名扬天下。我怎能不知？只是无缘一见！"

赵云笑道："再下不才，便是常山赵子龙。"

张任上下打量一番，说："兄台莫怪我多疑，仅凭你一言之词，实在难以让我信服。"

赵云手握长枪，说道："这便是枪王韩荣的爱枪'天涯海角'，若是师兄不信，我俩一战便知真假！"

张任点头，平举火红长枪，说道："正合我意。此枪名曰'凤凰翎'，乃蜀中名匠，用天外飞石打造，坚固无比，锋锐无匹。你要小心了。"

言毕，二人拍马，在关前大战，各自使出"百鸟朝凤"。只见枪影如满树桃花，目不暇接，两把名枪的每一次碰撞都绽放出点点火星，就如两只凤凰纠缠撕咬。两人战三合，各自收枪退出战圈，张任收枪于后背，哈哈大笑，说道："难怪连枪王韩荣也命丧子龙枪下，这一手'百鸟朝凤'，可比我使得好太多。"

赵云也收枪，说道："师兄过奖了。"

张任将"凤凰翎"交给手下兵士，翻身下马。赵云也跃下马，张任上前拉住赵云的手说："我有十几年未见到同门了，今日幸遇师弟，得好好在此多住几日，陪师兄喝酒。"

赵云道："我尚有要事在身，恐不能多陪。"

张任笑道："怎生也得住上一夜。"说罢，硬拉着赵云回营，经过张成身边，骂道："这是我师弟赵云，他这把'涯角'枪只有天下无双之人才配拥有，你这个不长眼睛的东西，还不与他道歉。"

张成本有不服之色，闻张任之言，大惊道："莫非真是长坂坡单枪匹马，视百万曹军如草芥的常山赵子龙？"见赵云微微点头，张成遂伏地跪拜，说道："我对赵将军万分敬仰，今日相见，也是万幸，多有得罪，还请将军恕罪！"

赵云忙躬身扶起，说："不知者无罪，张将军请起。"张成忙起身，在二人前面引路。

至营内，张成令送上酒菜，张任拉着赵云坐下，亲自满酒，递给赵云，说："我离开师门已有十余年，今日才遇到同门师弟，心中高兴。"

赵云起身接酒，道："云也是受师父临终嘱咐，方知还有张师兄，因连年战祸，未能抽身前来相见。"

张任听赵云提起童渊，脸上略带悲色，叹道："我自幼跟随师父学艺，师父临终之时，却未能与他老人家尽孝。惭愧呀，惭愧。"说完，端酒独饮。

赵云也黯然道："师父他老人家临终时，一直在提几位师兄的名字……"

张任眼角微红，说道："当年都是我年轻气盛，又贪图荣华富贵。向师父请辞后，便在这益州四处挑战，凭手中这路'百鸟朝凤'，成为蜀中第一高手，但是现在想起来，这个虚名又有什么用？

还不如像师弟这样，陪在师父身边，给他老人家送终。”

赵云长叹口气，心想：还是不要把童飞之事告诉张任，免得他去找童飞寻仇，反而让童渊在九泉下不得安宁。

“今日与师弟相见，本是开心之事。你看我，尽谈些悲感之事，还未问师弟要往何处去？”张任抹抹眼角，强颜欢笑地问道。

赵云知道张任心头难受，也不再提童渊之事，将此行的缘由告知。张任听了，笑道：“原来如此，那张卫算个什么东西，也配得上西凉马家的闺女？子龙尽管前去，你父辈皆不在身边，我是你兄长，按理我也该同你提亲，只是益州军务繁忙，我脱不开身，实在可惜。我只得叫张成准备聘礼与你同去，有事也可打个帮手。”

赵云推辞，说道：“多谢师兄，此事不用张将军陪同，我与马超也算是朋友，想来应该不会为难。”

张任道：“马超此人，心高气傲，颇有雄才。与你结交，也是为了招揽你，如若不成，恐不会答应你迎娶马姑娘。”

赵云点头，道：“只有仁治天下才是我的理念，岂能为了个人利益而弃大局于不顾。”

张任举杯笑道：“子龙有此抱负，为兄为天下百姓，敬你一杯。”

赵云举杯与张任酒杯相撞，一口饮下，说：“我的理想也是师父的理想，师兄不如与我同助刘皇叔，一起实现我们共同的梦，让天下百姓回到安居乐业的生活中去。”

张任倒满酒，说：“世人皆知刘备仁德，我知他实乃虚伪之人，不足以投奔。”

赵云惊问：“此言怎讲？”

“玄德有二子，义子刘封，亲子刘禅，合起来岂不是封禅？刘备之心，昭然若揭。莫非子龙还深信他会攻入许昌，迎回献帝之言吗？”张任说到此处，眼睛中透出一丝失望之色，端酒自饮。

赵云笑道：“只要天下太平，我并不在意谁当皇帝。”

张任也笑道：“也许是为兄想得太多，来，我们不谈国事，一醉方休。”

两人又聊些家事，直到各有醉意，方才散去。

翌日，赵云请辞。张任亲自送至关外，两人骑马，并肩同行数里，张任方才止步。赵云回首抱拳说道：“师兄，保重身体！”

张任抱拳回礼，道：“师弟一路顺风，迎回弟妹时，莫忘了来成都看我。”

赵云点头，一勒马缰，逐云张腿狂奔，转眼便消失在起伏的山道中，张任这才依依不舍地策马回关。

正是：

桂阳城下泪断袍，
暮光斜折独影单。
葭萌关前双龙会，
一杯浊酒故人归。

第五章　夜品剑，三生之约

蜀地，丘陵起伏，陡崖林立，满地春色。赵云离开葭萌关数日，方至汉中，他本无心入城，只是天色已晚，不得不暂住一夜。

入了城门，赵云径直来到上回住宿的酒店，小二见来了客人，忙上前招呼。连日奔波，赵云本已疲惫，随意点两个小菜，准备食后便去客房歇息。正吃间，隔桌有人说道："听说这城里正在悬赏征集宝贝，要是家有什么值钱货，都拿去试试吧！"

赵云回头一看，见是三位吃客正在饮酒聊天。

"这个我也听说了，前些天有个李姓庄稼人，不知从哪里搞到一幅史游的书法，这本来只值五十两黄金，拿去赴赏，足足得了百金。"其中一人接话说完，三人一阵唏嘘。

赵云起身上前，笑道："我听三位兄台交谈，甚感兴趣，在下厚颜，想与诸位喝酒聊天，交个朋友。"

三人看一眼赵云，皆笑道："有好朋友来，求之不得！"

赵云闻言，自己寻位坐下，与三人共通姓名后，说道："刚才听三位所言，这悬赏征集之人如此阔绰，不知是何处富贾？"

一人道："商贾皆以赚钱为主，哪里会做这亏本买卖，自然是汉中太守张鲁大人，要为其弟张卫提亲，筹集珍品当作聘礼。"

赵云知道女方必是马家，心想张家聘礼还未送至，自己得先赶在张卫之前，再做打算。便不再多问，和三人闲谈几句，就告辞上楼休息。翌日清晨，赵云在街边购买了干粮，便匆匆出城。一路马不停蹄，谁晓天公不作美，午时刚过，天空已渐现乌云，眼看暴雨将来，赵云不得不寻个住处。正巧途经一个小旅店，就两层小木楼，看起来已有年月，门外搭有小篷，陆续有人来此避雨。赵云勒马立足小篷外，对正在忙碌地小二问道：“这位小哥，里面还有住处吗？”

小二边收拾桌子，边答道：“这位客官，单人房间已满，剩下几间大房，都是多人合宿。”

赵云又问道：“前方还有旅店吗？”

小二自豪地说：“客官第一次走这里吧？凡是常客，皆知此地，方圆百里，独有本店一家。”

赵云无奈得抬头看天，见已乌云密布，苦笑道：“看来只能在此处避雨了。”便跃下马，叫小二将逐云牵去马厩喂食草料。

去店后，赵云也不吃饭，直接叫小二带去房间休息。一入门，扑鼻一股霉味。再看这房，还算宽大，地上铺满草席，横竖已躺了几个人。赵云选了靠墙角的位置，掏出干粮随意吃上几口。突然一道刺目的光芒透过窗户照亮了整个房间，随后一声闷雷，炸响声让大地都为之颤抖。随后，暴雨从天而下，尽情倾泻。赵云将包裹着的“涯角”枪与“青虹”剑抱在怀里，安逸地闭上眼睛。连日的奔波，让他疲惫不堪，倒头便睡。待他醒来，天已黑尽，房中客人有躺有卧，皆在休息。赵云起身，下楼去寻吃的。大厅只有一桌有人独饮，看到赵云下楼，这人说道：“这位小哥，夜半不睡，不如过来陪我喝酒。”

赵云闻言望去，见这人鹤发童颜，已是残烛之年，说道：“既然老丈邀请，在下就来打扰了。”

老者笑道：“不打扰，不打扰。有人陪我这个老头子喝酒，我欢喜得很。”说罢，叫小二拿上一个空杯，抓起桌上的酒葫芦，将杯盛满后，递给赵云。

“老丈这酒不凡！可否告知酒名？”赵云端起酒，只闻一股香醇，沁人心脾。一口饮下，甚是舒爽，意犹未尽，忙开口询问。

老者道：“此酒无名，为老夫自酿，赵云将军若是喜欢，就多喝一些吧。”

赵云大吃一惊，自己并未自报姓名，这老者居然能喊出自己名字。

老者神色不变，又给赵云倒满酒，说：“老夫好剑，天下名剑略知一二，赵将军可愿听我说剑？”

赵云答道：“云万幸，求之不得。”

老者举酒饮下，擦去胡须上的酒渍，朗声道：“剑，自上古时期，便被称为百兵之王。传说中的神剑‘轩辕’之辈暂且不说，只论今日之剑，天下能为利剑之尊者，唯有‘倚天’‘青虹’两剑。当年曹孟德机缘巧合，从古墓中得此二剑，便以‘倚天’‘立威’，‘青虹’‘嗜血’，两剑常伴左右。昔日老夫慕名相求，终与一套剑法，换得一窥二剑，时常回味。后闻‘青虹’在长坂，被赵云所得，故见将军腰间佩剑剑柄，自然认得。敢问将军能否再与老夫欣赏？”

赵云听了，说道：“老丈要看，赵云自然不能吝啬。”遂取下腰间佩剑，双手平摊，呈与老者。老者起身抖抖衣袖，拍去身上尘土，双手恭敬地接过“青虹”。他爱怜地抚摸着剑柄古朴的花纹，犹如对待自己的爱人。少顷，老者左手持剑鞘，右手握住剑柄，轻轻一拉，只听“仓啷”一声脆响，剑身出鞘，流光溢彩，透发出死亡的冰寒。

“青虹，青虹。老伙计，咱们又见面了。”

老者将剑放在桌上，仔细地查看剑身。赵云在旁独饮，没有去打扰他。一个时辰后，老者方才收剑回鞘，还与赵云，说道：“自古名剑配英雄。将军得此宝剑，杀通长坂之围，既是将军之福，又是宝剑之幸，这便是缘分。望将军好生待它！”

赵云将剑复挂腰间，对老者抱拳说道：“我知老丈非常人，可否告知尊名？”

老者端酒饮下，润润喉咙后，说：“山野草民，不足挂齿，你我有缘，尽可一醉。”

赵云见他不愿相告，也不勉强，又见他葫芦已空，便叫小二上酒。虽不及老者自酿，也算香醇。两人痛饮，老者又讲些名剑逸事，直至半夜，酒劲后发，赵云突感醉意，趴桌酣睡。待他醒来，老者早已不知去向，只用剑在桌上刻下“王越”二字。

赵云大惊，嘀咕道：“难怪此人对剑如此钟情，原来他便是剑圣王越！昨夜得见，实乃三生之幸。”

再看天已透亮，赵云结过账后，叫小二牵来逐云，策马离去。一路北上，不日便入西凉境界。行至一三岔路口，有人马设卡挡路，已有许多百姓在此等待过卡。赵云勒马，向旁人询问。原来前方正在操练大军，百姓要过去，还得等操练结束。

再说西凉城外，一身戎装的马超正在城头观看大军操练。只见城下旌旗遍布，金鼓如雷，很是热闹。如此雄厚的军力，让马超冷峻的脸上露出一丝不易察觉的微笑。马岱、马云鹭站在马超身后，马岱问道：“大哥近日练兵频繁，不知为何?”

马超满腔热血地说：“曹贼在赤壁大败，兵力受损，士气受挫，正是我军东进之机。我与韩遂、张鲁约定，待云鹭嫁入汉中，三家便可同时兴兵讨贼!”

马云鹭面无表情，扭头看着城下兵士，似乎对自己的婚事，无动于衷。马岱说道：“大哥兴师，只怕被囚在许都的叔叔婶婶，难逃一死，此事还需从长计议。”

马超右手抓住腰间剑柄，低声长叹，说道：“昔日父亲抱必死之心前去许昌，临走时曾说过，马家乃汉室忠臣，绝不可向逆贼称臣。故令我对属下谎称他已被曹贼所杀，以此煽动兵士的仇恨之心，等待机会，兴兵伐贼。”马超说到此处，脸上露出一丝悲色。

马岱想了想，欲言又止。此时有兵士慌忙上城来禀，有羌人举兵犯境。马超微皱眉头，冷笑道：“不过是群宵小之辈，待我前去走一趟。”

“一群乌合之众焉用大哥前去，伯瞻愿往。”

马岱目露精光，上前请命。马超道：“你未曾独自带兵征战，不可去。”

马岱正要在请，马云鹭转头，看着马超，说道：“伯瞻虽年少，但武艺高强，寻常羌将非他敌手。不如让他实战，日后伐曹，也可为一大助力。”

“那就依云鹭所言，伯瞻为先锋，率本部兵马在你帐下听令。”马超音落，马云鹭、马岱告辞。各自引本部军马，共一万兵马出征。

马超在城头目送二人，心道：“云鹭，别恨大哥，为了国家大义，只能牺牲你的幸福。”

正在等待放行的赵云，寻到个遮阳的树脚歇凉，待午时过后，兵士方才撤卡放行。赵云随百姓顺大道前行，不过十余里，听得前方马蹄震天，一队兵马迎面而来，但见旌旗飘舞，金戈铁马，甚是威武。领头之人，面容娇美，玉清冰洁，头戴金饰线带，身披软甲红袍，手握红缨玄铁枪，策马在前，犹如仙女下凡，此女正是马云鹭。赵云见她神色匆匆，引军东去。此时侧面又来一队兵马，尽是重甲骑兵。带队之人，长相俊朗，正是少年英雄，赵云认得是马岱。再次见到马云鹭，赵云突然间感觉有些尴尬，他踌躇着不敢上前。马云鹭并没有看到混在百姓中的赵云，只顾拍马长奔，犹如冰原上的红玫瑰，灿烂而夺目……

马云鹭率军一路东行，天色还未黑尽，便令扎营。马岱入帐说道：“军事紧急，二姐何故下令在此休整？”

马云鹭闻言，笑道：“若是伯瞻，该当若何？”

“当令三军，日夜不处，倍道兼程。明日早晨，赶至武威郡，与围城羌人一决胜负。”马岱说到此处，眼露精光，似乎已看到胜利的曙光。

马云鹭在桌上摊开地图，指着武威郡，说道：“州府离武威甚远，我军连夜急行，明早至武威，必然人疲马乏，而胡羌以逸待劳，一旦交战，我军危也。”

马岱又道：“若是赶不及，郡府被破，该当若何？”

马云鹭答道：“羌人善骑战，还未听说过骑兵善于攻城，伯瞻勿忧。”

马岱哑口无言，半晌才赞道：“难怪鹭姐数破羌兵，伯瞻佩服！”说罢，告辞回帐休息。

翌日清晨，西凉大军拔寨行军。未时，刚至武威郡境内，骑马探子来报，羌人得知援军前来，准备退去。马云鹭勒住红枣马，面色凝重，正在思考间，有兵急禀，先锋马岱已率军追赶。马云鹭大惊，忙令全军前推接应，又自领一千精锐先行。

马岱引前锋二千兵马奔袭，正遇撤退羌兵，大呼："尔等安敢犯境，认得我马伯瞻乎？"

羌将也不搭话，举起大刀，便来战马岱。两军皆是骑兵，顿时一番厮杀，羌将不敌，勒马转身便走，马岱紧握长枪，拍马便追。待马云鹭率军至，见两边兵士尚在厮杀，她提枪冲入战局，四处寻不到马岱。有兵士告知，马岱追羌将去了。马云鹭担心马岱有失，顺兵士所指追去。行不数里，见平原四周皆是丘陵，她心生不祥之感，回望身后，只有数十从骑跟来。见地势不利，又寻不到马岱，马云鹭心中焦急，身旁女兵劝道："前方多丘陵，恐有伏兵。"

马云鹭担心马岱，银牙一咬，策马前行，身后从骑紧随其后。又行数里，正遇马岱引十数骑返回，正要上前斥责，突听四周杀声震天。马云鹭环视，见大批羌人从丘陵后涌出，形成一个巨大的包围圈。

马岱脸色一变，对马云鹭说道："都是我一意孤行，贸然轻进，害得二姐身陷囹圄。某当死战，保姐姐冲出重围。"他望着四周逼近的羌兵，年轻的脸上露出一丝坚毅。

"为今之计，只有反向突围，与我大部会合，方是上策。"马云鹭平静如常，镇定自若。

羌兵合围，正中有一名羌将骑黑马走出。这将长得人高马大，剑眉星目，一张狼皮从左斜拉，露出半边胸肌，肩扛一柄画戟，英武非凡。此人，便是西羌大元帅越吉之子——越曦。

越曦哈哈大笑，喊道："久闻马家铁骑，纵横西凉无敌手，我本想设计抓个先锋来立威，谁知还来了条大鱼，真是得来全不费工夫。现在尔等已被大军团团围住，不如下马受降，我保尔等无恙。"

马岱怒目而视，大骂："施些阴谋诡计算什么好汉，敢与小爷一战乎？”

越曦横戟，指向马岱，笑道：“若是马超，我还有些顾虑。你这等乳臭未干之辈，安是我敌手。”说罢，举戟朝身后羌兵喊道：“一会儿我与人交手，尔等不可来助。”数千兵士应诺，声势浩大。

马岱转头轻声道：“我与越曦交手，若能将其斩杀，二姐便可趁乱突围。”言罢，正欲拍马上前，马云鹭在旁告诫道：“此人乃西羌猛将，伯瞻定要小心，莫要轻敌。”

马岱点头，拍马挺枪，直面刺出，越曦拍马出阵，起戟迎刺。马岱的武艺乃马超亲传，枪影如阳春柳枝，令人目不暇接，看不清楚。两人交战数合，越曦笑道：“马家枪果然名不虚传，不过远非我敌手。”

马岱冷笑道：“莫要大言不惭。”

两人再战，越曦的戟法突变，顿时犹如奔雷，奔腾而下。马岱大惊，奋力抵挡，战两合，臂力不济，枪法稍乱。马云鹭见马岱已露败象，忙拍马去援。越曦大笑道：“听说马小姐要下嫁夙包张卫，还不如跟我回西羌，做个大将军夫人岂不美哉？”

马云鹭只是冷笑，起手便刺。越曦立戟架住枪尖，笑道：“近看马小姐果然绝色，再说马家也有羌人血统，还是跟我回去认祖归宗吧。”

马云鹭听他说得轻浮，杏目中露出鄙夷。双手一转，枪身弹开戟刃，顺势前绞。越曦侧身躲过，心中暗道：“好险！”

见马云鹭枪法精妙，遂收起轻视之心，抡戟便刺，马岱从侧面出枪来助，与马云鹭将越曦夹在中间厮杀。越曦不愧是西羌大将，武艺极高，以一敌二，丝毫不落下风。马云鹭毕竟是女子，她每接下一戟，双手都会被震得发麻，知道不能力敌，便尽量避免与越曦正面硬碰，在旁协助马岱。越曦见二人配合地天衣无缝，一时难分胜负。他持画戟乱舞，迫开二人，策马速奔，借力猛劈，马岱抵挡不住，被一戟拍在肩膀，翻身倒地。马云鹭拍马去抢，手中红缨玄铁枪猛地刺出。越曦冷笑一声，也不顾马岱，回戟挡住玄铁枪，再复几戟，迫得马云鹭连连后退。

“我说过，只有马超能与我一战。”越曦扛着画戟，在刺目的阳光下显得自信十足。由于越曦的胜利，羌兵发出雷鸣般的喝彩。

马岱挣扎着从地上爬起，刚才那一戟虽然没有劈中要害，但左臂折断，已无再战之力。马云鹭暗道不妙，很显然，越曦之强，已超出了她的预料，她一时不知如何是好。忽然间，她想起了长坂坡，那个单枪匹马面对曹操十万大军的男人。

“当时，他迷茫过吗？”马云鹭想到这里，露出一丝迷人的微笑。此时数十从骑已经护卫在她身边，有骑士将马岱也搀扶回来。

越曦扛着画戟，一脸不屑，喊道：“尔等已是强弩之末，此时不降，更待何时？”

马云鹭心中已抱必死之心，她轻声对身边军士说道：“我马家铁骑，宁为玉碎，不为瓦全。一会儿我自带十余骑留下阻挡越曦，剩下的人护着伯瞻突围。诸位若有一人突出，便可引大军来援。”

“皆因我轻敌，方至如此。我当在后缠住越曦，二姐无须管我，自顾突围就是！”马岱右手拔剑在手，语气斩钉截铁。

马云鹭笑道：“我是统帅，伯瞻莫要违背军令。”遂勒转马头，冲杀突围。

越曦眼露精光，戟指马云鹭，羌兵一拥而上，开始合围。马云鹭枪法精妙，身旁兵士又以死相拼，寻常羌兵哪里抵挡得住，被杀得纷纷后退。此时越曦赶至，马云鹭令人带马岱继续突围，自己率十数骑反身去挡越曦。两人枪来戟往。一个枪法如灵动之鸟，轻盈缥缈；一个戟如奔雷，迅猛无比。战数合，马云鹭气力不济，虚晃一枪，转身欲走。此时羌兵合围成功，她环视一圈，身旁从骑皆亡，羌兵已将自己围得里外三层。越曦仰天大笑，喊道：“马小姐，事到如今，你还是束手就擒吧。”

“我马家军可杀不可辱。”

马云鹭心知已无生路，反手回枪，就欲自刎。此时包围圈外一阵骚乱，回头去看，见一队人马冲来，正是援军赶至。为首一骑，人、马皆全身覆盖铁甲，看不清相貌，径直冲向越曦。越曦也不示弱，纵马去迎，接住来人交战，身后两边骑兵如潮水般涌在一起，一个回合的交锋，留下满地断肢残臂。

两人战数合，各自分开，越曦见来者枪法稳健精妙，心中惊疑，问道："来者可是马超？何故装神弄鬼，故弄玄虚，敢于真面目示人乎？"

"有何不敢见人。"

骑士伸手摘下头盔，只见他浓眉大眼，阔面重颐，威风凛凛，并非马超。

马云鹭在旁见了，又惊又喜，喊道："赵大哥，你怎会在我军中？"

赵云说道："云鹭速去指挥大军，此人由我阻挡。"

原来昨日赵云一路见大军离去，便尾随在后，趁昨晚大军休整，混入了队伍。刚才在战场厮杀，见马云鹭带数十骑去寻马岱，感到事情蹊跷，回马去寻副将，谎称马云鹭令大军前行。一路赶来，正好救下马岱，得知马云鹭果然入伏，忙快马奔来救援。

越曦横戟，问道："好大的口气。只是我素来不杀无名之辈，汝乃何人？报上姓名，也不用做那无名孤魂！"

"我乃常山赵子龙。"赵云斜背长枪，声音洪亮。

越曦笑道："西羌之地，不知什么赵子龙，我乃西羌大将越曦，只认得手中画戟。"

两人拍马再战。赵云枪法迅猛，刺出的枪头犹如浪花叠叠，没个尽头。越曦也非常人，画戟乱舞，刃光点点，直杀得天昏地暗。战数合，越曦戟法突变，顿时如长空霹雳，滚滚奔腾。赵云心头一惊，使出"百鸟朝凤"枪，战数合，卖个破绽，诱其攻来，反手一枪，越曦大惊，横戟挡住枪头，冲击力让他身体后倾，忙勒马后退几步。

赵云勒住逐云，枪指越曦，大喊："你使的可是'十字奔流'？"

"这你如何得知？"

越曦微微吃惊，没想到赵云开口便说他的拿手绝技。

赵云笑道："我曾见吕奉先使过此戟法，没想到西羌蛮荒之地，也有人会使。我念汝习此戟不易，且饶你不死，汝自带兵士回西羌罢了。"

越曦闻言，怒道："我乃大戈壁的男儿，是狼的传人，岂能夹尾离去!"说罢，提戟来战。

赵云知道"十字奔流"厉害，不敢懈怠，横枪扫去。越曦出戟相抗，架住枪身，意欲比拼气力。谁知赵云招式一变，枪身顺着戟斜划而下，直劈他胸口。越曦忙双手旋转画戟，格开长枪，反手一戟刺去。赵云身体向后仰下，正好躲开，起身再挺枪绞杀。两人大战十合，赵云又使出"风花雪月寒梅枪"，枪术更让越曦眼花缭乱。

越曦越战越心惊，心道："这赵云武艺太高，如此下去，恐难得胜，不如智取!"想到此处，虚晃一戟，转身勒马就走。赵云纵马紧追。越曦回头见赵云追近，心中大悦，悄悄从马鞍取下一柄流星锤，反身掷去，同时勒马转向，来迎赵云。赵云见状，斜身躲过飞锤，还未挺直身体。就听越曦大呼："赵云，受死吧!"话音未落，举画戟猛地劈下。

赵云身经百战，反应迅速，也不躲避，斜刺一枪，直奔越曦面门，若是越曦不变招，必是两败俱伤。越曦不得已，回戟架枪。刚才历经凶险，赵云已生杀心。当"涯角"枪被画戟架住的瞬间，他腾出左手，一把抽出腰间"青虹"宝剑，猛地斩下。越曦躲避不及，被劈落下马。赵云弯身取下首级，大呼："越曦业已伏诛，尔等还不速退。"

周围有羌兵见了，尽皆慌乱，顿时一传十，十传百，纷纷抱头鼠窜，只留下一地尸首。马云鹭见羌兵军心已散，各自逃命，遂令大军停止追击。赵云策马，缓缓来到马云鹭身旁，一时无言。两人四目相交，马云鹭朱唇轻启，问道："玄德公新得荆州，正是用人之时，你为何跑到西凉来?"

赵云神色尴尬，将越曦首级扔到地上，伸手挠头，小声说道：

“主公与军师叫我来看你。”

马云鹭脸色冰寒，说道：“现在你看到了?”

赵云点点头：“嗯！看到了。”

马云鹭叹口气，勒转马头，转身说：“现在看到了，你请回吧。”

赵云额头沁汗，忙说道：“我自己也想来看你。”

马云鹭扭过头，问道：“你知道我已经被大哥许配给张卫了吗?”

赵云又点头，说：“我此次也是来提亲的。”

马云鹭摇摇头，叹息道：“晚了，一切都晚了……”她举起马鞭，就要离去。

赵云拍马上前，挡住马云鹭，坚定地说道：“我这边便是来寻你，哪怕刀山火海，我赵云也要带你回荆州。”

“你可不要反悔!”

马云鹭闻言，抬起头，注视着这张让她朝思暮想的面容，仿佛心中的枷锁瞬间脱落，她露出一丝微笑。

赵云甚是欣喜，解下腰间佩剑，跳下逐云，说道：“此乃名剑‘青虹’，今日我便送与云鹭，当作定情信物。”

马云鹭下马后，接过“青虹”剑，也从脖子上解下一块玉佩，将其送给赵云，说道：“这是我贴身之物，是母亲生前唯一留给我的宝贝，现在交给你，望你莫要失言。”

赵云点点头，接过玉佩，小心翼翼地戴在脖子。两人各自收好对方信物，这就私订了终身。

此时马岱至，见马云鹭无恙，这才安心找随军郎中包扎伤口。待打扫完战场，马云鹭便聚拢大军，前往武威郡府休整一夜，翌日拔军返回西凉。

一路上赵云与马云鹭并骑而行，眼见西凉城渐近，赵云内心有些忐忑，小声问道：“一会儿我见了马孟起，该怎么说?”

马云鹭撇嘴笑道：“都说常山赵子龙一身是胆，这会儿怎么如此扭捏?”

赵云略有担忧地说：“我知道孟起兄将云鹭许配给张卫，是为了联合汉中一起兴兵讨伐曹操！只怕他不会同意我俩的婚事。”

“我与张卫打小就认识，一直只有兄妹之谊，没有儿女之情，若是大哥硬逼我下嫁，我便与子龙哥一起离去。”马云鹭的语气斩钉截铁，美目平视着前方隐隐若现的西凉城……

马云鹭得胜而返，行至西凉，见天色已晚，便将部队暂时在城郊扎营，自带十数亲兵送马岱回城养伤。赵云跟随入城，刚入城门，便与马云鹭告辞，马岱劝道：“赵将军何必见外，与我们回府便是。”

赵云答道：“赵云一路风尘，今日不宜去见孟起兄，待我先寻个住所，明日换身洁净的衣裳，再登门求亲。”

马云鹭觉得有理，也不挽留，说道：“赵大哥不如去何府暂住，何公子也时常提起你。”

赵云笑着说：“我随便寻家旅馆便是，何必麻烦别人？”说罢，与马云鹭、马岱二人告别，独自牵马往大街走去。

待赵云走后，马云鹭问道：“伯瞻伤势如何？”

马岱苦笑道：“二姐不必担心，不过是左臂折了，休养一段时日便可恢复。倒是赵将军明日来府提亲，恐大哥不会同意。”

马云鹭只是轻叹，两人未再说话，一路朝府邸前行。

赵云再次来到西凉城，径直寻家旅馆住下。翌日清晨，换上一套新衣，便朝州府走去。路遇有人派米于民，赵云询问百姓，人言：周大善人在自家屋外撒米。

赵云心道：“乱世之中也能施善，此至善之人。”

行至府门，上前交了拜帖，片刻，身穿白袍的马超从府门迎出，一见赵云，大笑道：“我见是子龙拜帖，心中甚喜。已叫下人备置酒菜，今日我俩不醉不休！”

赵云忙抱拳作揖，说道：“所谓无事不登三宝殿，云此来特有一事相求。”

马超略一迟疑，复又笑道：“子龙为何而来，我已知晓。这事还是在屋内再谈为好。”随后引赵云径直步入客房。屋中已摆好酒菜，有一个美貌婢女在旁用热水温酒，见主人入屋，起身立于旁边。

马超招呼赵云对桌而坐，端杯敬道：“子龙兄旅途劳顿，这第一杯，为兄敬你。”

赵云端杯，说道：“孟起兄太客气了。”两人同饮，婢女上前正要倒酒，赵云摆手说：“今日我兄弟饮酒，自便就是，姑娘不必在此服侍。”

婢女闻言，略带疑虑地看着马超，见马超点头同意，方才施礼，告辞离去。二人自盛温酒，酒过三巡，马超突然说道：“子龙兄此来之意，我已知晓，只是马、张两家已有口头婚约，此事甚是为难！”

“张卫不过纨绔子弟，有何德敢娶云鹭，孟起兄可要三思而后行。”赵云心中焦急，忙开口劝说。

马超正色道：“张家盘踞汉中，与我西凉成犄角之势。若云鹭嫁入张家，他日我两家联合韩遂，同时起兵，直捣许昌，便可救出献帝，匡复汉室，此乃国家大义。”

赵云说道：“曹操虽在赤壁大败，但其中原主力并未受损，君可见孙仲谋久攻合肥不胜乎？”

马超笑道：“曹操最强便是虎豹骑。但论骑兵，仍非我铁骑敌手，子龙多虑了。”

赵云又要再说，马超阻道：“子龙无须再说，云鹭之事，兄弟不能应诺。”

赵云见马超心意已决，知道不能改变，与他再饮几杯，便告辞离去。马超挽留不住，送至大门，两人行礼作别。待赵云离去，马超复回酒桌独饮，脸上露出苦涩之色。

赵云刚出府邸，才行至小巷，突然有人在旁拍他左臂，回头视之，是一名素衣少女。少女环视四周，见无人注视，偷将手中一张纸条交给赵云，一话未言，便转身离去。赵云心知有异，匆匆回到旅店，打开纸条视之，上书：“今晚二更，城南小溪桥相见。”

赵云见字迹秀美，知道是马云鹭所书，心中有数，正巧小二送热水至，赵云询问道：“这位小哥，可知小溪桥在何处？”

“客官，你算是问对人了，别的不敢说，在这西凉城中，还没有我不知道的地方。”小二面带笑容，甚是得意。接着又道：“出门后，顺大道前行，到第一个岔路口右转，见城中内河，靠河边小道直走便是。”

赵云听了，连声感谢，小二收拾了房间，就下楼去了。赵云怕晚上找不到路，便出门寻路，照小二所说，果然来到小河边，一眼望去，河水波光粼粼，清澈透底，沿岸小道都是柳树，树下零零散散坐着一些歇凉的居民。赵云心道：“这倒是个休闲的好去处!”再往前走，不过数里，便见一座小桥架在河上，匾上大书“小溪”两个红色大字。

赵云找到了小溪桥，又回旅店歇息至亥时，这才出门径直来到小溪桥。见马云鹭未到，便背手站在东面桥头静心观景。只听河水潺潺，夜虫高歌，不时有萤火虫从身边飞过，赵云感到心情甚佳。大约片刻，西面桥头有脚步声，赵云侧头视之，见马云鹭手提一个圆形灯笼，缓步而至。赵云忙迎上前去，正欲开口说话，马云鹭问道：“子龙哥，今早你与大哥在屋内所谈，我已知晓。我大哥既已下定决心，就算我等有七寸不烂之舌也不可能让他改变主意。”

“这当如何是好?”赵云明显有些焦急，忙问道。

马云鹭继续说：“现在大哥不允许我与你相见，如今之计，唯有悄悄离开西凉，前往荆州。”

赵云闻言，忙道：“如此一来，却害云鹭背负罪名，这让云心何安?”

“只要能跟赵大哥一起，云鹭不怕!”马云鹭说到这里，低下头，露出女孩子应有的娇态。

赵云见她如此坚决，心中甚是感动，问道：“我们何时离去?”

马云鹭见赵云无异议，又说：“大哥已经安排了眼线，我们不能明目张胆地出城，只有去求伯瞻相助。”

“伯瞻?他肯助我们离去，但如何与孟起兄交代?”赵云心中疑虑，生怕连累他人。

马云鹭说道：“自然要做到神不知鬼不觉，所以还需一人相助。”

赵云忙问："何人？"

马云鹭面露微笑，凑到他耳边轻声说："何俊。"

赵云恍然大悟，笑道："何公子的商队常出门在外，我怎么就没有想到！明日我便前往何府拜访。"

"这次见到赵大哥，总觉得你很是木愣，哪里还有在新野时的精明？"马云鹭嘟着小嘴，虽然在埋怨，语气中又夹杂着欢喜。

赵云挠着脑袋，嘿嘿傻笑。两人又各自倾诉一阵，约好下次相见，便各自返回。

翌日，赵云从后门出，见无人跟踪，径直行至何府，请护卫入内通报。片刻，听到里面传来一阵急促的脚步声，赵云往大门内望去，见来者白发苍苍，正是徐伯。

赵云作揖，笑道："徐伯，身体可好。"

徐伯走近，才看清赵云，大喜道："昨日院里有喜鹊欢鸣，今日果然有贵人至。赵将军，快快请进。"

两人一进屋，徐伯忙叫下人置酒。

"徐伯客气了，怎不见何公子？"赵云见不到何俊，开口询问。

徐伯笑道："你看我，老糊涂了。公子上月带商队去了成都办货，估计也快回来了。赵将军多住几日，待他回来，你们好好聚聚。"

赵云拜谢，下人已准备好酒菜，二人饮酒叙旧，说些家长里短。徐伯突然问到赵云可否娶亲，赵云便如实将此次前来之事相告。徐伯听了，摇头叹道："看来这西凉的安稳也只是昙花一现了，马超终将战火引至。"

赵云安慰道："若是打败了曹操，也是一场美事。"

徐伯苦笑着说："曹操乃中原之霸主，就算刘玄德、孙仲谋这般英雄，也只能携手相抗，何况马超、张鲁之辈，一旦起兵，迟早兵败。赵将军数战曹军，定知老夫所言非虚吧？"

赵云闻言，自饮一杯，起身说道："此事难料，暂且不提。今日赵云登门拜访，一是探望故人，二是有事相求。"

徐伯忙擦去胡须上的酒渍，起身拜道："将军于我家有恩，有什么事尽管吩咐。"

赵云扶徐伯复坐，小声告知相求之事。徐伯闻言，道："此事无妨，将军赶得巧，近日正好要与牧场送货。"

赵云又嘱咐道："切莫让第三人知晓！"

徐伯点点头，严肃地说："将军放心，这次老夫亲自带队，确保万无一失！"两人约定，又喝几杯，赵云告退，徐伯送至大门。

赵云回到旅馆歇息，二更又至小溪桥去与马云鹭商议。马云鹭听赵云说事已办妥，便道："后天大哥要去祭祖，无暇顾及，我们可趁此机会离去。"

赵云叹口气，说："若是孟起知道了，必然与我反目，人生难得知己，甚是可惜。"说到这里，他心中突然想起了张郃。

马云鹭知他心意，安慰道："日后待大哥气消，我们再回来请罪。到时木已成舟，想他也不会多说什么！最重要的是，他不能约得张鲁出兵，就这样放弃，也可保我父亲家人一条性命。"

赵云苦笑道："终究是没有办法的事，但愿如你所言。"又商议一阵，两人各自归去，为后天出走做准备。

第二日，赵云装作在城中游玩，甩掉了跟踪的尾巴后，去何府见徐伯。约好了出发时间，徐伯立刻令人将货物准备上车。赵云又去与马超辞行，门卫认得赵云，就引他入客堂等候，不久马超从后院走入，赵云见他一身白色劲装上，满是汗渍，一见赵云便大笑道："我正在后院练武，听闻下人来报，顾不得换衣便来见子龙。既然来了，何不与我到后院切磋枪法？"

赵云也笑着说："我是来辞行的，不想耽误了孟起兄练武，皆是云之过。只是今日忙于赶路，这切磋就留在下次吧。"

马超请赵云上坐，又叫下人端上茶水，随后才说道："子龙何必如此仓促，不如多待几日，等我闲时，一起到郊外赛马射箭，岂不美哉？"

正说间，有人来报，张卫送聘礼已至城外，大车小车尽是稀罕玩意，马超只是点点头。

赵云面色微变，喝口茶水，放在桌上，起身说道：“荆州初定，百废待兴，玄德公要我速归，既然事情不成，便就此别过。”

“既然子龙因公事需急归荆州，我不宜再劝，只望莫为此事责怪于我，祝你一路顺风。”马超知道赵云心中不悦，也不挽留，起身相送。

送至大门，赵云见马超意欲再行，抱拳说道：“送君千里，终须一别。孟起兄要事在身，不便远送，请就此留步吧。”说完，只身离去。回到旅馆，付了宿费，叫小二将逐云牵来，就朝城门走去。出了城门，赵云并未远去，只是在城外十余里官道旁寻片树林暂待。天色渐晚，林中气温骤降，赵云怕引人察觉，不敢生火取暖，便从马背取来厚衣穿上，靠着树根，闭目歇息。不知何时，一阵急促的马蹄声在林中响起，打破了夜的宁静。赵云被这阵声响惊醒，正要起身查看，突听有人说话，仔细一听，有人说道：“几次暗杀未成，东家有些耐不住性子了，寨主也发了脾气。”

“何俊这小子滑得很，每次都被他逃脱了。不过他这次必然在劫难逃。”

“不妨，我听说明日徐老头也要带队去牧场，若是不成，我等便去擒住徐老头，让何俊不得不自己前来寻死。”

赵云听到此处，心中一惊，想起初遇何俊，一路有人暗杀，虽然未成，但终究是个隐患。现在正遇这伙人，不如暂时留下逐云，自己在后尾随，看看这些人口中的东家是何人。想到此处，他偷偷尾随，一路悄声潜行，到林中一处宽敞地，又有数十黑衣人等待，其中一个身材高大，手拿一个火把，显然乃领头之人。见人手到齐，说道：“一会儿何俊的商队便要经过林外，为了将他一网打尽，寨主也来了。”

“寨主亲至，今夜何俊必死无疑。”众人大呼，皆目露喜色。

赵云躲在树干后，四处打量，没见到这些人口中的东家，想是还有另一拨人，心中暗叫不妙。再等半个时辰，听到林外有马铃声，这伙人纷纷起身上马，朝林外走去。

林外大道上有一支马队，缓缓前进，从火把的数量上看，也有数十人。带头之人，人高马大，赵云认得他是何俊的护卫，正欲开口提醒，不料这伙黑衣人已从树林冲出，也无多言，抡刀便砍。商队似乎早有准备，拔出武器迎战。

一时间双方厮杀，此时前方又赶来一队人马，约有百人，将双方围住，两边暂时罢手。只见人马中走出两人，一人身穿华服，满脸横肉，目露凶光。另一人身穿黑衣，额高面冷，手提一把长刀。

“寨主。”众黑衣人抱拳行礼。

这个被称为寨主的黑衣男子，只是微微点头，另一个华服男子大声笑道：“何俊，久违了。没有想到你也有今天吧？”

“我还真没有想到，这些年一直在我身后施暗手的，居然是平常逢人三分笑的周大善人。”一个锦衣男子从商队中走出，语气很是吃惊，此人眉清目秀，正是何俊。

原来这个华服男子，便是这些人口中的东家，正是前些日在城中派米的周韦。此人乃西凉城的商贾大户，不论做生意还是与人结交，皆是一副热情似火、问寒问暖的模样，人们都对他心生敬意。前些年，何俊的生意越做越大，见影响到周韦的生意，便专门上门拜访。当时的周韦满脸笑容，连声说：“无妨。”当时何俊甚是感动，自觉控制对西凉城内的市场扩展。

周韦冷笑道：“你这小子，依靠马家的势力，大肆抢夺市场，还敢上门来羞辱我，真是不知死活。”

何俊喝斥道：“周韦，你这个暗箭伤人的小人，今日就算死，也要与你拼个鱼死网破。”

周韦拔出佩剑，大呼：“将他们杀光，不要走脱一个。”立足在旁的黑衣男子，举刀一指，率先杀向何俊。众人各持兵器，跟随他冲上去厮杀。

赵云暗道不妙，见无人发现，快步行至周韦马后，伸手去抓周韦背心，谁知周韦已有警觉，反手一剑横斩，赵云忙收手躲开，顺势一脚踹在马腹。大马受了惊吓，暴躁不安，周韦剑式未收，重心不稳，摔下马来，正要挣扎爬起，却被赵云一脚踏在胸口，动弹不得。

“你们东家已被擒，还不速速罢手！”

赵云的喊声中气十足，顿时两边人马各自分开。

“恩公！”何俊从火把微弱的光芒下，见得是赵云，心中大喜。

赵云问道：“公子无事吧？”

何俊答道：“无妨！”

周韦在地上，大呼：“你是何人？”他的声音有些颤抖。

赵云未搭理，弯身将其拉起身，用枪尖架在他脖子上，方才问道：“你想死还是想活？”

周韦忙道：“自然是想活。”

“想活就老实点。”

赵云说罢，左手提着周韦，对众黑衣人说道：“尔等密谋杀人，若是传到城中马超耳中，恐难逃一死，不如离开西凉，自顾逃命。”

众人闻言，面露疑虑，那带头黑衣人怕士气动摇，大呼：“事到如今，也管不了那么多，大伙一起上，只要杀光商队的人，就没有什么可怕了。”说罢，举长刀朝赵云砍去。

赵云冷笑道：“恐怕你没有这能力。”话音刚落，手中“涯角”枪已刺透这人胸口。这一切发生得太快，众人皆知寨主武艺高强，却非眼前这人一合之敌，尽露骇色。赵云横枪，大呼：“尔等可知常山赵子龙乎？”

有贼人小心翼翼地问道：“莫非是在长坂七进七出的赵子龙？”

赵云笑道：“正是某，尔等不为国家效力，甘愿落草为寇，干些杀人越货的勾当，非男儿本色。不如与我一起，兴复汉室，留名千古。”

这贼人听了，忙跪地道：“反正西凉也无立足之地，我愿跟随将军建功立业。”余者见有人带头，又惊惧赵云威名，纷纷下跪。

赵云见大势已定，便将周韦交与何俊看押，亲自上前对众人抱拳说道：“诸位有心报国，赵云佩服，我也不强求，愿去荆州的便跟我走，不愿去的，自行离去。”见无人起身离去，赵云又道：“云平生最敬报国之士，尔等请受我一拜！”说罢，弯身作揖。这些人落草山林，何曾受过如此礼遇，尽皆感动涕零。收编之后，统计有百余人，暂时全部编为从骑。一切妥当，赵云又与何俊叙旧，直到天色大亮，何俊方才告别回城。再说西凉城中，甚是热闹，马超大早便到庙中祭祖，马云鹭趁机至何府与徐伯会合，一切妥当，徐伯立即率队出城。今日值守之人正是马岱，见到化妆混在商队中的马云鹭，微微一笑，心中道句珍重，便下令放行。商队行出数里，正遇何俊商队，徐伯与马云鹭见到周韦，心中惊奇，何俊便将昨晚之事告知，徐伯大怒，放声大骂，周韦低头不敢吱声。马云鹭问何俊，说道："此人如何处置？"

何俊答道："我欲将他交与马将军定罪。"

马云鹭未说话，走到周韦身旁，突然拔出"青虹"，一剑将周韦劈成两半。剑身散发幽幽剑光，未沾一滴血迹。何俊、徐伯大惊，徐伯忙道："马姑娘这是为何？"

马云鹭收剑入鞘，脸色平静地说道："若将他送至大哥处，你等帮我离城之事，还能隐瞒吗？我不能陷诸位于险境。"说罢，对二人抱拳辞行道："多谢诸位相助，云鹭在此告辞！"

何俊、徐伯恍然大悟，待马云鹭纵马离去。

"也许只有赵将军才配得上你。"何俊目送，心中一阵惆怅。他苦笑几声，缓过神来。徐伯已令人将周韦尸身掩埋，之后何俊只差商队返城，自己与徐伯一同运货至牧场。一路上两人谈起这几年被周韦暗杀之事，一阵唏嘘，徐伯直叹"人心难测"。

赵云送走何俊一行，便在林中等待，无事时就与这群人聊些家常。不久听闻马蹄声起，赵云视之，见是女扮男装的马云鹭，忙上前迎接。马云鹭笑道："让赵大哥久等了。"

赵云道："无妨，只是苦了云鹭，日后得和我吃苦受累。"

"云鹭不是娇养小姐，赵大哥不必担心，只是可惜了爱马与'凤尾'枪不能带走。"马云鹭叹口气，继续说："只恐大哥寻我不得，凭生事端，我们还是速去为好。"马云鹭说罢，回头望一眼西凉城方向，毅然回首，拍马就走。赵云勒马跟从，林中百骑，纷纷跟在身后。

一路马不停蹄，就要进入汉中境界。忽闻身后马蹄轰鸣，赵云勒马，回头视之，见身后浓烟滚滚，知有大军追至，遂对马云鹭说："想是孟起兄追来，该当如何？"

"只是苦心相劝，若是非要我回去，除了兵戎相见，别无他法！"

马云鹭咬牙，似乎下定了决心，伸手拔出腰间“青虹”，勒马而立。赵云提“涯角”在旁，坚定地说道：“云定会带你离去。”两人四目相视，各露微笑。

片刻，追兵至，只见马超一身银甲白袍，手提虎头金枪，肩披灰白长披，勒马而立，身后数百骑皆是全身铁甲，犹如武神降临。见是马超亲至，赵云身后从骑皆露恐惧之色。

赵云脸色有些尴尬，抱拳说道：“孟起兄……”

马超面如寒霜，没有理会赵云，只是瞪着马云鹭，冷道：“云鹭，立刻跟我回去。”

马云鹭摇摇头，说：“我不回去，我不会为了你所谓的大义而牺牲自己。”

马超怒道：“父兄之命，岂能由你的性子？别逼我亲自动手抓你回来。”

“大哥，大哥，何必伤了自家人和气？云鹭妹子，赶紧和我们回去，以免大哥伤心！”

马超军中出来一人，长得眉清目秀，勒马至马超身旁，一脸焦急之色。此人赵云认识，正是汉中张卫。

“张大哥，云鹭与你只是兄妹之情，望你不要苦苦相逼。”马云鹭语气缓和，露出歉意。

张卫笑道：“云鹭妹子，你既然已经被许配与我，便是我的人，不管怎样，你也得跟我回去。”

赵云闻言，怒道：“云鹭不愿嫁你，还不退去。”说罢，策马挡在马云鹭身前。

马超勒马出阵，横枪冷言道：“废话少说，子龙若要阻挡，莫怪我不念旧情。”

赵云嘴角微弯，冷语说：“今日我便要带云鹭离去，谁能阻挡？”

“想带云鹭离去，还得问问我手中‘虎头錾金’枪是否答应！”

马超轻哼一声，拍马冲出，举枪就刺。人马合一，犹如一道银光。赵云纵马迎去，出枪架住马超，两人各施枪术，互不相让，一个使得是“百鸟朝凤”，奇招百出。另一个使得是马家祖传枪法，妙招尽出。旁人只见得漫天枪影，如瑞雪叠叠，让人眼花缭乱。两人缠斗，大战百余合，未分胜负，皆感气力不济，各退一步休息。见两人不分胜负，两边兵士各自呐喊助威，再无惧色。

马超抹去额头汗珠，笑道："痛快！子龙的枪术比之当年又精进了不少，不过想凭一己之力带走云鹭，恐怕是不可能的事。"

赵云斜持"涯角"，朗声说："我与云鹭已私订终身，不论如何，决不相弃，望孟起兄成全！"

"一码归一码，想要离去，还得战胜我手中的长枪。"马超挺枪跃马，再次冲来。两人又战数十合，直杀得大汗淋漓，气喘吁吁，仍然分不得胜负。只急得在外观战的马云鹭，心中忐忑不安又夹杂着一丝矛盾。正焦急间，西凉方向奔来一队人马，在前之人正是马岱。见马超正与赵云大战，忙上前喊道："两位哥哥，暂且罢手，某有话说。"

二人闻言，各自勒马后退几步站定，马超大声问道："伯瞻有何事?"

"西羌又起大军来犯，欲为大将越曦报仇雪恨，军情紧急，还请大哥速归。"马岱神色焦急，话语急促。

马超皱眉，收枪斜背，问道："有多少人马?"

马岱只言不知，又说羌人已过武威。马超大吃一惊，勒马说道："云鹭，若你不与我回去，我马超就不再有你这个妹子。"

马云鹭下马，对马超泣拜："我和赵大哥已私订终身，恕云鹭不能与大哥回去。"

"罢了！你去吧。日后，别再回西凉。"马超见妹妹心意已决，只得仰天长叹，勒转马头，张卫忙上前问道："大哥，我与云鹭的婚事，该当若何?"

马超斜眼看他一眼，张卫顿感甚是冰寒，不敢再言。马超冷哼一声，提起马鞭狠抽马臀，率军退去，张卫也只得跟在马超身后。马岱待他们先行离去，翻身下马，将夹杂在队伍中的红枣马牵出，说道："鹭姐牵了马匹速去，离开汉中境内，才是安全之地。"

马云鹭接过爱马，拔下马背上的"凤尾"枪，有些担忧地说："羌人有多少？大哥匆匆应战，恐有不妥！"

马岱笑道："哪有什么羌人犯境，不过是某为了与你解围而已。"

马云鹭惊道："伯瞻谎报军情，大哥定要拿你问罪，不如跟我一起前往荆州。"

马岱摆手说："大哥不会对我如何，大不了被罚几十军棍，鹭姐别在此耽误了。"随后又对赵云说："赵大哥，既然你与鹭姐两情相悦，还请你善待她。"

赵云抱拳，说道："伯瞻请宽心，云决不相负。"

马岱点点头，上马引军离去。为防事情生变，赵云一行尽选小路行进，直到进入益州境内，方才放松下来。又过葭萌关，守将张成早得通报，急忙出关迎接，摆置酒宴，尽心款待。翌日赵云拜别，张成送出关十余里，方才分别。

一路上，赵云见马云鹭常低头不语，知她还为西凉之事难过，便安慰道："等日子长了，孟起就不会记恨了，我们一起再前往凉州请罪。"

马云鹭舒眉，俏脸上露出一丝笑容，说："大哥一定会原谅我们俩，到时我再与他好生赔罪。"随后又笑道："前方路已平坦，我俩不如快马加鞭，看谁先入荆州地界。"说罢，纵马便走。

赵云见她心情已有改善，哈哈大笑，也拍马在后追随，身后的百余从骑纷纷扬鞭，一时间大道上马蹄震耳，荡起漫天尘埃，飘散在空中……

正是：

> 闷雷春雨夜品剑，
> 千里之外赠红颜。
> 两心不渝天地鉴，
> 白首直到夕阳间。

第六章　江东行，夺路狂奔

建安十四年，夏至，荆州刺史刘琦病故。孙权遣鲁肃来讨还荆州，被刘备以暂无安身之地为由，打发离去。不久，诸葛亮等人举荐刘备为荆州牧，刘备遂上表与献帝，改油江口为公安，自统荆州之事。又过数月，甘夫人患病去世，刘备悲痛万分，将其葬于南郡。

江水长绵，怒涛依旧，艳阳高射，折出波光粼粼。赵云陪马云鹭到江边观景，江风阵阵，吹拂在二人身上，甚是清凉。

“归来数月，刘琦公子与甘夫人相续病逝。回想人世匆匆，不过几十年，在这乱世，能有云鹭相陪左右，实乃赵云之幸。”赵云侧头看着马云鹭，眼中流露出少有的温柔。

“今生能遇赵大哥，云鹭此生无憾。”

马云鹭任由江风掀起一头秀发，脸上绯红，很是娇美。

赵云说道：“我已派人前往常山，将家人接来，选好日子，便将云鹭娶入赵家。”

“谁说我要嫁给你！”马云鹭心中欣喜，嘟嘴撒娇。

赵云哈哈大笑，马云鹭脸色突然暗淡下来，赵云忙问其因。

马云鹭说：“昨日我收到来信，伯瞻谎报了军情，不敢回西凉，便与马铁、马休逃往许昌去见父亲了，我担心他们会出事。”

赵云安慰道：“只要马超不举兵，曹操定不敢加害，云鹭不必担心。”

马云鹭叹道：“就怕大哥一时糊涂……”说到这里，她一脸愁容。

赵云正要再说，有兵士来报，东吴有使者至，赵云心道：“主母新丧，未闻孙权派人吊丧。今日突有人至，恐有深意。”遂让马云鹭回营休息，自己去迎东吴使者。

片刻，江中有船靠边。船头之人，身材高大，眉清目秀，身穿淡蓝色衣袍，仪表不凡。下得船来，赵云上前相迎，这人礼道：“裨将军吕范吕子衡，奉命前来拜见玄德公。”

赵云还礼，说道：“在下赵云，我主正在公安大营，这就引吕将军前去。”说罢，在前引路。吕范上前，与赵云并肩前行，开口询问：“我闻甘夫人是将军在长坂乱军中救出，不想英年早逝，可惜至极。”

赵云叹道：“恐是长坂受了惊吓，此云之过。倒是吕将军前来是为何事？”

吕范故作神秘地说：“请恕某不便相告，将军到时自会知晓。”两人相视而笑，各有所思，前行数里，至刘备大寨。守卫兵士见是赵云，忙上前行礼，赵云令人进去禀报，自己与吕范在外摆谈。不久通报兵士来请吕范，要赵云等候在外，赵云索性去寻张飞。校场内尘土飞扬，喝声震耳。张飞扛着丈八蛇矛，赤膊立于阵前操练兵士，闻赵云唤他，将蛇矛交给身旁军官，哈哈大笑：“子龙，你是来请我喝喜酒的吗？”

赵云脸色微红，有些尴尬地说：“迟早是要请三哥喝酒的，只是今日是引东吴使者前来。”

“东吴来人！又是为了荆州之事？”张飞鼓着眼睛，很是不满。

赵云笑道：“这倒不曾得知，只是主公叫我在寨中待命，恐有事交代。”

“咱们还是不谈这个，子龙来了，得陪俺老张饮酒。”还未说完，硬拉着赵云衣袖进帐。两人坐定，兵士忙端上酒菜，酒过数巡，皆有醉意。有刘备传令来唤，二人忙去相见，路上正遇孙乾陪伴吕范离去，张飞冷眼相观，只有赵云与吕范行礼作别。张飞问孙乾道：“公佑何处去？”

孙乾答曰：“主公令我与吕将军同回南徐，拜见孙权大人。”

张飞又问：“有何大事非见不可?”

“此事不便告知，还请张将军见谅。”孙乾面露难色，对张飞、赵云抱拳作礼，便与吕范离去。

待二人走远，张飞说道：“俺对江东竖子素无好感，子龙待吕范太客气了。”

“各为其主，三哥不必为旧事记恨。此次主公差公佑前去南徐，必有大事，我等还是赶紧去见主公。”赵云转身步入大帐，张飞急奔几步，也进了大帐。帐中刘备正与诸葛亮议事，面露焦虑之色，见两人进来，刘备忙说道：“子龙、翼德来了，军师有事相商。”

张飞嚷道：“军师有事，吩咐就是，还商议什么劳子?”

诸葛亮笑叱道：“你这翼德，好没道理。”又继续说道：“刚才东吴吕范带来一件大好事。孙权闻玄德公丧妻，欲与我联亲，将其妹孙尚香嫁与主公。”

张飞和赵云相视一眼，抱拳对刘备贺喜。张飞大笑说：“果真是大好事，赶紧去准备彩礼，找个良辰吉日把新嫂子娶来，顺便子龙也跟着将婚事一起办了。”

“此事不会这么简单，还是等军师说完再做打算。”赵云悄悄在张飞耳边说道。

刘备叹口气，说：“孙权在信中言吴国太舍不得妹妹远嫁，要我自去江东完婚，这就是我找大家来商讨的原因。如果不去，必然得罪孙权，无益两家联合。若是去了，恐被孙权扣押，逼迫交出荆州，真是愁煞我也!”说罢，拿起桌上的书信，交给张飞。

张飞看了，骂道：“这可去不得，恐怕又是那白脸周瑜的计策!”

赵云也上前劝道：“江东不安好心，主公绝不可去。”

刘备听了，摇摆不定，又去看一旁的诸葛亮。诸葛亮笑道：“此等天大好事，岂能不去?”此言一出，三人皆有疑惑之色。

“军师之意，我应该去了?”刘备一脸狐疑，与赵、张二人面面相觑。

诸葛亮哈哈大笑，摇扇说：“去，应该去，还要把动静闹大些去！”

刘备道：“军师莫要说笑，此去必然为周瑜所擒，怎生去得？”

张飞也道：“军师昨晚还未睡醒！这如何去得？”

赵云心中有疑，并不多话，只待诸葛亮解释。

“诸位不必紧张，我既然要主公去，必然有万全之策。”诸葛亮的脸上挂着微笑，一副气定神闲的样子。

刘备苦笑：“既然军师说去，我就去这一趟……”

“大哥，你可得想清楚！不是俺老张不信军师，只是这也太危险了。”张飞在旁大叫，神色紧张。

诸葛亮哈哈大笑，也不理会张飞，只是对刘备说道：“待公佑归来，看孙权如何说。到时再做打算，若是去得，还需一名大将陪同。”

刘备问道：“何人可去？”

“云长镇守荆州、翼德防卫公安，都调动不得，此事非子龙莫属。”诸葛亮似笑非笑地看着赵云。

赵云抱拳领命，说：“请军师放心。云此去，必保主公安然无恙。”

诸葛亮点头，笑道：“那就有劳子龙了。”

张飞拉着赵云说道：“大哥的安危就系子龙身上了！”商议既定，赵云辞别归营，将此事与马云鹭说了，马云鹭有些担忧，欲与赵云一同前去，赵云不允，只留她操练营内骑兵。又过两月，荆州有关羽使者到。原来夏侯兰带着两家老小，从常山至荆州来投。赵云大喜，正欲前去荆州，不想刘备传令至，命赵云准备妥当，即日前往江东。赵云便让马云鹭前往荆州拜见父母，又选五百骑步，护卫刘备前往南徐。

建安十四年冬十月，这日江面薄雾，寒风刺骨，赵云大早便在渡口迎接刘备，诸葛亮等人皆来相送。待孙乾陪着刘备上船，赵云正要跟随，诸葛亮从怀中掏出三个绣有金丝的锦囊，各用数字标明。

他慎重地交与赵云，说道：“我有妙计三条，子龙此去，至南徐，可以打开第一个，待明年岁末开第二个，以后如遇险境，再打开第三个，主公无忧也。”

赵云双手接过锦囊，小心翼翼地揣入怀中衣甲内，抱拳说道：“请军师放心，子龙定不辱使命。”说罢，引五百军士马匹登船。大船缓缓离岸，刘备等人立于船头甲板，与岸上之人挥手作别。江水滔滔，一路顺水而行。江风呼啸，大雾蒙蒙，赵云见刘备不畏寒冷，独自立于船头，若有所思，上前说道：“船头寒风刺骨，主公还是到舱中为好。”

刘备望着沿岸在雾气中若隐若现的山峰，说道：“无妨，我见漫江大雾，犹如去年赤壁，夫人犹在，心中顿生感慨！想我刘备，半生颠簸，所幸得糜、甘两位夫人不弃，一路追随。谁知事业未半，两位夫人皆离我而去……”说到这里，刘备面露悲色。

赵云走到刘备左侧，望着江水，说道：“生死由天，主公不必为此自责。保重身体，以后的路，还会越来越险峻。”

刘备点点头，苦涩的脸上露出一丝笑容，说道：“多谢子龙挂怀，我会努力的。”

两人正说间，大船已驶入南徐江域，刘备回房准备。赵云正指挥兵士集合，突然想起临走时诸葛亮所给锦囊，便打开第一个视之。看毕，面有笑意，复收怀中，令五百军士披上红色喜带。

船已到岸，吕范早在码头迎接，见刘备等人下船，忙引着前往别馆歇息。赵云令兵士将准备好的彩礼搬下船，牵羊扛酒，一路上敲锣打鼓，逢人便说刘备前来之事，一时间南徐城内热闹非凡，孙、刘联姻之事，路人皆知。吕范领着刘备前行，心中暗暗叫苦，又不能阻止，只得装作不知，引入馆舍，叫仆人将酒菜摆上与刘备接风。赵云见迎接之人并无孙权，也不多话，向吕范取得令牌后，领兵接替馆内守卫。至后门，听有人喧哗，赵云见两边兵士正在争吵，旁边有一将，身披玉带锁子甲，头戴玉冠雕翎，五官端正，气度不凡，抱着双手斜靠在门边，似笑非笑地看着热闹。

有兵士见赵云至，忙禀报，说东吴守军不愿意交接。赵云上前说道：“交接之事，已得吕范将军同意，尔等为何抗命不遵？”

东吴兵士说道：“我等非吕范将军属下，何来抗命？”

赵云笑道：“吕将军也是奉吴侯之命，尔等安敢违背？”

兵士面面相觑，齐齐看向一旁那将。这人抬起头，笑道：“既然是吴侯的命令，你们还磨蹭什么？速速退去吧。”众兵士闻言，这才转身离去。这将也跟在兵士身后，正迈出门，回头笑道：“常山赵子龙果然机灵，只是不知武艺是否有虚，江东贾华，期待与你比个高下。”

赵云抱拳，笑道：“来者是客，轻提决斗，恐伤两家感情，贾将军慢走。”

“来日方长，总会有机会的！”贾华转头离去，语气中带着期待。

赵云将一切安排妥当，再回到酒桌，刘备已回房休息，只剩孙乾与吕范对饮。见赵云归来，吕范忙招呼赵云吃酒。赵云只推说旅途劳累，不宜饮酒，便告辞离去，径直去见刘备。

刘备在屋头坐立不安，闻赵云求见，忙开门迎入，说道：“子龙前来，可是将军师妙计传我？”

赵云笑着说：“主公勿恼，军师叫你明日只需去拜见乔国老便好。”

刘备愣了愣，拍腿大笑道：“军师好主意，我这就差人准备礼物，明早便去。”

赵云道：“礼物我已备妥，主公早些歇息。”说罢，抱拳请辞。

刘备心中赞道：“子龙如此心细，难怪军师只点子龙与我同行。”

赵云辞别刘备，又去巡视前后门岗，见无事，方才回屋休息。翌日清晨，天气阴冷，刘备着盛装，带着数十人的队伍，浩浩荡荡来到城中乔府门前。赵云上前递交了拜帖，家丁忙入内通传，片刻，乔国老快步迎出，连声邀请玄德入内。入得府来，众人依次而坐。刘备与乔国老客套几句，便叫将礼物呈上。赵云掀开掩盖红布，顿时金光灿烂，有玛瑙珍珠、翡翠珊瑚，整整十车。这礼之重，让乔国老顿感颜面十足，哈哈大笑。赵云见状，心中暗喜，抱拳引退，到门外守候。乔国老又吩咐下人给门外的军士送来酒菜，赵云安心与众人吃饭，直到申时，刘备才在乔国老的陪伴下，步出大门，赵云等人忙起身相迎。刘备又与乔国老说笑一阵，方才离去。归途中，刘备对赵云说道：“果不出所料，乔公如此身份尚不知晓此事。看来这孙权哪里是要嫁妹与玄德，分明是想将我扣押以换荆州！”说到此处，不由自主地渗出一身冷汗。

赵云在旁笑道：“现在已经闹得满城风雨，就看孙权与周瑜该如何收场，倒是乔国老怎生与主公说的？”

刘备道：“乔国老一会儿便要去贺喜吴国太。”

赵云说道：“一切皆在军师的计划之内，主公就放下心来，安心等待。”

刘备回到馆舍休息。又过两日，吕范奉孙权之命，来邀玄德第二天前往城郊北固山上的甘露寺。待吕范走后，赵云令兵士擦拭兵器，整备铠甲，孙乾问道：“子龙这是做甚？”

赵云坐在石阶，正拿油布擦拭佩剑，听孙乾问他，答道：“平常在城内，百姓皆知主公前来联姻，孙权有所顾虑。而明日前往郊外甘露寺，孙权已无顾虑，此趟必然凶险，我且准备好武器。若是有变，也可力战，以保主公无恙。”

孙乾惊道：“那甘露寺乃吴国太常去吃斋清修之地，孙权哪里敢如此放肆！”

“孙权之性，不可捉摸，况且尚有周瑜在后，不可不防。”赵云擦完佩剑，又将“涯角”枪头拿来擦拭。

孙乾思考片刻，也坐在赵云身旁，拔出佩剑一同擦拭，说道：“常备而无患，子龙教训得是。”

两人相视而笑，气氛却有一丝寒冷。

赵云暗道：“但愿一切如军师之计，主公有惊无险。”

翌日，天气稍好，气温依然寒冷。吕范大早便来请刘备出城，赵云引百余兵士在后跟随。出得城来，径直往北固山前行，沿途守卫森严，都有重兵把守。吕范当作向导，一路与众人介绍当地风土人情。赵云策马在旁，不时左右观望，心中已做两手准备，若是一会儿刘备有难，也可寻条退路。

不久，队伍顺山道至一寺前。这寺全是青冈花石建造，入口百余阶梯，两旁各有一尊石狮。赵云抬头望去，见门匾上用金字大书“甘露寺”三字，回头去看刘备，此时吕范已请刘备下马，说道：“这百余梯代表诚心诚意，玄德公莫要嫌累。”

刘备笑道：“我也是信佛之人，理应诚心。”说罢，下马前行。赵云跳下马来，跟随刘备身后入寺。刚走完阶梯，是一个平台，已有十数人在此等候。当先之人，方颐大口，碧眼紫髯，身材高大，衣着华丽，见到刘备至，行礼大笑道：“有劳皇叔不远千里来我东吴了。”

刘备还礼答道：“吴侯亲自迎接，刘备惶恐。”原来此人便是江东之主孙权孙仲谋。

孙权引着刘备往后院前行，赵云命兵士等候，自己跟在刘备身后。到了后院厅堂，赵云不便进入，刘备叫他去外管理随行兵士。赵云会意，拜辞退去，独行长廊，见两边守卫零零散散，甚是清净。又见窗外有人影攒动，赵云心中有数，正要转身去见刘备，走廊上走来一人，身穿锁甲，披紫色背披风，器宇轩昂，正是有过一面之缘的贾华。

“赵将军，久违了！上次匆匆而别，今日定要邀将军吃酒。”贾华嘴上说得客气，眼神中却流露出一丝精光。

赵云抱拳笑道：“贾将军一身戎装，看来军务繁忙，我岂能耽误将军时间，尚要去见玄德公，告辞。”

贾华伸手抖抖披肩，让出路，笑道：“既然赵将军也忙，我也不打扰了。”

赵云报以微笑，径直从贾华身前通过，“咚咚”的脚步声在空荡的走廊里格外刺耳。

赵云回到后堂，此时刘备正与国太答话，乔国老在旁作陪，美言一阵，国太面露悦色，对刘备很是满意。

赵云心知情势紧急，也不顾守卫阻挡，径直走入堂中，至刘备身旁凑耳说道：“主公，门外走廊之后，伏有军士，意对主公不利。”

刘备闻言，起身至吴国太前，泣拜道：“国太，要杀玄德，何必在外埋伏刀斧手？”

吴国太闻言，一副莫名其妙的神色，乔国老在旁问道：“玄德此言何意？谁人想要害你？”

刘备便将赵云之言从头道来，乔国老一脸尴尬，吴国太却是脸色大变，叫下人出门查看。片刻，下人归来，告知属实。乔国老指着一旁端坐的孙权，大声叹气。吴国太猛拍桌面，对孙权责骂道：“今日玄德即为我婿，也是我之儿女也，何故埋伏刀斧手藏于廊下？”

“此事儿不知晓，恐是下人所为。”孙权忙推不知，只顾去唤吕范来答，吕范也推不知。国太面露冷笑，令人去传贾华入室。贾华入得室来，见国太端坐正位，面带霜寒，怒目而视，心知事情不妙，忙跪拜请安。

吴国太冷声问道：“我知道你也不会多说，直接拉下去斩了吧。”

贾华闻言，冷汗直流，扭头去看孙权。只见孙权面无神色，心知此事只得自己背下，不再多看，只低头不语。国太恼怒，叫刀斧手推下斩首，孙权正要上前相劝，刘备前一步，跪拜道：“玄德来江东娶亲本是喜事，若是为点误会徒伤大将性命，备恐受江东百姓唾骂，望国太饶他一命。”

吴国太斜眼看看孙权，冷笑一声，对贾华说道：“幸亏玄德为你求情，今日暂饶你一命，以后谁再敢对我女婿不利，别怪老身不讲情面。赶紧带着你的人马滚出甘露寺去。”

“谢国太不杀之恩！”贾华行礼起身，转头时，双目射一道寒光，盯着门旁的赵云。近身时，意味深长地说道：“赵将军好见识，居然连我在走廊设了伏兵也知道。下次有机会一定要好好讨教一下。”

赵云面露笑意，抱手笑道：“害贾将军白耗了时间，只是下次可别又白跑一趟。”

贾华心中怒火中烧，冷哼一声走出门外，心道：“赵云，我们就等着瞧吧。”

待贾华灰头土脸地离去，国太复叫俾女盛酒，众人举杯相敬，已将刚才的不快一扫而光。赵云见刘备已无危险，便退出后堂，出门管束军士，等待刘备。不到一个时辰，刘备与孙权并肩走出，身后跟着孙乾、吕范等人。两人至寺门，客套几句，各自领人到山脚湖面泛舟，至晚方归南徐城中，百姓见刘备、孙权并辔而归，无不称贺。拜别孙权，刘备等人回到馆舍，赵云见刘备面喜，笑道：“主公面色红润，看来婚事已成。”

刘备摇头说：“我非为婚事而喜，刚在甘露寺中，见有一块圆石。我心中默念若能平安归返荆州，便可让我一剑劈开，后来拔剑劈去，果然应声而裂！故心中欣喜。”

赵云抱拳道：“恭喜主公，此乃天意。”

刘备复又叹道：“只怕孙权害我之心不减。”

孙乾在旁进言说：“主公不如明日去见乔国老，求他早早将主公与孙家小姐婚事办了，免得又生事端！”

刘备点头称是。次日，便去见乔国老，说道：“江东之人，多有要害玄德者，恐不能久留，特来与国老告辞。”

乔国老劝道：“两家结亲，本是大事，岂能儿戏。玄德暂且宽心，待我去见国太，定给你个公道。”

刘备连声拜谢，告辞自回。不到午时，有国太使者到，叫刘备搬入书院暂住。刘备推说赵云在外不好管束，国太便叫一起搬入。众人大喜，自此不再担忧刘备安危。

搬到书院，未过几日，吕范传话，吴国太已选好日子，就等两人完婚。不久吉日至。这日南徐城内热闹非凡，家家户户张灯结彩。孙家大摆筵席，当地名门望族皆来祝贺。赵云护送刘备至孙尚香府内，待新人拜过天地，步入洞房，方才与孙乾一同上席，正遇吕范来邀，三人同桌而食。吕范敬酒，说：“日后孙、刘两家便是一家人了。我与孙乾先生各为媒人，又有赵云将军为男方代表，也是我等荣幸之事，今晚要不醉不归。”

赵云、孙乾举杯相敬，各自述说心中快事。酒过几巡，吕范又说：“我素闻赵将军长坂之威，早有结识之意，前些时日因公事繁忙，不能好生招待，将军勿怪。”

赵云答道：“吕将军客气了。”

吕范又道：“赵将军尚是单身，想我江东人杰地灵，多有美貌女子，不如我再做一次媒，与赵将军寻房堂客，何如？”

“多谢吕将军美意，云在荆州已有婚约，只得辜负了将军一番美意。”赵云嘴上回答客气，心中却生警觉，心道：“这吕范分明是想拉拢我，在江东真是步步涉险，日后可不能有懈怠之心。”

吕范见赵云拒绝，略有遗憾地说：“可惜、可惜，本来可以亲上加亲，真是可惜。”

孙乾在旁，端杯笑道：“今日乃大喜之日，勿谈他事，喝酒便可。”言罢，起身礼敬桌上二人，各自吃喝，筵席一直到三更方散。

话说刘备与孙尚香大婚之后，鸾凤和鸣，卿卿我我。月余，孙权又将东府整修完毕，赠予刘备夫妻居住。赵云与五百军士护送刘备移居至此，见屋内珍贵华缎，金银玉石，应有尽有，好一个温柔之地。赵云心中暗暗叫苦，果不出其所料，刘备新婚，又是老夫少妻，很快沉迷于温柔之中，只顾享乐，哪里还记得荆州之事。

赵云引五百军士每日在城外骑马射箭，未将操练之事懈怠。吕范常来寻他，赠些金银珠宝，尽说些攀交之话，只是赵云心坚，不为所动。秋去冬来，转眼又是冬季岁末，随从军士皆有归乡之心。赵云见刘备被声色所迷，全不想回荆州，心中着急，去寻孙乾商议。孙乾也在苦恼，不知如何是好。赵云突然想起临走时，孔明所给锦囊，说道：“当日军师付三个锦囊与我，教我一到南徐就开第一个；住到年终，又开第二个；临到危险之时，再开第三个。这年过得匆忙，我倒是忘了此事。”

孙乾道：“眼下已是岁末，主公又贪恋女色，并不与我等见面，子龙何不拆开第二个锦囊一看？”

赵云从衣甲中掏出第二个锦囊，两人拆开视之，孙乾抱拳道："我速归荆州与军师商议，主公这里就靠子龙了。"

赵云还礼，道："公佑放心回去告与军师，云必不辱命。"

二人语罢，孙乾自去与吕范辞行，赵云径直去见刘备。此时刘备正与孙尚香在后院赏梅，闻赵云有急事求见，忙回屋内相见。赵云上前说道："荆州危机，主公还有心在此温柔乡中醉生梦死乎？"

刘备惊道："此话怎讲？"

赵云面露焦急之色，禀道："今早诸葛军师遣人来报，曹操从许昌起兵五十万，向荆州进发，欲报赤壁之仇，诸将急盼主公归返。"

刘备闻言，顿时惊慌失措，忙道："形势如此危机，我也欲速归荆州，只是不知如何离去？还得与夫人相商。"

赵云见刘备面露焦色，又催促数次，刘备听了，说道："你且退下准备，我这便去见夫人。"

赵云拜退，回到房间，来回踱步，心道："主公若是劝不了主母，该当如何？一会儿我得再去催促。"

未有一个时辰，刘备来访，反手掩上房门说道："适才夫人在帘外听到我俩说话，她愿与我同返荆州。"

赵云欣喜道："何时可出发？"

刘备答道："正旦之日，我夫妇二人与国太拜贺，推称江边祭祖，想那孙权也不会在意。到时子龙先引军士出城，于官道等候，接应我与夫人。"

赵云抱拳领命，商议已毕，刘备返回北府花园，各自准备。

建安十五年元旦，刘备与孙尚香同去拜贺吴国太。赵云穿上龙鳞战甲，自引兵出城。守城兵士常见他领兵出城，以为又是去骑马射箭，也未阻挡，放赵云领兵出城。

赵云在官道寻个宽敞去处，假装骑马狩猎，等待刘备夫妇出城。午时，刘备引数骑护着一辆华篷马车，出现在官道上。赵云忙上去迎接道："主公，速与我离去。"

刘备道："有劳子龙。"说罢，五百军士前拥后簇，便往柴桑而去。行十余里，有一军挡路，当先之将，人高马大，铁甲裹身，手握一把银色画戟，甚是威武。

赵云策马在前，说道："赵云护送玄德公与夫人去江边祭祖，贾将军何故拦路?"

贾华冷笑道："尔等勿要诳我，此路前往柴桑，玄德公怕是要回荆州吧?"

赵云放声大笑，道："我主乃孙家女婿，就算回荆州，又有何不可?"

贾华一掀披风，单手持戟横指赵云，说道："吾江东岂容你们想来就来，想去就去。那日在甘露寺，尔等险害我命，今日正好新账旧账一起算了。"说罢，提戟就刺。

赵云面带怒意，冷笑道："好大的口气，今日定让汝输得心服口服!"遂拍马去迎，手中"涯角"枪稍微旋转，格开画戟，反手一枪绞去。逼得贾华忙收戟去架"涯角"。赵云大吼一声，使出"风花雪月寒梅枪"，只见漫天枪影，贾华抵挡不住，连连后退。赵云见贾华力竭，猛地一枪拍下，直震得贾华双手发麻，差点拿不稳画戟。贾华大惊，忙策马后退，心中暗道："这赵云如此勇猛，我非其敌手，不如暂让他们离去，我再去禀报吴侯，加派大军来赶不迟。"想到此处，引兵就走，往南徐退去。

赵云也不追赶，反身去见刘备，说道："贾华撤回南徐，必然去与孙权禀报，我们只有倍道兼行，方有一线生机。"

刘备斜眼看看腰间两把双股剑，说道："此次吾当与子龙一同奋战，就算命丧江东，也要杀他几名大将。"

"主公不必亲自交战，只顾与夫人前行便可，谁想对主公不敬，还得问问我赵云手中的'涯角'枪同意不同意!"赵云双目炯炯有神，语气坚定，让刘备心中感激，行礼作揖说道："又让子龙为玄德涉险了，今生能得子龙追随，刘备之幸也!"

赵云还礼说："主公不必多礼，我们速速前行。"言罢，聚拢军士继续前行。刘备回到马车旁，孙尚香掀起帘子，问道："刚才前方喧闹，不知有何事？”

刘备道：“适才有贾华在前挡路，已被子龙击退。”

孙尚香点头说：“只怕贾华会将我们离去之事告知大哥。”

刘备劝慰道：“无妨，我们加快脚程就是。”

孙尚香又说：“既然如此，妾身便弃了马车，骑马而行。”

刘备爱怜地说：“夫人愿与备同去荆州，已让我心中有愧，此时路途颠簸，怎能让夫人受此苦难，备心何忍？”

孙夫人闻言，心中感动，不再说弃车之事。

再说孙权，元旦饮酒大醉，次日方醒。突闻贾华来报，刘备夫妇已离开南徐，朝柴桑方向逃遁。孙权闻言大惊，忙唤文武商议。

张昭进言道：“刘备英雄，若是回到荆州，如鱼得水，恐对我江东不利，应遣兵急追之。”

孙权怒道：“必不能让他离去。”遂令陈武、潘璋选五百精锐骑兵，与贾华同去，无分昼夜，务必将刘备夫妇追回。二将领命而去，孙权猛地起身大骂：“悔不听公瑾之言，方有今日之恨。”言罢，抓起桌上玉砚抛于地上，砸得“哐当”一声，砚身四散粉碎。

此时左首一将出列禀道：“主公息怒，某有话说。”

孙权见是老将程普，暂压怒气，说道：“程老将军此言何意？但说不妨！”

程普说道：“郡主自幼好武，诸将皆惧。此次心甘情愿与刘备同去，所追之将，见是郡主，岂肯动手？再加上赵云勇猛，天下皆知，二将也非其对手，如何擒得刘备？”

孙权道：“我到忘了赵子龙随身保护刘备。”说完，解下腰间佩剑，大喝道：“蒋钦、周泰出列听令。”

众人闻言，皆露惊色。这蒋钦、周泰乃江东大将，居然同时受命追赶刘备，可见孙权对赵云甚是忌惮。

蒋钦、周泰出列抱拳，孙权将佩剑交与二人，说道：“尔等前去追赶，若是郡主阻拦，便与刘备之首一起取来。违令者斩！”

蒋钦上前接过宝剑，与周泰引三千骑兵出城追赶。

再说马云鹭见到了元旦，就往荆州拜贺赵空夫妇，回到官邸住宿，顿感寂寞。随手拔出“青虹”宝剑，心想赵云随刘备前往江东已有年载，久不返回，又无书信往来，莫非是出了什么事？想到此处，心中甚为担忧。

却说刘备一行，快马加鞭，倍道兼行，一夜无瞑，慌忙赶路。眼见已至柴桑界首，突有士兵来报，身后尘土飞扬，追兵已至，近在咫尺。刘备心中慌乱，忙问赵云，说道：“追兵即至，如何是好？”

赵云抱拳道：“主公先行，云自压后。”说罢，勒转马头，引百骑反向而行，正遇贾华领着陈武、潘璋二将追来。

贾华见赵云挡路，忙对身后二将说道：“这穿银甲者，便是赵云，我等非其敌手，不如三人齐上围杀。”

陈武手持大刀，说道：“贾将军休要自贱，看我去取他性命。”说罢，拍马攻去。

贾华怕陈武有失，忙与潘璋上前相助。

赵云担心刘备，欲速战，见陈武冲来，正合他意，也不多话，举枪就刺，使出“百鸟朝凤”。陈武只觉眼前枪影闪烁，一时阻挡不住，被一枪刺中左肩，挑落马下，赵云正要将其擒拿，贾、潘二将各持武器来救陈武，左右围住赵云，双方军士一拥而上，各自厮杀。赵云长枪一抖，以一敌二，杀得贾华、潘璋心惊胆战，只战数合，二将心中暗暗叫苦。见兵士救下陈武，忙引兵暂退，不敢再战。赵云也不追赶，整合兵士，策马反身而去，径直去寻刘备。

贾华、潘璋退后数里，见陈武无事，皆感欣慰。陈武面露羞愧，说道：“悔不听贾将军之言，险丧赵云之手。多谢二位将军舍命相救。”

潘璋道：“这赵云果如传言般勇猛无比，我等不可力敌，只管在后尾随，待援军前来。”

贾华笑道：“我已知前方有周都督令人阻截，一会儿前后夹击，任他赵云三头六臂，也难周全。”陈武、潘璋点头称是，随后又引军复追。

赵云率部返行数里，见刘备部止步不前，赵云问道：“主公何故在此等待？”

刘备见赵云归来，大喜道：“天幸子龙无事，只是周瑜早派大军扼守住前方要道，使我进退不得。现在前有拦截之兵，后面又追赶之兵，奈之如何？”

赵云也知情势危机，想起怀中锦囊，说道：“主公休慌，军师所给锦囊还剩一个。临走当日曾说，如遇无路，便将其打开。”

两人打开锦囊视之。赵云道：“追兵暂时被我击退，想赶来还有一段时间。我现在便去会会堵路之兵，主公依军师之计便可。”

刘备点头，忙去马车前见夫人，泣道：“备有心腹之言，事到如今，当据实相告。”

孙尚香笑道：“夫君有何言语，直与我说。”

刘备正色道：“吴侯招我入赘，非为夫人，乃周瑜之谋，欲囚禁刘备而夺荆州，若其夺去荆州，必杀刘备。我在荆州久闻夫人文武双全，心生仰慕，故不畏奸计来见夫人，以图两家成秦晋之好。谁知昨闻吴侯、周瑜将欲加害，故托荆州有难，以图保命。今吴侯遣人在后追赶，又有周瑜使人在前截路，此时危机之刻，非夫人不能化解此祸。若夫人不允，刘备自死于车前，以报夫人恩爱之情。”

孙尚香闻言大怒，说道：“吾兄如此无情，我还有什么故念。直管往前，我倒要看看，谁敢拦我！”

再说赵云，引百余骑步先行，见前方两山夹住一路，有大军屯于路口。赵云心道，“情势危机，若是主公劝不得夫人，敌军前后包围，我军危矣！不如趁现在杀过去，引开守军，为主公开道。”想到此处，挺枪至敌军前。

只听一声炮响，营中冲出两名大将，左右各带数百军士，正是江东大将徐盛、丁奉。

丁奉一见赵云，大喜，喊道：“赵云，当日七星坛下，可知有今日之困乎？现汝以为瓮中之鳖，还不束手就擒！”

赵云枪指丁奉，冷笑道：“我敬孙、刘两家同盟之誓，不忍杀戮江东之将。尔等紧逼，莫怪我手中‘涯角’无情!”

“汝当吾为无名之辈乎？看我怎生擒你。”丁奉手提大刀，拍马冲出，举刀便砍。赵云一勒马缰，逐云张蹄狂奔。他左手持缰绳，右手持枪，身后白色披肩随风飘荡。两人交手，各使绝技，枪、刀相碰，激起点点火花。丁奉所用刀法，唤作“八卦金刀”，可攻可守，一旦使出，就如乾坤二卦，相生相克，绵绵不断，滔滔不绝，变化万千。

两人大战十合，未分胜负。徐盛见丁奉久战不胜，挺枪来助，与丁奉围住赵云厮杀。赵云见徐盛枪法精湛，压力大增，心中一横，左刺右突，“百鸟朝凤”与“风花雪月”同时使出，顿时枪影绵绵，如展空之凤，不过五合，已杀得丁奉、徐盛暗暗叫苦。此时赵云心中焦急，生怕追兵赶上刘备，故意露出破绽。徐盛大喜，一枪挑去，赵云见他中计，心中暗喜，侧头躲过，反枪朝他喉咙刺去。所幸丁奉在旁援攻，横斩一刀，劈向赵云头部，迫得赵云只得弃了徐盛，回枪架住大刀。丁奉正要用力下压，赵云手腕一翻，“涯角”枪旋转半圈，顺势弹开刀身，不等丁奉收刀换招，横枪扫去。丁奉也是身经百战，危急时刻，也不慌张，刀势一变，划个弧线，去挡长枪，只听“铛!”的一声脆响，劈得丁奉在马上摇摆不定，差点被扇下马来。

赵云斜背长枪，冷笑道：“尔等非我敌手，还是闪开一旁，不要凭白丢了性命。”

徐盛勒马至丁奉身旁，两人相视一眼，皆有怒色。丁奉正要拍马上前，徐盛在旁说道：“丁将军不必与他争个长短，我众彼寡，只需让大军围住厮杀，待其力竭，我俩再上前擒他。”

丁奉道：“文向此计虽好，却非英雄所为，待我上前，再与他分个高下。”

徐盛摇头叹道：“既然将军意决，我岂能让你独战，当与将军同去。”言罢，各持兵器。赵云见二人又欲再战，横枪跃马，迎向江东二将。突闻声后有兵至，回头望去，原是刘备护着孙夫人至，便拍马回到刘备身旁，抱拳说：“主公只需等我片刻，云必斩二将。”

刘备轻声说：“夫人愿解此围，不必平添两家仇恨。”赵云听了，提枪勒马而立。

徐盛见了刘备，大笑道：“刘皇叔何处去？我等奉周都督之命，在此等候多时了。”

刘备也不说话。孙夫人叫从人推车直出，卷起车窗，呵斥道：“你二人欲造反耳？”

徐盛、丁奉见是郡主，慌忙下马，将兵器交给亲兵，上前礼拜孙尚香，答道：“我二人安敢造反，乃受周都督之命，在此要道屯兵，专候刘备前来。”

孙尚香美目一扫二人，开口大骂：“好个周瑜逆贼！我东吴不曾亏负你，何故下此杀手！刘备乃孙家女婿，我的夫君。我夫妇同归荆州，早已告知母亲、哥哥。尔等在此阻路，莫不是动了贼心，欲夺我夫妇财物乎？”

徐、丁二将闻言，心中生寒，诺诺连声，连称不敢。

丁奉道：“夫人息怒，此事非我二人之意，乃周都督将令。”

孙尚香听了，又把周瑜骂了一顿，就叫兵士推车前行。

徐盛、丁奉不敢阻挡，垂手一旁，阻路兵士分开站于两头，让出道路，让刘备一行离去。待刘备走远，丁奉道：“此事甚是为难，郡主毕竟是吴侯之妹，我等下人，安敢违拗。”

徐盛点头，说：“我俩回去，据实告知都督罢了。”

二将收拢兵士，丧气而归。只行五六里，正遇贾华、陈武、潘璋引兵前来，陈武大声问道：“两位将军在此，可遇刘备一行？”

二人将刚才之事述说一遍，贾华道：“你们怎能放他过去，我等三人正是奉吴侯之命，前来追赶。”

丁奉勒马转向，说道：“刘备刚走不远，我们再去追赶不迟。”言罢，五将合兵一处，快马加鞭，趱程追赶。

赵云护着刘备正行间，忽闻背后喊声大起，赵云对刘备说：“主公只管前行，后面有云阻挡。”

刘备摇头说："子龙稍候，待我先去求助夫人。"遂至马车，说道："本不想再劳烦夫人，只是后面追兵又至，故来相告！"

孙尚香长叹口气，说："看来我哥非要我夫性命！夫君勿急，权且先行，我与子龙当后。"

刘备道："备独去，万一夫人有个闪失，如何是好？"

"夫君宽心，我是吴侯妹妹，谅他们不敢怎样。再说还有子龙在旁，谁能伤我分毫？"孙尚香微露笑容，催刘备急去。

"子龙，保护好夫人。"刘备对赵云拜托道，此时也只能将孙尚香托付给赵云保护。

"主公放心，赵云纵然粉身碎骨，也要保夫人周全。"赵云点点头，语气坚定，不容置疑。

刘备拜别，自引三百军士朝江岸奔去。赵云将百余兵士一字摆开，专候追兵前来。

江东五将追至，见孙尚香立足马车前，五将忙下马行礼。孙尚香大声询问："适才离去，为何又来？"

徐盛、丁奉低头不语，贾华上前说："我等奉吴侯之命，前来请刘备、郡主同回南徐。"

孙尚香冷笑一声，怒叱道："都是你们这群匹夫，离间我兄妹之情。我奉母亲慈旨，随我夫刘备返回荆州，就算是大哥亲至，也得依礼而行。尔等引大军追来，莫非是想依仗军威，欲杀我夫妇？"

骂得五人面面相觑，相互商议："郡主始终是吴侯亲妹，更有国太做主。若是我等今日得罪了她，等她回去告知国太，国太有名的护短，待明日翻过脸来，怕还是我等不是。不如做个顺水人情，装作不知。"言到此处，五人张望，又不见玄德，但见赵云勒马在旁，怒目睁眉，只待上前厮杀，五将只得诺诺连声而退。见追兵退去，赵云忙请孙夫人，夫人道："马车脚程缓慢，怕哥哥又遣人追至，理当弃车骑马。"赵云忙叫人牵匹马来交与夫人，随后轻装追寻刘备而去。

刘备在前赶路，心中担心夫人与赵云，忽闻身后马蹄声起，见是赵云护着夫人赶来，心中欣喜，忙反身迎接。见孙尚香弃车骑马，拉住夫人玉手，泣道："都因刘备之故，让夫人受罪了。"

孙尚香笑道："既是夫妻，何言受罪？趁追兵暂退，速速赶路吧。"一行加快脚程，直往江岸赶路。

再说陈武诸将，因怕孙权问责，索性一起去见周瑜。正行间，蒋钦、周泰引大军迎面而来，见五人引军而返，问道："诸位将军追赶刘备，何故在此？"

五人齐言郡主发话之事。蒋钦勒马，手举孙权佩剑，说道："吴侯早料如此，令我二人持剑而来，可先杀郡主，再斩刘备，违令者斩！"

五将闻言，面面相觑，皆有疑惑之色。

蒋钦道："莫非我手中之吴侯之剑还有假乎？"

五将认得确是吴侯佩剑，不再犹豫，徐盛抢先答道："刘备去之甚远，怕追赶不及！"

周泰问道："刘备何时过去？"

徐盛答曰："早晨便过，已有半日。"

"刘备骑步夹杂，多是步兵，急行不得。丁奉、徐盛两位将军速报周都督，派出轻船从水路而下。其余四人与我选带骑兵精锐，快马加鞭，水旱两路同去，一旦追上，不必多言，直接斩杀。"周泰说罢，一鞭抽在马臀，率先引兵冲出，其余诸将各行其职。

周瑜本在营中，闻丁奉、徐盛归来，忙叫入帐。听了丁奉、徐盛禀报，笑道："柴桑与荆州边境刘浪浦的商船皆回家过元旦，刘备休想寻船渡江。"言罢，起身上船，亲自率水军追赶。有黄盖劝道："都督箭毒未愈，应留营中休养。"

"无妨，我等了一年，方有今日。当亲去斩杀刘备。"周瑜哈哈大笑，神情激动。

黄盖见劝不了，便与韩当引兵同往，船队起帆，大军顺水而下。

再说刘备一行，已离柴桑城甚远，沿江来到岸边，赵云说道："此处唤作刘浪浦，渡过长江，便是我荆州地界了。"

刘备听了，心才稍宽，忙令军士沿岸寻渡。江水滔滔，大浪淘沙，唯不见渡船，便沿着江岸寻渡。

“没想到这滔滔江水，居然会是刘备葬身之处！”刘备仰首长叹，回想在南徐繁华之事，不觉凄然泪下。

赵云劝道：“公佑早已回荆州带回主公欲离江东之事，我料军师必有安排，主公不必犹疑，待我去岸边寻船。”

正说间，有兵士来报后面尘土飞扬。刘备大惊，与赵云登高望之，只见数千军马，铺天盖地而来。刘备仰天长叹：“玄德死不足惜，只叹仁治天下的梦想就此终结！”

赵云也知无路可走，正要下山厮杀，忽见江岸边有数十篷船，各用绳索相连。赵云喜道：“天幸江岸有船，主公速引夫人上船。”

刘备也喜，说道：“子龙速与我离去。”

赵云翻身上马，抱拳礼道：“主公先行，待我前去阻挡追兵。”说罢，勒马到众兵士前，喊道：“主公安危，就在我等身上，尔等勿惧生死，与我前去阻住追兵。”

四百余军士大呼：“死有何惧！”皆跟随赵云下山。

刘备大呼：“子龙回来！”

孙尚香在旁劝说：“赵将军也是为了给我们争取时间，夫君先上船去。一会儿赵将军定能归来。”说完，便拉着刘备策马扬鞭，往江岸泊船处奔去。

蒋钦等人率众一路沿江岸狂奔，隐约见到刘备一行在前。贾华大喜，喊道：“前方狼狈者就是刘备，正要寻船渡江。”诸将皆喜，纷纷拍马加鞭，贾华策马在前，手提方天画戟，心道：“我率大军前来，定要报赵云屡次羞辱之恨。”正行间，有一军从高处向下冲来，领头之人，银甲白披，手握紫黑长枪，对直冲向贾华。贾华见是赵云，后退不得，举戟便刺，赵云一勒马缰，逐云高跃而起，一枪劈下。贾华哪里抵挡得住，被一枪劈在右肩，顿时皮开肉绽，血肉模糊，栽落马下。

蒋钦见折了贾华，大怒，提刀去战。为给刘备争取时间，赵云已抱必死决心。蒋钦刀势虽猛，赵云也不躲闪，举枪相迎，挑开刀刃，反手挑去。蒋钦挥刀架枪，只感手臂麻痹，连忙策马暂退。赵云纵马追上，直刺一枪，忽闻耳边风声起，回头看去，见有一黑甲将军，手握长剑砍来，但见剑影一闪而至，如暴雨闪电，一击就逝。赵云弃了蒋钦，反身横枪挥去，枪剑碰撞，迸出火星点点。赵云心中暗惊，此人臂力惊人，仅一剑就让赵云手有麻意。

“常山赵子龙果无虚名，在匆忙间也能挡下我周幼平之剑，佩服！”原来这黑甲将军便是大将周泰。

赵云也不答话，纵马便刺。周泰舞剑相向，两人枪来剑往，大战十合，不分胜负。此时蒋钦已回头返来，提刀便砍，陈武、潘璋也至，三人率兵一拥而上，围住赵云部，各施绝技，两边军士也奋勇厮杀，一时间杀声大作，血流成河。四将围住赵云厮杀，越战越惊，赵云的枪法行云流水，丝毫没有一丝乱象。周泰见久战不胜，只有兵报江边不知何时冒出数十小船，刘备正往船队奔去，忙喊道：“刘备欲走，我与蒋钦将军拦下赵云，陈武、潘璋二位将军速去追赶。”

陈武、潘璋闻言，退出战局，策马向前。赵云大怒，大喝一声，猛然使出“百鸟朝凤”的绝技“凤翼”，迫开周泰，又反手使出“风花雪月寒梅枪”，逼开蒋钦，纵马去追陈武、潘璋二将。逐云白马乃玉照狮子蹄，在当世名马之列，载着赵云奔跑如飞，转眼追上二将，提枪就刺。陈武昨日险丧赵云枪下，十分忌惮，此时见赵云来势迅猛，不敢角战，拍马就走，潘璋见陈武胆怯，提长刀去取赵云背心。赵云回枪挑开刀刃，顺手用枪尾往上一拨，潘璋始料不及，被撩马落地。陈武已回过神来，忙拍马来救，此时蒋钦、周泰赶上，三人又将赵云围在中间厮杀。潘璋爬起身来，也加入战圈。

赵云率部奋战，不久有兵士大声喊道：“赵将军，你可速去追赶主公，我等力战，为你阻挡片刻。”

赵云回视，见身边仅有十数兵士，知道情况不妙，手中紧握“涯角”枪，说道：“赵云岂是视手下而不顾之人？当与诸位同生共死！尔等跟我一同撤退。”兵士们闻言，皆露感激之色，奋力拼杀。

再说刘备夫妇逃到江岸泊船边，刚走上船来，惊魂未定，忽听有人说道：“主公勿忧，某已在此恭候多时了。”语音刚落，舱内走出一人，羽扇纶巾，正是诸葛孔明。那日得到孙乾回禀，立即引军扮作商贾在此等待。

刘备见是诸葛亮，惊喜道：“军师果然算无遗策，玄德无险也。”随后又叹道：“只是子龙率四百军士在后阻挡数千追兵，生死不知。”

诸葛亮摇扇笑道：“子龙武勇，当日长坂百万曹军中尚能全身而退，何况这区区数千人？主公夫人先入舱歇息，我再等片刻，子龙必归。”

刘备请孙夫人入舱休息，自己又到船头与诸葛亮观望。

不过片刻，只见远处有一将纵马奔至，刘备视之，正是赵云。赵云退至江岸，身旁已无一卒跟随，心知皆已赴难，痛苦万分。却见身后马蹄阵阵，追兵紧随追至，忽闻江边船上有人唤他，定眼一看，原是刘备、诸葛亮立于船头。赵云心中惊喜，跃马登上刘备所在小船。见赵云登船，诸葛亮令数十小船起锚离岸，又叫所有军士拉弓射箭。等蒋钦等人引兵追到岸边，诸葛亮笑道：“汝等回报周瑜，以后休再使美人计。”言罢，令军士万箭齐发，迫得蒋钦不得不下令撤退，暂避箭雨。

数十小船离岸，浩浩荡荡，顺水而去，刘备长吁，松一口气，背靠船沿而坐，说道：“适才凶险无比，所幸军师在此等候，不然玄德危也！只可惜了数百将士……回去后定要好好抚恤其家人。”

“只要主公安全回到荆州，日后励精图治，让仁政之花开满荆州大地，我相信死去的将士在九泉之下也可以瞑目了。”赵云抱枪，坐在刘备旁，悲切地说道。

刘备点点头，说：“我定然不能辜负大家的期望。”

正说间，有兵士禀报，东吴战船从水路追来。赵云起身去看，只见身后江上战船无数，当前大船上有“周”字帅旗，被江风吹得左右飘摆。

“我等小船，如何行得过江东水师，只有拼死一战。”刘备骇然，拔出双股剑，神色紧张。

诸葛亮笑道：“主公少安，我已料定周瑜必会追来，早已安排妥当，就等周瑜来追。”遂令船队靠上北岸，军马下船，弃船而走。

话说周瑜率军紧追，见刘备弃船登岸，忙叫黄盖令兵士挥舞旌旗。徐盛诸将见到旌旗，纷纷指挥战船靠岸。

“真是天佑我江东，若让刘备、孔明、赵云一齐丧命于此，荆州唾手可得也。”想到此，周瑜身穿贴身银光软甲，背心灰褐色披风随风飘动，英俊的脸上露出一丝微笑。战船一靠岸，周瑜率先下船，黄盖、韩当、徐盛、丁奉四名大将紧随。船上兵士上岸追赶，只是水军未有准备马匹，除为首军官有马骑外，尽皆步行。追赶一会儿，周瑜向左右问道：“此为何处？”

韩当答道：“前方是黄州界首，刚才有兵士来报，见刘备军马在前不远。”

“刘备，我看你能往何处去。”周瑜仰天大笑，拔出腰间宝剑，大呼：“刘备在前，斩其首者，官升三级，赏黄金万两。”遂令全力追袭。

刘备一行见追兵已近，心中慌乱。赵云勒转马头，请命说：“主公、军师先行，云引兵士在后阻挡。”

诸葛亮笑道：“两位不必担忧，我已安排关、张、黄、魏四名将军在前方山谷埋伏，等待周郎前来。”

刘备、赵云闻言，皆赞孔明神机妙算。前行一阵，通过山谷，只见谷口方向浓烟滚滚，听闻杀声震天。诸葛亮笑道：“我们在此等待，一会儿与四位将军齐回荆州。”

赵云笑道：“周瑜以为我等必为其所擒，却不想反入了我军包围，一会儿大败，只得狼狈而逃。”

刘备这几日一直被追杀，此时听到周瑜入伏，心中大悦，哈哈大笑。

不到一个时辰，关羽、张飞、黄忠、魏延四将收兵而归，见到刘备等人，关、张大喜，下马拥抱刘备。魏延、黄忠也下马施礼，各自畅谈周瑜兵败的窘态。张飞大赞道：“周瑜兵败，逃上战船，我们兵士大呼‘周郎妙计安天下，赔了夫人又折兵’。那周瑜小儿，气晕在船上，俺老张顿觉解气，真是大快人心。”众人又是一阵大笑，便拥着刘备一行朝荆州界内行去。

归途中关羽、张飞与赵云并肩而行，张飞探头笑道：“大哥已婚，这回轮到子龙了。俺等这喜酒已经很久了。”

关羽也道：“云鹭姑娘在子龙营中，将兵士管理得井井有条，子龙福气，遇到这么个贤惠姑娘。回头赶紧把婚事办了吧！”

赵云点点头，心中甚是激动，分别的一年时间，他时常会在夜空下遥望荆州方向，思念远方佳人。想到自己即将与马云鹭相见，脸上露出一丝温暖的微笑。

雄壮的大军缓缓前行，赵云微笑着，他知道这些壮实威武的兵士，便是刘备实行仁政之道的资本。阳光刺破深厚的乌云，将光芒洒向荆州大地，赵云相信，他已经离梦想越来越近……

正是：

忠心护主入险境，
佳人独守中军营。
长江无情东逝水，
枪震江东留美名。

第七章　龙凤配，江东哭丧

建安十五年，春末。孙权上表汉献帝，请立刘备为荆州牧。不久许昌诏书至，同意孙权所表，在封刘备任荆州牧同时，又封周瑜为南郡太守。刘、孙两家，表面携手与共，实则暗中争斗。正是："龙盘荆州虎欲争，谁家妙计占鳌头。"

自从来到荆州，赵空轻闲不住，又在城中开了一家铁铺。由于他手艺精湛，附近人家都爱来店里定制铁器，生意也算红火。这日，春雨绵绵，整座荆州城一片雾蒙，赵空像往常一般生火炼铁。窗外细雨纷纷，未有客人光顾，正好专心打磨前日雇主定制的菜刀，直到午时，赵空方将火红的刀体放入凉水桶中，只见一阵青烟从水中冒出，刀身既成。赵空抬手抹去额头的汗珠，略显苍老的脸上露出满意的笑容。突听有人在旁说："爹！您已经忙了一上午，现在刀已成，该歇息会儿了。"

赵空闻言，先是愣了愣，慌忙抬起头，站在他面前的俊朗的男子，正是他日思夜想的次子赵云。

"子龙，真的是子龙！"赵空撇下手中刚制成的铁刀，起身仔细去看儿子那既熟悉而又陌生的脸。

赵云微笑着，弓腰将端在手中的酒袋双手呈给父亲，说道："此为江东名酒，南方人不喜烈酒，故酒性醇香柔和，虽不及家乡酒烈，不知爹爹能否喜欢。"

赵空接过酒袋，一口喝下，大笑道："我儿孝敬的酒，自然特别好喝！哈哈。走，到后院见你母亲去。"说罢，拖着赵云的手便往里走。

赵云刚入内屋，就闻到一股菜香，赵空大喊："夫人快出来，子龙回来了。"

厨房中正在洗菜的赵母，听到了赵空的喊声，顾不得找毛巾擦手，忙冲出厨房。见到略显清瘦的儿子，顿时满眼含泪，拉住赵云的手，不断地泣道："子龙，真的是我家子龙！"随后大哭道："儿啊！娘终于见到你了！"

赵云见到母亲已是银满双鬓，心里酸苦，忙扶住赵母，又拉过父亲站在一起，退后一步，俯身一拜，跪着说道："爹、娘，孩儿一去多年，不能在二老身前尽孝，儿之罪也，请受儿子一拜！"

赵空夫妇弯身扶起赵云，赵母哭着喜道："娘知道你是在外面干的都是正事，不怨你，不怨你。"

赵空也说："当年童渊师父收你入门，为父就知道你是龙，天性就应该翱翔苍穹，不会像子虎、霞儿那样守在我们俩老的身边。子龙，继续坚持自己的道路，不必为我们担心。"

赵云使劲地点点头，看着眼前苍老的双亲，他想起当年离去时，父母都还是壮年。现在，却已是步入暮年，因而泣不成声。

赵母含笑道："哭什么！咱们一家人见面应该高兴才对，你们父子俩先聊，我去准备酒菜给儿子接风。"说完，又进了厨房。

赵云见屋中再无他人，就向父亲询问赵子虎、赵霞。赵空告知赵子虎一家早去了许昌，赵霞随夫家仍然留在了常山。赵云叹口气，有些失望，但是每个人都有自己的生活，不能强求。

赵母端出菜饭，招呼父子俩上桌吃饭，正巧有人前来拜访。赵云抬头望去，见有两人入屋，当先之人身材高大，长相英俊，只是眼中透露出一丝惆怅，此人正是儿时好友——夏侯兰；另一人乃是夏侯兰之父——夏侯玄。

赵空、赵云起身相迎，四人坐定后，夏侯玄笑道："我有多年未见到子龙，想当日在常山时，还是弱冠之年，转眼间便当家立业了。"

赵空答道：“时间匆匆，你我不是转眼两鬓白发？”二老哈哈大笑，回想常山多年邻居，许多家常事让他俩充满回忆。

一旁夏侯兰见二老谈得兴起，便对赵云笑道：“刚听昨日有大军归城，心想如此大规模调动军队，定有大事，果然是迎接子龙护着刘玄德归来。”

赵云也笑着说：“昨日尚有公务，今早方回。此次麻烦德义将二老送至，感激之言，暂且不说，赵云先敬一杯。”说罢，满上杯酒，一口饮下。

“客套之话无须再言。你我弟兄确实好久未曾对酌，来，今日趁伯父也在，咱们不醉不休。”夏侯兰端起满杯的酒，仰头饮下。

赵空在旁，见两人皆已高大壮实，心中欣慰，老少同饮，尽聊些家常往事。大家虽然笑容满面，但是赵云知道，其实夏侯兰内心中那道坎并没有过去。四人一直喝到未时中旬，方才结束。赵空与夏侯玄大醉，各自躺在椅上睡觉。赵母独自收拾，赵云欲助，赵母不肯，赵云就与夏侯兰一同出门走走。

虽然经历了赤壁之战，但战火并未烧到荆州城内。关羽入城又加以治安整顿，所以城中街市仍然保持着当年的繁荣。

二人在街道并肩而行，一路言语不多，忽见一群稚童围着货郎购买糖葫芦，夏侯兰说道：“子龙，还记得我们小时候也像这样围着买糖吗?”

赵云点了点头，答道：“孩提时光，怎能忘却!”

夏侯兰买了两串糖葫芦，将一串交给赵云，两人便寻个坐处攀谈起来。赵云问道：“德义已从曹操处下野，既至荆州，不如就投刘皇叔帐下，为仁治天下的理想出一份力。”

夏侯兰咬下一颗山楂，感受着酸甜的滋味，半晌才说：“自从那日博望坡之后，我便弃了刀枪，发誓此生不再带兵出征。子龙之意我心领了，只是誓言已出，无法改变。”

赵云叹口气，说：“我知道德义还在为月萱之死而自责，只是故人已逝，生者尚存，莫要轻言放弃希望。”

“子龙，这个坎，我过不去……每晚闭上眼睛，我就会看到月萱笑吟吟地站在我身前。那博望坡的大火，时常出现在我梦中。我看到萱萱的尸骨就那样被大火一点点侵蚀，化为满天黑灰……”夏侯兰说到这里，已是满脸泪花。

赵云低着头，轻声道：“都怪我……”

夏侯兰摇摇头，徐徐道：“我不怪你，也不怪韩浩。大家都是为了将这个乱世引向正轨，只是方法和手段不一样而已。如果有机会再见到韩浩，我也会亲口这么对他说。”

“你不可能再遇到韩浩了，在长坂坡时，我已将他亲手杀死了。”赵云又叹口气，在这乱世之中，每个人都没有选择的权利。

“这也是宿命，怨不得谁。”

夏侯兰抬抬手，抹去眼角残余的泪花，脸上露出一丝勉强的微笑。两人走得很慢，街上的繁华让他们想起了幼年时在常山的生活，那是人生中最天真、最无虑的时光……

赵云在家里陪伴父母，一家团聚，没过几日，马云鹭从公安赶来。两人见面，甚是激动，各自诉说心事。赵母见二人两情相悦，提起婚事。马云鹭含羞，两腮绯红。赵母知她无异议，干脆就叫赵空去街上找先生算个良辰吉日，就近将婚事操办了。

赵云与马云鹭各自准备。由于女方娘家路途遥远，而且又怕马超反对，索性就在男方家办了，也就省去一些烦琐事情。

赵空心中欢喜，去隔壁叫上夏侯玄，上街找人算了日子，顺便购置大红被套、鸡鸭牛羊，回家告诉赵母，定在仲春十五日。

赵云算算日子尚有月余，便与马云鹭在家中准备。关羽、张飞等人时常过来探望。刘备得知赵云婚事已定，便与诸葛亮、关、张等人，一同送来重礼。赵云、马云鹭迎入屋内，张飞大嚷：“你们两个，本来就是两情相悦，还非要闹出这么多事来。要是当年在新野就闹了洞房，现在娃娃都有几个了。”

关羽见赵云、马云鹭面露尴尬之色，一把推开张飞，笑着说：“你们张三哥就是这样口无遮拦，子龙、云鹭勿要见怪。”

张飞挠头，傻笑着说："二哥这话，俺就没听明白了。"众人忍俊不禁，哈哈大笑。

刘备笑罢，便问赵云："云鹭家路途遥远，在荆州又无亲戚，子龙的花轿到何处去迎娶？"

马云鹭抢先答道："离家太远，云鹭就在赵家出嫁。"

"子龙不用八抬大轿将云鹭姑娘娶进赵家，岂不是太委屈了？"刘备转头质问赵云。

诸葛亮见赵云面露无奈之色，在旁笑曰："云鹭与我家月英熟悉，平时素以姊妹相称，不如婚前一日去我家暂住，大喜之日子龙抬轿来接。"

赵云等人闻言，皆点头称是，众人欢笑，摆酒设宴不提。

是夜，众人酒足饭饱，告辞离去，赵云就与马云鹭赏月。赵云说道："大婚将至，我欲遣人去西凉，邀请孟起来参加我俩婚礼。"

马云鹭脸色不好，叹息一声，仰头望月，半晌才道："只怕大哥深恨，不肯前来。"

赵云拉住马云鹭双手，说："我相信孟起一定会原谅我们的，毕竟你们是亲兄妹。"

"嗯！"马云鹭脸色温柔，身体前倾，轻轻靠在赵云的肩头。

天上的明月散发着迷人的光芒，似乎想用它的光芒，穿透这个充满迷雾的时代。

之后的日子，黄忠、魏延皆有来访，赵云一一接待，不敢怠慢。时光如梭，转眼就是大婚之日。这天大早，赵家还在准备，刘备便引文武数十人来到大门。赵云身穿喜服，胸戴红花，站在大红花轿前，见刘备等人至，忙上前施礼。众人还礼之后，纷纷祝贺，突听夏侯兰大呼："吉时到！"

赵云跨上逐云白马，带领接亲队伍前往诸葛亮府邸接了新人。敲锣打鼓，绕城街道一圈，好不热闹。刘备主持，在赵家大摆筵席，宴请全城百姓。赵云接回新娘，拜了父母天地，先送马云鹭入了洞房，又出来敬酒。正在招待客人，有人端酒来敬。赵云抬头视去，见敬酒之人，身材高大，穿白衣华服，英俊非凡。

赵云由惊转喜，笑道："孟起兄，你终于来了。"

来者正是马云鹭长兄马超。

马超叹道："其实我也知道云鹭与你是两情相悦……既然事到如今，我也不再多说。子龙兄，今日我敬你一杯，云鹭入了你们赵家，还望你日后好好待她。"

赵云喜道："这个自然！孟起兄不必担忧。先入席饮酒。待明日礼过，再叫云鹭一同见你。"

马超举杯，与赵云饮后，道："西凉事务繁忙，不敢在此耽搁，日后再见吧。"

赵云劝道："你是云鹭的大哥，不可不见。孟起勿再言走。"

马超摆手，说："子龙先去忙吧。我自在此饮酒吃菜。"赵云点头，又去招呼其余客人，直到天色向晚，再回去寻马超，人早已走了，赵云方才有些失望地回到洞房。张飞等人仍然大吃大喝，直呼痛快，直至三更方散……

洞房之中，赵云轻揭新娘的红盖头，只见盖头下的佳人，冰肌玉肤，细腻似酥，细润如脂，粉光若腻，犹如月宫嫦娥下凡间。

马云鹭见赵云愣头愣脑地看着自己，娇笑道："子龙怎么了？"

赵云这才说道："云鹭终究嫁入我赵家，赵云一生淡泊名利，恐日后跟我受苦！"

马云鹭起身说道："只要与夫君相伴，至死不渝。何恋荣华富贵？"说罢，二人携手，共度花烛，不提。翌日才与马云鹭说起马超之事，马云鹭大喜，甚是欢悦。

赵云大婚后，夫妻相亲相爱，与父母又过了月余平常老百姓的生活。不久，马云鹭身体不适，找来郎中号脉，郎中连声恭喜，原来马云鹭怀了身孕，赵家人大喜。正在高兴，刘备派人来传赵云前去太守府议事。马云鹭欲同往，赵云叫她在家安心养胎，也好陪伴父母。自行到了府门，正遇关羽，互相行礼后，关羽说道："大哥急将子龙召回，恐有大事相商。"

赵云点头道："周瑜奸计不成，必然贼心不死，我们先入见主公，便知其由。"说罢，二人并肩而行，步入议事厅。张飞等人先在厅中等待，见赵云，忙上前来道贺畅谈。又等片刻，刘备至，文武官员各站左右。刘备上坐，诸葛亮站文官首位，其次为马良、糜竺、简雍等人。关羽立武官之首，其次为张飞、赵云、黄忠、魏延一干人等。

刘备见文武皆齐，朗声说道："前些日子周瑜遣鲁肃来讨荆州未果，今日又派鲁肃前来，说是借我荆州之道替玄德去讨益州，待讨取益州之后，将益州与我，我还他荆州。诸位对此有何看法？"

张飞大笑，出列道："此为好事，周瑜进攻益州，让他凭白消耗兵力。"

魏延也出列进言："益州岂是好相与之处。这周瑜屡次陷害主公，我们不如顺水推舟，放他入蜀，之后我自领本部三万兵马，扼守益州要道，待周瑜兵败而归，截住厮杀，以绝后患。"

听了魏延所言，赵云面露不悦，上前一步，抱拳禀道："魏文长之策虽好，但若为之，主公必为天下人耻笑，切不可如此。"

"有何不可？我认为文长之策很合俺老张之意。这周瑜不死，荆州难有安稳。"张飞出列，走到赵云旁边说道。此时群臣纷纷出列，各执一词，顿时议事厅内争辩不休。

刘备忙叫停众人，侧头去看孔明，见他闭目不言，轻摇羽扇，脸上露出高深莫测的笑容。刘备便问计于孔明，孔明曰："东吴以水军为长，何故远攻西蜀，岂不是鸟断双翼，湖鱼离水乎？此不过'假道伐虢'之计也。周瑜假意借道，实为诱我主出城犒劳，趁其不备，出其不意，擒杀我主，以夺荆州。"

诸将听了，皆露惊色，片刻，由惊转怒，就连稳重的关羽，也出列抱拳请令："周瑜小儿如此阴险恶毒，着实可恨！某愿引本部军马埋伏在渡口，待其半渡而击之。"

赵云觉得关羽之言有理，也附和道："关二哥所提计谋合乎兵法之要，赵云愿引兵协助。"

“二位弟兄要去，俺岂能不去？待我去将这小子的头扭下，来见大哥。”张飞怒目，吹胡子瞪眼，高声大嚷。

魏延见旁边老将黄忠静立一旁，探头悄声问道：“老将军为何一言不发？”

“诸葛军师已有计谋，我等何必多言。文长听令就是。”黄忠微微露出一丝笑容，不再多说。

魏延怔了一下，方才恍然大悟，心中暗赞黄忠见识。

待众将说完，诸葛亮才缓缓说道：“云长之计甚好，只是江东兵才上岸，我方便击之，世人不知周瑜之计，必说我主无义。江东趁机又起大军来讨，两家相争，曹贼坐得渔翁之利，此非上策。”

张飞大呼：“俺不知何为上策，军师但说无妨。”

诸葛亮哈哈大笑，遂令关、张、黄、魏四将各统本部军马离去，至江陵、秭归、公安、孱陵埋伏。又令赵云前去接替关羽守城，暂领城头数千军士，守卫荆州城池，各将领命而去。

赵云来到城门，与关羽等人一一抱拳别过。众人引军出城，在城外大道踏起滚滚浓烟……

再说江东周瑜，正在战船前首来回踱步，等待使者归来。韩当在旁说道：“这诸葛亮非等闲，都督之计可有胜算？”

周瑜叹口气，道：“此事不可预知！但愿这次能够瞒得过诸葛亮。”说罢，接连咳嗽几声。

黄盖在旁劝道：“都督本来身体不适，不如暂且休养，容日后再图荆州不迟！”

“时不我待，待刘备羽翼丰满之时，荆州难以夺回，且会为我江东大患。”周瑜抬起头，明亮的眼扉望向北边江岸，略有担忧。

韩当、黄盖都知周瑜所言有理，虽然担心周瑜身体，但执拗不过他，只能暂时无言，各自心中焦急。忽有人报鲁肃归返，周瑜忙下船头迎接。

鲁肃禀报：“刘备已答应借道，待我江东大军到时，必然亲自出城劳军。都督之计成也！”

周瑜大喜，放声大笑，即令韩当、黄盖调集军队，征集粮草，又亲自上书告知孙权。一切准备妥当，心中痛快，便与众将豪饮几杯，说些江东的雄伟大业，直至夜深方归。刚入府邸，正要叫俾女上茶，忽闻有琴声传来，悠扬如溪水潺潺，轻顿如春风拂柳。周瑜也不喝茶，径直来到后院。月光之下，小池古亭，萤虫飞舞，亭中灯笼映在池中水面，好一个悠闲之地。亭中有一锦衣女子，长得是：黛眉开娇横远岫，绿鬓淳浓染春烟。天籁之音何处来？纤手轻挑身前弦！

周瑜走到亭中，向站在旁边的俾女微微摆手，俾女弯腰行礼后自行退下，亭中只有周瑜与正在弹琴的女子。待一曲弹完，女子方才扭头望向周瑜。

“明日，夫君又要出征了吗？”她的声音如黄莺般悦耳，只是语气中带着一丝无奈。此女便是周瑜之妻，有江东二乔之称的小乔。其大姐嫁给孙权，父亲便是乔国老，可谓身世显赫。

周瑜在背后伸手轻抚小乔的发丝，柔声说：“这些年，我在外南征北战，夫人独自在家帮衬，让你受苦了。这次若能帮主公夺取荆州，我江东便可进军益州，之后便能与曹操二分天下。假以时日，待我兵强马壮，攻入许昌，便可平定这混乱的天下。到时，瑜便携夫人归隐山中，安享太平。”

“为了天下太平……只凭江东之力，谈何容易。其实在我心中，仅仅是想你每日陪我与循儿、胤儿外出郊游，做个寻常人家而已。”小乔轻嘘，食指一勾弦条，发出一声低沉之声，透出一丝无奈。

“这一天，就快来了。相信我！”周瑜双手轻落在小乔肩头，弯腰凑在妻子耳边细语……

翌日，天气晴朗，万里无云。周瑜步上帅台，左右文武列于两旁。黄盖出列禀道：“五万大军已集结完毕，只等都督下令。”

“传令全军登船。”周瑜点头下令，此时江上东风又起，刮得他身后背披呼呼作响。

众将领命，各自引军马上船。待鼓声大作，旌旗挥舞，数百大船离岸起航，朝长江北岸驶去。

周瑜立于帅旗之下，见大军士气如虹，又想到即将擒杀刘备，心潮澎湃。待船队离岸越来越远，他回头望向南岸，心中默默念道："夫人，等我这次归来，定然与你外出郊游。"

船队浩浩荡荡，行至夏口，有刘备使者糜竺在江边迎接。江东战船依岸而傍，周瑜叫糜竺登上帅船，问道："刘皇叔何在？"

糜竺答曰："皇叔正在荆州准备酒菜，以待都督前去盏酒欢言。"

周瑜大笑，说："我军为汝去取益州，皇叔礼当厚重，莫要怠慢了军士。"

"不敢！再下就此告辞，先行通知皇叔。"糜竺言罢，对周瑜礼拜离去。

看着糜竺渐行渐远，周瑜与众将开怀大笑，以为孔明中计，遂下令朝荆州前行。

糜竺快马归城，赵云在城门相迎，问道："子仲此行如何？"

糜竺笑曰："果不出军师所料，周瑜反复欢笑，不久将引大军推至。"

赵云抱拳，礼道："子仲辛苦，汝且先行去见主公。"糜竺回礼，径直就见刘备。

赵云走上城楼，令兵士收了旌旗，只立少量军旗，以麻痹周瑜。又埋伏弓兵数千，以待敌至。

且说周瑜率五万大军从水路行至公安，一路无事，未遇刘备军船。周瑜心中生疑，琢磨不透，遂带了徐盛、丁奉、黄盖等一干武将，引三千军马先行下船，前行十余里，至荆州城下。

周瑜勒马，抬头望去，见城头空荡，军旗稀疏，心中大喜，暗笑道："诸葛亮总算中我计了。"遂令人叫门。不想喊叫几声，城门未开，城头也未有人应答。黄盖勒马至周瑜身旁，曰："都督，情况有异。"

周瑜听了，又叫人去喊。突见城头刀枪林立，旌旗遍布。赵云立于城头，问道："周都督勿急，赵云等候多时了。"

周瑜勒马上前几步，高声喊道：“我东吴兴兵替玄德取益州，为何不出来犒劳三军，反而以兵相拒?”

赵云哈哈大笑，答道：“军师早知都督这是‘假道伐虢’之策，所以命令我在此相候。就若是真，但我主仁厚，与益州刘璋又是同宗，又怎能借道与你去谋?”

周瑜闻言，咬牙切齿道：“该死！又被诸葛亮算计了，只悔昔日赤壁时，未能下定决心杀了他，以致今日之恨!”言罢，对身后诸将说道：“既然事到如今，只有调集大军前来全力破城，夺取荆州。”

此时有探子快马来报：“探得四路军马，分别从江陵、秭归、公安、孱陵小路杀来，四路正不知多少军马。喊声远近震动百余里，皆言要捉周瑜。”周瑜大惊，黄盖在旁劝道：“我军被围，军士惶恐，已无战意，不如早退回岸边与大军合流。老夫自引军断后，以保都督无恙。”

周瑜也知情势危急，回头剑指城头，骂道：“赵云小儿，每次坏某大事，终究一日，定要将汝与诸葛村夫一同千刀万剐，方消我心中之气。”

赵云闻言不为所动，只是立枪大笑。

周瑜强压怒气，勒马掉头，慌忙领军突围。赵云在城头见东吴大军掉头撤退，便对城头兵士笑道：“军师神机妙算，城外四路兵马已向周瑜进攻，我等也赶快出城追讨。”说罢，率军下城，握枪骑马，冲出城来。

黄盖断后，不敢急行，正遇魏延引军追来，两人勒马厮杀，一时不分胜负。忽有一将引数百骑兵从后冲来，刚一照面，这将便抡起手中双戟，猛地砸向魏延。

魏延大吃一惊，举斧架去，被震得双手微麻。正眼看去，见来者高额虎目，神采奕奕，甲胄加身，黑丝披肩，手持一对乌金短戟，气度不凡。

黄盖大喜，问道：“兴霸为何在此?”原来此人便是江东名将甘宁。

“吾见岸上尘埃飞扬，知有变动，故带骑兵上岸接应。适才遇到周都督，知老将军在后，故来相助。”甘宁言罢，拍马去战魏延，黄盖也在旁援攻。大战几合，魏延气力不济，心中暗暗叫苦。此时赵云引兵追至，魏延败退。赵云大呼：“常山赵子龙在此，尔等还不速降！”

甘宁正欲追赶魏延，回头见是赵云，大喜，弃了魏延，喊道：“赵子龙！还认得甘兴霸乎？”声音未落，策马而奔，右手一戟刺去。

赵云举枪架住铁戟，甘宁又起左手一戟刺来，赵云随手挑去，由防转攻，迫得甘宁收戟挡枪刺。赵云见枪头被架开，也不变招，反手用力斜刺。甘宁未料，慌忙侧身躲闪，“涯角”枪从他面目一寸刺过，枪身带起的劲风刮得他面皮生疼。赵云正待再攻，忽觉背心生寒，原来是黄盖怕甘宁有失，举刀砍来，赵云反身一枪挑开长刀，甘宁又挥戟杀来，赵云左刺右挑，以一敌二，杀得甘宁、黄盖心生敬佩。这时，魏延引兵复至，甘宁暗道不妙，知今日难分胜负，身体一跃，从马背上跳起，使的正是其成名绝技“掠鹭荡秋”。

赵云正被黄盖缠斗，见甘宁从空劈下，知道此招厉害，反击不及，只得拍马暂退几步。甘宁心中大喜，脚刚落地，便将手中双戟一一朝赵云抛去。赵云起枪挑落两戟，再看甘宁、黄盖，早已趁机逃去。

魏延近前，大呼：“子龙与我同去追赶，莫要走脱了二人。”

赵云在旁喊道：“文长暂待，军师有令，只可迫走周瑜大军，绝不可杀其将领。”

“军师此意为何？”魏延斜提宣化大斧，勒马而立，面露疑惑之色。

赵云勒停逐云，说：“军师如此说，自有其道理。我等听命便是。”

魏延点点头，下令军队缓追，路上又与张飞、黄忠会合，一路追至江边，正遇关羽面对江中战船大笑。赵云等将上前询问，原来周瑜已逃回战船，诸将暂且收兵。

再说周瑜逃回战船，心中气闷，又有兵禀：刘备与诸葛亮正在前山饮酒。顿时怒火攻心，晕倒在地，众将忙将他扶起。片刻缓缓醒来，拔剑指向荆州方向，大呼："你道我取不得益州，吾誓取之!"

决意上岸强攻，下令船队沿水路驶行，又有孙瑜奉孙权之命，率援军前来，统合七万大军，准备全面进攻荆州。行至巴丘，人报上游有刘封、关平二人领军截住水路。周瑜怒气冲天，下令全军进攻。忽又报孔明遣人送书至，打开视之，周瑜长叹一声，对座下诸将说道："孔明在信中直言孙、刘两家相争，反让曹操坐获渔利。我知确实如此，只有暂时收兵，容日后再图荆州。"遂决意收兵返回江东，正要起行，周瑜由于连日劳累，忽感身体不适，卧床不起，叫随军郎中来看，原是旧伤迸裂，箭毒已入膏肓。周瑜自知命不久矣，便对众将说道："非我不愿尽忠报国，只是我命已绝。待我死去，汝等要全心全意尽忠吴侯，共成大业，匡正这混乱的时代。"

之后叫人拿来笔墨，书写两封，一封与孙权推荐鲁肃接替大都督位，一封令人送至家中。安排完毕，周瑜已是疲倦，耳边似乎有悠然的琴声响起，他扭过头，从窗口望向江东方向。

"这琴声，应该出自夫人之手吧！对不起……公瑾食言了……"周瑜原本明亮的眼睛缓缓闭上，虽然脸上苍白无色，仍然掩盖不了曾经的俊俏。一代英雄，就此消失在历史的烟云中，寿三十六岁。

诗云："火烧长江第一功，英姿飒爽镇江东。只惜天命妒俊才，大志未成叹千古。"

且说诸葛亮在荆州城中，每晚在城头观星。赵云巡逻至此，上前礼道："某见军师每日在此，不知为何?"

诸葛亮轻摇羽扇，专心致志地望着苍穹。赵云不解，在旁也去观望，诸葛亮突然面露遗憾之色。赵云奇道："军师心中有事?"

诸葛亮摇头叹息，连说几声可惜，之后又对赵云说道："此事子龙自会知晓。"诸葛亮摇摇头，神色有些黯然，不再和赵云说话，独自缓步走下城去。

赵云不知其意，也不再问，自带兵士继续巡视，夜深方才归家。

屋中家人早已入睡，只得悄声入了自己房间。马云鹭从梦中醒来，向他询问战事，赵云如实相告。马云鹭撇嘴笑曰：“周瑜连连受挫，恐早已恨夫君于骨子里，日后若是出使江东，定要小心。”

赵云笑道：“上次与主公前去江东，接连被周瑜设计谋害。赤壁之战，此人又居首功，可见其足智多谋，云岂敢小视。”

马云鹭起身，取下挂在床头的“青虹”宝剑，交与赵云，嫣然一笑，说：“妾身已有身孕，不能常伴左右，此剑就暂还夫君。”

“让夫人费心了！”赵云双手接过宝剑，放在桌上，两人又谈些家事不提。

翌日，刘备与众将议事，欲向民间求贤，赵云禀道：“吾推荐一人，唤作夏侯兰，常山人士，善明于法律，主公可用之。”

“可是当日博望坡所获曹将夏侯兰？”刘备对当年博望坡记忆犹新。

赵云点头答曰：“正是此人。”

刘备笑道：“既然是子龙推荐，吾就令他为军正，管理军中刑法。”

“谢主公。”赵云抱拳行礼，正要退回列中。有兵士急匆匆地跑上堂来，跪地报道：“禀告主公，探子回报，东吴大都督周瑜于昨夜病逝，现停丧于巴丘。”

此言一出，众人面面相觑，皆有惊疑之色，只有诸葛亮面色如常。刘备使人再去探之，回报果然死了。

刘备忙问孔明道：“周瑜既死，江东定然记恨于我，恐再起大军来拼个你死我活！”

孔明笑曰：“替代周瑜领兵者，必定是鲁肃，此人宽厚，不必担忧。容亮亲往江东吊丧，以解两家之恨。”

“此事万万不可，只恐吴中军士加害军师。”刘备忙开口相劝。

诸葛亮气定神闲地说：“周瑜在时，我尚且不怕。何况周瑜已亡，又有何惧哉？只需子龙与我同去，必然全身而归。”

刘备见诸葛亮意绝，知道劝说不住，只能依从，遂令赵云领五百军士，准备祭礼，跟随诸葛亮前往巴丘。

赵云领命，派人准备船只，不过半个时辰，一切妥当，邀请诸葛亮上船，大船破浪而行，至巴丘下船。诸葛亮对赵云说：“此次是去吊丧，为表诚意，子龙不必披甲戴挂，只需腰间配把长剑护身即可。”

赵云闻言，略有惊讶，问道：“若是江东将士欲杀军师，该当如何？”

“不需担忧，我自有妙计。”诸葛亮嘴角含笑，望向远处的眼中透出睿智。

“我明白了。就依军师之意。”赵云解下龙鳞甲，将“涯角”枪交与亲兵。护送诸葛亮前行不过数里，遇到东吴兵将告知吴侯已令鲁肃为大都督，并将周瑜灵柩运送回柴桑。诸葛亮立即决意前往柴桑。

回到船上，赵云劝说诸葛亮：“柴桑军将，多是周瑜旧部，又为东吴屯兵重地。倘若鲁肃等人突然发难，我等无路可退。云不过一介武夫，死不足惜，而军师乃国之股肱，岂能亲身涉险！不如由吾独去。”

“子龙不必再劝，我自有道理。”诸葛亮神色平静，走到甲板边栏前，低头看着从船底经过的江水。

赵云知劝他不住，施礼退下，下令大船调头朝柴桑方向驶去。

再说鲁肃将周瑜灵柩从巴丘运回柴桑，孙权率江东文武在岸边迎候。船队靠岸，待灵柩下船，孙权扶棺泣道：“公瑾有王佐之才，今忽短命而死，孤何赖哉？此天妒英才，天妒英才啊！”左右官员在旁，皆声泪俱下。顿时哭声一片。

鲁肃扶起孙权，说：“主公不可哭坏了身子，还是先将公瑾灵柩送至灵堂安放吧。”

孙权点头应诺，亲身步行，将灵柩送至周府。城中百姓家家户户皆挂白绢，自发在街道两旁跪拜。

送至周府，不见夫人来接。有家丁神色慌张来告鲁肃，周夫人因悲伤过度，卧床不起。鲁肃大惊，忙叫人去请城中名医。

灵堂置于周府，甘宁、韩当等大将皆在堂中低头不语，不时有江东名流前来吊丧。鲁肃忙得焦头烂额，忽见主母（大乔，其妹为小乔，周瑜之妻）搀扶着周夫人缓缓前来，身后俾女又牵两个男童跟随。

鲁肃等人见状，纷纷上前劝慰。周夫人泣曰："公瑾早死，只留下我孤儿寡母。所幸诸位垂怜，将公瑾护送回家，此恩德无法回报，请受奴家及幼子一拜。"说罢，跪地施礼，身旁二童跟随而跪。众将忙扶起夫人与二位公子，气氛甚是凄惨。鲁肃暗自摇头叹息，忽有人来报，刘备派遣诸葛亮前来祭奠。众人闻言，皆有愤色，甘宁道："这诸葛亮好大的胆子！正好趁机将他杀了，以慰都督在天之灵。"

韩当、徐盛、丁奉等人摩拳擦掌，尽皆附和。鲁肃叱道："孙刘两家，一旦决裂，曹操大军立至，汝等万不可造次！"

丁奉怒曰："都督正是因为这孔明设计而箭毒入体。此为我江东大仇，眼看仇人自送门来羞辱，岂有不杀之理？"

鲁肃道："我也知其中缘由，只是现在还不是时候！诸位还请以大局为重。"

甘宁对鲁肃说道："鲁肃大人此言虽是，但孔明对我江东威胁太大。周都督在世时，几欲杀之而不得。今日良机，不容错过，还请大人三思。"

鲁肃听了，沉默不语，暂时不知如何回答。此时身后有人高声说道："鲁肃大人现已接替周都督之位，自有安排，尔等勿要再言。"

众人循声望去，见说话者眉清目秀，气宇轩昂，正是偏将军凌统。

诸将皆知有理，不再多说。鲁肃便去大门迎接，见到孔明，互相礼罢，引入堂中。

赵云紧随诸葛亮，踏入门槛，见堂中之人，皆露恨色。心知情况不妙，再去看诸葛亮，见他正与鲁肃闲谈，似乎对周围的敌意毫不在意。

甘宁与凌统对视一眼，并肩移步欲上前挡道。赵云见了，快行几步，挡在诸葛亮身前，三人右手都放在剑柄上，怒目而视。

鲁肃怕生事端，喝退甘、凌二将。两人怒视诸葛亮，冷哼一声，退在一旁。诸葛亮只当不知，在鲁肃的陪同下，来到周瑜棺前，教设祭物于灵前，亲自奠酒，跪于地上，诵读祭文。赵云则立足于旁，昂首挺胸，冷目环视。

黄盖对凌统、甘宁悄声劝道：“今日诸葛亮以祭周都督之名而来，动他不得。我们可在其回程路上杀之。”

“老将军好见地，我这就去准备。”凌统点头，三人一拍即合，不告而辞，各自回营点兵。

赵云见不到甘宁，心知有异，回头再看诸葛亮，见已祭毕，正伏地大哭，泪如泉涌，哀恸不已。赵云忙走上去搀扶，鲁肃也在一旁相劝，周边众人互相言道：“吾常闻周都督与诸葛亮不和，原来传言皆不可信！”

鲁肃扶起了诸葛亮，说道：“先生一路劳累，我已令人准备了酒菜。”

诸葛亮推辞不了，与鲁肃到屋中吃酒闲聊。看看天色已晚，诸葛亮辞别而去。赵云护着诸葛亮行至江岸，一路小心翼翼，快到江岸，忽闻有人大呼：“好个孔明，来到了东吴，也不来看我？”

赵云随声看去，见有一人站在路中挡道，长得样貌奇特，道袍竹冠，皂绦素履。赵云正要询问，诸葛亮笑曰：“子龙不必紧张，此乃故人。”遂上前拉住来人喜道：“士元兄，快来与我一叙。”又与赵云介绍说：“他便是有凤雏之称的庞统庞士元。赤壁时，就是士元兄前去劝导曹操以铁链锁船，方成赤壁大胜。”

赵云听了，忙下马抱拳礼曰：“凤雏大名，如雷贯耳。今日有幸相见，赵云之幸。”

“常山赵子龙之名，天下皆知。将军果然如传说般儒雅。”庞统受此礼遇，哈哈大笑，对赵云还礼。

诸葛亮笑问：“士元兄在此为何？”

庞统答曰："周郎因你荆州而亡，你又来吊丧。当真以为江东无人乎？我闻甘宁等将已调动水军南上，吾料其必在江中截杀孔明兄，故而在此专候通告。"

诸葛亮、赵云二人闻言，皆有惊色。两人生怕有变，忙向庞统道谢。赵云随即决定改变航向，先往西方行进，上岸之后从陆路迂回荆州。庞统送至江岸，诸葛亮有意将其引荐给刘备，亲书一封推荐信，交与庞统。二人告辞，庞统立足江岸，挥手道别。

船顺水而行，江岸渐远，赵云有些疑惑地问道："军师，庞统先生会来吗？"

"他肯定会来。孙权常以貌取人，绝不会用庞士元。而他又不能去投曹操，只有来荆州了。"诸葛亮轻摇羽扇，脸露笑容。

"若是卧龙、凤雏皆在主公帐下，打败曹操，光复汉室，指日可待！"赵云欣喜地对诸葛亮说道，表情甚是激动。

"仁德的天下，根基在于益州。当年高祖在此立国，以图中原，最终击败西楚霸王项羽。若是主公有幸在此经营数年，待兵强马壮之时。以一军从汉中取长安，又以一大将引兵从荆州北上，再派使者请求孙权出兵合肥，让曹操首尾难顾。等三路兵马会合于许昌，曹操可灭也！"诸葛亮说到这里，转头望向益州的方向。

赵云点点头，露出期待的表情。他昂起头享受着江风的清凉，坚定地说道："云手中之枪，必为主公扫除一切障碍。哪怕马革裹尸，在所不辞。"

"天下大乱的局面，总要有人去终结。我与子龙一般，希望陪伴着玄德公一起走到最后。"诸葛亮的话音刚落，江上忽然刮起一阵大风，吹得船帆呼呼大响，似乎在为二人的雄心壮志而欢呼雀跃。

两人相视而笑，一文一武尽心尽力，直到阳寿终结，也未背弃誓言。

正是：

追忆江水映山红，

盖世大功属周瑜。
壮志未成命已逝，
只叹天妒英雄郎。

又有诗赞赵云：

单剑相随赴虎穴，
大义凛然英雄气。
龙胆在心无人匹，
忠贞不移天地鉴。

第八章　张松献图,赵云截江

大雪纷飞，鹅毛般铺盖着荆州城池，整片大地银装素裹，洁白无瑕，煞是美丽。

赵云一大早便带着军士在城内除雪。沿途不时有孩童在街道上互扔雪团嬉戏，大人们则因担忧小孩滑倒受伤，不停地呵斥。走到市集，沸沸腾腾，毛仁在旁说道：“只有主公的仁德，才能带给人民安宁平静的生活。”

赵云微笑着说：“你只说对了一半。”

毛仁面露疑惑地问：“还请将军赐教那另外一半?”

赵云答道：“那就是人们自身对幸福生活的向往。”

“将军好见地!”毛仁愣了愣，方才点头称是。

两人正说间，有一人跑来，见了赵云，忙大声招呼。

赵云见是自府管事之人，忙问道：“你如此惊慌失措，莫非家中有事发生?”

管家粗喘几口，急道：“适才夫人突感腹部绞疼，太爷叫我速来寻将军回府。”

赵云眉头微皱，对毛仁简单交代几句，便与管家跑步回府。他心中焦急，见管家气力不济，就自行先走。一路狂奔，行至屋前，顾不得与守门军士多言，冲入屋去。刚至后院内屋门口，见赵父在房外等待，神色紧张，两人正要搭话，突听屋内传出一声婴儿啼哭。

“生了，生了！是男娃还是女娃?”赵空神色激动，对屋大呼。赵母已走出屋门，怀中抱着婴儿，面带喜悦地喊道：“恭喜老爷，是个男娃！是个男娃!”说完，又兴冲冲地将襁褓中的婴儿抱到二人身前。

赵空看完，哈哈大笑说：“跟子龙长得一模一样，感谢老天爷呀!”

赵云心中虽然兴奋，更担心马云鹭的安危，忙问道：“云鹭可好?”

马母笑着答道：“母子平安，子龙快去屋中看望云鹭。”

赵云闻言，忙奔入屋中，接生婆与俾女们自觉退到一旁。见马云鹭躺在床上，身体虚弱，赵云坐在床沿拉住马云鹭的手说：“云鹭，辛苦你了……还疼吗?”

马云鹭摇摇头，微笑着说：“子龙放心，妾身无碍。”

看着马云鹭憔悴的脸，赵云有些心疼，不知该说些什么。马云鹭知他心意，扯开话题，问道：“子龙，准备给孩儿取什么名字?”

赵云思索半晌，才说道：“我梦想有朝一日，主公能够统一天下，结束乱世。我就给孩儿一个‘统’字，若何?”

“赵统!”马云鹭看着赵云，仔细琢磨这个名字。

“云鹭还是休息一下，至于孩子的名字以后再取也不迟。”此时赵母入屋，将孩子放在马云鹭身旁。又聊一阵，赵母见马云鹭有些疲惫，便叫赵云暂时离去，让她休息，自己留下照顾儿媳、孙子。此时夏侯兰已归刘备麾下，闻赵家大喜，忙来祝贺。赵云怕他想起王月萱，引起心中不快，便招呼夏侯兰豪饮，至醉方散，赵家上下皆大欢喜。

再说刘备在荆州征兵聚粮，又得有荆州名士凤雏之称的庞统，羽翼渐丰，犹如捕食之虎，在丛林中蛰伏等待。冬去春来，时间飞逝。建安十六年，曹操派遣钟繇讨张鲁，又令夏侯渊率军出河东与钟繇合兵。马超认为时机成熟，便与其余九部共同推举韩遂为都督，引十万西凉大军，进至潼关。七月，曹操亲率大军西征，与联军夹关对峙。两月后，曹操使离间计大破联军，马超只得遗憾地退守西凉。

赵云见马云鹭自从得晓马超出兵，整日苦闷，知她心中担忧在许昌的马腾等人。便劝道："孟起兴兵虽未胜，然其全身退归凉州，曹操未必敢对老将军下毒手。"

"但愿如子龙所言。"马云鹭叹口气，黯然神伤。

赵云干咳几声，伸手去逗云鹭怀中的赵统，笑着说："云鹭莫要多想，今日天气甚好，不如同去后院观花。"

马云鹭点头说："就依子龙，带统儿去后院游玩。"说罢，两人便带着赵统，同往后院赏花不表。未过几日，照常军议之后，赵云与孙乾在营门闲聊，突见张飞一脸怒气，勒马要走，二人对视一眼。赵云生怕张飞惹出麻烦，忙上前截住。赵云问道："张三哥怒气冲冲，要去何处？"

张飞答曰："我闻耒阳县令，每日大醉不醒，不管地方政事，欲亲自前往责罚。"

赵云又道："只是听闻，未曾亲见，三哥不可早下定论。此去还得谨慎行事。"

孙乾在旁也劝道："小小一县之长犯事，令人前去查办就是，翼德不必亲往。"

张飞在马上，冷笑着说："你二人不知，此人醉时常口出狂言，责怪主公不用贤良。俺就是亲自去看看他到底是何方神圣。"

赵云眉头微皱，又问："此人姓甚名谁？"

"这个不知，若是你二人无事，便与俺一同前去看个究竟。"张飞手挽缰绳，出言相邀。

赵云推辞道："我二人同去，恐荆州守卫薄弱，请恕云不能陪三哥前去。"

张飞点头，说："二哥尚在公安布防以防江东，此事怪不得子龙。"说罢，拍马便走。

孙乾对赵云说道："翼德性格鲁莽，怕他错责了好人。我还是与他同去吧。"

赵云抱拳，尊敬地说："有劳公佑辛苦一遭。"

孙乾回身一拜，叫兵士牵来骏马，加鞭追赶张飞去了。

赵云目送二人离去后，就上城楼巡视，至辰时，不见二人归来。到第二日，张飞、孙乾领卫兵策马至城下，赵云下楼在城门迎接。张飞还未过吊桥，却见赵云，忙大呼："子龙速来，俺老张这次还真找到个人才。"

赵云闻言，循声向后望去，见张飞、孙乾身旁有一人，有些眼熟。待众人过了吊桥，赵云看清了这人，激动地上前牵住此人座下马缰，恭敬行礼，说道："不知贤人是庞统先生，招待不周，还请莫怪。只是诸葛军师曾有推荐信一封与先生，先生何故不将此信交与主公，凭白受此委屈。"

庞统摆手笑道："若是如此，怎能让主公知道我的才能？"

赵云再躬身一拜，说："先生之志，非云等俗人所能明白，主公正在州牧府中，先生请速去相见吧。"

"赵将军客气了，等面见了主公，再来与将军一聚。"庞统对赵云回礼，便在张飞的护送下前去见刘备。等众人离去，孙乾留在赵云旁边，面带激动之色，说道："人言'荆州大贤，卧龙凤雏，得一可安天下'今天佑我主，二者皆得，何愁不能扫平叛逆，复我大汉数百年基业。"

"主公走的仁道，也许就快要实现了。"赵云面带微笑，抬起头，让温暖的阳光从半空中照射在他英俊的面容上……

刘备知道了庞统身份，果然大悦，忙亲身行礼告罪，遂任庞统为军师中郎中，甚是器重，由卧龙、凤雏共同辅佐，实力大增，奠定了日后争夺益州的基础。

夏末，因军事需要，刘备令关羽镇守荆州，又令赵云引军与诸葛亮、庞统等人随自己返回公安。赵云便留马云鹭带着赵统在荆州陪伴父母。

转眼又至秋末。这日赵云正在营中观看毛仁带兵士操练鹤翼阵法。只见两翼分合有度，攻如鸷鸟之疾，守如玄龟之壳，他心中暗暗赞叹。此时突闻身后一阵马蹄声，赵云回头去看，原是张飞骑马至。

赵云跳下高台去迎，大声喊道："张三哥匆匆而来，不知所为何事？"

"大哥唤俺到公安听令，自然先来找子龙叙旧。"张飞哈哈大笑，勒停战马，翻身跳下。

赵云上前，拉住张飞右臂，笑曰："三哥一路劳顿，速与我至帐中歇息，保管好酒招待。"

"俺就知道子龙这里少不了好酒。"张飞说罢，便与赵云同行。二人入得大帐，赵云忙叫兵士准备酒菜，端上桌来，招待张飞吃喝。酒过数巡，帐帘被人掀开，来者长须凤眼、绿袍钢铠，正是关羽至。赵、张二人忙起身相迎。张飞乐道："俺们适才还在提及哥哥，没想到你自己也跑到子龙这里混酒喝了！"

"我正好经过子龙营前，想来好久不见，正好进来一叙。"关羽说罢，与二人围桌而坐。赵云又叫兵士加了碗筷，三人共饮叙旧，天黑方散。

翌日，刘备召集众将到本部大营议事。赵云前去，时间尚早，便与关羽、张飞在旁摆谈。不久，庞统、简雍、孙乾等人至。

刘备见人已到齐，说道："近日耳闻蜀中刘璋派名士张松前往许都去见曹操，我只担心二人联盟，恐我荆州之大祸。"

诸葛亮在旁道："主公勿忧。亮久闻张永年才名，然此人喜爱虚荣。此去面见曹操，必恃才自傲，为曹操所厌恶。"

刘备叹道："就怕他说动了曹操，两家共同出兵合击，我荆州危也。"

"大哥此话差矣！当年曹操亲率百万大军，仍然在赤壁大败而归，元气大伤。而今我拥兵数万，就算曹操再卷土重来，定然讨不到好。"关羽出列，抚须而言。

张飞在旁大声叫嚷："二哥这话说得中听，只要曹操敢来荆州，俺手中的蛇矛定然在他身上插两个窟窿。"

刘备闻言，脸色稍缓，环视众人，见庞统含笑而立，便问道：

“士元为何不语？”

庞统这才出列礼道：“我已派出探子，就等回报。所以无言，还请主公勿怪。”

刘备摆手道：“不怪，不怪。”随后又转头对赵云问道：“子龙如何看待此事？”

赵云听刘备开口询问，出列禀道：“兵法有云：‘无恃其不来，恃吾有以待之。’云以为，刘璋派遣使者去见曹操已成事实，我军只有加强城池防卫，制订相应计划，养精蓄锐，以待敌军，方为上策。”

“子龙此言正合我意。”刘备闻其言，面露赞色。遂令各部兵马加强警备。

未过几日，刘备又唤众将议事，庞统笑道：“探子回报，张永年果然惹恼了曹操，被撵出了许都，正要途经我荆州。”

众人甚奇，关羽面露疑色，问道：“这张松不直接入蜀，何故非要过我荆州？”

诸葛亮笑曰：“主公正为此事，而召诸位前来。”见众将不解，回头去看刘备。刘备微微点头，诸葛亮心中会意，便大声喊道：“赵云将军出列听令。令你即刻启程，前往郢州界口，等待明日张松路过，定要将他引来见主公。”

“只是不知这张松是什么面貌？”赵云忙出列，问道。

庞统在侧说道：“此事无须担忧，我会派识得张松的探子与子龙前去。”

“遵命。”赵云会意，抱拳领命就要离去。

张飞出列嚷道：“还是俺与子龙同去，也不无聊。”

诸葛亮哈哈笑道：“若是翼德前去，只怕反而吓跑了张松。”

“军师何必如此矫情，若是那张松不来，俺将他绑来就是。”张飞出列，语气中夹杂着一丝不屑。

“本部大营尚需翼德守卫，此事休要再提。”刘备开口劝阻张飞，张飞只得悻悻而退。刘备复又嘱咐赵云说：“子龙前去莫要穿着甲胄，以免失了礼数。”

“请主公放心，我定以礼相待。将张松引来拜见主公。”赵云说罢，对诸将抱拳告辞，领命而去。

回到营内，只穿布衣白衫，亲引五百骑兵，马不停蹄，赶至郢州界口，只在大道旁安营扎寨。又令军士前去附近村落购置酒菜准备，专候张松前来。

是夜，气温突变，秋雨从天而降。赵云独坐帐内，靠椅而依，倾听雨声沥沥。想起少年时在太行山习武之事，仿佛历历在目，更是思念童渊，只叹师父留下的唯一遗物——“龙胆亮银”枪毁在长坂，很是遗憾。不觉间，渐渐入睡，天明方醒。昨夜大雨，今晨太阳高照，官道上尽是白霜寒雾，五指难见，午时方散。此时有人求见，原是庞统派去的探子来报，张松至此不过数里脚程。赵云整理好衣襟，吩咐兵士准备酒菜，自己亲至道中等候。路上过往行人稀少，不久，忽见一队人马迎面而来。当先一人，身材矮小，额钁头尖，鼻偃齿露，长相猥琐。探子忙禀道：“赵将军，此人便是张松张永年。”

赵云点点头，步行上前大呼：“来者可是别驾张永年乎？”

“然也！汝乃何人？”张松勒停坐马，面带疑惑之色。

赵云面带微笑，抱拳说道：“赵云在此专候先生多时了。”

张松略有惊色，忙回礼问曰：“莫非是常山赵子龙乎？”

赵云点点头，说道：“我主知先生远道而来，一路辛苦劳顿，特让我在此准备酒菜招待先生歇脚。”言罢，反身引路至营中，与张松饮酒闲谈。酒席间，赵云有意无意间地透露刘备有意与张松结交。

张松心中一震，心中暗忖：“我欲将西蜀赠予曹操，没想到反倒被他羞辱。刘璋无能，迟早为人所夺，人言刘备英雄，不如就往荆州见他一面。”想到此，又见赵云开口相邀，张松便顺水推舟，答应与赵云同去。

二人又饮数杯，赵云便令拔寨，自领张松前往荆州。两人并肩而行，一路闲谈。至荆州界首，夕阳西下，赵云勒马说道：“天色已晚，前方不远就有馆驿，今夜先生就在此休息，等明早再行不迟。”

张松拜谢：“永年何能？让将军如此费心。”

赵云忙回礼说：“先生乃蜀中大儒，云岂能怠慢！”言罢，径直往官驿而行。

行至门前，见驿门外有百余军士侍立，击大鼓相接。当前立一人，身长九尺，髯长二尺，面若重枣，威风凛凛。见赵云一行前来，忙上前施礼道：“奉大哥之令，在此为先生洗尘。关某已清扫庭院，以待先生歇宿。”

张松忙下马还礼，问候几句，关羽手一挥，门外迎接的军士左右退开，让出入口，便引众人入内。

张松心道：“没想到玄德公如此看重我张松，先是大将赵云在郢州界口守候，又令其弟关羽在此等待。等见了玄德，定要好生感谢。”

是夜酒菜丰盛，关羽、赵云举杯，殷勤相劝。

张松略有酒意，回敬，曰：“素闻赵云、关羽将军威名，今日相见，果然温儒礼貌。得二位将军如此礼遇，永年感激涕零。”

赵云笑道：“张先生贤名誉满西蜀，得见先生也是我等之幸。”

关羽也笑曰：“永年兄客气了，正所谓英雄惜英雄，今夜定要一醉方休。”

三人高兴，至醉方散。待安排了张松歇息，关羽与赵云行至长廊，小声问道：“子龙可知军师这次用意何在？”

赵云答曰：“诸葛军师神机妙算，又有庞统军师在旁协助，如此安排自有道理。我们不必多想，依令而行就是。”

关羽轻抚长须，与赵云相视一笑，说道：“子龙所言甚是，夜已深了，早些休息吧。”言罢，告辞而去。

赵云独自归房，和衣而寝，躺在床上寻思刘备必是欲图西川，这也是诸葛亮三分之计其中一个重要的环节。只是师兄张任官拜益州从事，到时难免战场兵戈相见，师兄弟又得对阵厮杀，又想起当日在长坂与张绣决战，心中不由一阵唏嘘。

次日清晨，众人早膳用毕，又启程往荆州城。行不过五里，突见前方一队人马，彩旗飘舞，原来是刘备引着诸葛亮、庞统在此等待。

诸葛亮遥见关羽、赵云簇拥着张松前来，便对刘备笑曰："张永年已到，能否入主西蜀，就看主公你了。"

刘备点点头，跳下的卢马背，迎向张松，笑喊道："久闻先生大名，只是山遥路远不得见。今闻先生途经，专在此候。若先生不弃，与备同往荒州一叙。"

张松闻言，知是刘备，慌得跳下马来，礼拜道："张松何能，让皇叔如此挂心。"遂与刘备等人同入荆州城内。

入了州府，赵云心知已无事，便暂归家中探望父母妻小。马云鹭在家哺乳，闻赵云归来，忙抱着赵统相迎，一家其乐融融。

张松受刘备礼遇至极，心生感激之心，暗中献出西川地图。又过几日，张松欲离去，刘备引众臣一路送至荆州界首，又令赵云带五百骑兵沿途护送。赵云与张松一路闲谈，不日已近益州界首。队伍途经山陵，两边皆是树林，又往前行数里，突听有飞鸟惊起之声，赵云眉头微皱，心感不适，抬手令兵士暂待。

张松在旁问道："赵将军何故止步不前？"

赵云环视四周山林，答道："此地山高林茂，正是伏击之地，一路不见山兽，却见飞鸟惊起，只恐林中有异。"

张松听了，哈哈大笑，说："赵将军多虑了，此山一过便是益州境界，数月前我曾经过此地，便是这般清净。"

"但愿是我多心了。不过多做些准备也是好事。"赵云说罢，便令身后兵士加强警惕。

又行数里，有一峪口，两旁皆是山崖。赵云引军过半，突听两旁崖上杀声震天，无数羽箭从空中铺天盖地而下。张松惊得目瞪口呆，一时不知所措。赵云面色不变，勒马挡在张松身前，舞起手中长枪，拨开近身箭头后，忙催马护着张松前行。此时峪口两侧分别冲出两队人马，皆穿盔戴甲，只有旌旗指挥，却无帅旗在中，分别有两将驱马在前，不知为何处军马。

赵云见状，大声喝道："汝等为何部兵马？何故在此截杀？"

对方两将各拿刀斧，不发一言，只顾策马杀来。赵云见了，面露冷笑，遂令骑兵持盾护住张松左右，自率数十骑兵为先锋上前与敌厮杀。两将左右并排而行，刀斧同起。赵云横枪，左劈右挑，迫开二将，顺势反手回枪直刺左边持斧者。这将抵挡不住，只听"铛！"的一声响，"涯角"枪头刺破护心镜，透胸而过。赵云回手一拉，抽出"涯角"枪头，只见鲜血四溅，甚是吓人。

剩下一将，见适才与同伴联手也非赵云一合之敌，心中惊惧，反身催马欲走。赵云双腿一夹，逐云白马奔跃如飞，追至敌将身后，正欲一枪望其背心拍下，此时忽闻一股尖锐之声，忙侧身躲避，果有利箭破风而过。赵云心中暗暗惊叹，便弃了敌将，勒马而立，望向箭羽所来方向，见有一将奔至。这将金甲红披，手握长弓，面目冷俊，见赵云看他，只与怒目回应。

赵云看他装束，知是主将，横枪而指，问曰："汝是何人？"

这将面露恨色，冷道："赵云匹夫，可认得我韩德乎？"

赵云叹口气，说："原来又是韩家子弟！你我两家的仇恨已在长坂终结，何故横添事端？"

"你在长坂杀我长辈，抢夺'天涯海角枪'，碰巧我在此等候张松，没想到把你赵云也一起等到了，真是天助我也。废话少说，看我来取汝的项上人头。"韩德抛去长弓，取下绑在马鞍上的长枪，直奔赵云杀来。

"既然如此，我就也使'风花雪月寒梅'枪与你争斗。"赵云也不多说，挺枪相迎。两人战马相接，互相使出"风花雪月寒梅"枪。但见枪影连绵，犹如雪花飞舞，梅花铺地，叠叠重重，看不清双方身影所在。两边士卒拨马拼杀，一时间喊声震耳，血流满地。

韩德枪法娴熟，变化莫测，若是寻常对手，哪里抵挡得住，只是赵云乃当世骁将，又深谙此枪法精髓，韩德讨不到好，心中渐怒，疯狂使出枪势妙招。赵云见周围敌兵占据地利，心知不可在此耽误，手中枪势一变，使出“七探盘蛇枪”，又战数合，一枪刺落韩德。

韩德落地，所幸只是右肩受伤，正待爬起，却见赵云举枪又要刺来，心知躲不过，闭目引颈受戮。赵云正要将其刺死，脑中突闪长坂大战，韩荣授枪之事，顿时枪轨一变。韩德只感到耳起凉风，却无痛感，睁眼看去，原来“涯角”枪头已从他耳边刺过，虽有准备，也被惊得一身冷汗。敌兵见主将落马，顿时大乱，纷纷后退。赵云举手一挥，本部骑兵停止追击，止步在他身后。于是两军罢战，瞪眼相望，不知进退。

“士可杀，不可辱！动手吧。”韩德昂头怒视赵云，大声喊道。

赵云收枪斜提，叹道：“今日暂不杀汝，若有下次，决不留情。”

“假慈假悲，这次只怪我学艺不精，下次再见，定要与你再决高下。”韩德冷笑几声，警惕地退到战马旁，纵身而上，挥鞭而去，兵士跟在其后，狼狈撤离。

见敌军退去，张松上前问道：“先头那贼子亲口所说，是为我张松而来，为何不将其擒下，严加盘问？”

赵云摇摇头，说：“此为勇士，岂惧死哉？”

张松叹口气，说道：“这里已是益州界首，这番动静却无守军发觉，定是蜀中有人想置我于死地，又不敢在益州界内杀我，故意派人在此埋伏。幸有赵将军相送，不然今日我命休也。”说罢，对赵云行礼拜谢。

赵云忙回礼道：“保护别驾周全，乃赵云之责，不必在意。”之后整合剩余军士，一路前行，至边界。送张松寻得边界守军并告知受伏之事，守将忙遣骑马探子去查不提。

韩德退回成都，去见黄权。黄权叹道：“截杀张松不成，必为我主之祸，惜哉！惜哉！”

韩德道：“此番未成，恐张松识得，某就此告辞。”

黄权问曰：“将军何处去？”

韩德答道：“我与赵云终有生死之战，固北上去投曹操。”说罢，两人作揖告别。

待韩德离去，黄权仰头长叹，苦笑着自语道："益州易主，此乃天意！"

再说赵云，见已送至，便与张松辞行。张松返送出营门，临别之际，张松与赵云下马并肩步行，说道："吾先返蜀中，期望能与刘皇叔早日在成都相聚，到时定要好酒奉上。"

赵云深知其意，答道："相信刘皇叔不会辜负先生美意。送君千里，终须一别。先生止步，若是日后能在成都相见，再与先生不醉不归。"

两人礼毕，赵云自引军返回。路上来到先前受伏之处，祭奠阵亡军士后，快马加鞭，赶回荆州复命，将张松临别暗示言语禀告刘备。刘备大喜，下令全军整备，等待时机。

果然，张松去见刘璋，见刘璋唉声叹气，似有心事，问道："主公何事愁眉不展？"

刘璋曰："我益州，外有张鲁屯兵汉中，时常骚扰，内有土人意欲图谋，我只愁无可靠之人。"

张松笑道："主公此言差矣！此行途经荆州，得见刘备，果有仁者之风。数抗曹操，威名远扬，又与主公同宗，主公可以依靠。"

刘璋听了，自思："若是请来刘备，由他去攻汉中，若是打败张鲁，就将汉中与他如何。到时也可替我挡住曹操兵马，何乐而不为？"想至此，遂同意张松之言。遣使者法正率四千兵马去请刘备，邀请入蜀协防张鲁。后有黄权、王累等人相劝，皆被刘璋叱走。

法正见到刘备，将刘璋之言相告。刘备心中欣喜，而色不表现，既不应诺又不推脱，只顾安排法正歇息。刘备态度谦和，亲送法正前往官驿下榻。一路见城内商业繁荣，百姓乐业，法正心道："在成都时，张永年称刘玄德仁德敬仕，此番所见，果然如此。益州若为玄德所治，乃蜀中百姓之福也。"

到了驿内，刘备送入上房。法正见左右无人，躬声而拜，曰："我与张别驾素来交好，此番虽受令前来，却也暗受别驾所托，要将蜀中生灵托付与皇叔。"

刘备假意说道："刘季玉与备同宗，岂能趁乱夺取基业？此事勿要再提。"

法正劝道："刘璋久据西蜀，然其性格懦弱，贤庸不分。若皇叔不取，日后必为他人所图。望皇叔三思。"

刘备拜道："容某再议。"

拜别法正，刘备回到府邸，即令传令前去召众将归返荆州议事。不日，黄忠、魏延、马良等一干文武重臣至，齐聚于大堂，各分文武而立。刘备说道："近有同族益州太守刘璋，履受汉中张鲁侵袭，欲请吾入蜀相助。吾左右难以定夺，故聚诸位前来商议。"

"刘璋来请主公，此乃大幸之事。只要大军入蜀，待机而动，益州可图，主公万万不可推辞。"马良出列进言，目视刘备，等待刘备抉择。

庞统立于刘备左侧，在旁禀道："季常之言与我同意。士元愿伴主公，前往蜀中。"

刘备摇头说道："吾以仁德之名，起兵平原，征战于天下，百姓归心，皆因仁德二字，现在岂能去抢季玉之地。然不图，益州迟早被人所夺，故心中犹豫难决。"

关羽出列禀道："今我荆州，东有孙权，常怀虎踞；北有曹操，每欲鲸吞。如今之计，也只有入蜀一路可行。大哥勿要犹豫不决，成千古之憾。"关羽语音刚落，张飞在旁嚷道："诸位所言都在理，大哥不要婆婆妈妈，枉丢了机会。"

黄忠、魏延等人也纷纷出列，劝刘备入蜀。

刘备闻众将之言，仍举棋不定，视线移向赵云，问道："子龙何故一言不发？"

赵云出列，抱拳答曰："昔日主公曾与臣共誓，以拯救天下苍生为己任，今为何却为一点私情而放弃益州百姓迎接仁德盛世？"

刘备听了，猛地起身，大手一挥，说道："幸得子龙提醒，刘备不敢忘记心中理念，传令三军整备，明日祭酒，择日出征。"

众将欢呼雀跃，只有诸葛亮在旁摇扇，脸上露出一丝会心的笑容。散会之后，刘备独唤诸葛亮、庞统，说道：“此次入蜀，只怕曹操、孙权趁机吞并，故邀二位军师前来相商。”

诸葛亮深知庞统加入以来，时有建功之心，便笑道：“荆州为我根本，不可动摇。孔明愿坐镇荆州，再与云长、翼德、子龙把守各个关口，以绝主公后方之患。”

刘备点头说：“诸葛军师之言甚合我意，只是要麻烦庞统军师与我同去了。”

庞统忙起身拜道：“士元必为主公出谋划策，夺取西川。”

公元211年，也就是建安十六年秋末，刘备令军师中郎将——诸葛亮总守荆州。荡寇将军关羽，率重兵拒襄阳要路，当青泥隘口，以抗曹操；征俘将军张飞领四郡兵马巡江，随时准备增援何处关口；又令赵云为留营司马，屯江陵，镇守公安，严防东吴兵马有异。一切安排妥当，刘备便以庞统为军师，黄忠、魏延为大将，亲率大军三万入蜀。不久，东吴鲁肃获得探子禀报，大喜，便叫众将同去见孙权。孙权道：“刘备为狼，刘璋为羊。益州迟早归刘备所拥，此为何喜之有？”

顾雍在旁进言道：“确是大喜，刘备远涉西蜀，顾不得荆州，主公只需遣甘宁将军引军截住川口，再兴我江东大军，荆州唾手可得。”

“此计甚妙。”孙权拍掌大笑。正高兴间，屏后门内有人大骂：“出此计者，欲害吾女乎？”

众人知是国太，皆不敢语。

吴国太走出屏风，杖击于地，指着孙权大骂：“亏汝领父兄之业，坐拥江东八十一州，尚不知足。刘备乃吾婿，汝妹夫，岂可为此蝇头小利而伤一家人和气？”

孙权苦笑，连连应诺，不敢违背。先遣散了众臣，将国太送入屋中之后，独至庭院，长声叹息。

正巧张昭前来，在旁笑曰：“吴侯在此唉声叹气，不知所为何事？”

孙权答道：“我叹刘备入川，荆州空虚。此时不取，何时可得！”

张昭哈哈大笑，说：“这有何难？我闻郡主在荆州照顾幼子刘禅，此番刘备远征在外，州府大小事宜皆由郡主主持。主公只须修书一封，派亲腹得力之人带信去见，只诳称国太病重在床，甚是思念，叫她领刘禅归来相见。想郡主孝顺，岂有不归之理。”

孙权听了，哈哈大笑，说道：“此计甚妙，刘备只有刘禅一子，等他得了益州，再叫他拿荆州来换。”遂令鲁肃急书一封，遣心腹侍卫长周善率五百水军，换了平民衣服，分乘五船，连夜前往荆州密见孙尚香。

且说赵云为留营司马，每日处理荆州事务。这日毛仁来禀：“常有人告夫人从东吴所带吏兵，纵横不法，扰乱治安。虽非大事，但长此以往必使百姓心寒！故来告将军。”

赵云闻言，沉默片刻，说：“我也有耳闻此事，夫人自持吴侯之妹，放纵部下，胡作非为。看似事小，实则影响颇大，我们不可不管。”

两人正说间，有兵士前来禀道：“有夫人侍卫，在市集凭白杀人，糜竺大人不敢做主，故来禀赵将军。”赵云大怒，亲往市集查看，见犯事之人果然是夫人从江东带来侍卫。糜竺忙上前相告。原来这被杀之人在集市旁摆个小摊卖酒，今晨不过为了几分酒钱，与两侍卫起了争执，谁知两侍卫好没道理，拔出配刀将其砍死。

赵云听了，勃然大怒，上前问道：“汝不知法乎？”

一侍卫答曰：“兵荒马乱，谈什么法规？将军战场杀敌无数可以，再下不过杀个贱民，又有何罪？”

赵云叱道：“杀人偿命，你就偿命吧。”

侍卫傲然，昂头说道：“我乃江东陪嫁之人，玄德公尚且待我有礼，汝安敢无礼乎？”

赵云怒极，伸手拔剑，糜竺忙上前劝说：“子龙稍怒，不如暂将此人收监，等主母亲自定夺。”

“此人草菅人命，罪大恶极，不杀难以泄民愤。主母要是怪罪，自有我担当，你且让开。”赵云言罢，甩开糜竺，上前一剑将其劈死。

周围百姓见状，纷纷拍掌叫好，剩下一人，吓得惊慌失色，忙跪地求饶。赵云冷哼一声，又欲举剑，糜竺在旁劝道：“已杀一人，就留一个让我定罪吧！”

赵云听了糜竺之言，点点头，收剑回鞘。糜竺抹去额头冷汗，在赵云旁边小声告诫：“子龙这般莽撞，这下可闯大祸了！”

“杀人偿命，有何不可？子仲不必在意，剩下一人就交给子仲裁决。”赵云说罢，告辞而去，自引军士巡江去了，只留下大汗淋漓的糜竺。糜竺见赵云走远，心中又不愿得罪孙夫人，便暂放这侍卫回去。

州府后院，石桥溪流，玉树红花，正是腊月梅开。小石桥上有一女，双十年华，长得是玉琢粉面，晶而不透，手如柔荑，肤如凝脂，上身披天鹅绒披，下身一袭淡黄罗裙轻飘，右手牵个孩童，原是孙尚香正拉着刘禅赏花。已是午时，孙尚香正欲领刘禅回屋，忽有侍卫跑来，伏地而泣，将今晨之事相告。孙尚香本就护短，果然动怒，就欲去寻赵云问罪，此时又有贴身侍卫来禀，东吴有人求见。

孙尚香便传来见，这来人身长八尺有二，人高马大，犹如铁塔。孙尚香认得此人乃孙权贴身侍卫周善，其武艺高强，忠心不贰，从不离孙权左右，此次前来，定然有事。遂令左右暂且退下，只留江东亲卫。周善见已无外人，躬身行礼，小声说道：“再下此行，实为将国太亲笔书信送与郡主。”言罢，双手呈上羊皮书信。

孙尚香拆开书信，见信曰：“吾女尚香，自汝随玄德至荆州，多年未见，不知音信。吾常思小女于梦中，醒来泪流于枕，今身体不适，久榻于床，更是思念。吾年事已高，别无他求，只盼临终前能与吾女一聚。”

孙尚香看完，已是泪流满面。周善上前说道：“国太病危，我便是受主公之命，来接郡主回去探望国太。”

“非我不愿回东吴，只是玄德出征在外，将府中大小事务皆托付于我，我如何能离去？”孙尚香抹去眼角泪珠，长叹口气。

周善劝道：“府中自有管事之人，郡主大可不必担心。”

“你虽然说得有理，只是主公幼子阿斗，这些年都是我在照顾，今我独归江东，何人可以带为照顾？”孙尚香摇摇头，心中犹豫，拿不定主意。

周善见时机成熟，笑道：“这又有何难？郡主既为阿斗之母，国太自然是阿斗祖母。郡主不如带阿斗同去江东，祖孙三代共聚一堂，国太必然心情大悦，贵体康复，岂不美哉？”

“周将军此言甚是，我这就去告知诸葛军师派人知会玄德。”孙尚香恍然大悟，破涕为笑，就要出府去寻诸葛亮。

周善闻孙尚香欲去告与诸葛亮，心中大呼不妙，忙上前阻止道：“郡主且慢，不过回江东探亲，区区小事，何必去请示旁人？再说这诸葛亮若是回复说需得玄德回信，待之如何？”

孙尚香心中担忧国太，又被周善这么一激，神色更是焦急，忙问道：“若是不辞而去，恐沿途有人阻挡，这当如何是好？”

周善抱拳禀道：“郡主勿忧，某已准备好船只，悄泊于江岸，只待郡主同归。”

孙尚香忙令人准备车马，将七岁刘禅置于车内，引了众亲卫，随周善匆忙离去。

再说赵云巡江归来，在军营得报，主母携了公子阿斗，欲从东门出城去。云闻言大惊，急令人去禀诸葛亮，自己奔出营帐，牵出“逐云”白马，拿了“涯角”枪，只引四五骑守门军事前去追赶。奔至荆州东城门，赵云寻不到孙尚香，便对城门兵士问道：“主母与公子何在？”

兵士答曰：“主母亲至，我们不敢阻挡，现在已出城去了。”

赵云复又问道：“往哪个方向？离去了多久？”

兵士指着江岸方向，说：“从此处出去不久，将军尚能追赶。”

赵云闻言，拍马便奔，逐云神俊，奔驰如飞，载着赵云沿江而行，直至江岸崖边。朝下望去，但见大江之上，波涛汹涌，浪花叠起千层花。五条商船泊于江上，随浪起伏，孙尚香正牵着刘禅走上首船扶梯。赵云心急，一勒马缰，从侧坡小道冲下，追至江岸，大船已收锚欲走。赵云策马而上，对当头大船喊道："船且慢行，容某与主母践行。"

周善见赵云追来，执戈大呼："汝乃何人？安敢阻碍主母。"遂叫船中军士放箭。

面对箭雨，赵云丝毫不惧，一边旋转手中"涯角枪"，一边大呼："吾乃常山赵子龙，还请主母留步。"枪过箭落，来箭尽被挑落掉地。

周善在船头暗惊道："常山赵子龙果非虚名之辈。"

赵云又欲前冲，却见船锚已收，大船纷纷离岸，风大水急，船队顺江而行。

赵云见拦不及，只得骑马沿岸奔跑，追赶一阵，见岸边斜放一条打鱼小舟，赵云勒停逐云，执枪下马，拔出腰中"青虹"，砍断绑舟绳索。此时身后从骑跟至，由于船小，赵云只带一人上舟在尾划船，自己持枪立于船头。舟身轻盈，顺水而行，追至船队身后。周善忙叫船尾军士放箭，赵云挑下箭矢落于水中。小舟追至头船侧边，周善又亲自持戈，领众兵士举枪在船侧乱刺，以阻赵云上船。赵云心中焦急，见两船悬隔不过丈余，又担心吴人引主母离去，牙齿一咬，将"涯角"枪杆一撑，将长枪弃在舟上，借力飞身跳上大船。周善欺他一人，举戈刺去，赵云身体一侧，躲开长戈，反手一剑削去，顿将长戈拦腰斩断。周善大惊，不敢恋战，退后几步，忙令吴兵上前围杀，赵云手持"青虹"宝剑，一阵乱砍，在百余吴兵中犹如无人之境，杀至船舱，反手掩了船门。孙尚香见到赵云，将刘禅抱在怀中，说："我有急事要回东吴，赵将军为何追赶？"

赵云收剑，施礼问道："主母要回江东，为何不知会军师一声？"

孙尚香答道："我母病危，故急回东吴，不及告知。"

赵云又问："主母探病，自去便是，何必要带公子？"

"我独回江东，只恐阿斗无人照顾，故领他同去。"孙尚香脸色微变，已有些许怒意。

“主公只此一条血脉，昔日云血染长坂，杀曹军数十大将，九死一生，方才将公子救出。今日主母又要领去江东，是何道理？”

赵云这话说得不亢不卑，孙尚香不知如何回答，顿时勃然大怒，叱道：“汝不过一介武夫，安敢来管我家事？且今早杀我侍卫，尚未与你计较，现在又来阻我，莫非要造反乎？”

“若不留下公子，莫怪赵云无礼了。”赵云见孙夫人不肯将刘禅交出，起身准备上前去抢。孙尚香令左右佩剑女婢来挡，赵云眉头一皱，推开女婢，几步冲至她身前，一把夺过已吓得哆嗦发抖的刘禅，抱在怀里。

孙尚香回过神来，抽出佩剑，照赵云刺去。赵云见情势紧急，大呼：“得罪了。”随手挥剑挑去，两剑相撞，孙尚香只感一股劲力从剑身传来，震得虎口一疼，长剑脱手。

赵云怀抱公子，转身一脚踹开舱门，门外吴兵蜂拥而来。赵云也不畏惧，挥起“青虹”剑，冲杀出去，欲到船尾去寻小舟。周善仗着人多，举戈复来围杀。赵云奋战，边杀边走，一路杀死十数吴兵，行至船尾，放眼望去，只有东吴商船在后，却不见小舟跟至。

赵云见后有追兵，前方江水湍急，低头看看公子，叹道：“主公临行之时，委以大任，不想今番中了东吴之计，陷小主人于险地，纵然万死，不能恕云之罪。今日定然死战，让吴人近不得小主人。”

想那刘禅，不过七岁小童，哪里听得懂赵云所说，只是抬头傻傻地望着赵云。

此时周善带人围上，大笑道：“适才我令人放箭，迫得小舟不敢追赶。赵子龙，时至今日，你纵有三头六臂，也带不走公子。”

赵云斜拿“青虹”，立足船尾，冷笑道：“你想带公子去东吴，也要问问我手中的宝剑答不答应。”说罢，把心一横，决意死战。

周善哈哈大笑，甚是得意，正欲派众军士拥上前去，突有兵从船头奔来禀，说是前方有数艘战船横在油江夹口，阻了水道。周善忙弃了赵云，到船头一望，却见一船迎面驶来。

那站在船头的大将，身穿白虎鸰钢甲，手提丈八蛇矛，威风凛凛，正是张飞。等两船靠在一起，张飞见船窄，长兵器占不到便宜，便将蛇矛交给身旁兵士，拔剑引兵跃上商船，大呼："子龙无事乎？"

赵云喜曰："三哥来得及时，云无事，只是恐伤了夫人，碍于道理，故进退不得"。

张飞笑道："子龙暂歇，此事交与哥哥。"

周善见状，心知不能善了，只得硬着头皮提戈去战。但他哪里是其对手，不过数合，便被张飞砍下首级，尸身被抛下江去，终葬鱼腹。其余吴兵皆不敢战，纷纷掷剑请降。此时正巧孙尚香带着婢女从舱中追来，张飞顺手将周善人头抛其脚下，孙尚香惊呼道："三叔何故无礼？"

张飞哈哈大笑，莽声说道："嫂嫂带侄儿不辞而去，便是无礼。"

孙尚香知道张飞性格鲁莽，做事不计后果，便跺脚急曰："我母病重，甚是危急，若等你哥哥从西蜀回报，恐误我事。今日你若不放我回去，我情愿投江而死！"

张飞闻言，打不定主意，忙去问赵云。赵云道："现已夺回公子，主母要走，让她走便是。若她真寻短见，你我皆为人臣，恐碍于道理。"

张飞点头说道："子龙此言甚合俺意。"说罢，两人引兵退回战船，临别在即，张飞回首喊道："俺哥哥乃大汉皇叔，也不曾辱没了嫂嫂。今日相别，若思哥哥恩义，早早归来。"

孙尚香见张飞、赵云退兵，长吁一声，她没有回应张飞，只是站在船头，默默地看着正在啼哭的刘禅。阻在夹口江面的战船向两旁侧移，让出了水路，五艘江东商船缓缓驶过，船头的孙尚香转身走向船舱，江风呼啸，吹乱了她的秀发，也乱了她的心，她知道，再也回不来了……

赵云、张飞随船返航。二人立于船头，张飞吁口气，拍拍胸脯说："所幸当日大哥入蜀，将家中之事托付给子龙。不然今日若是让嫂嫂带走了侄儿，我等如何跟大哥交代？"

赵云略有担忧地说：“此次夫人离去，恐东吴起兵来犯。”

张飞大笑着叫道：“周瑜尚且不惧，何况孙权？”

二人正说间，迎面驶来大队战船，原是诸葛亮得报后，前来追赶，见赵、张护得公子无事，大喜。回到荆州，诸葛亮暂将刘禅置于家中，由其妻黄月英照顾，随后又申文书往葭萌关，报知刘备。刘备见信，连对庞统赞曰：“幸有子龙，不然就将受制于江东。”

庞统道：“只怕孙权起兵，夺取益州，此事宜早而不宜迟。”刘备诺之。

那孙权接回妹妹，果然欲兴兵夺取荆州。不巧正遇曹操统军南下，准备雪赤壁之耻，孙权不得不暂将荆州之事放在一旁，引兵前往合肥。

正是：

忆当年，长坂血袍，
百万军若无人。
看今朝，单舟截江，
一片赤诚动天。

第九章 战雒城，英雄末路

昨夜一场瓢泼大雨，将荆州城内的石板路冲刷得干干净净，直至天明，方才转为小雨。

赵云晨见雨大，未去军营，他爱怜地抱着襁褓中的赵统在窗口观雨。细雨如毛，年幼的赵统睁着眼睛，对他来说，一切都显得那么新奇。看着可爱的儿子，赵云心道："若是天下安宁，再无战乱，就这样和家人过着平淡的生活，岂不快哉！"正思间，赵统一阵啼哭，赵云诓不住，忙交给马云鹭。

马云鹭笑道："子龙哥难得回来一次，不怪孩子不要你。"

赵云有些无奈地说："军务繁忙，倒是亏待你们母子。"

马云鹭叹口气："既然嫁给将军，妾身理当照顾好这个家。只是不知道家兄在凉州如何，心中很是担忧。"她说到这里，神色有些黯然。

"我也知夫人之忧，只等益州事成，我便前往凉州去见孟起。"赵云知道马云鹭亲人皆丧，心思唯一尚存的马超、马岱，故出言安慰。

马云鹭点点头，说："妾身也知将军肩负大任，抽不开身。此事不必你亲去，前些日子已派人前去，想来也快到了。"

赵云有些歉意，却不知道如何开口。此时诸葛亮派人来请，赵云知有要事，忙去府中相见。诸葛亮一脸愁容，见赵云，忙起身迎入。又过半个时辰，张飞、关羽也至，四人分主宾而坐。

赵云问曰："云见军师若有心事，不知为何？"

诸葛亮说道："主公信使至，张永年之谋被刘璋所察，派兵拒阻我军。今主公与蜀中名将张任相持于雒城。我心绪不宁，只怕主公有失，故叫汝等前来商议。”

张飞嚷道：“军师勿忧，俺愿率本部兵马逆江而上，一路攻城夺寨，配合大哥夺取雒城。”

诸葛亮道：“翼德一路兵马前去只怕腹背受敌，此非上策。”

关羽抚须，思索片刻，说：“关某与翼德各领一军，互为掎角，若何？”

赵云摇头曰：“荆州乃主公根本，不容有失，若贸然分兵，只恐曹操、孙权乘虚而入。二哥之计不可取。”

诸葛亮点点头，说：“子龙所言极是，我即修书一封，劝主公暂勿轻进。荆州诸将加紧操练兵士，等待命令。”

四人商议定，各自回营整备本部兵马。月余，刘备又差关平送来十万火急之信，信曰：“近日吾军大败，又殒军师庞统于落凤坡，军事劳损，士卒疲敝，此情势紧急之际，玄德心知不能持久，夜不能寝，急盼荆州援军增至。”

诸葛亮见信，面露悲戚之色，只叹那庞统，“才高八斗志比天，卧龙凤雏共拥日。入蜀本欲展翅飞，未想折翼落凤坡”。

诸葛亮忙召众将议事，先念刘备来信，众将听闻庞统身亡，皆露惊疑之色。

“军师明日便出兵吧！俺老张要亲自给庞士元报仇。”张飞本与庞统交好，此时突闻其身亡，刘备危机，心中急火起，大声叫嚷。

诸葛亮道：“主公身陷险地，我知诸位心忧，只是哪些人入蜀，哪些人留守荆州？”言语中，眼光停留在关羽与赵云身上。

赵云出列抱拳禀道：“自云追随主公以来，每欲分兵，皆是主公带一路，关将军带一路。加之关将军善领水军，名震华宇，荆州有将军镇守，可保无虞。”糜竺等人皆点头附和。

关羽抚须，面露一丝得意之色。诸葛亮看在眼中，心中暗赞赵云，然后才说：“主公入蜀前，也这样与我提及。此次遣关平前来，我已知其意。既然诸位皆无异议，荆州大任就托与云长。”说罢，将印绶交出。

关羽也不推辞，双手去接大印，说道：“军师放心，关某必然固守荆州，非死方休。”

诸葛亮点点头，又令诸将各尽其责任，整兵运粮，定于明日清晨祭旗出兵。

是夜，赵云归家辞行。一路寻思，入蜀难免与张任交战，回想师父临终，心中叹息，总感命运弄人。不觉间已到家门，入屋拜见二老，再去寻马云鹭。见赵统已入睡，便轻声相告明日随军出征益州之事。

马云鹭心中担忧，言曰："蜀道险峻，易守难攻。且我为客，刘璋为主，恐军民齐心。夫君遇敌皆要全心相对，万事先想个周全。勿逞个人一时之勇，贸然轻进，反中敌谋。"

赵云答道："夫人心思缜密，所言云必谨记在心。只是此次远征，家中之事，又要让你劳累了。"

马云鹭抿嘴而笑，心头一阵暖和，温柔地看着赵云说："子龙哥放心去吧，云鹭在荆州等待捷报。"

赵云心中感动，两人又聊一阵家常，方才歇息。

翌日清晨，荆州城外金鼓轰鸣，旌旗飘扬。诸葛亮立于将台，身旁有关羽、孙乾、糜竺、夏侯兰一干人等。

见张飞、赵云各领大军至跟前，诸葛亮见三军气势如虹，雄壮威武，心中赞叹，上前大呼："刘璋无德，先邀我主刘备入川，后又以大军合围，此乃反复无常之卑鄙小人，有何德盘踞益州之地？有何信于益州之民？众观寰宇，无义则亡，天数如此，刘璋当灭。今主公有四面楚歌之危，我等起仁义之师，长驱直入，与主公合兵一向，直捣成都，以救益州万民于水火。望诸位将士奋勇杀敌，胜利凯旋。"话落，三军齐呼，声势浩大。

赵云一袭银色龙鳞战甲，右手斜提"涯角"长枪，腰挂"青虹"长剑，跨逐云白马，立于自军阵前。马蹄轻扬，尘灰弹起，身后灰白披风随风摆动，威风凛凛，器宇轩昂。旁边张飞，白虎钨钢甲，手提丈八蛇矛，甚是威武。他策马至赵云身前，小声说道："二哥要留守荆州，此番子龙莫要与我争先锋之职。若是军师予你，你便推让与俺，若何？"

赵云闻言，笑道："三哥此话差矣！你我二人谁做先锋，军师自有深意，岂可当作儿戏？"

张飞嚷道："好你个赵子龙，还是要与你张三哥抢这头功。"

"就依三哥所言，不与你争就是。但等到了成都，可得把你窖藏的好酒拿出来。"赵云见张飞心急，哈哈大笑。

张飞见赵云同意，大喜，忙应诺道："好酒自然少不了。"

此时，诸葛亮在将台见两人交头，面露微笑，大喊道："赵云听令，命汝率本部一万军马先行。"

张飞闻言，不等赵云回话，勒马出列嚷叫道："军师好偏心，为何偏要子龙先走，却不要俺老张打头阵?"

诸葛亮答曰："蜀中豪杰甚多，且陆路难行，而汝生性莽撞冒失，怕误了主公大事，不如与我走水路。"

张飞瞪眼吹胡，大叫道："军师好没道理，俺敢与你约定，各领一军，看谁先至雒城。"

诸葛亮说道："既然翼德执意，我就与你相约。只是一路莫忘了管教军士，勿毁良田，勿伤益州百姓，勿要酗酒，勿得恣逞鞭挞士卒。"

"这个应该。"张飞眉开眼笑，连声应诺。他得意地看一眼赵云，拍马行至将台接过兵符，笑眯眯地说："军师好部署，俺老张打头阵没的说。"

赵云见张飞如此神色，若如孩童心性，不由心中有乐。随后又闻诸葛亮道："赵云听令，命你引军溯江而上，从水路赶往雒城。"

赵云抱拳领命。诸葛亮又叫马良、伊籍、向朗、糜竺、糜芳、廖化、关平、周仓、夏侯兰等人辅助关羽，镇守荆州。随后自引领简雍、蒋琬等人与赵云同行。一切安排妥当，两路兵马齐发。张飞先走，临行前对赵云说道："俺与军师打赌，看谁先到雒城得头功。俺便先行，子龙一路保重，望早日在雒城会师。"言罢，抱拳一礼，拍马引军而去。

待张飞离去，赵云率一万五千余人，分乘数十大船，与诸葛亮行水路，一路逆江而行，沿途通畅，并无阻碍。

江风呼啸，赵云与诸葛亮立于首船甲板，望着江边沿岸，山崖陡壁，乱石穿空，很是险峻。诸葛亮叹道："蜀中道险，成天然防护，易守难攻，真是块宝地。"

赵云道："虽有天险，然这沟壑连纵之势却似双刃之剑，易守难攻，反之兵不宜出，故益州易守，不易出。"

诸葛亮点头表示赞同，又说："只要主公同拥荆、益二州，再联结孙权，北上伐曹，必能诛灭国贼，匡扶汉室。"

赵云苦笑道："只怕孙仲谋心有所图。"

"天下英雄皆有一统之志，只是鹿死谁手，尚不得知。只要还有希望，我们就不能放弃。"诸葛亮轻拂羽扇，显得胸有成竹。

赵云点点头，又进言说："渐入川中腹地，只恐路有阻碍。我欲先引军在前，沿途攻城略地，军师在后安抚百姓，也不耽误雒城之约。"

诸葛亮闻言，说道："一路稳进，小心为上。"

赵云抱拳礼毕，拜别诸葛亮，自引数十大船加速前行。

话说赵云引军在前，忽见前方水道有数艘大船横卧，挡住了去路。有人在船上大呼："尔等何人？安敢犯我益州水道？"原来是在此镇守的益州水军。

赵云在船首答曰："我乃常山赵子龙是也，益州之主刘璋，背信弃义，为天下共耻，乃自取灭亡之举。而我皇叔刘备，志在匡扶汉室，今被刘璋诈困川中。云奉命讨伐刘璋，望尔等蜀中豪杰勿要黑白不分，执迷不悟。"

那益州带军之将姓李名峰，益州人士，使一双手斧，善领水军，故被刘璋委命镇守入蜀江道。此刻闻赵云言，勃然大怒，正欲发作，身旁副将劝道："敌众我寡，不可力搏，不如智取，方为上策。"

李峰问道："如何处之？"

副将进言曰："可先诈降，骗敌将上岸饮酒，伺机而动。"

李峰应诺，依计而行，对赵云喊道："李峰久闻刘皇叔仁名，早有相投之意，今引大军前来，末将岂有不降之理？前方为我水寨，若赵将军不弃，可暂入寨中歇息。待我整备本部，拔军从之，与援皇叔，共伐刘璋。"

赵云心有疑虑，却大声答曰："李将军深明大义，此大汉之幸。既然将军盛情，云不敢不从，还请在前带路。"

李峰等人窃喜，令人将船掉头驶向岸边水寨。

赵云正要跟随，副将毛仁在旁开口相劝："李峰邀约虽盛，但不知虚实，将军如若冒失，只恐中他计了。"

赵云只是笑着说："无妨，我军不善水战，虽众而不占利，若能兵不血刃，也是幸事，如若有异，我自有办法。"说罢，领百余甲士，换船随李峰首船向江岸靠近。

毛仁知赵云心中有数，也不多劝，即令各船向岸边靠近，以备一时之需。

再说李峰见赵云一身银甲铁盔，威风凛凛，心中不敢小窥，忙将赵云迎入水寨，又吩咐军士在大帐备置酒席。

赵云自入水寨，见营内军士虽无异常，但眼中偶露凶光，心道："不知深浅，我当小心行事。"

几人至大帐，所带卫兵守于帐门，赵云只带数人入得席来。李峰举杯敬道："久闻赵将军威名，果然非虚，今日定要一醉方休。"

"李将军客气了，你如此深明大义，令云佩服。"赵云也回敬一杯，两人尽说些客套话。数杯过后，赵云突然问道："不知此处水军有多少人？"

李峰放下酒杯，答道："因蜀道险峻，水道不多，故益州水军有限，也只有这六七千人。"

赵云放下酒杯，又说："益州民风淳朴，土地富饶，可惜刘璋不思报国，只顾自守家业，白耗资源，毫无建树，白白浪费了这片山河。"

李峰附和说："末将有幸追随皇叔，也能为匡复汉室尽一份力。"

两人又饮数巡，赵云面露醉意，趴桌便睡。李峰见赵云酒醉，心中暗喜，遂令左右搀扶至客房，随后与副将商议道："赵云烂醉如泥，正是诛杀之时。"

副将答道："大军在外，现在下手尚早。待三更，众将官入睡，再动手不迟。"

李峰从之。是夜，李峰率兵围住赵云入寝房屋，门外荆州守卫抵挡不住，纷纷后退。李峰持剑当先，撞门而入，身后兵士跟在身后，鱼贯而行，众人抡剑围着大床一阵乱砍。

听不到声响，李峰心中突感异样，上前掀被视之，见是一草人。

正惊异间，水寨外杀声震天，有兵来禀，荆州军已上岸杀至。

李峰慌忙披甲上阵，手握长柄大刀，领军出寨迎战。见寨前遍地火把，犹如长蛇，阵前数百骑兵簇拥一将，白马银甲，正是赵云。原来适才赵云假醉，待李峰离去，已先潜回，又趁夜色领军下船。

李峰知事已败露，喊道："好个赵子龙，吾反中汝计了。"

赵云长枪一指，怒骂道："我当你真心归降，不想却是这般歹毒，今日不杀汝，难消心头之恨。"

李峰冷笑着说："我天府之国，独安一隅，不想刘备狼子野心，意欲鲸吞。我等蜀中之将岂有望风而降之理，今当与汝死战。"

赵云一勒逐云，马奔如飞，数百骑兵两翼追随，率先突入敌阵。数千步兵在后冲锋，一阵杀声震天。益州多是水军，哪里抵挡得住，节节后退。见部队失利，李峰丝毫不惧，拍马来战赵云，举刀便砍。赵云长枪一抖，刀枪相撞，激起几点火星。李峰双手略沉，返手再劈，刀如秋风，顺势而出。赵云身子微移，刀刃从脸侧劈过，只感一阵清凉，手中"涯角"顺势一扇，李峰来不及回刀，被一枪拍在腰间，落下马来。副将见主将落马，忙催马上前，一枪刺出，意欲迫开赵云。赵云举枪架住，同时双手反旋。副将只感手疼，忙弃了长枪，拍马欲走，未料坐骑不及赵云坐下逐云白马迅速，还未奔出几步，便被赵云赶上一枪刺死。

李峰见副将阵亡，心中悲痛，大喝一声，举刀腾身而起。赵云见他来势凶猛，不敢轻敌，抬枪斜刺，疾如电驰，枪头透胸而过，鲜血喷溅，李峰顿时身亡。赵云再用力一挑，将李峰尸身抛落在地，举枪大呼："李峰已诛，降者免罪。"

主将既亡，益州兵士宛如无头苍蝇，不知所措，顿时纷纷跪地请降。

打扫完战场，赵云将益州降军编入本部，又令毛仁将李峰尸身收敛，好生厚葬。

毛仁不解，问道："此贼奸诈，意图险害将军，为何还要厚葬？"

"各为其主，此人虽是敌人，但也是条好汉，不得不让我敬重。"赵云叹口气，拿布拭去枪身血迹。

毛仁醒悟，领命而去。

翌日午时过后，诸葛亮率军至，赵云将昨日战事相告，诸葛亮连赞："若是水战，我军定有损失，子龙能将敌引岸马战，真乃勇谋皆备之大将。"

赵云居功不傲，进言道："昨夜大战，军士疲惫，且雒城已在咫尺，不如让兵士就此休息，待明日养足气力再走不迟。"

诸葛亮应诺，令所随大军上岸休整。是夜，赵云巡查水寨，行至岸边，有些疲倦，便寻块石头歇息。抬头观天，见苍穹深邃，星光柔美，心中突然想起在长坂撤退时，马云鹭所说，曾经死去的人，会成为天上闪烁的繁星，在遥远的夜空，守望着还活在世上的人。

"诸位兄弟，若你们在天有灵，保佑我军夺取益州，相信我们所期待的仁德盛世，将会拯救百姓于苦难。"想起杨昆等人，赵云心中一阵悲痛，但逝者已逝，生者如斯，他还要将共同的梦想贯彻下去。

翌日，江风起，千里烟波，浪花如雪，数十大船乘风破浪，朝雒城方向浩荡而行。

再说刘备，收到诸葛亮回信，知援军已起，遂令黄忠、魏延左右进击，偷袭张任大寨。张任也不抵抗，只令退兵入雒城。刘备便布兵于金雁桥前，意欲强攻雒城。

雒城主将刘循，乃刘璋之子，自幼好习兵法，善于使剑，见张任退归，问道："张将军昨夜何故不战而退？"

张任答道："庞统新亡，荆州军队心怀仇恨，且又休战数月，恨意积蓄，已如贯弓之箭，一旦爆发，锐不可当，故我引军退回城中，以待最佳时机。"

刘循又道："刘备兵至，我欲出城迎战。"

有大将吴懿上前劝道："刘备昨夜袭我大寨获胜，士气高涨，不如按张将军所言，暂时按兵不动，任刘备在外掠战，待他疲惫，再用计破之。"

刘循寻思片刻，觉得有理，便令城头布满弓兵，并严密监视荆州军动向。

刘备围城四日，无人出城迎战，又见自军粮草殆尽，心中焦虑，意欲速战，便令黄忠、魏延攻东门，自领一军攻打西门。

张任获报，大喜，待刘备久攻不下，士气受挫，便引张成、雷铜、吴兰三将出城。黄忠见西城门开，伸手拉弓，抬手便对张任射去。

张任拍马在前，手起枪落，挑下利箭。又见右侧魏延举斧劈来，张任冷哼一声，枪身贴斧，顺势而行，已卸去力道，再反手一枪刺去，惊得魏延拍马暂退。

“将军先走，此处交与我等便可。”

张成、雷铜、吴兰策马奔至，截住黄忠、魏延厮杀。

张任也不多话，拍马直走，引数百骑兵朝东门去了。

刘备久攻东门不下，心中烦躁，忽闻身后杀声起，回头视之，见有一军杀来。领头之将，身材高大，周身覆银光锁子甲，流光溢彩，肩裹深黄色披风，手提名枪“凤凰翎”，正策马奔来。

刘备认得是张任，驱马去迎，两手挥舞双股宝剑，用力劈去。张任长枪一抖，荡起朵朵枪花，使的正是“百鸟朝凤”，战不过数合，刘备抵挡不住，将左手剑抛出去砸张任，趁机拍马就走。荆州兵士更是丢盔弃甲，四处溃散，十分狼狈。

“天下皆言刘玄德英雄，何故抱头鼠窜。”张任挑落长剑，朗声大笑，策马就追。

所幸刘备胯下的卢马飞奔如风，张任率众骑兵在后紧追不舍。又行数里，路上陡坡，刘备正逃间，坡上突然冲出一支军马，刘备惊慌失措，大呼：“前方有重兵埋伏，后有张任追赶，此番吾命休也！”正踟蹰不前，张任赶上，正欲厮杀，突听有人大呼：“贼人休害我哥哥性命，燕人张翼德在此。”

张任循声望去，见坡上人马飞奔而下，为首之将，豹眼虎须，身穿白虎钨钢甲，手持丈八蛇矛，来救刘备，此人正是张飞。

张飞横矛，放刘备离去，待张任至，举矛就刺。张任平枪架住蛇矛，两人死拼蛮力，张任不敌，顺枪下拖，卸去力道，回枪直刺。张飞收矛不及，情急之下，张开右手一把抓住张任刺来的枪头，用力一拉。张飞虽然力大，张任也非庸手，知道蛮力比不过张飞，用力一弹枪尾，劲力透过枪身，震抖起来。张飞只觉手指发麻，拿捏不住，弃了枪头，右手举矛过顶，用力抽去。张任招式一变，枪身半旋成弧形，如凤凰展翅，接下张飞长矛，两人你攻我挡，各出奇招，大战数十合未分胜负。

路旁又冲出一员老将，提刀来助张飞。

“主公待严老将军不薄，何故反助刘备?”

张任认得这人乃巴中太守严颜，大吃一惊，架开严颜大刀后，大声质问。

严颜叱道：“刘璋背信弃义，非仁义之辈，我劝张将军还是趁早弃暗投明，与刘皇叔一起匡复汉室。”

“可笑，这天下哪里还有大汉的土地与子民?你这卖主求荣之辈，谈什么仁义道德?”张任面露讥笑，催马上前，去战严颜。

张飞在旁大叫：“匹夫忘了还有俺张翼德乎?”也拍马去助严颜。

三人混战数合，张任心道：“这张飞、严颜皆是猛将，我不可硬碰。且刘备已远，追之不及，还是先返雒城防守。”想到此处，使出“百鸟朝凤”的精妙枪势，猛攻数枪，迫开张、严二将，勒马便走。张飞怕刘备有失，也不追赶，叫停了严颜，去见刘备。将严颜引荐后，刘备说道：“张任败走，翼德何故不追?”遂与张飞、严颜追赶张任。

再说张任行至西门，正遇张成孤身一人，张任心知不妙，问道：“吴兰、雷铜两位将军何在?”

张成下马伏地，说：“黄忠、魏延勇猛过人，我军抵挡不住，又被阻了回城退路，我拼死断杀，方才逃脱。二位将军应该就在前方。”

张任听了，忙道：“速与我回去守城。”言毕，急往西门赶去，路上又遇吴兰、雷铜，合兵一处，赶至西城门。见荆州军士正在构架云梯。张任跃马挺枪，独自在前冲出，行到一云梯前，杀散周围荆州兵士，抡起“凤凰翎”，一枪拍断云梯一脚，再复一枪，整架云梯断倒落地。

黄忠大怒，拉弓搭箭，连射五箭，呼啸而去。张任将枪一荡，挑下箭矢，挺枪直取黄忠。黄忠举刀劈下，与张任并马厮杀，枪来刀去，不分胜负。二人战得正酣，有一骑从侧面奔来，原来是魏延见黄忠苦战，拍马来助，一柄大斧使得如虎虎生威，猛不可挡。

魏延加入战局，张任以一敌二，渐感压力大增。此时张成、吴兰、雷铜各持武器，来助张任，六将混战，形势突变，两边军士杀得眼红，战场血流成河，已铺上一层残肢断臂。魏延心知大势已去，忙对黄忠说道："黄老将军，此时情势不妙，只有暂退方为上策。"

黄忠长叹口气，下令退兵，与魏延并力向东突围。雷铜、吴兰引兵追赶。张任正欲跟去追回二将，此时刘备军至，张飞一马当先，刘备、严颜引大军意图围住张任部。

城头的吴懿见张任势危，忙放下护城吊桥，与刘循引城中军士杀出，接应张任、张成退入城中。

张飞又领一军去援黄忠、魏延，将雷铜、吴兰前后路阻住，二将被困，知道既冲不出，又无援军，只得下马请降。

刘备收拢了军士，向后退出城外五里，寻片向阳高地扎寨。刘备便叫诸将到大帐商议，黄忠禀道："雒城中其余武将皆不足言道，只有那张任，使得一手'百鸟朝凤'的绝技，又善于用兵。老夫认为，要败张任，非常山赵子龙不可！"

刘备闻言，愁眉即舒，正要说话，不想张飞大嚷道："黄老将军，此言差矣！俺明日便与严颜老将军前去攻城，定然将张任活捉过来让大哥发落。"

刘备见张飞态度坚决，点头说："吾就在帐中等候三弟佳音。"

张飞见刘备应诺，眉开眼笑地说："还请大哥在帐中备好温酒候俺与严老将军归来。"

魏延在旁劝说："这张任精通兵法，将军切勿轻敌。"

张飞大笑说："文长多虑了。"遂与严颜各领一军屯于金雁桥头。

翌日，万里无云。雒城门开，张任引数千军马奔出东门，于刘备营前列阵大呼："我乃蜀中枪王张任，尔等鼠辈，安敢出来与我一战？"

张飞在营中听到喊声，顿时火冒三丈，手握丈八蛇矛，引兵出营，一见张任，举矛就刺。张任拍马与张飞缠斗，两人皆天下猛将，武艺高强，各出奇招，直杀得战马嘶吼，地上尘灰扑面。

两人战十余合，张任看似力竭，转身逃入阵中。

"张任小儿莫走。"张飞大吼一声，冲入张任阵中厮杀，身后军士跟随杀入。张任神色慌忙，拍马就走，带领骑兵绕城飞逃。张飞引军在后追杀，一路杀杀走走，过了西门，突有一声炮响，原来是吴懿引军出城。张任勒马返回，哈哈大笑道：“莽夫，汝已入围，还不投降，更待何时？”

张飞知不妙，大骂道：“你这鸟人，这点人马能奈我何？”

张任、吴懿两军遂将张飞部围在中间厮杀，张飞进退不得，只有力战。这吴懿也非庸人，武艺高强，善于带兵，见张飞反冲至，便令弓手在后放箭，矢如雨注，射死射伤百余荆州兵，逼得张飞连连后退。

前有张任，后有吴懿，张飞引残兵在中间，不知如何是好。正焦急间，突见吴懿军后一阵骚动。吴懿闻声，回头去看，见江边方向有数百骑兵冲杀而来，领头大将，手握长枪，身穿银鳞甲，头戴龙盔，在阳光反射中流光溢彩，红色披肩随风飘荡，甚是潇洒。其胯下一匹白色骏马，雪白无杂，踏蹄奔云，正是偏将军赵云。

吴懿勒转马头，催马去迎，挥舞手中长柄大刀，横刀猛劈，刀刃过处，劲风尖锐，猛不可挡。赵云全然不惧，手拿“涯角”点去，晃起寒星点点，银光皪皪。吴懿只见漫天枪影，不知枪在何处，便被赵云一枪拍在头盔左侧，两眼一黑，翻身落马。赵云弯腰伸手一把将吴懿提上马背。周围益州兵见赵云仅一合就将吴懿生擒，皆面露惊恐之色，四散而走，各自逃命。赵云遂将吴懿交与毛仁捆绑，又一马当先，引军一阵冲杀。

张飞见是赵云率军到了，大喜，喊道：“原来是俺兄弟到了，那益州大将张任就在前方，子龙快与俺同去将他擒下。”

赵云听了，拍马朝前，一路左刺右杀，行至张任军前。

二人勒马相视，沉默不语，片刻后，张任苦笑道：“子龙终究是来了。正如童飞所说，这就是我们的师兄弟摆脱不了的宿命。”

赵云劝道：“国贼当道，汉室颓废，刘璋枉拥益州，不思报国，只求偏安。师兄何不弃暗投明，他日你我兄弟随刘皇叔同讨曹贼，迎回献帝，名留千古。”

张任叹口气说：“子龙此言差矣！自董卓入京，汉室名存实亡，天下战乱四起，遍地狼烟，田地荒芜，百姓苦不堪言。而我主刘璋虽偏安一隅，却让益州百姓免受战乱之灾，安居乐业。我张任将誓死守护这片安宁，继续将共同的梦想贯彻下去。”

赵云知道劝不了张任，就如当年自己拒绝张郃一样坚决。因为张任和自己属于同一类人，都在坚守着自己的信念，张任的信念便是守护着益州百姓，而自己，却是要将动乱的天下引向正轨，让百姓不再遭受战乱的蹂躏。

“子龙，今日就此别过。待来日战场再见，你也勿顾念同门之谊，我也会全力以赴。”张任心知吴懿已败，战场形势大变，随手一挥长枪，引军退去。

“宿命吗？”

赵云斜提“涯角”枪，独立阵前，目视张任背影，心中涌起一阵难言的滋味。斜阳西下，将他的身影折射在地上，很长很长……

不久，严颜赶来增援，与张飞合兵，一路追杀益州残兵。正遇赵云率军押着吴懿返回，张飞便将严颜介绍给赵云，又说起义释严颜之事，赵云连声赞叹。三人回到营中，张飞见诸葛亮，嚷道：“俺先到了，军师可不能食言。”

“这个自然是翼德的大功。”

诸葛亮与刘备对视一眼，哈哈大笑，笑毕，诸葛亮又赞道：“翼德有勇有谋，乃主公之幸也。”

张飞听了，挺足腰板，很是得意。

刘备也称赞几句，然后又叫押上吴懿，问道：“汝今被擒，愿降否？”

吴懿答道：“事已至此，如何不降？”

刘备大喜，亲自起身解绑。赵云生怕吴懿假降，右手放在腰间剑柄上，立于刘备身旁。刘备搀扶吴懿起身，笑着说：“让将军受苦了。”

吴懿心中感激，伏地而拜。诸葛亮问道：“城中还有几人守城？”

吴懿答曰：“只有公子刘循与辅将刘璝、张任。刘璝尚不足虑，只是这张任乃川中名将，其文武双全，精通兵略，又使得一手绝妙枪法，人称蜀中枪王，切不可轻敌。”

诸葛亮点点头，羽扇轻拍，不再多话。刘备问道：“军师可有破敌妙策？”

诸葛亮摇头说："还要待我去城外查看。"

刘备忙劝阻说："军师切不可涉险，恐弓手从城头放矢。"

"无妨，若不亲去查看地形，不能定下破敌之计，云愿同去，保护军师安危。"赵云见刘备放心不下，上前说道。

刘备见赵云陪同诸葛亮前去，也就点头同意。赵云遂率百余骑兵精锐，与诸葛亮乘马绕城圈行至金雁桥北面。诸葛亮见两旁尽是半人高的芦苇，忙下马查看。回程路上，赵云在旁说道："军师欲在此设伏，云愿担此职。"

诸葛亮道："我闻张任与子龙师出同门，只怕你心有不忍。"

赵云正色道："各为其主，云安敢徇私？"

"难为子龙了。"诸葛亮轻摇羽扇，他知道赵云所面临的艰难抉择……

再说城中刘循，见又折了吴懿，闷闷不乐。刘璝说道："荆州援军至，我消彼长，当今之计，唯有速向成都求援。"

张任冷笑道："援兵？我们已经向主公求援一年，毫无动静。"言罢，又叹道："已是存亡之际，成都再无兵来，雒城必陷，成都岂能独存？"

正说间，有兵来禀，张翼、卓鹰引一万兵马前来助战。刘循大喜，亲自迎入城中，设宴接风。刘循道："雒城被困一年，只有粗茶淡饭招待二位将军。"

张翼、卓鹰皆道："公子客气了。"

众人入席，酒足饭饱，安心歇息。

翌日，城头兵士来禀，荆州军在城下搦战。刘循披甲戴挂，意欲上阵，张任劝阻道："荆州军三路合流，锐气正盛。然兵众必然粮草不足。我军不必出战，只需固守城池。刘备久攻不胜，不日粮草殆尽，士气尽挫，自会退兵。到时我再出兵追击，必获大胜。"

刘循叱道："今我援军已至，军力大增，当与刘备决一死战。张将军何出此怯战之言？你不去便在城中守城，我自与卓鹰、张翼两位将军出战。"

张任见刘循心意已决，知道劝他不得，心中暗叹，说："既然公子决意，末将不敢违令，我自与卓鹰将军出城，有劳张翼、刘璝二位将军留守城池。”

刘循点头说道：“如此甚好，我在城中静候佳音。”言罢，令人呈上温酒与张任、卓鹰款行。

张任提兵整队，对兵士喊道：“雒城之后，一片平原，再无屏障天险可依，若被刘备攻取，则成都危矣。我蜀中男儿当抱必死之心，全力一战，城在吾在，城亡吾亡。”

“誓与雒城共存亡。”三军大呼，气势如虹。

此时凭空刮起一阵大风，只闻“啪”的一声，张任身前帅旗被风拦腰折断，半截旗帜顺风落下，顿时三军惊愕，一片寂静。张成几步跨上前，弯腰捡起断旗，一言不发，走回张任身旁。

有军官出列说：“部队未行，帅旗先断，此不祥之兆。属下斗胆，请将军暂缓出兵。”

张任也感不祥，转头去看卓鹰，卓鹰也有犹豫，说：“只怕公子见怪，迁怒于我俩。”

张成在旁进言：“二位将军何必多虑，只须将旗断之事详尽说与公子，相信公子自会理解。”

卓鹰思索片刻，觉得有理，说道：“张将军在此等待，我去禀告公子。”

张任尚未答话，却闻有人大声说道：“统军之将，岂能迷信鬼神邪说？若是误了军务，何人担当得起？”

张任、卓鹰一起看去，见说话之人原来是张翼。

张任抱拳道：“张将军应在城头，此刻大驾到军营来，不知所为何事？”

张翼还礼后说：“公子久不见二位将军出城迎敌，故遣我来催促。”

“非我等信鬼神之说！只是这军旗折断，兵士惊惧，士气下降。此时出城，绝非上策。”张任说这话时，环视台下三军将士，见他们脸上皆露惶恐之色，心中暗道不妙。

张翼也觉张任此言有理，便低声道：“我也知其中道理，只是公子催促得紧，二位将军不如出城假意佯攻，转上一圈既回。”

三人正商讨间，刘循又遣传令来催。张任仰天长叹，翻身上马，张成率步马骑兵跟随，卓鹰自引本部兵马。张翼一路送至城门，抱拳道："祝二位将军凯旋。"

张任、卓鹰齐抱拳回礼，遂引军出城，欲与荆州军一战分胜负。张翼望缓缓关闭的城门，深深地吸口气，随之又呼出，默默地自言道："三军心绪不宁，此战还能不败？"

再说张任、卓鹰引大军出城，见荆州军已严阵以待，张任便将本部兵马向两翼平铺开来，自领精锐骑兵位于前列。队形成箭矢之象，正是锥形阵法。此阵展开，前列骑兵如箭头，可直刺敌阵心脏，而两翼可以左右合围，十分厉害。而卓鹰又将部队置于阵法后，进可援攻，退可援守。

"刘璋无道，天将亡也。尔等何必与其同葬？"

两军阵前对峙，诸葛亮手摇羽扇，乘四轮车，神色自若。

张任听了，大怒，枪指荆州军阵中的诸葛亮喊道："匹夫，人言客不夺主，而刘备本为客，却欲谋我主之地，实乃无信小人。汝等若是想过雒城，还得问问我手中的'凤凰翎'同意不同意。"

诸葛亮也不答话，羽扇一指，左右冲出两名裨将，各持刀枪杀来。张任挺枪迎出，战不三合，二人皆亡于"凤凰翎"。张任抖去枪头血液，冷笑道："人言诸葛用兵如神，我看也不过如此。"随手把枪一挥，锥形阵开始向前移动。精锐骑兵如怒发之箭，随张任冲入荆州军阵中，左右冲杀，如入无人之地。诸葛亮忙引弃了四轮车，骑马逃过金雁桥，张任率军紧追，也过了金雁桥头，突听一声炮响，左右各冲出一军，原来是刘备、严颜在此埋伏。张任被夹在中间，却浑然不惧，拍马迎去，三人混战。刘备手持双股宝剑，使得犹如飞风卷叶，眼花缭乱。严颜刀法大开大阖，猛如虎扑，光影纵横。再看那张任，将一把"凤凰翎"使得如瑞雪叠叠、梨花朵朵。战十余合，刘备持剑不稳，知抵挡不住，拍马便走。张任正欲追赶，严颜举刀砍来，张任横枪格开，直刺一枪，严颜拖刀不及，忙侧身躲避。不料张任枪势一变，由刺变挑，正中严颜左肩，顿时肩甲破裂，血流如注。严颜负伤，带溃兵奔金雁桥去了，张任也不理睬，收拢骑兵，径直去追刘备。

严颜过了金雁桥，见张任离去，又返桥头，令军士拆去桥身，截断张任退路。张任浑然不知，追赶一阵，忽见一军截路，当头之将，银甲白马，正是师弟赵云。

“师兄，你中计也。事已至此，不如就此归降我主。”赵云勒马立于阵前。

张任勒停了战马，说道：“自古忠臣不事二主，若我张任今日受降，日后有何面目去见地下的师父。”说到这里，尘封的记忆在他脑海中浮现出来。那日太行山上飘着细雨，年少轻狂的张任在师父童渊的目送中，走下村前的阶梯，他走得很慢，每一步都很沉重。张任不敢回头，不敢去看师父那慈祥的面容。他知道师父舍不得他离去，但是他不甘心就这样默默无闻地待在这太行山中，他必须离去，回到益州，用自己的一身武艺，闯出一番事业，直到走完阶梯，他仍然没有回头。他知道，师父眼中的期待，就如天上落下的雨滴，悄悄地落在地上……

张任摇摇头，将思绪从回忆中拽回，他缓缓地抬起手中的“凤凰翎”，说：“子龙，这就是命。今日你我师兄弟战场相见，也不必手下留情，是生是死，各依天命。”

赵云抬手抱拳道：“师兄，得罪了。”言罢，两人各自拍马出阵。张任平枪刺来，赵云斜枪撩开，反手挑去，张任枪势一变，架开赵云的“涯角”，顺势扎枪，直指要害。赵云身子左移，躲过“凤凰翎”锐利的枪尖，右手单拿“涯角”，用力横抽，张任不愧为蜀中枪王，知道回枪不及，身体后倾，正好躲过“涯角”枪头，只感喉咙前三寸一阵劲风。二人并马厮杀，使的皆是“百鸟朝凤”，虚实尽其锐，进不可挡，速不能及，你来我往，大战百余合，未分胜负。

张任心知光凭“百鸟朝凤”枪法不能取胜，枪势一变，顿时枪如电驰，动如雷霆，急刺三枪皆被拦下，再举枪劈下，力量充沛，威不可挡。赵云见其来势凶猛，不敢硬接，只把那“涯角”枪往上一粘，意图卸力，未想此招力大，震得他双手发麻，只得顺力而下，侧身翻落马背，益州骑兵纷纷叫好。

张任收枪斜提，说道：“此招名曰‘霸王一字摔枪式’，乃当年楚霸王项羽所使‘盖顶三枪’的绝技之一。子龙，你是第一个逼得我使出这枪法的对手。”

赵云惊讶此枪法的霸道，却没有畏惧，反而激起了全力以赴的决心。他把手一招，逐云张蹄跑到身边。

“这枪法霸道，但是也非不可胜。当与师兄全力一战。”赵云翻身上马，双腿一夹，挺枪而上。

张任起枪相迎，两人复又厮杀。一个枪势霸道，凌利无比，使的便是绝世枪法“盖顶三枪”，一个枪如灵龙，刚柔并济，正是“七探盘蛇枪”。直杀得枪影纵横，人枪随形，从马上杀到地下，又从地上杀回马背。张任枪势虽霸道，却每每被赵云以柔克钢的枪势化去力道，讨不到半点便宜。又战百余合，张任大喝一声，将“百鸟朝凤枪”与“盖顶三枪”一起使出，枪势之精妙，若是寻常人，哪里是他对手。赵云也不示弱，把那“涯角”枪一抖，晃出无数梨花，正是“暴雨梨花枪”。随后连连使出“百鸟朝凤”“七探盘蛇”，人枪合一，似乎他就是枪，枪就是他，招式更是连绵不断，层出不穷。再战百合，张任渐感力竭，这“盖顶三枪”虽是无敌枪法，他毕竟没有项羽那样举世无双的臂力，长时间使用这枪法，体力消耗过大，正暗暗叫苦。而赵云越战越勇，仿佛回到了当阳长坂坡，独自面对曹操百万大军时的那份豪气。张任手中“凤凰翎”终于承受不了“涯角”的撞击，“铛”的一声，拦腰折断，赵云趁机一枪挑去，张任还未从“凤凰翎”折断的震惊中回过神来，瞬间反应不及，躲避不开，被赵云一枪挑飞头盔。张任大惊，勒马欲走，赵云拍马追上，一枪拍在张任背甲上。张任坐立不稳，俯身落地，张成大惊，把枪一招，引益州骑兵上前来救张任，毛仁也令荆州骑兵奔上前去，一时间两军混战，马踏尘起，杀声震天。张成在乱军中寻找张任，正遇毛仁杀来，两人交战不到十合，毛仁便被张成一枪挑落，被军士抢回。张成不追杀，只顾前冲，又杀一阵，见战圈中张任持枪强撑身体站立，面对立于马上的赵云，张成忙叫停众骑兵退到一旁，赵云提枪一挥，也令本部骑兵退出战圈。

“子龙的枪术精湛，果然天下无双。为兄败了，败得心服口服。只是我不能让你背负弑兄的罪名。”张任将手中半截枪身扔到地上，神色坚毅。

赵云再劝，张任仍然执意不肯。

此时张成上前说道："请赵将军手下留情，还望将军顾及同门之谊，放大哥一条生路。"

赵云叹口气，说："罢了，你们走吧。只是四周皆有埋伏，汝等能去何处?"

"我谢子龙好意，只是做师兄的尚有一事相求。"张任的言语中透出一股落寞。

赵云点点头，说："师兄但说无妨。"

张任道："我知今日难逃一死，只求子龙能保吾弟张成性命。"说完，又指着身后众骑兵说："这些都是跟随为兄多年的弟兄，我不忍他们同我一起丧命，现在就交与子龙统领，日后平定川中诸郡，必有大用。"

赵云看一眼张成，知道张任心存必死，欲与刘璋殉葬，只得下马抱拳应道："师兄放心，云记住了，必保张成兄弟性命与善待诸位将士。"

张成急道："此事万万不可，我当与大哥同生共死。"

张任叱道："我走之后，张家就剩下汝一条血脉，倘若你有什么三长两短，为兄有何面目去见地下的列祖列宗?"

张成也知其理，无言反驳，只得狠狠地将长枪插入地里。

见后事已安排完毕，张任遂放声大笑，对赵云说道："那就有劳师弟了，为兄要先去见师父与张绣了。日后若是遇到童飞，代我问好。"言罢上马，又回头说："帮我善待益州百姓。"见赵云点头应诺，张任露出一丝微笑，转身勒马离去，身后只有数十亲卫誓死跟随。奔跑之间，落叶纷飞，秋风萧瑟，似乎他又回到离开太行山的那天，童渊慈祥地看着他，越走越远……

望着张任渐渐消失的身影，赵云双眼朦胧，心中百感交集，不知该说些什么，他明白在前方等待张任的是什么，同样张任也知道自己将面临的是什么。但他是一位勇者，正是心底的那份骄傲，还有那份对益州势力如磐石般的忠诚，让他骄傲地昂首阔步，面带微笑，走向生命的终结……

张任走后不久，卓鹰又至，两军对阵。赵云勒马出阵，枪指卓鹰，大呼："今张任已败，汝等四面皆围，此时不降，更待何时?"

卓鹰闻张任兵败，大惊，问道：“你是何人？”

赵云冷笑道：“尔等可知吾常山赵子龙乎！”

卓鹰更惊，又见张成已降，知道大势已去，遂下马拜道：“早闻将军威名，末将愿引兵受降。”

赵云也下马，上前扶起卓鹰，说：“将军归降，此皇叔之幸。”遂统兵返回，回营休整，安排兵士护送毛仁回荆州休养。一切安排完，正要休息，又有兵士来禀，雒城守将张翼杀了刘璝，开门投降，公子刘循只带数骑逃往成都，而大将张任被张飞活捉去见刘备。刘备爱其才，岂料数劝不降，反被张任破口大骂，遂被诸葛亮下令斩首，以全其忠义之名。赵云虽早知结果，此时突闻张任死讯，仍然心生悲切，一言未发，在营中独酌一夜，直至翌日，方才引兵入城。

数日后，金雁桥已经修复，赵云手持一只青铜酒杯，站在一座新墓前，张成则哭跪在一旁，烧纸祭拜。

“师兄……这几日我想了很多，若是刘玄德面临此败，我也当与你一样，以身殉主。今日，我即将出征，等益州平定之后，我再来看你。”说罢，仰头饮下，再躬身一拜，转身离去，只留下张成跪在墓前痛哭。赵云知道，天下未定，现在还不是为逝者哭泣的时候，他将继承张任的遗志，守护益州百姓。

刘循只身逃回成都，刘璋闻讯大惊，忙聚众臣商议。从事郑度也献策道：“今刘备虽攻城夺地，然兵不甚多，士众也未归附，又无辎重粮草，只能取于途中。不如尽驱巴西、梓潼民过涪水以西，再将粮仓野谷尽皆烧除，深沟高垒，紧闭关门。荆州军请战则无须搭理，其久则无粮，不过百日，彼兵必退。我军在后追击，定能生擒刘备。”

诸臣皆赞好计，唯刘璋独泣道：“我父子在蜀中本无大功于民，今安忍如此？此事休要再提。”

众人皆叹刘璋仁慈，护军李严（字正方），对黄权、刘巴等人说：“主公仁德，然非立足乱世之能。”

黄权、刘巴皆露无奈之色。

李严遂向刘璋请命，遂军前去镇守绵竹关。成都城内，风雨欲来。

这日，狂风大作，卷起无数枯叶，天地尽是一片金黄。张成在墓前清扫落叶，忽听有人高声唱道："尘归土，叶归根。成也好，败也罢。"

张成循声望去，见一黑衣劲装男子，肩扛长枪，枪头用红绳系着酒壶，踏步走来，立足碑前，也不和张成说话，只将酒洒地，说道："只有肩负大义的人才能战到最后，师弟，看来你和张绣都走错了。也许，你们的死就是我们这一门宿命的终结吧。"男子言罢，仰头将酒壶中剩下的酒喝完，又静坐一阵，方才起身离去。

张成问道："你可是童飞？"

男子闻言，哈哈大笑。

张成忙起身追赶几步，说道："既是门派之长，为何不入世，为匡正天下出一份力？"

童飞哈哈大笑，也未回话，径直离去。山风呼啸，卷起了他的头发与衣襟，只留下守墓的张成，站在风中。

正是：

当年白马啸西风，
凤凰翎飞震西川。
只叹庸主无作为，
将星随风花凋零。

第十章　镇西川，刘备领益州牧

公元213年，秋末，蜀中名将张任兵败雒城，成都大门已开，仅有绵竹一关把守。刘备、诸葛亮考虑到各郡未定，遂兵分三路，由赵云率吴懿、张翼为一路万余人，前往江阳、犍为等郡；另一路由张飞领严颜、卓鹰前往巴西、德阳；刘备自领诸葛亮、黄忠、魏延等人前往绵竹……

秋风萧瑟，稻穗满仓，正是遍地飘黄时。蜀地上下，皆是麦黄一片。赵云引军北上，一路严格约束兵士，严禁抢夺百姓财物，粮草军需皆拿钱财购买。大军所至，郡县纷纷闻风而降，不日便至江阳。

只见江阳城下三面环水，关高墙厚，城门禁闭，吊桥高收。赵云见此险关，微皱眉头，对吴懿、张翼问道："两位将军，有何破城妙计?"

张翼在旁道："江阳此地山环水绕，地势雄险，兵士难以攻城，而太守程畿乃刚烈之人，必不会开门投降。为今之计，只有将其引出擒下，方可破城。"

赵云听了，抬头远望，见人头攒动，城头立满弓兵，知强攻不利，便在附近选高地朝阳处下寨。吴懿禀道："我与程季然往日有些交情，愿为使者入城劝降。"

赵云笑道："如此甚好，云在此静待将军佳音。"

吴懿遂脱去甲胄，独自骑马前去，行至城边，对城头大呼："我乃中郎将吴懿，速叫你家太守程季然来见。"

城头兵士忙去禀报程畿，程畿在城头向下望去，见果是吴懿，便大呼：“我闻将军已归降刘备，这门如何开得？”

吴懿道：“先放我入城再说。”

程畿冷笑着说：“既然将军已降，你我各为其主，有何话可说？程畿受主公之命，在此守城，尔等若想进城，还得从我身上踏过。”

吴懿怒道：“你个程畿，当日汝子被庞羲所擒，若非我大力保全，焉能活命？今日为何翻脸无情？”

“昔日吾在庞羲手中，尚誓死不屈，父亲何必与这背主之人多言。”程畿身旁步出一将，面目清秀，身披金刚战甲，正是其子程庚。他言语未落，已拉弓搭箭，只听一声呼啸，箭矢呼地飞出，吴懿躲避不及，被箭矢射散了发髻。吴懿大惊，勒马就走，程庚又拉箭弦，程畿阻道：“他毕竟于我家有恩，这次让他去吧。”

吴懿逃回寨中见赵云，将事由据实相告，赵云也未多言，只道：“吴将军受惊了，暂回营中歇息。”吴懿苦笑，施礼离去。

翌日，赵云率军于江阳城下，步马骑兵，横列纵横。赵云独策马出阵，枪指城头大呼：“程畿小儿，敢出城一战乎？”

程庚闻言大怒，正欲整兵出城，程畿说道：“此赵云诡计，我据江阳城险，三面皆水，只需按兵不动，守卫城池，谅赵云不敢强攻。”

程庚依言，却气不过，伸手拉弓，一箭射出。赵云侧身避过，心中暗赞程庚臂力非凡。他也取下马鞍左侧长弓，搭箭回射，只听“啪”的一声脆响，城楼正中“程”字将旗应声断落，飘飘然，落到城下，顿时荆州军发出一阵叫好声。

程庚更怒，令左右军士向城下射箭，一时箭如雨注，赵云也未惊慌，几名从骑拍马而来，举盾挡住箭矢。待箭雨过后，张翼请命道：“攻城器械已齐，就待将军下令。”

赵云摇头道：“只从一门攻城，兵多无用，恐难取胜，白害了军士性命，暂时收兵回营。”遂引兵退去。

两军对峙，一晃已过月余，吴懿等将每日在城下搦战，程畿也不搭理。眼见冬至已近，也不闻下令攻城，吴懿、张翼按捺不住，去大帐正见赵云在羊皮卷上写字，张翼上前说道："眼见寒冬将至，不宜用兵，是攻是退，三军皆惑。赵将军何故还有此闲情雅致？"

赵云哈哈大笑，将字与二人视之，乃"静"字。吴懿、张翼相互对视一眼，不知其意，赵云起身说道："二位将军少安毋躁，只静心等待即可。"

又过半月，气温突降，寒风凛冽。程畿正在府中烤火取暖，程庚走进屋中禀道："父亲大人，我在城头见敌军营杂乱，兵士不整，不知为何。"

程畿哈哈大笑，说："荆州军远道而来，粮草不济，加之寒冬即至，冬装不齐，久则生乱。我料不出几日，荆州兵必退。"

程庚恍然大悟，说道："兵法有言：避其锐，攻其惰。敌军兵退，锐气尽挫，到时只需引骑兵追赶，定能大获全胜。"

"令兵士严密监视，权且再等几日，待敌军拔营，再做考虑。"程畿面带微笑，从桌上端起温酒，一口饮下。

程庚领命而去，每日在城头观望，未过半月，天气更寒，荆州军果有变动。程庚忙告程畿道："父亲神算，赵云果欲退兵。我这就点齐兵马，待他大军半退时出城击之。"说罢，就欲离去。

"赵云乃大将之才，智勇双全，不可不防。不如先派探子出城，再做打算。"程畿起身阻止，他的话让程庚不得不暂时打消出城追击的打算。

翌日，程庚满面喜色，来见程畿，说："探子回报，昨夜吴懿领一军趁黑悄悄离去。"

"令探子再探，明日再来报我。"程畿闻言，神色自若。

程庚犹豫片刻，告辞离去。又过一日，再去禀报程畿道："昨夜又有张翼领军离去，荆州军大队已去，只剩赵云一部，今夜必然全军撤退，父亲该做定夺了。"

程畿点头，笑着说："如此甚好，就让他去吧。"

程庚争道："父亲此言差矣，此时敌寡我众，敌疲我锐，正是破敌之时，怎么这般轻易放弃？”

程畿严声叱道：“常山赵子龙名扬四海，不可不防。假若我军贸然出城奔袭，中其奸计，该当如何？”

程庚也不再争论，一言不发，行礼退去。

再说荆州军寨中，兵士都在收拾行装。赵云站在营外山崖，遥望远处的江阳城楼。寒风呼啸，掀起他身后的披风，发出呼呼的声响，逐云白马懒洋洋地趴坐在一旁。

“就快要下雪了，倘若今夜程畿不出，就只有暂且退兵，误了主公大事。”

赵云面色凝重，心中有些忐忑。从骑来告，一切已准备完毕，赵云点点头，令部队在营中歇息，养精蓄锐。

冬季昼短，天已渐黑，气温更冷。程庚在城头来回走动，有探子回报，所剩荆州军已经开始全面撤退。

程庚心有不甘，闷闷不乐，便与几个校尉饮酒取暖。未饮几杯，又有探子回报，赵云只领数百军士垫后。程庚几杯下肚，头脑发热，笑道：“兵法曰：出其不意，攻其不备。赵云绝对想不到我军会在这时候进攻，此天赐良机，不可失也！”

众小校纷纷附和，程庚遂点齐三千骑兵，也不告知程畿，出城一路追赶。不过十余里，突见前方有火把，程庚大喜，手中画戟一指，大呼：“前方必是赵云，尔等若能取其首级，官升一级，赏黄金百两。”此言一出，众人沸腾，扬鞭拍马，蜂拥而上。

且说赵云率领数百骑兵走走停停，忽闻身后马蹄声起，火光映天，赵云心中暗喜，长枪一挺，反身去迎。程庚引军追上，大呼：“赵云休走。”身后三千骑兵左右包抄，夹击赵云部。

两军交锋，刀枪剑戈，各种金属撞击声不绝于耳。程庚一马当先，去取赵云，两骑并奔，程庚平戟刺去，赵云举枪格挡，反手推开程庚戟头。程庚招式一顿，忽又变招，杀得赵云连连防守。

两人战十余合，赵云假意不敌，率残兵狼狈而去。程庚面露得意之色，乐道：“赵云言不由实，不过如此。今日将他生擒去见父亲，岂不美哉!”又加鞭追赶数里，忽不见赵云身影。程庚勒马，四处张望，刚才快马，天色又黑，看不真切，这时停下，仔细一看，方见山道两旁皆为陡坡，原已身处一个小山谷中。程庚心中隐约有一丝不安，正要令军队调头退去，只闻坡上一声鼓响，两旁坡顶尽是火把。

“我乃张翼，在此等候多时了。”坡上之将，正是张翼，受赵云令，假意撤退，实为在此埋伏。

程庚大惊道：“吾中计也!”正要撤退，又见吴懿引一军从后方截路。

张翼拔剑一指，顿时漫天火箭，铺天盖地，仿佛一张大网，要将整个山谷包裹。蜀军皆是轻装追赶，未配盾牌，无处躲闪，死伤惨重，谷中哀声一片。程庚哪里还顾得了手下兵士，拨马便走，一阵冲杀，奔至谷口，迎面见赵云率数百军士，一字排开，阻了出谷峡口。

赵云斜提长枪，勒马在前，笑道：“将军已无路可走，此时不降，更待何时?”

“匹夫，安敢诳我。”程庚见了赵云，大怒，策马挺戟就刺。

赵云哈哈一笑，右手单持“涯角”由内向外挥去，挡开了程庚刺来的画戟，同时左手拔出腰间“青虹”剑，用剑身横面拍去，程庚还未有所反应，便被剑身扇在头盔上，顿时两眼一黑，栽下马来，赵云令左右绑了，暂押军中。

程庚既被擒，残余蜀兵皆降。赵云又令数百骑兵与降兵对调衣甲，换了程庚旗帜，为前队。又选了一名蜀军降校同前军随行，吴懿、张翼引大军在后，直朝江阳奔去。行至城门护城河前，令小校举火把大喊：“少将军得胜归来，还不速开城头迎接。”

城头守军认得这校尉，忙放下吊桥，打开城门。赵云引军缓行过桥，刚过吊桥，守将出城迎道：“少将军何在?”

赵云也不搭话，纵马奔出，守将心知有异，扭头大呼：“速关城门。”话音未落，已被一枪刺死。

城中蜀军大惊，慌忙去关城门，赵云一马当先，奔入城中，身后骑兵蜂拥而上。守军哪里阻挡得住，纷纷后退，被赵云夺了机关，关不了城门，吴懿、张翼遂引兵杀入。

程畿尚在府邸休息，有守将来禀："赵云已杀入城中，太守速走。"

程畿大惊，问道："赵云如何进得城来？"

守将曰："公子私自率军出城追击，反中埋伏，赵云便假装公子归来，诳城头军士开了城门。"

"逆子啊，逆子，为何不遵我言？今我又有何颜去见主公……"

程畿说罢，拔剑欲刎。

左右忙上前拉住他，劝道："城已破，正当整军再战，此刻大人万不可弃了城中将士，独自轻生。"

程畿道："承蒙诸位相劝。"言罢，集结城中乱军欲战。

赵云左杀右刺，蜀中兵士阻挡不了，直杀至城中主道，正遇程畿整军前来。

赵云见是程畿，心中大喜，挺枪跃马，直取程畿。程畿直眉怒目，虽然势弱，却无丝毫畏惧之象，见赵云杀来，也持长戟迎去。两人交战，不及五合，赵云手起枪落，使的正是"百鸟朝凤"的绝技"凤翼"。程畿何曾见过如此精妙绝伦的枪势，被挑下马来，好在赵云欲活捉，未下杀手，只叫兵士绑回军中。城中兵将闻程畿被俘，降逃皆有。

赵云来到太守府，叫吴懿带兵巡视各街道，管理好治安。张翼往城楼整编降兵，然后令人押上程畿。程畿怒目相视，道："败军之将，要杀就杀，何必侮辱。"

赵云知程畿是忠义之士，亲自与其松绑，笑道："让程大人受苦了，刘璋身为汉室宗亲，只想苟全于益州，不过懦弱无能之辈。而我主刘备，心怀汉家天下，今取益州也是不得已而为之。大人本为汉民，莫不知其礼乎？"

程畿听了，沉默片刻，叹口气道："赵将军说得有理，我程畿何时都在想复兴大汉江山，只是刘璋甚厚于我，不忍相背。”

赵云知他心已动摇，又说：“国家大义前，个人恩义不值一提。大人可知血衣诏乎？”

程畿恍然大悟，躬身礼道：“我愿追随刘玄德，复我大汉天下。”

赵云大喜，又令人放出程庚，设宴庆贺，程畿仍为江阳太守。

翌日，程畿亲自在城中安民，百姓见程畿无事，皆喜。又过几日，天气更冷，鹅毛大雪从天而降，整个江阳城银装素裹。又到了年关，每逢这时，将士们都会燃起思乡之情。赵云也不例外，心中也思念远在荆州的马云鹭与幼小的赵统，只是统军在外，为不得已，只有叫信使送信回荆州告安。

公元214年，春。严冬已退，天气渐暖，赵云又欲出兵犍为，召集诸将商议。程畿进言道：“犍为郡守何宗，不满刘季玉久亦。若我亲笔书信一封详叙其中厉害，想那何宗，也非短视之人。”

“如此甚好，那就有劳程太守。”赵云虽然也希望程畿能劝降何宗，同时修橹轒轀，具器械，做好了攻城的准备。

且说这犍为郡守何宗（名彦英），蜀郡郫人，精究安术，为蜀中大儒。这日天气晴朗，正是樱花盛开时节，何宗携妻带子在后院花园散步，累时依院中华亭歇息。此时仆人送来一封书信，何宗接过书信，也未观看，只是放声大笑。其妻疑惑，问道：“夫君不拆信，却突然发笑，不知为何？”

“我不必拆信，这定是那江阳程季然写来劝我开城投降的。”何宗说罢，将信拆开与夫人视之，果然中他所言。

何夫人轻声说：“夫君本不满刘季玉，这次荆州大军前来，正可投明主。”

“言山非山，似水非水，此事尚需斟酌。”言罢，告辞夫人，召集属下议事。有牛鞞长李邈（字汉南）出列说道：“我闻荆州军乃大将赵云统兵，此人文武双全，当年长坂一战怀抱刘禅单骑杀出曹操八十万大军重围，名震天下。若是正面迎战，胜负难料。属下愿先领一军出城，扎寨于左面丘陵，与主城遥相呼应，令赵云不敢轻易攻城。”

何宗也觉有理，便令李邈分军出城。

月余，赵云在江阳不见何宗回信，便以吴懿为先锋，引一万大军前往犍为。临出兵时，程畿在城外相送，又对赵云说道：“何宗本不满刘璋，将军若是对其晓之以大义，定能将其劝降。切记，勿强攻，反失蜀人归心。”

赵云抱拳曰：“多谢太守大人相告，云牢记。”

不日，大军至城外十余里处，张翼快马奔来，禀道：“适才吴将军派人回报，何宗已遣李邈屯兵于城外丘陵与主城形成犄角之势。”

赵云点点头，嘱咐道：“何宗派军出城定有深意，伯恭速去告知吴懿将军切勿武进。”

张翼应诺而去。赵云又率军前行数里，与张翼、吴懿会合，此时犍为城头已在眼前。赵云登高望去，只见山城相连，左有一丘，山高林稀，心中暗赞：“常听程畿称何彦英为蜀中大儒，今见其用兵，果非虚言，若能为主公所用，当是幸事。”

吴懿请命道：“请将军在城前假意搦战，末将与张将军同讨丘陵敌营，击退李邈，可破其角。”

赵云微笑着说：“兵士长途跋涉，已有倦色，今夜在此休整，明日再战。”吴懿、张翼领命各自安营。又至大帐军议，酉时，守卫兵士来报，有人在营外求见赵云。赵云将其唤入，来人见到赵云，方呈上拜帖，说：“此乃何郡守拜帖，约赵将军明日在城外三里望月亭相见，请勿推辞。”

赵云郑重地接过拜帖，说：“承蒙郡守大人爱戴，某必准时赴约。”又亲书回帖与使者。

使者接过回帖，礼拜而去，赵云亲自送至营门。待其离去，吴懿在侧说：“何宗此举不知其意，赵将军不可大意。”

张翼也说：“子远之言甚是，两军交战，此时约将军前去，恐有奸计，不可不防。”

赵云笑道：“何宗本不满刘璋，此时也是摇摆不定，我若不去，他怎肯安心相投？”

吴懿又说：“明日末将统大军陪伴，谅何宗不敢使诈。”

张翼也在旁说道：“末将本是犍为武阳县人，熟悉此地情况。这望月亭原是前朝一位郡守所建，地处入城必经之路，四周多茂林，又与驻军相接。若何宗有意使诈，只需在林中埋伏军士，又令丘陵守军下山攻我军腹部，如此一来，我等纵有大军，一时也难以展开救援。”

赵云闻言，沉思片刻，说道：“兵不在多，在于精。二位将军在林外压阵，我只带一千精锐前去，倘若有变，再来救援不迟。”

张翼道：“属下愿与将军同去。”

翌日，天气晴朗，万里无云。吴懿拔军屯于林外高地，赵云、张翼引一千从骑前往望月亭。途中赵云环视四周，见果如张翼所言，道路两旁皆是密林，心道：“好个伏击之处。”

“将军请看，那便是望月亭。”张翼伸手指向山腰，赵云抬头望去，果见一红盖亭子卧于山腰，八面玲珑，精巧美观。到了亭下小径石梯，见有兵士把守，张翼喝道：“我等受何郡守相邀，还不让开。”

带队小校答曰：“郡守有令，只许赵将军步行上亭。”

张翼面露冷笑，正要发怒，赵云摆手道：“既然主人立下了规矩，我们做客人就照办吧。”

张翼凑在赵云耳旁，小声说：“只怕有诈，怎可让将军独去？”

“无妨，这也是表示我军诚意。”赵云说完，将“涯角”枪丢给张翼，下马步行。

独自沿路直上，走三十余梯，行至望月亭前，见有一人，身着锦袍，气度儒雅，端坐亭中，一童子在侧侍酒，他正悠闲地摆弄着身前的棋盘。此人正是犍为郡守何宗。

“赵将军来了，请坐吧。”何宗放下手中的一颗黑棋，起身相迎。

赵云抱拳一礼，与何宗对坐，童子奉上温酒，又立于一旁。

“赵将军可否与我对弈一局。”何宗也不多话，童子放下酒盘，将围棋摆好。

赵云微皱眉头，随后说：“郡守大人盛情，怎可推辞。云浅懂围棋，只知这下棋就如两军交锋于沙场间，掠乡分众，廓地分利，俨然战场一般。”

何宗笑道：“既然如此，我俩就将这盘棋看作战场，白棋为我，黑棋为你。可否？”

赵云点头应诺，何宗又言：“将军是客，先走首棋吧。”说罢，伸手做出请的姿势。

“我就恭敬不如从命了。”赵云也不客套，拿起一颗棋子向前一步。二人你攻我堵，我攻你防，棋盘上的棋子越来越多，对弈已是激烈。

何宗毕竟熟练，每一步棋都将黑棋压制住，却又每在可以决胜负时留一手。何宗见赵云虽处逆势，而面不改色，便笑道：“赵将军的棋四面楚歌，仍神色自若，着实让某佩服。”

赵云笑道：“大人每在关键时，总让了一棋，两军交战若都这般，这仗也不必打了。”

何宗哈哈大笑，又说：“这下棋，其实不只是战场对垒，也是人生。皆言人生如天气，变化无常，有时候若是走错了，便会满盘皆输，一辈子翻不了身。”言毕，押下一颗棋子。

“大人此言差矣！想我主刘备，当年在许昌，自身尚难以保全，为何还要参与玉带血诏之谋？莫非玄德公不知大祸将至乎？倘若天下士人都如郡主大人这般前怕狼后怕虎，这破碎的天下，何时才能重迎一统？百姓何时才能安居乐业？”赵云也将一颗棋子置下。

何宗嘴角微扬，沉声曰：“将军此言也有道理。当今天下英雄，曹操、刘备、孙权三人耳。而曹操雄踞北方，军多将广，国力雄厚，又挟天子以令诸侯，名正言顺。反观刘备、孙权实力孱弱，且表面相亲，实则各有所谋，迟早必被曹操所破。依我看，与其投靠弱者，不如依附强者，这方是生存之道。”

赵云也不辩驳，问：“何大人可知：忠义仁勇信，礼义廉耻孝乎？”

何宗浅笑：“如何不知，此乃古圣贤李耳言训世人之语。”

“今曹操弄权，汉室危亡，郡守大人既然通晓古今名满川中，却欲委身事贼，岂不令天下人笑话？”赵云将手中棋子重重地压在棋盘上，发出“啪”的一声。

何宗这才发现，二人的棋子相当，竟然成了和局。

“人言常山赵子龙文武双全，今日一见，果无虚言。适才不过以话相探。刘璋性格懦弱，虽存仁心，却不能用贤，川中众多豪杰纵有大智，也不得重用，我早不满其所为。既然玄德公有恢复汉室大志，彦英愿率犍为郡军民，鞍前马后，以效犬马之劳。”何宗起身一拜，面露坚毅之色。

赵云忙起身回礼，道：“何郡守如此深明大义，此玄德公之福也。”

二人大笑，举杯共饮闲聊。

已是正午，张翼扛着“涯角”枪，在卫兵面前走来走去，见赵云久未归来，心中焦急，喊道：“我家将军怕是喝醉了，我得上去看看。”说完，就想往上走。

守兵各持戈、枪等利器，阻住张翼，喝道：“郡守有令，闲杂人等不可入亭。”

张翼面色渐冷，正要发作，突见赵云与何宗并肩而下，这才退到一边。

何宗见到张翼，笑道：“伯恭兄也来了，为何不上亭里喝酒？”

张翼气还未消，撇撇胡子，哼道：“你这些兵能让我上去吗？”

何宗笑着说：“兄弟不知伯恭兄与赵将军同至，还请勿怪，改日在城中设宴赔罪。”

张翼本是直性子，听何宗都这么说了，也不再计较。

走下山脚，何宗说道：“今日就不邀将军入城了，我先回去整理全城军民户籍，待明日将军入城。”

“有劳何大人。”赵云抱拳回礼告辞。

直行小道未有几里，忽有一支人马挡路。当先之人，全身穿铁锁甲，肩披黑色披风，手握长柄大刀，骑在大马上，很是威风。见赵云至，横刀大呼："吾乃李邈，久闻赵子龙大名，特意在此等候。汝可敢与我一战?"

张翼拍马出列，笑道："杀鸡焉用宰牛刀，就让我张伯恭来会会汝。"

赵云也拍马前行，说："既然李将军是向我挑战，张将军还是暂且与我压阵。"

张翼听了，勒马回队，只剩赵云、李邈二人在阵前。李邈也不多话，拍马举刀便砍。赵云把那"涯角"一挥，架住刀刃，回手一格，弹开刀锋。李邈将那大刀舞成一条弧线，全力劈下。赵云举枪架住，反手一绞，那"涯角"枪犹如一条黑龙，张牙舞爪，这股瞬发的力道让李邈拿不住刀柄，大刀被绞飞数米以外。赵云也不追杀，勒马收枪斜背，面带微笑地看着李邈。

李邈面色大变，下马半跪，抱拳道："惭愧！赵将军果然武艺高强，我愿随郡守大人归降。"

"李将军归降，此我主洪福。"赵云忙下马搀扶。

李邈起身后，面色诚恳地说："属下这就引军回城，以待将军。"说罢，上马离去。

张翼道："都说这李文南性格火暴耿直，今在此等候，必是为了归降之事犹豫不决，在战败之后，方才决心归顺。"

"这倒是一桩好事，也成全了何郡主。"赵云说到这里，脸上露出一丝微笑。

出了密林，吴懿屯大军在外，见赵云归来，忙迎回营中，问道："将军此行可有收获?"

赵云笑道："果不出程季然所言，何郡守已归降我军，相邀明日入城。"

吴懿忙道："只怕何宗使诈，适才探子回报，林中果有伏兵。"

正说间，又有探子回报，山头驻军与林内伏兵皆退入城内，吴懿方才相信。

翌日，赵云兵临犍为城下，见城头遍布白旗，城门大开，何宗与李邈亲迎。赵云便令吴懿将大军屯于城外，自与张翼率数百从骑随何宗入城。一路街道两旁百姓夹道欢迎，很是热闹。行至郡府，府中早已备好酒宴。城中士族显贵皆在席位相待，等赵云一行至，皆起身庆贺，宴席欢乐，天黑方散。

赵云连破江阳、犍为，名震蜀中，周围郡县纷纷请降。诸郡既定，赵云见将士疲惫，便下令在犍为休整。

春去夏至，花落叶绿，天气渐热。这日，赵云正与何宗、吴懿等人在营内商议前往成都与刘备会合。会毕，亲卫兵士入帐来告："夫人自荆州来，已在寨门外等候。"

赵云愣了一下，冲出帐外，直到寨门，有一军在此等候。当先女将，生得面如满月，眼含秋水，口若樱桃。穿的是锁子黄金甲，背披红色披风，正是内人马云鹭。两人见面，甚是激动。赵云携手马云鹭走入寝帐，问道："夫人要来也不提前带话，不知为何匆忙而来。"

"我梦到家兄身边穿大红衣袍，此梦不祥，心中担忧。恰好统儿前些日子已断了奶，便将他托给爹娘照看，准备前往西凉去寻家兄。"马云鹭说到此，面色有些焦急。

赵云安慰道："孟起在凉州拥兵数万，哪里会有危险。再说汉中张鲁与我军敌对，夫人带这些人马，过不得关隘，如何去得。这样整日担忧，反而容易害病。等成都平定之后，我与夫人同往凉州，也可有个照应。"

马云鹭有些犹豫，沉默不语。赵云又好言相与，这才暂时打消马云鹭前去凉州的主意。住了几日，粮草已齐，军甲已整，赵云决意前往成都。大军还未开拔，诸葛亮信使至。赵云开信视之，原来张鲁派马超来助刘璋，援军已出汉中，与刘备、张飞于葭萌关前相持不下。诸葛亮欲亲往葭萌关助战，令赵云回兵与黄忠守卫绵竹。赵云看罢，大吃一惊，问信使："马超雄霸凉州，如何被张鲁所用？"

使者道："马超部下反叛，失了落脚之地，只带了数千铁骑投靠了张鲁，据说其家族已被叛将屠尽。"

赵云大惊，旁边的马云鹭只觉晴天霹雳，两腿发软，两名女兵忙左右将她扶住。片刻，马云鹭缓过神来，咬牙切齿地问："是何人背叛我马家？"

信使只道不知，马云鹭又对赵云说："夫君先去绵竹，妾身自引兵往葭萌关见兄长。"

赵云知道夫人心情沉痛，哪里放心她一人前去，忙说："云当随夫人同往。"

"子龙岂能为了私情而弃国事于不顾，妾身此去见兄长，定要劝他归降主公。"马云鹭语气坚决，让赵云没有反驳的余地。

周围吴懿、何宗等人闻言，皆露赞赏之色。

赵云叹口气，看马云鹭的目光中，更多的是爱怜。他猛地点点头，算是答应了马云鹭的请求。

此时李邈出列道："赵将军肩负守卫绵竹重任，无法分身，末将愿分将军之忧，随夫人前往葭萌关助战。"

赵云闻言大喜，遂分五千兵士与李邈，陪同马云鹭前往葭萌关，自引本部大军西进绵竹。分别之时，赵云拍马驰上山头，远望着马云鹭的部队渐行渐远，只在晨曦中留下一阵滚滚烟尘。最后，烟散了，部队也消失在山道的尽头。赵云就这样静静地伫马遥望着，直到吴懿在旁说道："将军，我们也该走了。"

"我这样做，是对的吗？"赵云转过头，语气低缓。

吴懿微点头，郑重地说："夫人的决定让属下佩服得五体投地。将军没有错，夫人更是巾帼英雄，为了大义而舍小义。"

"为了大义而舍小义……老实说，我真想追上去，现在就追上去……"

赵云俊脸上闪过一丝苦涩，转身勒马向山脚奔去。

"将军，我们是去追夫人，还是去绵竹？"

吴懿忙勒转马首喊道。

“回城，率军去绵竹与黄老将军会合。”

赵云头也未回，扬鞭答道。

吴懿愣了愣，随后哈哈大笑，也拍马跟随而去……

再说成都刘璋，得到张鲁答允，大喜，便与群臣商议。

主簿黄权进言道：“张鲁派马超引援军前来，刘备必然分兵至葭萌关。此时绵竹空虚，主公只需遣军前去，一旦夺下绵竹，在葭萌关的荆州军前后为敌，不战自乱，岂有不破之理？”

公子刘循也出列说道：“黄主簿此计甚妙，儿臣愿率军前去，以报雒城之耻。”

刘璋喜道：“吾儿若是夺下绵竹，此大功一件，吾在成都敬待佳音。”便拨两万兵马与刘循。

刘循急功，翌日出兵，途不歇息，马不停蹄，不日便至绵竹关下。刘循布好阵势，向关内喊道：“吾乃刘循，汝等速速开门投降，也可留条性命。”

守关之人乃老将黄忠，受命率五千余人镇守绵竹，听得关下叫骂，探头望去，见刘循引蜀军密密麻麻，立于关下，骂道：“黄口小儿，莫在此张狂，认得我黄汉升乎？”

刘循抬头笑曰：“我当是谁缩在关里，原来是你这老匹夫，敢出来与小爷一战？”

黄忠大怒，令军士备马，就欲下楼出城，旁边有人劝道：“敌众我寡，刘循又以言语相激，分明是想诱我出城。老将军切勿逞一时之快，而陷绵竹于险。”

黄忠随声看去，原来是蒋琬。黄忠也觉得言之有理，只得朝地面狠跺一脚，转身搭箭拉弓。刘循识得黄忠厉害，早有两骑持盾护住左右，挡下了此箭。

刘循哈哈大笑，喊道：“老匹夫既不愿出城迎战，又不愿开门受降，那我就只有攻城了。”说罢，手中长剑一战，阵中推出数十攻城器具，云梯、冲车皆具。

黄忠也不示弱，令关上守军贯弓相待。两家厮杀，从晨至午，放眼城墙皆是蜀军蚁附，城头兵士有举石砸下，有乱砍云梯，有倒油引燃，两军只杀得眼红面赤，分不清敌我。护城河上，死尸遍布，狼烟四起。

黄忠军少，颓势尽显，便对蒋琬说："敌强我弱，绵竹已危，一会儿突围出去，公琰勿要离我左右。"

蒋琬持剑叹道："守不住绵竹，玄德公前后皆敌，大事尽去，我等又有何脸面去见玄德。不如在此死战，也可留个美名。"

黄忠笑道："既然公琰有此觉悟，黄汉升又有何惧？"两人相视大笑，皆无惧色，各持武器，砍杀上城蜀兵。

蜀军冲车仍在猛烈撞门，厚实的大门终于呈现出道道裂纹，刘循在中军指挥若定。眼看关门即破，心中大喜，也有扬扬得意之色。突闻身后兵士骚乱，反身一望，见身后有一军突入。

刘循虽然惊讶，指挥却无乱象，立即命令后军转向，前军回缩迎敌。

来者大旗"赵"字，正是从犍为前来的赵云，巧撞蜀军围城。赵云便令吴懿从侧面迂回插入，自从中间杀进，直奔中军。蜀军来迎，刀枪剑戈的碰撞声，源源不绝，尖锐刺耳。

黄忠见蜀军渐退，对蒋琬说道："援兵已到，你在此受城，我带兵出城，前后夹击刘循。"说罢，下城领残余兵士冲杀出去。

蜀军腹背受敌，军心动摇，刘循心知不妙，勒马就走，五名小校，护卫左右，一路退走。赵云在乱军中穿杀，一杆长枪使得犹如青龙入海翻起千股浪，所过之处，无人能挡。冲入阵中，正遇刘循，赵云大喝："刘循哪里走？"遂挺枪跃马而上。

刘循知道赵云厉害，不敢交手，只顾逃走，身旁五校分马散开，围住赵云厮杀。赵云出枪如风，起枪便刺落一校，其余校尉抡刀、剑砍来，赵云手中长枪一挺，舞出一道圆弧，弹开四校武器，再顺势反手一挥，又拍落一名小校。剩下三人皆露惧意，拍马四散而走，赵云也不理会，自去追刘循。

那刘循未逃几步，回首又见赵云追来，惊慌失措，举鞭狠抽马臂，不想前方又遇吴懿截杀乱军。吴懿见是刘循，心中大喜，将刘循及数十部曲围在中间，又驱部众群起而攻。刘循寡不敌众，被吴懿拿住，押入绵竹关内。黄忠早恨其无理，拔剑欲杀，幸赵云拉住他说："刘循乃刘璋之子，各为其主，何罪之有？不如等主公前来定夺。"

黄忠狠了刘循一眼，说："就依子龙所言，暂饶汝性命。"便令押下收监。至此二将同镇绵竹，再无蜀军来犯。

刘循大败被擒，震惊成都，刘璋只得寄希望于张鲁援军。

建安十九年，秋后。

又是寒风初起的日子。绵竹关门锁闭，吊桥收起，护城河面波光粼粼，闪烁着刺目的光芒。

赵云巡视完城墙，站在关上遥望远方山峦，思绪万千。他至此已有数月，眼见树枝渐枯，秋风扫叶，仍未有马云鹭消息，心中忐忑，担忧不已。

"子龙，在此看风景，不如与我对酌几杯。"

黄忠操练完兵士，骑马从校场归营，见赵云在城头，便大声喊道。

赵云笑道："老将军所邀，云当作陪。"正说间，城头兵士手指远方喊道："远处烟尘飞扬，有大军前来。"

黄忠忙弃马而上，与赵云并立城头。守军拔刀亮剑，严阵以待。关下马蹄声渐近，山道尽头冲出一军，尽是骑兵。直至关下，方见带兵之人，面貌冷峻，身披烂银甲，头戴麒麟盔，手握"虎头錾金枪"，白色背披随风飘荡，正是马超。马超身旁一将，钢甲绿袍，乃马岱。

不待赵云说话，马超喊道："我受刘玄德之命，前去镇压成都，子龙速开门让我军入关。"

赵云、黄忠对视一眼，尚有疑虑，只听一声悦耳的声音从关下马超军中传出。

"子龙，黄老将军不必怀疑，我大哥已归入主公帐下，受命前往成都。主公与军师率大军在后，不久也将至。”

赵云闻声，心中欣喜，向下望去，果然是马云鹭，亲自在城门相迎。马岱抱拳行礼，赵云回礼后去看马超，马超苦笑道：“不想我也落到无家可归的地步，幸被玄德收留。”

赵云抱拳道：“孟起兄能投我主，也是我主洪福。”

马云鹭在旁笑道：“先入关内再叙旧吧。”

赵云、黄忠忙引了马超等人入关，暂时安顿下来，未过半个时辰，刘备、孔明、张飞率大军至，入了城来，众人大喜，黄忠正要安排酒菜，兵士来报，有蜀将刘晙、马汉引军来犯。马超起身道：“某刚入帐下，寸功未立，愿出城迎敌。”

赵云笑道：“诸位长途跋涉，一路辛苦。就让云出城迎战。”说完，就欲离席，马云鹭嘱咐道：“子龙莫要轻敌，万事小心。”

赵云笑道：“夫人之言，云记住了。”言毕，便率本部兵马出城。

刘晙、马汉二人，也是蜀中豪杰，一个手使开山大斧，重二百余斤，舞起来虎虎生威，寻常人挡不住一斧，被称作“神威将”；另一个善使薄叶双刀，临阵对敌，刀疾如风，几乎无败，被称作“翻地龙”。二人布阵于关下，兵士数百为一组，组组间隔不过两马可行，共有百余组，层层叠叠，很是壮观。

赵云纵马奔出，立于敌阵前，心想：“此为鱼鳞阵，一旦进攻，敌兵如潮汐拍岸，丝毫不给对手喘息，唯有快攻至后阵，斩杀主将方能破阵。”

刘晙见赵云立足不前，至前阵喊道：“那将可是常山赵子龙，为何裹足不前？若是怕了我这阵法，不如夹着尾巴，滚回关内，待我攻城。”

赵云冷笑一声，也不搭话，手中“涯角”一挥，身后骑兵并马组成冲锋阵形。赵云对众骑兵喊道：“两翼突进，中间一点击破。”

赵云率部冲入阵中，蜀兵小方阵开始前进。只听刀拍盾鸣，战鼓呼啸，蜀兵犹如浪花，一层推一层，令人眼花缭乱。赵云举枪乱刺，只顾前行，如入无人之境。刘晙早已退回后阵，与马汉说道：

"人言赵子龙武艺高强，今看其在阵中厮杀，果无虚言。我一人恐难敌，不如我俩左右夹击，若能击杀赵云，我兄弟不但名震天下，更是为了西蜀立下汗马之劳。"

马汉轻甩薄叶双刀，冷笑道："等他在阵中困倦，再去寻他厮杀。"

再说赵云在前阵寻不到刘晙，又朝中军奔去，一路杀进，至后阵，认得帅旗所在，直向而走。

刘晙、马汉左右并骑，一个举斧，一个挥刀，左右围住赵云厮杀。两旁兵士混战，战场杂乱，狼烟遍地。

刘晙狠劈大斧，赵云知其力大，不宜力拼，只可巧取。只把枪一挥，从侧面拍在斧面，一股力道将大斧拍开一边。马汉见刘晙失手，忙上前来助，左右拿刀乱砍，刀疾如风，赵云将枪反刺，正所谓一寸长一寸强，占了便宜，将马汉逼退。刘晙双手握斧，在赵云背后斜劈而下，意欲偷袭，可赵云戎马一生，身经百战，岂能将背心让给敌人，只见他双脚一蹬马鞍，身体微腾，顺势转身刺出，"涯角"枪漆黑地枪尖不偏不倚，抵在斧刃上，名枪就是名枪，只听"铛"的一声脆响，斧头应声破碎，武器被毁。刘晙还未回过神来，赵云长枪前送三寸，枪透甲破，刘晙被捅个对穿，赵云再回手一拉，一股鲜血喷出，可怜"神威将"刘晙，就此落马身亡。

马汉被骇得呆了，勒马欲走，赵云拍马来追，马汉情急，转身先将左手刀扔出，见赵云将刀挑下，急得又砸出右手刀。赵云又将刀挑落，见马汉已逃出一段距离，冷笑道："来而不往非礼也，我也还你一枪吧。"言讫，右手单握枪身三分之二处，用力掷出，马汉应声落马。"涯角"枪头已没入他的背部。赵云纵马过来，俯身拔出"涯角"，率骑兵继续冲杀。蜀军主将皆亡，军心溃散，各自逃走。阵势一乱，人马践踏，不在少数。

赵云也不追赶，只取了刘晙、马汉二人首级，带兵回关内去了。

筵席菜还未上，赵云已取二将首级归来，众人起身相迎。一班蜀中降将面面相觑，佩服不已。

马超赞道："数年不见，子龙武艺更加精湛了。"

诸葛亮笑曰："天下皆知当年关云长温酒斩华雄，今子龙之威，也不逊色。"

刘备哈哈大笑，亲自起身与赵云斟酒，眼见成都就在咫尺，众将欢饮。席间马超请命道："吾新入帐下，片功未立，愿为前锋，去劝刘璋投降。若是不降，拿下成都，以待主公。"

刘备忙连声应诺，马超便与马岱率军出关。赵云与马云鹭携手在门外相送。马超道："待我先去成都相候，到时再与子龙畅饮。"说完，抱拳一礼，策马离去。马岱也对赵云、马云鹭行骑马礼，拍马跟随，三千铁骑在后，马蹄南去，浓烟滚滚，只有西边绚丽的晚霞渐淡，最后一抹斜阳也慢慢落在群山之中……

公元214年，冬。刘备军至成都，刘璋闻马超已降刘备，知无变数，迫不得已，双手捧了益州牧印绶，出城去见刘备。刘备入主益州，蜀臣皆降，唯有黄权、刘巴闭门不出。刘备亲自登门，方请出二人出任。又遣人送刘璋一门前去荆州，之后又选吉日，定于十五日在城中将台祭天。

当日天气晴朗，刺目的阳光破开冬日的严寒，给大地带来一丝暖意。位于城南的将台异常热闹，校场上，人头攒动，张飞、赵云、黄忠、马超、魏延各领兵士一字排开，以五色旗为号，金鼓一响，阵型二分，成一条四马并入行道，刘备在众臣簇拥中缓步走上将台。刹那间，角号声起，五彩旗挥，数万大军齐叱，声势撼天动地。

张飞勒马至赵云身前，感慨道："进川数年，仿佛昨日。"说罢，言语一转，又道："一会儿散去，我俩叫上马超、黄忠，到街摊酒馆痛饮。"

赵云还未答话，身旁马云鹭已答道："张三哥好生偏心，只顾喊我夫君与大哥，却不叫我。"

张飞本不善言辞，顿时词穷，只顾挠头傻笑。正尴尬间，又听一声重鼓，刘备在将台上道："备自涿郡举兵，征黄巾，讨董卓，奉血诏，败徐州、汝南，走荆州，一生颠沛流离，幸蒙诸位抬爱，追随备东奔西走，吃苦受累，吾尝痛思，愧对诸位。幸苍天垂怜，让备领荆、益二州，为安身之本，此诸位之功也，故在此设台分封有功之臣。”言讫，对身侧诸葛亮微一点头，诸葛亮会意，上前一步，打开手中玉锦，念道：“今天子受难，奸贼弄权，皇叔刘备奉诏讨贼，暂代益州牧。”此言刚落，三军齐震，诸葛亮又道：“此次入蜀，众将同心协力，皆有功，今按功大小行赏。关羽将军镇守荆州，让曹、吴不敢轻进，保证后方安定，此当首功，封为荡寇将军，汉绶亭侯。张飞将军，一路披荆斩棘，先至雒城，又平定巴西、德阳诸郡，此为二功，封为征俘将军，新亭侯。赵云将军平定江阳、犍为等郡，封镇远将军。黄忠、魏延二位将军同主公入川，劳苦功高，封征西、扬武将军。马超将军弃暗投明，使成都百姓免于战火之灾，封平西将军。”

诸葛亮念到此处，号角又起。张飞、赵云、黄忠、魏延、马超五人纵马而出，至将台前，各领将印。诸葛亮又宣读，一班文臣武将，新人旧部皆有封赏。夜间刘备又在州府设宴，褒奖众臣。席间刘备微有醉色，举杯说道：“吾欲将成都田地房屋分与诸位功臣。”

众臣闻言，皆有喜色，唯有孔明、赵云面露惊诧，对视一眼，不等孔明说话，赵云放下酒杯，上前禀道：“昔霍去病以匈奴未灭，无用家为。今国贼非但匈奴，未可求安也。须天下都定，各反桑梓，归耕本土，乃其宜耳。益州人民，初罹兵革，田宅皆可归还，令安居复业，然后可役调，得其欢心，不宜夺之以私所爱也。”

刘备听了，愣了一下，环视诸臣，皆有期盼之色。刘备又看赵云，见他大气凛然，一身正气，叹口气，心中虽不乐意，但仔细想来赵云的话不无道理，于是点头应诺。众臣大失所望，心中皆有不满。

赵云无视其余大臣不满的目光，回到酒桌，张飞大声笑骂道：“你个赵子龙，一句话让俺老张的大宅没了，来，你得赔俺两坛老酒。”

听张飞这么一叫嚷，众臣这才想到赵云在刘备集团的地位，这才各自叹气摇头，罢了……

不日，马云鹭亲去荆州接来赵家人，安排至府邸。因暂无战事，赵云每日到军中操练。时间飞逝，翌年，春，赵空病逝，赵云守孝半年。又过一年，马云鹭又诞一子，叫作赵广，一家人暂时平静地生活着。人生便是这样，如野草，春生冬死，逃不开自然规律……

刘备坐拥荆、益二州，实力大增，引起了孙权的不满。加上北方的曹操，在诛杀了伏皇后等人后，终于腾出手来，不久便出兵汉中……于是，新一轮较量即将展开。

第十一章　据汉水，三国鼎立

寒冬再次将鹅毛大雪带回了大地，铺天盖地，北风嘶吼，片片雪花柳絮般堆落在许昌县的地面，越积越多，厚厚的，蓬蓬松松。

城东有一别院，面积不大，建筑结构精致而不失朴素，一间主房，几间客房，前院后院。此时，屋顶上已铺满了厚雪，就连檐上也挂满了小冰柱，晶莹剔透。后院尽是梅花，粉红的花瓣在一片纯白中，显得分外刺眼。

院中心是一顶斗拱石亭，此刻，有一身穿毛皮华袍的男子，正在亭中饮酒观雪。这男子脸色冷傲，双鬓微霜，只是仰头观雪，眼睛中闪烁着一丝惆怅，若隐若现。股股冷风掺杂着雪花瓣儿，钻进了亭中，轻落在他身上，男子并不在意，他甚至不愿意去抖落还附在身上未融化的雪花，似乎这个世界上的一切都与他无关，除了那正从天上飘然而落的雪花。

“丞相，夏侯惇（字元让）、夏侯渊（字妙才）两位大人已在门外候见。”

听到侍卫传报的声音，男子方才回过头来，此时，唯一的一丝忧郁已从他眼中消失，换来的是一股凌厉的目光，仿佛可以看透这世上的一切。他冷傲的脸上，浮现出一股不怒自威，视天下英雄为草芥的王霸气概。再次回到他的身上，他就是三国的霸主，丞相曹操。

“参见丞相。”

夏侯惇、夏侯渊行至亭前止步，躬身相待。

“二位弟兄，在此不必行常人礼，进来坐吧。”曹操面露微笑，走到亭中石台边，捋袍而坐。

夏侯惇、夏侯渊也围台而坐，侍卫端上一壶温酒，三个杯子，几盘小菜，便告辞退去。

夏侯渊有些担心地劝道：“这般冷天，还望丞相休再贪图雪景，还是入屋烤火取暖，莫要冻坏了身体。”

曹操亲自给二人斟满酒，笑道：“不妨。今日叫你们来，只是饮酒叙旧。”

夏侯惇喝下一杯酒，道：“当年跟随兄长，东征西讨，今中原已定，晃眼间，如若梦里。”

曹操笑道：“中原已定？哪有这么容易。前些日子才诛杀了欲加害于吾的伏皇后等人，献帝是敢怒不敢言。吾知道现在就是朝堂上，也有许多人表面上言听计从，唯唯诺诺，然背地里早恨不得将吾千刀万剐。”

曹操说到这里，他虽然在笑，却夹杂着无奈。因为他知道，成就霸业，免不了被人惦记。

夏侯惇举杯敬曹操，饮下肚中，说：“昔郭奉孝曾言兄长不屑门第出生，唯才是用，乃带刺之剑。依我看来，此剑已钝，只有大力提拔士族子弟，方是破解良策。”言讫，夏侯渊也附声应和。

“元让、妙才不必多虑。只要兵权在吾手中，这些人翻不起浪。”曹操伸手抹去胡须上残留的酒渍，又笑了，笑声中带着对门第制度的鄙夷。

夏侯惇知道曹操性格，不再多劝，话锋一转，道：“我闻刘备在益州招兵买马，恐其会对汉中下手。汉中乃近三辅之地，若被刘备所夺，大患也。”

曹操冷笑道：“刘备满口仁义道德，可惜吾当年看不透他，让他有了机会。这次反客为主，夺了刘璋的益州。此奸险之人，我看就算他若真有本事打到许昌，灭了江东，恐怕最后也是他自己在洛阳登基吧。”

夏侯惇点头，说："刘备此人太过阴险，绝对不能坐视其壮大。"

夏侯渊放下酒杯，起身抱拳请命："请兄长宽心，妙长愿引军先取汉中张鲁，断了刘备北进的狼子野心。"

曹操仰头大笑，道："吾欲立春，待天气暖和后就出兵汉中，妙才便与吾同去吧。"

夏侯惇也起身正要请命，曹操又道："元让留守许昌，若有人不轨，无论官职大小，杀无赦。"

夏侯惇知道曹操心意，抱拳听令。

曹操哈哈大笑，起身举杯道："吾先在此敬二位兄弟。"

夏侯惇、夏侯渊皆起身同饮。

大雪纷飞，玉树琼花。翌日，瑞雪已停，换来的是万道金光破云而出。这天气就如曹操所叹，最让人看不透的，就是人心……

公元215年，汉中张鲁率众向举兵南下的曹操投降。因担忧自己不在北方，而起祸端，曹操留夏侯渊、张郃等将镇守汉中，自回许昌。直到建安二十四年（公元219年），正月，刘备亲率大军，自阳平渡过沔水，驻于定军山，欲取汉中。夏侯渊、张郃率军相争。

刘备率精锐万余人，分十部夜袭张郃。张郃奋战反击，刘备不能取胜，暂退十里屯兵。张郃退与夏侯惇合流，两军便对山相持。

这日，杜预败归，见夏侯渊，泣道："黄忠夜袭营寨，已夺了我部山寨。"

夏侯渊怒道："黄忠老儿，欺我太甚。"言罢，就欲点兵出战。

一旁有人劝道："将军切不可冲动，此敌策也。当今之计，只有坚守以待许昌援军，方为上策。"说话之人，相貌堂堂，一袭银甲，后披红色绣虎披风，乃名将张郃。

夏侯渊想想也有道理，便叫张郃去守鹿角东部，自率精锐守备鹿角南部。

张郃自思，觉得不妥，又进言："我军分散，若是刘备集结兵力，一点突破，全力猛攻任何一方，如何阻挡？"

夏侯渊有些不悦，说："若是攻汝，我亲自来救，到时你我两面夹攻，正好擒了刘备向丞相请功。”

张郃再三相劝，见夏侯渊执意，只得悻悻而退，无可奈何地引军前去鹿角东部。果不出张郃所言，不到三日，刘备率大军猛攻张郃。张郃兵力不足，难敌，只得一面坚守，一面派人向夏侯渊请援。夏侯渊得报，遂分军一半往救张郃。不想黄忠依法正计策，待夏侯渊兵至，暂且退兵。夏侯渊便在走马谷安营扎寨。是夜，黄忠令牙将陈式在谷中放火，趁夏侯渊前去救火之际，自己亲率骑兵突袭。夏侯渊未有防备，被黄忠斩首，曹军大败。

且说张郃闻夏侯渊屯兵走马谷，大惊失色，忙对杜袭说：“走马谷虽易守难攻之地，但现为初春，谷中遍地枯草烂叶，刘备若是以火相攻，则夏侯将军危也。”率点兵前往走马谷。正行间，突见前当火光四起，张郃大呼不妙，催马狂奔，至走马谷外，果见蜀兵围了出口，张郃引军冲杀蜀兵，遇溃将郭淮护着夏侯尚撤退，就向夏侯尚问道：“少将军不必惊慌，令尊何在？”

夏侯尚见是张郃，泣道：“吾父已遭黄忠老贼毒手。”

张郃闻言，怒由心生，吩咐杜袭护送夏侯尚、郭淮等人先走，自己把枪一招，恨道：“当夺回夏侯将军尸身。”遂引军冲杀，往乱军中去寻黄忠。

再说黄忠提着夏侯渊首级，正暗自得意，突见前方兵士四散，一队人马冲杀而来。带头之人，白马银铠，手中长枪左刺右挥，一路碾压，无人能阻。黄忠认得是张郃，将夏侯渊人头拿旗帜包了，绑在身上，伸手去取马鞍右侧长弓，左右开弓，连射三箭，只听“铛铛铛”三声脆响，张郃连挑三箭，不待黄忠再射，已至跟前，挺枪便刺。

黄忠来不及去拿大刀，只得以弓弦去挡，只见枪影一闪，“啪”的一声，弦身应声而断，黄忠惊惶，将半截弓弦掷出，张郃面露冷笑，身体下俯，躲过飞弦，将手中“虎头亮金枪”向前一刺，直取黄忠喉咙。黄忠见躲不开，心道：“吾命休矣！”

枪头离黄忠不到一寸，突斜入一枪，架住“虎头亮金枪”。原来是陈式在乱军中，见黄忠势危，忙上前来助，千钧一发间，救下黄忠。张郃动作不断，将枪一旋，这股巧力绞得陈式双手发疼，拿捏不住，长枪脱手落地。张郃长枪再刺，慌得陈式不知所措，险象丛生。

“张郃莫要张狂。”

所幸黄忠已从马背侧取下长柄大刀，接住张郃厮杀。陈式逃得一命，抽出腰间佩剑，上前助黄忠，围住张郃厮杀。

张郃一枪迫开黄忠、陈式，问：“夏侯将军尸身何在？”

“已被老夫斩首，一会儿献给玄德请功。”黄忠手抚山羊胡，面露得意之色。

张郃怒喝：“老匹夫，今日纵然战到一兵一卒，也要取汝人头与夏侯将军报仇。”说罢，拍马再战。

老将黄忠也不示弱，虽年已不惑，但宝刀不老，一手大刀使得“刀风呼吼如虎啸，刀影纵横若蟠龙”。

陈式在旁举剑乱砍，一时三人并马混战，两边兵士各有死伤。

张郃以一抵二，一手“风花雪月寒梅枪”使得犹如冰中独梅刺目灿烂，寒风刮地尘雪纷飞。

黄忠、陈式力战，气力渐劣，战十余合，张郃虚晃一枪，刺向黄忠的枪势半路转向，反挑陈式，陈式躲避不及，被刺中右肩，张郃把枪一拖，将陈式拉落下马，再举枪欲刺陈式，惊得黄忠忙横刀来挡，不想张郃又是虚招，假意刺陈式，实为引诱。他斜眼瞟见黄忠中计，转身将枪一抖，荡起三点梅花，此招，正是赤壁之后，张郃将“风花雪月寒梅枪”融会贯通，又在此基础上，加以改进，自创出一套枪式，唤为“三梅傲雪”。这套枪法只有三枪，名虽平淡，枪虽无奇，实则三枪之中暗含杀招，临阵对敌，枪枪相连，层层叠叠，循环往复，攻守兼备。

黄忠哪里料到张郃会有此招，忙俯身躲避。张郃只把那枪一晃，由挑为绞。黄忠数十年身经百战，临危之际，将头一偏，双耳轰鸣，纵马奔出几步，只觉头顶发凉，头盔已被挑飞。

张郃不愧为将才，他面无表情，仿佛并未因占尽上风而欣喜，只是勒马反向，挺枪又刺。此时耳闻一声尖锐的声响，张郃反手横枪，只听“铛”的一声脆响，拦下一支箭矢，却也撞得双手微震。张郃心中微惊，收枪后背斜提，转头望去，见一队人马立于山道下坡处，大旗书“赵”，兵士精壮，气势汹汹。

张郃笑喊道：“我当是谁有如此臂力，原来是子龙到了。”

那射箭之人，正是赵云。赵云收了长弓，手握“天涯海角枪”，带队奔下山来，立于张郃面前，道：“我与儁乂兄自赤壁一别，数年未见，今见阁下枪法见长，心机更甚。”

张郃笑道：“临阵对敌，若能计取，也可免些兵士伤亡。”

赵云不置可否，指枪道：“今我大军开拔，志取汉中，儁乂兄，得罪了。”言讫，挺枪纵马，挥向张郃。

“弑师之恨，不共戴天。你我兄弟，今日痛战，了个生死。”张郃知道赵云厉害，不敢托大，持枪扫去，拦开“涯角”，反枪回刺，被赵云格开，又复起三枪，抖出朵朵枪花，而见那枪花，此起彼伏，朵朵相接，紧凑密集，毫无破绽，正是“三梅傲雪”。

此枪一出，赵云眉皱，面露凝重，不知深浅，遂提枪跃马，信步游攻，使出“百鸟朝凤枪”的绝技“凤翼”，但见无数枪影，逐渐舒展，形似凤凰展翅，精妙绝伦。

两人力战十余合，未分胜负。赵云又使出“七探盘蛇”，将枪一递一送，枪中含枪，张郃知道厉害，连收枪护住身体，连挡递送二枪，只回枪去绞赵云。二人枪来枪去，各显其能，只杀得地面尘埃起，枯草飞舞。

赵云越战越勇，使个破绽，迫开张郃。刹那间，一勒马缰，战马逐云前蹄扬起，张郃认得此为赵云绝技“飞龙在天”，知道不能力敌，勒马退出数丈，又闻山上杀声起，原来张翼引后军赶至。张郃心知不妙，拍马就走。赵云见张郃逃走，策马去追，张郃突然反手斜刺，赵云早有准备，一枪挑去，拍开“虎头金钢枪”，随手直刺张郃背甲。张郃也未惊慌失措，只是往右侧一俯，不待赵云变招，反手一枪拍来，迫得赵云忙回枪去挡。张郃并非真刺，只是虚刺一枪，勒马就走，此时黄忠、陈式重回战圈，来战张郃。张郃心道：“陈式虽不足虑，只是这黄忠武艺高强，适才若非使诈，也不易取胜，此时重整旗鼓而来，又与赵云联手，再有张翼引后军至，以寡击众，我军绝无胜理，只有暂退，收拢败兵，等待援军，再战不迟。”心念至此，张郃不再恋战，率残部向北山退去。

赵云、黄忠、陈式率部紧追不舍，追至一险地，只一小路，容一军入。赵云见状，摆手示意部队停步，黄忠追到，问：“张郃就在前方，子龙何故在此止步？”

赵云道：“前方险峻，若是张郃提前在此伏下一军，只在路旁山上射箭，我军必败。”

黄忠不屑道：“张郃不过黄头小儿，就算在此伏兵，有何可惧？”言讫，独引军入。陈式犹豫，对赵云说：“老将军如此自负，若真有伏兵，恐陷险地，我当同往。”言讫，行马上礼，率军追随。

赵云叹口气，正欲催军前行，有人在旁说道：“子龙与我率数百精锐骑兵入内，保持相距数里，若老将军受挫，伏兵既出，我骑兵速疾，奔驰可助，反能破敌。”赵云回视，见是夏侯兰。原来刘备为益州牧后，将一班荆州重臣招至成都。时间如斯，王月萱的死亡在夏侯兰心中打下的结，随着时间流逝，慢慢解开。于是赵云便请其为副将，以张翼为先锋，拔军前来助战。

听了夏侯兰的建议，赵云说道：“就依德义之言。”遂令张翼引大军在后，守住路口，自与夏侯兰引数百精锐骑兵入内。沿途行十余里，面前皆山，小丘相接，密林相连，枯草相靠。赵云眉头越皱，对夏侯兰说道：“一路行来，尽是伏击之地，只怕老将军中计。”言还未落，前方有骑马探子奔来，禀道：“黄老将军在前方被围，情势危机。”

赵云闻言，令全军快马加鞭，往前奔跑，不出五里，先闻前方喧闹，再往前行，下马步行，绕小道翻上背坡，果见有敌军居高临下，滚石落木，乱箭如网，那黄忠、陈式被围于山丘下小道，进退不得。赵云、夏侯兰赶得及时，引军从后偷袭，伏兵顿时大乱，领军之人便是杜袭。因忧张郃有失，故遣人送夏侯尚去南郑见曹操，自引兵在此埋伏，以接应张郃。此时见赵云从后偷袭，心知大势已去，也不交战，只带兵士撤退。赵云追下小道，与黄忠合兵追杀，山道又飙出一军，大字“河间张郃”。原来是张郃收拢了败军，整装折返，将弓兵置于山上，自带骑、步截住山路，让杜袭过去后，又令弓兵放箭，顿时箭如雨注。赵云下令全军勒马回走，退出箭矢射程。

张郃抱枪喊道：“子龙兄，定军山暂借刘备，来日我在汉水布阵，定与兄弟争个胜负。”

“儁义兄，慢行。”赵云也抱枪还礼，一旁黄忠怒道：“今日饶汝一命，下次定取汝项首。”

张郃嘴角微弯，不屑于黄忠的挑衅，缓缓离去，山上的弓兵也慢慢撤离。

回兵时，黄忠急于邀功，先提了夏侯渊首级去见刘备，赵云便留下打扫战场，夏侯兰上前与赵云并肩而立，说：“战不惧死，激不恼怒，带兵有度，胜不争功，败不独去。当年我曾在其帐下效力，知张儁义英雄，今之与敌，此人乃大敌。”

“张郃将才，胜夏侯渊十倍，若曹操以张郃为主将，我军岂能如此轻易获胜。”赵云说到此，朝张郃离去的方向望去，想起二人曾经的情谊，长叹一声……

黄忠将夏侯渊人头送至葭萌关献给刘备，受封“征西将军”。

再说曹操率二十万大军已至阳平关，这日突感心中莫名难受，片刻缓过气来，心中忐忑不安，不知有何坏事发生。翌日与众臣商议，张郃遣人传信，夏侯渊战死定军山，本军败退，暂据汉水险道，依山安寨，等待援军。

曹操闻讯，大惊失色，面色苍白，身体颤抖不已。片刻，脸色复常，掷案上茶杯于地，恨声道：“刘备，吾与汝誓不两立。”

此时有两人出列，同禀道：“属下愿往汉水援助张郃将军，踏平汉中，直取成都，为夏侯将军报仇。”

众人视之，一人身高马大，浓眉大眼，身披虎铠，气质非凡，乃大将徐晃（字公明）。另一人身如铁塔，狮虬虎髯，着钢金重铠，乃大将许褚（字仲康）。

曹操便令二将为先锋，亲引大军在后，奔赴汉水。

且说刘备遣黄忠为主将，赵云为副，同领军四万至汉水。数次搦战，张郃视而不见，据关闭寨，一时两军在汉水两岸相持。

黄忠见张郃久不应战，心痒难耐，又欲出兵强攻。

赵云劝道：“张郃善于用兵，非夏侯渊之辈能比，老将军不可鲁莽。”

黄忠有些烦躁，说：“张郃这厮龟缩不出，我军若不强攻，白耗粮草，如此这般，何时能破？”正争执间，牙将张翼掀开帐帘，走了进来，说道：“二位将军少安毋躁，属下刚得探子消息，昨日张郃引一支军马去了北方，不知所终，至天明方归。”

黄忠忙摊开羊皮地图查看，指图中一山，笑道：“定是曹操大军至，寨中军粮不够，便遣张郃去汉水北三十里外的米仓山运粮。”

赵云微一点头，心想：“张郃要去米仓山运粮，理应隐秘行事，反而大张旗鼓，其中莫非有诈？”又闻黄忠说：“若老夫推断无错，张郃今夜必然出寨，再去米仓山运粮。老夫只需半路伏击，截杀张郃。曹操无粮，唯有兵退。老夫得此消息，乃天助我蜀军。”说罢，面露喜色，就叫张着传令全军戴甲歇息待命。

赵云劝道：“张郃此行蹊跷，望老将军静观几日，再出兵不迟。”

黄忠摆手，道：“子龙莫要长他人威风，灭自己威风。老夫那日斩了夏侯渊，张郃早已丧胆，今夜老夫前去，必然捉了张郃，烧了粮仓。曹操兵虽多，倘若无粮，只有退兵。”

赵云见黄忠心意已决，又道：“老将军若执意要去，还望小心谨慎。”计定，赵云去找夏侯兰，将黄忠欲夜袭之事告之。

夏侯兰道：“黄老将军连胜几仗，已有骄心。然自古骄兵必败，且张郃智勇全才，只怕此去反中其奸计。”

“德义此言同我所见，我有一事相托。”赵云长叹一声，很是无奈。

夏侯兰露出一丝微笑，笑道：“子龙是要我领军随黄老将军同行。”

赵云点头：“德义随行，吾心方安。此去若是午时不归，云当亲来接应。”

夏侯兰微点头，问道：“子龙将多少兵士拨我？”

“只需张翼引五千兵随我留守便可。”赵云淡淡地说道。

夏侯兰有些愕然，随后立即摇头说：“不可。若是情况有变，子龙如何抵挡得住？”

赵云笑道：“当年长坂曹操八十万大军，吾尚视如草芥，何况现在有兵有将，有何惧哉！”

夏侯兰也笑了，他知道，赵云说这句话并不是骄傲自满，而是为了让自己宽心。

夜晚三更，黄忠领军趁夜绕行至浅滩渡河。赵云在寨中和衣而眠，至翌日辰时，未有黄忠回信。巳时仍未见黄忠归来，心绪渐乱，便令五百兵士整装戴甲，骑马待行。午时渐近，赵云对部将张翼嘱咐曰：“我营临近汉水，汝不可轻进，闭寨紧守，也可在营寨左右多设弓弩，以便接应。”

张翼应诺，道：“末将领命，请赵将军放心。”

赵云遂统军三千，出寨从浅水渡江，不理曹军营寨，只顾北上。赵云一军纵马奔驰，离米仓山还有二十里处，见大批曹军正围了蜀兵厮杀。赵云率队冲入，一路杀行，却见一将挡路。此人叫作慕容烈，荆州人士，又与文聘为师兄弟，武艺极高，善使大刀，看见赵云，以为是黄忠部将，便喝道：“尔等已中丞相计了，现已二十万之众围在左右，此时不降，只有死路一条。”

赵云也不答话，挺枪骤马，奔向前来。

“鼠辈安敢无礼！”慕容烈面有怒容，舞刀去迎赵云。

赵云持枪直刺，慕容烈举刀横砍，枪、刀相撞，迸出几颗火星。

此时赵云顺这股撞力，将枪尾反手向上一撩，不待慕容烈反应过来，将其挑落，举手再复一枪，结果了性命。曹兵训练有素，并未因为将领死亡而散去，反而一拥而上，围住赵云军队混战。赵云挺枪冲出，未行几步，迎面奔来一将，赵云视之，认得是荆州名将文聘，勒马指枪道：“昔日刘景升对汝不薄，当年其新亡，尸骨未寒，汝便投靠曹操，今日又有何脸面在故人前？”

文聘知道赵云厉害，又知他所言非虚，顿时面赤，也不交战，领兵马向右侧退去，羞愧而走。

赵云身后只剩千余兵士，浑然不惧，边杀边走，路遇小坡，坡尾两旁冲出兵士，成左右分散，翼形合围。中间奔出一将，姓焦名炳，手提巨斧，直奔赵云而来。赵云挥出一枪，暂将焦炳逼退几步，问道：“黄忠老将军何在？”

焦炳抖抖手中巨斧，冷言：“蜀军已被杀尽，你去乱尸岗找吧。”

赵云见问不出什么，勒马上前。焦炳也不示弱，抢先一步，举斧就劈，赵云不与他比拼气力，侧身避开。焦炳一击不中，又劈二斧，不想赵云右手一拍马鞍，身体腾起，从空一枪劈下，使出“飞龙在天”。

焦炳大惊，不及回防，便被一枪砸在面门，他带着一脸的不可思议，摇摇晃晃地落下马来。副将见主将落马，忙拍马上前来抢，两翼兵士迅速合围。

赵云落地，焦炳副将已近身，举剑砍来。赵云长枪一挥，拍在敌将战马前蹄，战马吃疼，长嘶鸣叫，身体乱蹦，副将拉不住，被抖落下马，不想正被马蹄踏中，一命呜呼！一旁焦炳正待爬起，赵云拔出“青虹”，挥剑劈死。曹军围上，蜀兵各举兵器护卫。此时逐云战马已回奔至赵云身旁，赵云坐上马，左手持剑，右手持枪，左砍右刺，杀得曹兵血肉横飞，士气尽堕，弃甲而散。

文聘不战而退，暂令兵士休息，正低头自思如何交代，突有人道：“适才文聘将军为何不战？莫非是怕了那赵云？”

文聘闻言，转头望去，说话之人，乃将军周彭。此人长得一表人才，为曹操所喜，只是他实为不学无术，阿谀奉承、搬弄是非、溜须拍马之辈。文聘怕他到曹操跟前乱说，强压心头怒火，说道：“常山赵子龙，自然难敌。周将军若是要去追杀，我当陪同。”

周彭本就不知天高地厚，于是点头，笑道：“文将军此言甚好，一会儿待我擒下赵云，献与丞相，定然不忘将军功劳。”

文聘本不喜周彭为人，心想：“若是借赵云之手，让这小人受些苦头，也是件好事。”想到这里，便笑道：“都是为了破敌，周将军何须言谢。”

周彭听了，以为文聘奉承，心中很是得意，就与文聘一同去赶赵云。

再说赵云率兵杀散焦炳残部，有从骑指后方说道：“将军，后方浓烟滚滚，似有兵追来。”

赵云回头望去，果见尘高翻滚，举枪朝天，与众军士道：“前方黄老将军生死未卜，后方又有曹军追来，我等只有拼死一战，方能活命。”

全军大呼：“当与将军共生死！”

赵云见士气旺盛，遂反向将部队一字排来，等待追兵。

周彭、文聘至小坡上，勒停战马。文聘指着坡下赵云，对周彭道：“此人便是常山赵子龙，周将军可要小心，如若不胜，便回到我阵中。”

周彭哈哈大笑，不屑一顾，拍马冲出，枪指赵云，大喝：“蜀将速降，也可留条性命。”

赵云闻言，微微一愣，见这将身高面俊，一表人才，心生警惕，便冷笑道：“想取吾性命，也要看汝有没有这个本事。”

周彭心高气盛，听赵云这么一说，跃马挺枪就刺。赵云见他枪式拙劣，心中鄙夷，单手抓住周彭刺来的枪头，周彭使出全力后拖枪身，赵云笑道：“刚才的气势，还以为是名猛将，原来不过徒有虚表之辈。”言讫，抓住枪头，猛地往后一拖，周彭拿不住，又不愿放手，便被赵云扯下马来。周彭跌坐在地，早已胆寒，又怕赵云杀他，急得一边泥地爬行，一边对属下军士求救。

赵云看得想笑，立马俯视，蜀兵皆笑，曹兵羞愧。文聘见赵云不屑杀周彭，催马上前，假装援手，向着赵云虚砍一刀，便护着周彭撤退。赵云见追兵自走，回马引军往北山奔去。

文聘护着周彭，退回山坡，迎面遇一军，带头将军，正是夏侯渊之子夏侯尚。适才在坡上，见周彭抱头鼠窜，又逢夏侯渊败亡，心生怒气，不待文聘说话，趁周彭不备，抽剑将其砍死。

文聘假装惊讶，问："小将军这是为何？"

夏侯尚一副鄙夷地说："这般贪生怕死，留他有何用？"

文聘又说："只是折了周彭，我们如何与丞相交代？"

夏侯尚瞥一眼尸身，道："就说临阵脱逃，已被我就地正法。"说罢，与文聘合兵齐朝北山追赶……

米仓山脚，路窄林茂，黄忠在山路中间，前有张郃挡路，后有徐晃截路，围得是水泄不通。

一夜死战，蜀兵疲惫不堪，黄忠心中焦急，说道："都是老夫好胜轻敌，不听子龙劝告，导致今日之困。"

夏侯兰说："老将军少安毋躁，我与子龙约定午时不归，便来救援。现在午时已过，料想子龙已率军前来，我等就从下山路突围，可与他会合。"

黄忠、张着依言而行，引军向南突围。山下徐晃闻蜀兵下山，传令兵士放烟，亲自手握"金背开山斧"，当先一马立于道中，身后数千军士严阵以待。山上张郃见狼烟起，笑道："蜀军想走，哪有这么容易。"遂引军冲下。

再说北山侧有一山，状似猛虎仰首，故唤作虎啸山。因山高，向下能观米仓山，曹操扎营于此，在山上观战，见蜀兵突围，有谋臣杨修言："黄忠有万夫不挡之勇，此刻欲做困兽之斗，不可小觑。"

曹操笑道："两军交战，当运筹帷幄，决战于千里，然黄忠逞一时之勇，不过骄躁之徒，今入重围，孤必杀之，以其首级祭拜夏侯渊将军，诸位也当以此警示。"众臣听了，皆点头称是。

赵云至北山脚，听得杀声震耳，见黄忠被围，纵马而上，黄忠正被徐晃、张郃围在中间厮杀。黄忠虽然厉害，但徐晃、张郃皆是当世名将，武艺高强，数合下来，已呈败象。夏侯兰本已率兵冲至半途，回头见黄忠力战不胜，忙回马相救。徐晃一斧砸去，夏侯兰举枪去挡，只听“啪”的一声，长枪从中折断。徐晃再复一斧，夏侯兰勒马躲避，战马前腿又被砍断，倒地悲鸣，夏侯兰被甩落一旁。正欲爬起，却见徐晃已立马跟前，居高临下，俯视道：“当年你我校场之争，今见汝武艺毫无长进，可惜了。”言讫，举斧欲斩。黄忠见夏侯兰危急，自己又被张郃缠斗，分不开身，心中暗叫不妙。

赵云赶至，情急之下，只将手中“涯角”枪用力掷去，撞开徐晃劈下的“金背开山斧”，只闻“铛”的一声脆响，徐晃只感双臂微麻，知道来者非凡，转头望去，见是赵云，喜道：“本想拿了黄忠请功，不想还顺手引来了赵云。”遂弃了夏侯兰，拍马去迎。

张郃见“涯角”枪斜插地面，心道：“这枪乃师父韩荣之物，权且取下，来日送至师父坟前祭拜。”想到此处，卖个花枪，诱过了黄忠，拍马去抢。

赵云与徐晃并马交战，手抡“青虹剑”，朝着徐晃猛砍。徐晃也不示弱，百余斤的斧头在他手里，舞得呼呼作响，气势惊人。

张郃正欲弯腰去捡“涯角”枪，夏侯兰趁张郃不备，斜侧一枪飞出，惊得张郃翻身去躲，却见长枪从他身旁掠过，待张郃回过神来，夏侯兰早已捡起“涯角”枪。

张郃大喝：“贼子安敢如此！”挺枪朝夏侯兰刺去，却被黄忠截住混战。

这一边赵云正与徐晃杀得难解难分，“青虹剑”在他手中舞出道道剑光，如同幻化出一朵莲花，煞是好看。徐晃挥斧，左右翻砍，犹如猛将过江，一时分不出胜负。赵云心道：“徐晃武艺高强，斧式精湛，只靠手中长剑，难以取胜。”正思间，听闻夏侯兰喊声，转头见他已将“涯角”枪向自己抛出。赵云从马背腾空而起，接住长枪，人刚落地，徐晃大斧贴地扫来，赵云身体一转，只将那枪头望天而竖，靠这股巧力，挡下了这一斧。

赵云复骑，右手持“涯角”，左手拿“青虹”，气势汹汹，欲与徐晃决一死战，却闻后面马蹄震耳，原来夏侯尚、文聘引军追至。夏侯兰夺了一匹战马，去助黄忠，道：“情势紧急，老将军勿要恋战。”

黄忠听了，不再与张郃缠斗，引残兵望南突围。经赵云旁，喊道：“赵将军，敌军势大，不易久战，速与老夫同走。”

赵云枪、剑齐用，杀得徐晃心惊胆战，退出战圈，又见张郃追赶黄忠，赵云拍马去战张郃。张郃知单打独斗非赵云敌手，暂退于徐晃身旁。赵云接应黄忠残部，说道：“德义与老将军先走，云垫后。”

黄忠道：“老夫岂能留子龙孤军在此？此言休提。”

夏侯兰劝黄忠：“我们先走，子龙也无牵挂。”

赵云也言：“待老将军过了汉水，我就赶来会合。”

黄忠思索片刻，猛点头，道声珍重，与夏侯兰突围。张郃欲追，赵云横枪阻路，挡在路口。张郃勒马至徐晃旁，道：“我俩左右夹攻，未必不能胜。”

徐晃点头，也不说话，两腿一夹马鞍，催马上前，提斧就砍。张郃同进，纵马提枪协攻。赵云面露冷笑，将枪一绞，“百鸟朝凤”“七探盘蛇”两种枪法交融变化。只见那“天涯海角枪”，使得是锐不可当，虚实相生，进退如风驰，防守如泰山。有人云：“枪似闪电随风走，战马奔云夺魁首。只叹曹公空设计，虎威傲山赵子龙。”

张郃、徐晃也不示弱。看那张郃，将枪使得“梅花瓣飞朵朵落，瑞雪飘舞层层起”。曹公良将有五人，河间张郃在位中。

见那徐晃，把斧舞得“三十六斧神通显，力劈华山重千钧。奔马长驱破万军，五子良将有公明”。

赵云力战二将，枪法沉稳，徐晃、张郃力战不胜。此时夏侯尚、文聘弃了黄忠，返军从后奔来。赵云心道不妙，把枪横扫，将张郃、徐晃逼出战局，对手下兵士喊道：“与其等待敌军从后合围，尔等不如与我向前冲杀。”再把枪一挺，跃马而上。人马合一，枪随马走，凡阻路曹兵，皆被杀死。

曹操在虎啸山上，见一将手舞长枪，身穿银色龙鳞甲，肩披红色披风，率几百从骑在重围中左冲右突，所过之处，无人能挡，惊道：“这蜀将为何许人？”

有人答曰：“此常山赵子龙是也。”

曹操起身，上前两步，去看赵云在乱军中厮杀，如入无人之地，半晌方道：“昔日长坂英雄尚在，速传令全军，勿有轻敌之心。”

再说赵云，杀至山南，见有人被围，挺枪杀上前去，原来是蜀将张着。张着抱拳道：“多谢赵将军相助，将军一路而来可见黄忠老将军？”

赵云勒停逐云战马，说：“黄老将军早已突围，你且跟我一同杀下山去。”

山道一阵马蹄声起，赵云勒转马头，见张郃、徐晃、文聘、夏侯尚各自引军来赶。敌众己寡，赵云毫不在意，先与张着说：“一会儿混战，你先下山过汉水回营。”又对剩余军士喊道：“将大旗高举，随我冲杀，待回到营中，今夜我当与诸位不醉不归。”

文聘赞道：“临危而不乱，反斗志昂扬，此豪迈之举，乃真英雄也。”

徐晃道：“今日若能取性命，损刘备大将，可雪长坂、赤壁之耻。”

文聘叹口气，说：“赵子龙枪法天下无双，我等只有齐力一战。”

张郃提枪，枪头点地，一言不发。夏侯尚不知深浅，策马奔出，双手一挥，大刀斩出。赵云只将枪头一点，不偏不倚，刺中刀刃，夏侯尚正欲往后拖刀，赵云又将枪一崩，震得夏侯尚双手发麻，长刀落地。赵云再复一枪刺去，眼见夏侯尚命危，张郃奔出，一枪直刺赵云胸膛，逼得赵云只有弃了夏侯尚，回枪挡在身前，格开张郃，并马相争，只惊得夏侯尚躲进军中，不敢再战。

徐晃、文聘率兵一拥而上，将赵云围在中间，两边兵士奋力厮杀，各不相让。战场上，尘烟起，枯草飞，杀声一片染山红。血如注，何惧死，丹心一点人北望。

赵云独战三将，浑然不惧。战数十合，赵云假意气力不济，拍马就走。文聘、徐晃紧随，张郃策马加鞭，在后大呼：“二位将军勿要离近。”

话音未落，赵云猛地反身一枪，直刺徐晃面门。徐晃早有准备，举斧去挡。旁边文聘见赵云空门大开，心道：“活该此功归我所有。”举刀正要劈出，不想赵云的枪势中途突变，由刺为挑，不攻徐晃，反击文聘。文聘大吃一惊，忙勒马缰，仍晚一步，被枪头挑刺在战马喉咙，回手一绞，再一拖，战马长嘶，侧翻而亡。文聘急忙翻身跃下马来，只在地上滚了几圈，卸了力道，方才站起身。

徐晃被这场变化，惊得愣了一下，张郃在后焦急地大喊：“徐将军切勿与他单打独斗。”

此时，赵云已勒马反向，举枪朝徐晃劈出。徐晃臂力过人，呼地抡起“金背开山斧”架住“涯角”枪。赵云冷喝一声，左手回拔“青虹剑”，举剑猛斩下去。徐晃身经百战，临战经验丰富，剑还未下，身子下沉，“青虹剑”从他右肩斩过。虽未伤及身体，却将肩甲斩断一角，右肩的肌肤甚至感受到了剑刃带过的寒气。

赵云一击不中，举剑又砍，徐晃吓得策马一边，不敢独战。赵云就叫张着先走，自立马于山道路口。张郃追至，立马于徐晃右侧，文聘步行，止步于徐晃左侧，皆不敢进。周围曹兵惧其长坂之威，人人相告，不敢跨前一步。

曹操在山上见了，叹口气说：“赵子龙勇冠三军，只叹非我所用，惜哉，惜哉!”

将军许褚出列禀道：“末将愿引兵去擒赵云，以雪新野之恨。”

曹操起身道：“尔等不必逞一时之勇，孤当亲率大军追赶。”左右领命，随曹操下山去追赵云。

却说张郃等人围而不战，赵云料张着已走远，便对张郃抱拳道：“儁义兄，胜负就留下次再分，云就此别过。”言讫，转身离去，所过之处，曹兵见“赵”字大旗，不敢阻挡。

张郃对徐晃、文聘说：“我等就让赵云这般轻易离去，恐丞相降罪，不如率军追击。”正说间，曹操大军已奔下山，张郃、徐晃、文聘去见曹操，言赵云已突下山去。曹操道：“孤已知，诸位与我一同去赶赵云。”众将应诺，徐晃、张郃为先锋，数万大军如兵蜂，密密麻麻，渡过汉水，朝蜀军营地袭来。

且说赵云在前，见身后浓烟滚滚，马蹄踏得山谷震动，笑道：“这般响动，必是曹操亲引大军来了。”

退至营前，晚霞铺天，赵云身后从骑不过数十。张翼、黄忠等人出寨迎接，突见身后尘起，张翼急道：“曹军赶来，将军赶紧入寨，我们可闭门据守。”

黄忠道：“我军兵寡，如何守得了？”

夏侯兰与张着对视一眼，道：“不如弃寨南走。”

赵云摇摇头，说：“汉水要地，不可轻弃。今曹操亲至，其人多疑，反可为我所用，此破敌关键之所在。”

众人闻言皆疑，黄忠道：“子龙可有妙计？”

赵云道：“只需将寨门大开，撤去寨楼兵士，不鸣金鼓，人不出声，马不嘶鸣，再将弓弩手埋伏于寨外两翼高处壕沟内。”众人虽疑，只得依计行事。

徐晃、张郃引兵先至，见蜀营寨门大开，赵云单枪匹马，傲然昂首，立于门前。张郃察看，见寨楼无人，门中寂静空旷，转头去看徐晃。徐晃也疑，两人面面相觑，不知进退。曹操引三军至，见状，喝停大军。张郃、徐晃上前禀道：“蜀军寨营空旷，只赵云一人在外相迎，我军是进是退，还等丞相定夺。”

曹操微点头，勒马上前，喊道：“赵将军，多年不见，可安好？”

赵云把枪斜背，答：“多谢曹丞相惦记，可惜当年赤壁乌林未能留下丞相。”

曹操听了，不怒反笑，说：“既然将军遗憾，不如归孤麾下，报效圣上。平定乱世，安邦定国，名留青史。”

赵云把枪一横，嘲笑道：“云虽不才，却知忠君报国，曹丞相挟天子以令诸侯之举，吾岂能苟同。”

“既然将军执意，孤也不再多言。”曹操的脸上仍然挂着笑容。曹操言落，许褚勒马，就欲出战。赵云纹丝不动，怒目而视。曹操抬手，阻住许褚，不许进攻。

赵云策马在营前来回踱步，见曹军不前，朗声笑道：“战也不战，退也不退，曹公这是何故?”

许褚怒道：“待我引军上去，夺了营寨，擒下赵云。”

曹操冷哼一声：“这是赵云设下的圈套。那看似空荡的营寨中，定有重兵埋伏，故其打开营门，单枪匹马而出，只为诱我入寨。”

许褚请命：“某愿引兵佯攻，看营寨是否有伏兵。”言讫，突有一群禽鸟从营内飞起，曹操见状，沉声道：“勿真入寨门，听孤号令。”

许褚应诺，领命而去，引军朝赵云奔去。曹操见赵云在寨门，神色自若，心中更加坚信自己的判断，忙令鸣金退兵。此时赵云将枪一招，两翼壕沟中的弓弩手一阵乱射，漫天箭矢，乱如蝗虫，惊得曹操拍马便走，张郃、徐晃左右护送，一时间将走兵散，溃不成军。赵云哈哈大笑，营内黄忠、夏侯兰、张翼率兵冲出。赵云豪气千丈，纵马在前，一路追杀，至汉水边，此时曹操已过了浅滩，只有曹兵们互相争渡，拥挤在江边，死伤无数。一将功成万骨枯，战争就是这样。士兵的生命在将军眼里，实际就是一群能说能走的蝼蚁，随时可以抛弃掉，就连棋子都不如。

赵云正欲渡江，张翼劝道：“对岸便是曹操军营，我军兵力不足，若是继续前进，恐有不测。”

赵云枪指对岸，道：“曹兵士气已弱，此时不追，更待何时?”

黄忠也道：“子龙此言甚合我意，不如一鼓作气，追杀过去，能杀多少算多少。”

赵云笑道：“老将军就与我一起渡江追击。”

黄忠哈哈大笑，两人并马狂奔，渡过汉水。沿途曹兵丢盔弃甲，只顾逃命，没有任何抵抗。至岔路，赵云见败兵多往北走，眉头微皱，对黄忠说：“曹兵北走，曹操定往北逃，我欲与将军分兵，你引一军去夺营寨，我引一军北追。”黄忠应诺，引张翼攻汉水曹营，赵云领夏侯兰北上米仓山。

曹操败走，只叫徐晃回汉水军营据守，自往北上米仓山。刚至山脚，只闻一阵号角鼓声，斜坡杀出一军，原来是蜀将刘封。奉了法正之命，趁其追赶赵云，攻上米仓山，烧毁粮草，又见曹操败归，便下山阻路。

曹操闻米仓山失守，神色大变，转而笑道：“既然米仓山已失，孤暂回南郑，来日整兵再战。”

张郃扭头对许褚说道：“前有刘封阻路，后有赵云追赶，情况紧急，我就与将军在此分路。你保护丞相先去南郑，我自引本部兵马垫后。”

许褚摇摇头，说：“张将军此言差矣。你从昨夜战至今，早已疲倦，还是你保护丞相去南郑吧。”

张郃面色严肃：“莫要为此争个不休，耽误了时间，反误大事。”

许褚知他所言非虚，不再多说，护着曹操北走。张郃挺枪，杀入蜀军。刘封正欲策马追赶，张郃杀至跟前，忙举枪去迎，战不三合，刘封不敌，退入军中，只催蜀兵上前围住张郃部混战。张郃勇猛，杀条血路直奔刘封。刘封骇然，不敢迎战，转身就走，张郃也不恋战，返赶曹操。刘封退出数里，正遇赵云追至，赵云喊道：“曹操何在？”

刘封忙上前答道：“小侄不敌张郃，让曹贼逃走，此时已往南郑去了。”赵云听了，见天色已黑，知追赶不及，便令收兵归营。途中有兵士传言，黄忠击败徐晃，已夺取曹军营寨。至此，刘备势力取得汉水大捷，烧毁了曹操大量粮草；至此，曹军士气衰落，失去了与刘备争夺汉中的资本。

赵云回营，黄忠亲自来接。众人入寨，黄忠一面差人统计所夺军器，一面遣人去葭萌关禀报刘备。刘备与诸葛亮得报，大喜，连夜赶至汉水军营，问赵云士卒道：“赵云将军如何破敌?”兵士详细相告。刘备又与诸葛亮骑马至米仓山，从虎啸山往下看去，山前山后皆是险道。诸葛亮大赞：“子龙临危不惧，以寡击众，以少胜多，真将才。”

刘备欣然道：“昔长坂奋战，今汉水据敌，曹军无人能敌，子龙一身都是胆也。”

诸葛亮抱扇作揖，笑道：“恭喜主公，曹操无粮，后续不济，三月内若不胜，必然退兵。”刘备听了，哈哈大笑，面对巍峨雄峰，一股豪气油然而生。回营后封赵云为“虎威将军”，设宴三军同庆。不日，曹操知军粮不济，只能速战，重整大军复来。以徐晃为主将，王平为副，同领大军从斜谷小道杀来，渡江至蜀军营前，意欲决战。

赵云、黄忠向刘备请命，各引一军前去拒敌，至汉水边扎营。赵云下令，在寨前遍布鹿角，弓弩手在寨楼警戒，步、骑待命，闭门不出，据寨而守。黄忠欲战，赵云劝道：“曹军粮少，急于速战。我等只需等待，徐晃搦战不必理会，待其疲倦，再图不迟。”

至辰时，黄忠在寨楼上指着寨下曹兵与赵云说：“兵法云：朝气盛，暮气归。今徐晃已在外多时，士兵暮惰，我等率兵杀出，必然可胜。”赵云依言，黄忠便从正门出寨，正面进攻，引诱徐晃。赵云从后门出寨，绕道迂回，从斜侧杀出。徐晃、王平见黄忠冲出，大喜，徐晃道：“正愁黄老匹夫不敢出来，真是天助我也。”遂令王平布阵。但见旌旗挥舞，金鼓隆隆，兵士成列，相互交叉站立，合为弧形，三军阵形如弯月，徐晃、王平立马于本阵月牙内凹处，整个阵势杀气腾腾。

黄忠不认得此阵，只叫兵士搭箭乱射。王平手握红、黄小旗，只将那红旗一挥，前阵首排兵士持盾护住，无数箭矢射在无数铁盾上发出的声响，就如天降冰雹，打在平静的湖面，乒乒乓乓。

箭已射尽，黄忠大吼一声，引军冲锋。王平又将红旗一挥，前阵两翼弧度左右转动合围，整个阵势就如一个旋转的圆球，循环往复，一轮又一轮的曹兵潮水般冲来，顷刻，就将黄忠部淹没在兵潮之中。黄忠奋战，进退两难，放眼望去，满是曹兵，心中暗道："老夫还是小觑了此阵法。"

徐晃见蜀军被围，哈哈大笑，对王平说道："王将军的'偃月阵'果然了得，等活捉了黄忠老儿，我遣人去见丞相，与你请功。"

王平闻言，未有喜色，答道："黄忠虽被困在阵中，却不见赵云出寨，只怕其另有图谋。"

"王将军多虑了，军士皆有必胜决心，人人奋力作战。就算赵云领兵出寨，也非我军敌手。"徐晃说到这里，面有得意之色。王平叹口气，不再多说。

阵中战局惨烈，黄忠只见兵士冲锋如麻，只闻刀枪剑戟刺耳。早已失去方向，手下兵士已被冲散，只得孤身在阵中奔走。徐晃在阵中看得心痒，按持不住，就欲拍马上前，此时后方传来一阵骚动，有后阵小校拍马来禀，蜀军不知从何处钻出，正从江岸杀来。

"王将军在阵中指挥，我引一军到后方护阵。"徐晃说罢，勒马转向，拍马便走。左右数千骑兵同时扬鞭跟随，踏起浓烟滚滚，径直往后冲去。

至后军，军士已被蜀军冲散。徐晃大怒，拍马奔驰，抡斧劈去，当先一骑蜀兵，还未反应，便被连人带马，劈为两半。左右蜀兵各举兵器来迎，徐晃也不收招，顺势横砍。只闻劲风呼啸，数名蜀兵翻身落马。周围蜀兵观之，轻则衣甲破碎，白骨外露，重者拦腰而断，蜀兵面面相觑，皆露骇色。

徐晃放声大笑，很是得意。此时蜀兵两面分开，让出一条道路，赵云提枪勒马，缓缓走出。

两将各在阵前，徐晃大呼："吾等在丞相面前许下誓言，若不胜，无颜相见，只有死战。"言讫，将斧一招，身后骑兵掩杀过去，两军混战，金鼓齐鸣，旌旗乱舞，喊声、凄厉声、呵斥声相互交杂，不绝于耳。

赵云担忧黄忠有失，意图速战，拍马直取徐晃。二人大战数十合，徐晃招式渐乱，苦战难支，虚砍一斧，策马奔入乱军，此时有兵来报：张翼从寨门奔出，夏侯兰从后杀来。

徐晃吃了一惊，心中大呼不妙，边杀边退，欲与王平合流。赵云追上，缠住又是一通混战，此时王平引大军前来增援。赵云见敌众，对夏侯兰说道：“王平果然善于用兵，此刻大军已至，再战无益。”遂与夏侯兰退去。

徐晃不敢追赶，立马问道：“王将军可取黄忠性命？”

王平说道：“适才见情势危机，便散了阵法，前来相助，倒是让他逃了。”

徐晃叹道：“可惜便宜了这老贼，今日已疲，明日再战。”便在汉水扎营，饭后与王平商议，说：“明日我欲倾全军之力，攻打赵云营寨。”

王平道：“蜀军新胜，士气正盛，我军新败，士气低落，焉能再战？不如休整几日，养精蓄锐之后再图决战。”

徐晃争辩说：“我军粮草不济，不能持久，若不速战，如何取胜？”

王平心道：“他既已定，又是主将，我争不过他，只得退一步，让他独去，我守营寨，若他战败，也不至于丞相怪责。”想到此处，就说：“既然徐将军要去，还请拨一军与末将守营，防备赵云偷袭。”

夜色撩人，一轮弯月，斜挂半空。赵云背靠在帐门口一株大树旁，抬头静静地仰望星空。

“这么晚了，子龙还不入睡？”夏侯兰巡视至此，见状问道。

“德义，还记得小时候我们常这样数天上的星星吗？”赵云站起身，拍去衣甲上的尘土。

“人生如梦，眨眼间物是人非，你我皆至中年，哪里还有孩提时的天真。”夏侯兰说到这里，也抬头去望苍穹。此时，他心中的那道抹不去的倩影仿佛越来越清晰。

赵云知道他的心思，微笑着说：“我听云鹭说天上的星星是死去的人变成的，我想，月萱此刻也在天上静静地看着你。”

“我累了，你也早些睡吧。明日徐晃若领大军复来，还得大战一场。没想到当年在校场比武，却成了半辈子的缘分。”夏侯兰摆摆手，背过身去，朝自己营帐走去。

“缘分……”赵云望着夏侯兰的背影，缓缓从口中蹦出这两个字。是啊，一切皆是缘。他突然想起张郃、吕雯等人，明白了相遇，就是缘。

翌日，徐晃引军渡江，对大军喊道：“兵法言‘陷之死地而后生，昔日楚霸王焚烧渡船大败秦军’，吾当如此。”遂令人烧去渡船。王平得知徐晃烧船，惊得站立不稳，忙手书一信，令人送去呈与徐晃。徐晃拆信，见王平言：昔日项羽破釜沉舟，彰显必胜之念。然今赵云非当年秦军苏角可比，望将军行事谨慎，勿逞一时之勇。”

徐晃看罢，哈哈大笑，对送信人道：“你回去告诉王将军，吾也非项羽可比。他就在营里等吾捷报吧。”言落，率军至蜀营前叫阵。

赵云与黄忠商议退敌对策，黄忠说：“徐晃逞勇持众而来，不必与他交战，只叫兵士休息。待日暮，徐晃退兵时，你我分兵而出，必能取胜。”

赵云心中一乐，黄忠与他所想不谋而合，便去整备军士守住寨栅。黄忠则上寨楼指挥，一旦徐晃靠近，就叫弓弩齐发。徐晃只得退出弓弩射程，不敢轻进，只在营外叫骂。两军相持数时，天空艳阳高照，徐晃骂得累了，又感身上燥热，伸手解开衣甲领，叫兵士轮流叫骂，直至申时，不见蜀军出寨。徐晃见军士疲惫，只得悻悻地准备退兵，便叫兵士对营寨射箭。

黄忠在寨楼，见曹军射箭，知道徐晃欲退，奔下楼去，与赵云说道：“徐晃命人射箭，必是要退兵了。”正言间，楼上有小校喊道：“曹军后阵已转为前阵。”

赵云骑上逐云战马，笑道：“活该徐晃兵败，一会儿我从正面进攻，还要麻烦老将军从侧面山道绕行，去取徐晃营寨。”

黄忠听了，哈哈大笑，与赵云共同出寨，兵分二路。徐晃未退三里，闻身后马蹄声起，又见尘烟高起，知道情况有变，忙令大军转向迎敌。只是军队正在行进，一时间命令传达不到，顿时混乱起来。赵云冲至，挺枪杀入。蜀兵休养一日，士气旺盛，锐不可当，虽寡却利，而曹军在烈日下叫阵一日，早已疲惫不堪，士气低落，虽众却难占便宜。

赵云奋疾如飞，杀死曹兵不知其数。徐晃在阵脚压阵，吼道："杀死赵云者，赏黄金万两。"

赵云杀至徐晃身旁，勒马道："恐怕无人能取你这万两黄金。"

徐晃冷笑道："这可说不准。"说罢，举斧迎头砍去。赵云把枪一横，架住斧刃。徐晃用劲下压，赵云将枪一旋，巧妙地卸去这股力道，同时弹开斧刃，避免比拼气力。徐晃再举斧劈下，赵云挑枪，由下至上，拨开斧刃。徐晃两击不成，提斧乱砍，赵云也挥枪疾刺。二人大战百合，徐晃渐感吃力，此时左边有一军杀入，转头视之，原来是黄忠杀出，奔马来援赵云。曹兵气馁，溃不成军。徐晃见大势已去，不与赵云缠斗，往汉水逃去。赵云、黄忠紧追不舍。徐晃逃至汉水边，见水面波涛汹涌，又无渡船，军士拥挤在岸边，仰天叹道："莫非徐公明将丧生此处？"

赵云、黄忠追至，两军在江岸各自立马。赵云喊道："徐将军已无退路，何不举兵投诚，追随我主，匡复汉室。"

"哈哈，这普天之下，何处还有汉室之地？何处还有汉室子民？还恢复什么汉室？赵将军不如归降我们丞相，早日平定天下，也可解救万民于水火。"徐晃仰头大笑，朗声答道。

"道不同，既然如此，云也不再多说，就让手中的兵器来决胜负吧。"赵云知道劝不了徐晃，把枪一挥，蜀兵一拥而上，徐晃奋战，沿着江岸边战边退，兵卒死伤无数。又走一阵，暂将蜀军抛在后头，徐晃部众只剩不过百余。见人疲马倦，便在江边歇息饮水。徐晃眼看对岸虽近，但江水滔滔，寻不到渡船，苦道："悔不该烧毁渡船，以至于无路可退。"正不知所措，突见江边有一渔舟，沿岸而下。舟头有一人，赤膀袒胸，正在撒网捕鱼。徐晃叫人去请，渔夫何曾见过这般阵势，只吓得战战兢兢，不敢说话。徐晃和气地说："你不必害怕，我且问你，附近可有浅滩过河？"

渔夫见徐晃面善，答道：“现在正是涨水季节，哪里还有浅滩能过。”

徐晃大失所望，渔夫又道：“小人船虽小，还是可以载将军过江。”

徐晃摆头，叹道：“一军之将，岂能为自家性命而弃全军将士不顾。”

左右将士皆来相劝，徐晃只是不肯。眼见追兵渐近，形势危急，有偏将谓其余人说：“蜀兵一到，我军必然全军覆没。我等可死，而徐将军不可死，不如趁他不备，合力绑了，拜托渔夫将他载过江去。”众人一拍即合，叫兵士打水与徐晃饮用。徐晃不备，兵士一拥而上，拿束甲绳捆绑，抬上渔舟。徐晃先是一愣，然后大呼：“尔等安敢哗变犯上？”

众将士抱拳泣道：“我等万死，只望将军安顿好我等家小。”

徐晃不断扭动，只是捆绑太紧，挣扎不了，急吼道：“吾为主将，当与汝等同赴死。”

众人示意渔夫驶船，渔夫掌舵划出，小舟缓缓驶离。诸将士追随徐晃多年，此时离别，知再见无期，皆抱拳泪别。此时蜀兵追至，混战一团，徐晃见状，无力地仰天大吼一声，两行清泉从双目流下，咬牙切齿地说：“王平小儿，见死不救，吾当与汝誓不两立。”小舟渐行渐远，江岸的一切慢慢变得模糊起来。徐晃回营果然欲杀王平。王平率众烧营，趁夜过江投奔刘备，那是后话。

赵云立马江岸，夏侯兰赞道：“士卒宁死不降，徐晃真将才也！”

“没有一个投降的吗？”赵云轻叹一声，夏侯兰摇摇头，脸上露出崇敬之色。

“收敛厚葬吧。”多年戎马，早已看惯了生死，赵云不再多说，只是微微转头，遥望着对岸边停留的小舟。湿润的南风吹得军旗拼命地左右摇摆，也吹散了天上的云霞，只留下一抹残阳，斜挂在云端与山巅的交界。

建安二十四年夏，刘、曹大军对峙月余，曹操终因粮草不足，士气低落，不得不率军退入关中。至此，刘备坐拥荆州、益州、汉中，实力达到了其势力的巅峰。此战也奠定了蜀汉政权的建立。

曹操退兵，刘备大喜，犒赏三军，众将欢庆，三更方散。大军休整几日，刘备召众将说："吾欲回成都，但曹操虽败退长安，仍对汉中虎视眈眈，吾欲留一员猛将镇守汉中，不知何人可担此任？"

张飞笑道："这个自然是俺老张了，保管曹操不敢来争汉中。"

黄忠也争道："老夫斩杀夏侯渊，曹军丧胆，最合此位。"

赵云立于二人身旁，不发一语，心想："张三哥脾气暴躁，定然不能当此任。黄老将军年事已高，也不宜担这劳心之事，莫非主公有意在我与孟起兄中选一人？"想到此，赵云转头看了一眼马超。马超似乎也想到了这点，也回过头去看赵云，两人目光相撞，马超微微点点头。

此时，刘备道："军师先回成都，临行时言：翼德、景升回成都尚有大用，不必在此争夺。"

张飞、黄忠闻言，皆转头望向赵云、马超。至于一旁的魏延、刘封，则无人看好。

刘备知道众人所想，便朗声笑道："孟起威震西羌，自然不能在此，至于子龙，也不能留此。"

刘备此言一落，文武皆露疑惑之色。刘备突然对魏延问道："魏将军，若你守汉中，曹操来犯，该当如何？"

魏延先是一愣，随后答曰："闭关据险而守，曹操久攻不破，必然退兵。"

刘备满意地点点头，说："魏将军该当此任。"

"末将惶恐，谢主公信任托此大任，必不辜负主公厚望。"魏延的身体不断地因兴奋而不停地轻微颤抖着。

会毕，刘备置酒宴与诸将畅饮。赵云与马超寻个边角处饮酒，马超道："此次去成都，我正好去看看云鹭与外甥。"

赵云敬了一杯，说："是该去看看，云鹭一直担心你与伯瞻，毕竟你们是她在世上唯一的亲人了。"

马超叹口气，猛饮一杯，恨声道：“吾未能照看好族人，愧对云鹭，哎！不知有生之年，可有亲刃曹贼之时。”

“现在主公已拥有荆、益、汉中三地，这也是诸葛军师的隆中对所提出来的目标。现在，只需休养生息，囤积粮草，等待时机。”赵云心中充满了期待，就像黎明前的黑暗，终于快要被阳光冲破。

两人正说着，张飞、黄忠、魏延也走过来在旁坐下。众人一顿痛饮，皆有醉意，赵云等人也贺魏延担汉中大任。

三日后，刘备启程，大军浩浩荡荡，返回成都，一路走走停停，安抚百姓，刘备很是得意。数日后，眼看大军已近成都，天突降大雨，道路泥泞难行，刘备便叫扎营歇息，待雨后天晴再走。

雨后的夜空朦朦胧胧，是烟是尘，很是缥缈难窥。赵云巡视到刘备帐外，刘备正伏案读书，闻赵云到，起身迎入，说道：“吾选魏延镇守汉中，翼德等人嘴上虽不说，但我知道他们心中不痛快，不知子龙可有埋怨？”

赵云笑道：“云追随主公多年，何时想过争名夺利？”

刘备走到帐帘前，除了卫兵再无他人，便小声说：“非我愿用魏延守汉中，只是成都新定，人心不服。原刘璋部属、益州士族蠢蠢欲动，他们岂肯心甘情愿对我俯首称臣，心中各自有打算。吾只有三位心腹，云长能统水军，固守荆州，而翼德虽勇，不察人心，成都乃我之根本，故不能托与翼德，只有子龙坐镇，方能保我后方不乱。”

赵云听了，说道：“马超文武双全，当年让曹操弃马割须，甚是忌惮，文武皆胜魏延，为何不用？”

刘备苦笑道：“马超本为一方诸侯，今兵败而投于我，时间尚短，吾不知其心，安敢托此大任？”

赵云听得明白，不再多问，转开话题，谈了几句，告辞而去。翌日天晴，大军开拔，至成都，赵云引马超、马岱同往家中，先拜见了赵母，再去见云鹭，很是欢喜。马超、马岱在赵府住了几日，便拜别而去。

月余，诸葛亮引法正、张飞、何宗等人上书刘备，请刘备登皇帝位。刘备不肯，又见众臣执意，便为“汉中王”。令人在封册上书文武一百五十余人名，定于秋七月，在沔阳登台自封。

眼见日子临近，刘备择日启程，命诸葛亮、张飞、赵云、法正等一干文武重臣随行。赵云领命回家告别，马云鹭正收拾衣物。见赵云归来，将一件擦得闪亮的铠甲呈上，言：“子龙与主公前去，将上位至大将军，这件亮银龙鳞甲是妾身请人拿上好精铁打造，子龙正好穿它前去。”

赵云接过铠甲，穿于身上。马云鹭持铜镜，左看右看，笑道：“子龙穿上这身行头，更加威武潇洒了。”

赵云也不看铜镜，走到马云鹭身旁，轻轻将双手搭在她的香肩上，柔声说：“这些年，苦了云鹭了。”他这话说出，心中一阵爱怜。

马云鹭推开赵云，伸手拔去他的一根头发，笑着说：“照顾这个家，不是云鹭该做的吗？看你焦虑得白发都有了。”

赵云此时不知该说什么。马云鹭的默默支持，让他在外征战，毫无顾忌，他唯有紧紧地将她抱在怀中，不知所言……

公元219年，刘备于沔阳筑高台祭天。台高二十米，上木阶九十步，石阶五十步，插满锦旗。卫士仪仗身穿金甲，立于四周。群臣立于台下石头铺成的坝子，文官立左，武官立右。刘备登坛，诸葛亮立于下位，军士将官冕玉带、王绶印呈上，刘备接下穿戴一身，自称为汉中王，顿时群臣欢呼。

刘备又册刘禅为王世子，封诸葛亮为军师，许靖为太傅，法正为尚书令，关羽、张飞、赵云、黄忠、马超五人合为“五虎上将”，魏延为汉中太守，各文武按功勋大小，皆有封赏。众臣欢喜，大宴三日。自此，刘备势力达到了巅峰，同时也让江东的孙权感到了威胁。终于，维持孙、刘联合的最后一道脆弱的防线彻底崩溃了，历史的齿轮将再次被战火拨动……

第十二章　白帝城托孤，平定南中

十月，成都迎来第一场秋雨。磅礴的乌云铺天盖地，水珠从天而降，疯狂地撞击着大地，发出噼里啪啦的声音。这股野性的冲动，似乎要将这片沧桑的、混乱的土地砸出一个大洞，一条出路。

“听说关羽将军已率军至樊城。”马超负手站在门槛处，皱眉望着阴暗的天空。

“我们刚入成都，关羽曾写信与孔明，欲来成都与大哥比试武艺，不过被孔明拿话搪塞了。”马岱跷着二郎腿，坐在木凳上，一副悠闲自得的样子。

马超赞道：“关羽将军虽然傲气，但是性格直爽，想说就说，想干就干，是条汉子，有机会得去荆州拜会。”

马岱伸个懒腰，说：“这事得缓缓，别忘了我们就要启程前往阳平关。”

马超沉默片刻，回过头说：“等会儿雨停，我们去子龙府上拜别。这一走，不知何时才能相见。”

马岱应诺，起身行至墙角木柜，取出两把木质小剑，马超略感疑惑。

“这是统儿、广儿拜托我给他们削的，正好给他们带去做个纪念。”马岱说完，准备将小木剑收进衣袍。马超伸手夺过一把木剑，仔细看了，还给马岱，说：“削得挺光滑，看来你是费心了。”

马岱脸色微变，随后叹口气道：“也只有这两个侄儿了……”

马超只是苦笑，此时在他的心中，充满了自责。

午后，雨渐至，马超、马岱骑马去赵府。赵云、马云鹭忙迎入内堂，安排下人沏茶。马岱不见赵统、赵广，问道：“统儿、广儿何在?”

马云鹭答：“正在书房听先生讲课。”

马岱笑道：“我得去看看。”

马云鹭便引马岱去后院书房，只剩赵云、马超二人。赵云说道：“孟起兄此去阳平关，既能威慑羌人，又可在前方做好北上伐曹的准备。”

“我闻关羽将军已出兵北上攻打樊城，莫非我去阳平关，是为了等待时机，北上出兵接应?”马超端起茶杯，吹散了一股冒起的热气。

赵云道：“关将军总揽荆州大权，不必事事受节制。此次出兵，大王并不知情，也是出兵后，方才派人禀报，大王对此也未表示反对。”

马超将茶杯轻轻放在桌上：“孤军深入，乃兵家大忌。关将军虽逞一时之勇暂获优势，但非持久之力。时间一长，曹军集结大军反扑，必然退败。”

赵云道：“孟起此言甚是。我今晨请见大王，备述此忧，却逢荆州传来捷报，关将军斩了庞德，招降于禁，攻下了樊城，大王大喜，难听我言。”

马超闻庞德（字令明）身亡，叹息道：“想当年在西凉，令明勇冠三军，追随我多年。若不是我兵败，岂会随张鲁降曹，以致今日之死。”

赵云劝慰说：“我等武人，既披战甲，驰骋于疆场，纵然战死，也是死得其所，此大丈夫也。”

这时赵统手舞木剑，蹦蹦跳跳，还未跨过门槛，大呼：“爹爹看，这是舅舅送我的宝剑。”人刚进屋，马云鹭便牵着赵统，与马岱并肩而来。

马岱一进门就朝赵云说道：“统儿好武，天姿聪慧，适才教他如何劈剑，一教便会了。只要假以时日，好生教导，必成大器。”

赵云听了，故意说道：“汝年幼，待年龄再长些，方可习武。”

赵统恭身答曰：“昔甘罗十二岁为相，今儿已有十岁，父亲何以言早？”此言一出，赵云大喜，遂心中决定传授赵统武艺。

眼见已是酉时，马云鹭吩咐下人准备酒菜，又去请了老夫人入席。酒足饭饱，马超、马岱告辞离去。

未过几日，天气放晴，马超率军离开成都，往阳平关去了。

赵云负责成都防务，每日练兵都将赵统带去，让他与士兵一起操练。赵统虽小，却很是认真卖力，众军人皆言：虎父无犬子。

时光匆匆，转眼一月过去，这日刘备正要入寝，大风突作，折断王府大旗四杆。刘备惊愕，心中不安，翌日召群臣议事。有荆州兵士奔跑来禀告：“东吴趁关羽攻曹之际，出兵偷袭荆州，关羽兵败身亡，其首级也被吕蒙献于孙权请功。”

刘备闻言，身子不稳，瘫痪倒地，左右忙去搀扶。张飞泪流满面，也站立不住，赵云怕他跌倒，伸手架住他身体。张飞仰头大吼道：“孙权小儿，背信弃义，俺定要将其剥皮挫骨。”

大殿喧哗，一阵杂乱，众臣将刘备扶入寝宫。郎中看了，只是怒火攻心，并无大碍，众臣稍安心，守在寝宫外商议，只有张飞铁青着脸，坐在门槛大口灌酒，赵云强忍心中的怒气，装作若无其事，陪在张飞身边。待刘备醒来，张飞猛地起身，连滚带爬，跑到刘备榻前，泣道：“昔我三兄弟桃园结义，誓不同生，但求同死。今二哥受宵小所害，身首异处，此恨不可不报。俺愿倾军伐吴，以诺桃园誓言。”

刘备也泣道：“大志未成，先折云长，皆是孙权所祸。吾当亲起大军，报仇雪恨。”

诸葛亮劝道：“已近晚秋，冬季临近，不宜用兵。大王不如等明年开春，再议出兵之事。”

刘备有力无气，张飞也知此理，不再言出兵之事。刘备休息片刻，便叫备马，引文武去关羽府邸祭悼。

是夜，赵云独去找孔明，言：“主公欲攻东吴，云只恐鹬蚌相争，反让曹操得利。”

孔明道：“待立春，主公怒气稍安，我等再劝。”

再说这年北方发生了一件大事。许昌的曹操染疾不起，遂召夏侯惇、曹洪议事。此为冬月，寒风刺骨，曹操由侍女搀扶，卧坐床榻，榻前有铁制火炉取暖。

夏侯惇与曹洪入见，曹操请二人坐下，道：“昨夜梦董昭等贼索命，孤知命不久矣，故叫二位弟兄商议何人可继魏王位。”

夏侯惇眼圈微红，曹洪先说：“魏王身体抱恙，此当静心休养，待康复再议不迟。”

曹操身体虚弱，不能大声说话，只得摇头低声道：“吾已病入膏肓，治不好了。”随后又道：“吾最喜曹冲，只是天嫉英才，哎!”说到这里，老泪横秋。

夏侯惇、曹洪起身，同声道：“还请魏王保重身体。”就欲上前。

“无事。”

曹操摆摆手，示意二人坐下，接着说：“吾子虽众，而成才的只有四个，曹昂随征宛城，死于张绣之手。曹植聪慧过人，才气十足，却嗜酒轻浮。曹彰勇猛过人，带兵有度，但谋略不足，不过一介武夫，安能治国？唯有曹丕，诚实稳重，能文能武，可继吾位，不知二位可有不同见解？”

夏侯惇道：“自古立长不立幼，大哥立曹丕，合乎情理。”

曹洪也道：“此甚好。”

曹操点点头，长叹：“圣人皆称‘仁’为治世之道，而吾偏行霸者之路，唯才是举，不屑门第之见。自许昌兴兵，戎马数十载，一扫天下群雄。如今唯有江东孙权、西蜀刘备尚未剿灭，可惜人命天定，虽遗憾，然霸道将由诸位践诺。二位皆吾兄弟，当与曹仁等齐辅曹丕，一统天下，终结乱世。至于自立或还政于刘氏，待子桓自定。”

夏侯惇、曹洪起身，抱拳行礼，道：“臣等必将竭尽全力，辅佐公子。”

曹操笑道：“今日商议，若吾急亡，便照此办，你等先且退下吧。”

夏侯惇、曹洪对视一眼，齐声道：“大哥保重。”说完，告辞而去。

曹操叫侍女将窗门打开，望着窗外的梧桐树光秃秃的树枝，自嘲：“皆言人为灵长，实则不如一木。树落叶，来春复长。而人年老体弱，一闭眼就不一定还能睁眼。贵也罢，穷也罢，到头来不过一场梦。”

“呼呼……”

风起，吹动了梧桐树枝，也掀起了曹操苍白的银发。

东临碣石，以观沧海。
水何澹澹，山岛竦峙。
树木丛生，百草丰茂。
秋风萧瑟，洪波涌起。
日月之行，若出其中。
星汉灿烂，若出其里。
幸甚至哉，歌以咏志。

他嘴中念叨着这首平生得意之作，仿佛回到了扬鞭中原的那个时候……

月余，曹操于许昌病逝。曹丕继魏王位，汉丞相。十月，迫献帝退位，在洛阳设坛祭天，摆九鼎，立国号“大魏”，改元黄初，尊曹操为太祖武皇帝，又封献帝为山阳公。至此，经历十二位皇帝，国运一百九十五年的东汉王朝拉下帷幕，成为历史中的一段记忆。

这几日，刘备先得法正病逝噩耗，本自伤心，又在成都获闻曹丕篡汉，以为献帝遇害，便指北方大骂曹丕，又下令百官披麻戴孝，半月不朝。

赵云与张飞去见刘备，被挡于宫外。有一年轻侍官，姓黄名皓，阻路曰：“二位将军止步，大王身体抱恙，不便相见，还请改日再来。”

张飞闻言怒叱道：“我俩乃大王兄弟，汝安敢阻路，滚开。”上前一推，黄皓受不得推，跌坐在地。

黄皓聪明伶俐，不再多言，被其他侍官搀扶起来，退在一边，低眉俯首。待张飞、赵云走过，黄皓心道：“若吾也能为大王所喜，定然也有这般威风。”人的际遇就如风云变化，他后来果然深得刘禅信任，祸乱蜀汉，这是后话。

再说赵云与张飞行至刘备寝宫，叫卫兵去通报，卫兵皆言刘备有令，不准人打扰。张飞正要发作，突见军师诸葛亮带着太傅许靖、光禄大夫谯周前来，众人商议。赵云道：“军师等人也是来见大王？只是他闭门不肯相见，无可奈何。”

诸葛亮言：“今日有大事需见大王，两位将军与我等一齐入内。”

赵云问：“不知为何事？”

诸葛亮说：“曹丕称帝，天下无汉，当劝主公为帝，继承汉室。”

“大王乃汉室宗亲，理应为帝，当与诸位同谏。”赵云正要上前，却听张飞大嚷道：“每想到二哥身首两地，俺便彻日难眠，每晚借酒消愁，恨不得早日起兵报仇。谁想大哥却在此意志消沉，不问国事，你让二哥在九泉之下如何瞑目？”

赵云也大呼：“今逆臣窃国，复兴汉室重任还落在大王肩上，大王岂能闭门不出？”

话音落下，掩门轻开，刘备身着素衣，步出屋来，对众人一拜，道：“备愚钝，让诸位担心了。”遂请入室。

坐定，谯周起身一拜，说：“昨夜臣观天象，见天显一星，光华璀璨，紫气弥漫，为帝王之象。臣斗胆，恳请大王顺天承命，以应天象。”话讫，不待刘备答话，诸葛亮已躬身说道：“天下不可无君，百姓不可无主，今汉室已亡，唯有大王正统，臣等恳请大王顺天意，择日登基，名震寰宇，恩泽九州，以安天下百姓之心。”

赵云、张飞等人起身抱拳，齐道："恳请大王择日登基。"

刘备先是一顿，随即环视，叹道："诸位这是要陷刘备于不义乎！"

张飞叫道："他姓况且自封，何况刘姓。大哥若不当这皇帝，岂不让天下仁人志士心寒。"

刘备执意不肯，众人再三劝说，方才同意。于公元220年，在成都武担山上登坛祭天，诸葛亮持节授玺，刘备着龙袍，双手接过皇帝印，谯周宣读诏书，立国号"蜀"，改元章武元年。封吴氏"吴懿之妹"为皇后，长子刘禅为太子，刘永为鲁王，刘理为梁王，诸葛亮为丞相，其余诸臣俱有封赏，又大赦天下。

众臣欢呼，两川之民欣喜，唯有人群中的赵云，感到一丝落寞。想当年跟随刘备东奔西走，败汝南，走长坂，赴江东，征西川，战汉中，九死一生，皆为了复兴汉室的梦想。谁知人算不如天算，东汉，随着魏国的建立，灭亡了。唯一留下的痕迹，就只是这个新生的蜀汉政权。看着高台上身披龙袍的刘备，他突然想起当年张任曾说过，刘备是想当皇帝的……

翌日早朝，刘备端坐正殿，文武各立左右，高呼"万岁"。礼毕，张飞出列禀道："东吴不义，害我二哥关羽，今我军休养生息，实力大增，正是出征之时。俺欲挥师南下，剪伐东吴，报我血仇。"

刘备点头，说："孤早有此意，传令下去，三军整备。"

赵云闻言，大吃一惊，忙出列劝道："万万不可，我国仅一州之地，资源有限，岂能轻易用兵？何况国贼是魏国，而非东吴。曹丕篡汉，人神共愤，不如挥师北上，先图关中，屯兵渭水之上，关东仁人志士必然裹粮策马以待王师。"

刘备面色有些不悦，说："孙权杀朕弟，此仇如何不报？"

"伐魏为公，百姓归心。攻吴为私，江东军民必然拼死相抗，望陛下三思。"赵云跪地再劝，语气大义凛然。

刘备愣了愣，有些动摇，侧头去看众臣，这才想起法正已逝。又去看丞相孔明，孔明道："臣也不赞成陛下伐吴。"

这时张飞出列，气冲冲地说道："俺不知什么公私，只望陛下勿忘当年桃园之誓，不然，俺自己率兵去打东吴。"

刘备被张飞一激，定下心意，起身道："朕若不为云长报仇，便是背信弃义之徒，当起倾国之师，讨伐孙吴。"

赵云又欲再劝，却见诸葛亮对他微微摆头，只得作罢。

张飞辞行说："俺先去阆中整备军马粮草。"

散朝后，赵云去见诸葛亮，问道："适才主公执意伐吴，云本欲力谏，丞相何故摇头示意？"

诸葛亮道："陛下心意已决，除非法正在世，尚可劝阻。"

二人对视，皆摇头。

是夜，赵云归家，不发一话。马云鹭问道："子龙为何一脸愁容？"

赵云据实相告，云鹭惊道："两军交战，何时能休？反便宜了曹魏。"

"我已尽力，只能祝愿陛下马到成功。"赵云露出一丝无奈。

马云鹭知他所想，不再多问。

未过几日，又有秦宓力劝被斩，见满朝再无人谏阻，刘备便定于七月出兵。之后，成都官衙忙于征收粮草，武将忙于操练兵马，等待号令。

赵云每日带赵统骑马练枪，先从基本功练起，一招一式，要求甚严。赵统也不叫苦，每日归家，身上常有淤伤。马云鹭心疼赵统，免不了埋怨几句，赵云只是傻笑，也不说话。

未过几日，阆中传来张飞遇害噩耗，刘备大惊，令传众臣上朝。赵云正在营中与夏侯兰议事，得闻此事，心如刀割，夏侯兰忙倒水与他。赵云摆摆手，忙叫人备马上朝。

刘备坐金銮上，拂袖悲言："朕与关羽、张飞桃园结义，立誓不求同年同月同日生，但求同年同月同日死。今二位兄弟惨遭杀害，唯朕独生……"说到这里，声泪俱下。

群臣咬牙切齿，皆言要与东吴决一死战，士气大涨。关羽、张飞接连丧命，赵云的心久久不能平静。他心中有种隐隐不安的感觉，却又说不出根源所在。

章武元年（221 年）七月，刘备留诸葛亮守成都，马超协魏延守汉中，赵云守江州（今重庆市）督粮草，自引黄忠、黄权、程畿、冯习、张南等战将百员，统大军二十万，又邀五溪蛮番将共同伐吴……

赵云领本部五千兵马留守江州，调配兵士督送后方运来的粮草至前线。转眼已有半年，这日夏侯兰押送粮草归来，告赵云说："孙权向曹丕称臣，被封吴王。陛下已至夷陵，两军各有胜负，我军虽稍占优势，然战场变化，不得而知。"

"丞相也有此忧，修书与我，嘱咐若陛下有失，出兵接应。"赵云从衣甲内掏出一封信交与夏侯兰。

夏侯兰看信后说："丞相与子龙同忧。可惜陛下执意伐吴，若是兵败，则我国力必然骤降，还谈何北伐曹魏。"

"唉……"

赵云发出一声长叹，心中忐忑不安。又过数月，正是秋七月，赵云夜梦关羽、张飞在床前推搡，赵云起身道："二位哥哥缘何在此?"

关羽、张飞神色慌张，齐道："大哥有难，子龙速去救驾。"

赵云惊醒，伸手拭去额头冷汗，感觉梦境真实，心绪不宁，即留夏侯兰驻守江州，自率两千精锐骑兵前往夷陵。正行间，有前线传令来报，蜀、吴两军交战，东吴都督陆逊火攻蜀营，七百里连营皆陷火海，刘备被困，不知生死。

此时赵云已至巫县，忙催兵急行，途遇败兵，询问刘备，皆言不知。连夜又往夷陵，至第二日天色微明，见浓烟未灭，心中担忧。行走一阵，只一条路，左道山涧，右边小坡，忽听前方喧哗，上坡一看，有一人衣甲不整，披风破烂，在数十御林护卫下骑马狂奔，正是刘备。他们身后，马蹄震天，有吴兵追赶。赵云大惊，留一队人马在山上放箭，自领一队策马下坡。

再说吴将朱然紧追刘备，眼见就要逼近，心中欣喜，自思：“吾此次生擒刘备，乃名震天下之功。”正得意间，却见前方山坡上射出无数箭矢，满天盖地。追在前方的吴兵来不及躲避，纷纷中箭落马。朱然挥刀挡下几支箭矢，喊道：“刘备就在前方，尔等随我立这绝世大功，吴侯定有重赏。”周围兵士听了，跃跃欲试，皆持盾前行。

此时蜀军从前方山坡冲下，当先一将，银甲长枪，马踏烟云，很是威武。朱然冲在最前，不知底细，举刀去砍，却见枪影一闪，来不及回刀去挡，只是两眼一黑，已被枪头透胸而过，一命呜呼。瞬息变化，让吴兵大骇，转身就走。赵云引骑兵一阵冲杀，吴兵抵挡不住，被杀死及落涧者不计其数，纷纷溃散。陆逊引千余兵马追至，有溃兵言蜀将赵云引兵据守，一回合便杀了朱然。陆逊闻赵云之名，惊道：“赵子龙深谙用兵之道，必在前设伏，不可贸然轻进。”便令军急退。

且说赵云杀散吴兵，返回刘备马前。刘备见赵云，大喜道：“幸亏子龙及时赶至，不然吾命休也。”

赵云行骑马礼道：“情势危机，请陛下速往白帝城去。”

刘备急道：“朕虽脱困，而其余将士仍然受困，这叫朕如何能安心离去?”

赵云知刘备不忍抛下众将独去，说道：“敌军在后，陛下不可在此久留，还是先入城去。云也可无牵挂去寻诸将。”

刘备见他说得有理，勉强应诺。赵云便拔千余骑兵护送刘备去白帝城，又从原路折返，沿途收拢败兵，走到一处狭口，正遇一员小将纵马而来，赵云把枪一横，拦在道中。小将勒马泣道：“前方可是赵云叔叔。侄儿关兴为父报仇归来。”言毕，提起一颗人头，正是潘璋首级。

赵云仔细一看，小将面貌和关羽果然有七分神似，又见他手中果然是关羽被夺去的“青龙偃月刀”，想起昔日与关羽、张飞同生共死，双眼一红：“二哥有子如此，也能瞑目了。”话音未落，一将带兵追来。赵云对关兴嘱咐道：“你且过去，到白帝城保护陛下，有我在此断后。”

关兴对赵云行礼离去，赵云将枪一指，喊道：“来者何人？”

吴将答曰：“吾乃宋谦，汝等败军还不下马受降。”

听到宋谦这个名字，赵云先是一愣，宋谦已举刀砍来。赵云将枪平举，架住劈刀，宋谦回刀再砍，赵云将枪一晃，旋起朵朵枪花。宋谦分不清虚实，看不清枪势，惶恐不安，心道：吾命休矣！只听一声脆响，护心镜应声破碎。宋谦骇然，勒马就走，周围吴兵随之四散。

赵云也不追赶，只高喊：“念汝与我故人同名，饶汝一命。”

宋谦忙于逃命，哪里还听得到喊声。赵云令从骑将大旗高举，派探子往前方，又布弓弩手于两翼高处，扼守过道，不时有蜀军兵将逃来，都往白帝城去了。追赶的吴兵见赵云阵式，不敢逾越，大多止步于此，仅有少数强冲，顷刻便被射成刺猬。

大约一个时辰，探子回禀，陆逊合流了主力大军，正向这里赶来。

赵云抬头望去，众山峦间浓烟滚滚，尽是被马蹄踏起的烟尘。从骑中有人说：“吴军势大，将军不可在此久留。”

“唉……”

赵云发出长长的一声叹息，低头抚摸逐云头上的鬃毛。可惜这如日中天的蜀汉帝国，就此走向衰弱，他心中那个统一的梦想瞬间变得支离破碎。

赵云勒马欲退，忽闻有人大呼：“赵将军助我。”

他闻声视之，认得是蜀将吴班（字元雄）正被吴军追赶，便先放了吴班过去，再将枪一招，坡上两翼弩手架箭拉弓，瞄准追兵。吴班道：“陆逊率大军追来，此乃吴军前锋徐盛。”

赵云只道：“吴将军不必惊慌。”言讫，一勒马缰，逐云战马唰地蹦出，犹如踏云逐月，率骑兵奔向吴军，直取徐盛。

徐盛见是赵云，心中暗暗叫苦。当年在江畔，数人联手也不能取胜，至今记忆犹新，遂不敢独战，收缩了兵士，往后退去。

赵云立马大笑，一股豪气油然而生。待吴军退出数里，方才率军后撤。未行几里，陆逊兵至，赵云与吴班并马奔驰，转头说："吴将军战骑脚程不及逐云，不如先引一半兵马去保护陛下，我自留下断后。"遂勒马止步。

吴班先是一愣，也勒马道："赵将军厚重，吾安能独去？"正说间，侧面山上有人喊道："两位将军速走，在下马忠，受陛下之命，前来接应。"

赵云、吴班闻声去望，两旁山上皆是蜀兵。二人引兵继走，山上推下乱石无数，挡住过道。陆逊引徐盛、诸葛瑾、骆统、周胤诸部被阻于此。

陆逊大怒，望蜀军喊道："刘备倾国之兵覆没，我军长驱直入，不日可达成都。尔等皆有妻室父母需要赡养，何必将命交与刘备？"

赵云笑道："陆大都督所言虽有道理，然曹魏大军屯于长江北岸，对江东之地垂涎欲滴。云兵虽少，只需固守白帝城，都督大军围城一时难破，试问魏兵趁机南下，建业又能坚持几日？"说罢，拍马离去。

陆逊听了，脸色大变，赵云此言，最为他心中所忧。徐盛等人欲令军士开路，诸葛瑾道："赵云所言甚是，若是为了追讨刘备，反被曹魏所害，我等无颜去见吴侯。"

陆逊苦笑道："夷陵若是赵云在，火计难行。"他虽然心中不甘，却又不得不放弃这个灭蜀的天大机会，返军归去。

公元222年，夷陵之战以蜀汉大败而告终，刘备在赵云的保护下，逃到白帝城。蜀军将领黄忠、张南、冯习、程畿、马良及土著部族首领沙摩柯等阵亡，杜路、刘宁、黄权等卸甲投降。自此，蜀汉精锐几乎殆尽。刘备因为两弟先后丧命，大军新遭重创，国事私仇使他忧愤成疾，一病不起。

赵云率吴班、马忠守城，不久孙权遣人求和，刘备应诺。自此蜀、吴之争暂告一个段落，但是赵云仍然没有放松白帝城的守卫，每日亲自上城头巡视。

刘备身体好转，召诸将商议，突有阳平关信使来告，骠骑马超病逝。刘备惊呼："黄忠新亡，马超又死，蜀汉五虎上将仅存一员矣！"言讫，悲恸欲绝，病情急速恶化。赵云担心马云鹭，忙遣人去成都，叫家人暂不告马云鹭。

月余，赵云巡逻回营歇息，刘备遣人到营中密传赵云进宫，至宫中，天色已暗，烛光闪曳，见刘备卧床不起，只能在侍女的搀扶下勉强坐在床头。赵云立于床前，刘备示意周围人等退去，只有二人在房中，刘备方言："朕揭兵四十载，先年漂泊，寄人篱下，幸蒙苍天垂怜，文有宪和（简雍）、公佑（孙乾）、孔明等，武有云长、翼德、子龙等人杰不离不弃，追随于吾东奔西走，终有荆、益二州立足。本该引诸位挥师北上，复我汉室，可惜天不遂愿，荆州易主，五虎仅存子龙一人。回想当日子龙等人力谏，朕之过也。朕自知已近油枯，顿感无颜去地下见秦宓及阵亡将士。"说到这里，刘备泪流满面。

赵云见他伤心，劝慰道："陛下先要保重身体，早日康复，再图雪耻。"

刘备摇头，伸手抓住赵云右手臂，说："子龙不必安慰我，人之将死，还在乎什么成败？吾已遣人招孔明、李严前来，欲文托孔明，武托李严。然禅儿年弱，朕恐不能服众，日后若有人欲废帝自立，望子龙念在你我弟兄情谊，保住这份家业。"

赵云鼻子一酸，眼圈微红，说："陛下放心，太子是云从乱军中抱出，犹如吾子，臣定保他社稷。"

刘备见赵云表态，长松一口气，说："有子龙这句话，朕就心满意足了……"

人生匆匆，不过转眼间，黑丝已成华发，世人皆如此，哪里还分什么贫贱富贵。公元 223 年，也就是章武三年，夏，刘备病逝于白帝城。刘禅继位，改年号建兴，谥刘备为昭烈皇帝。封诸葛亮为丞相兼益州牧，李严为中都护，统管内外军事，镇守永安，赵云为中护军、征南将军、永昌亭侯，镇守江州威震江东。其余人等皆有封赏。

赵云在成都受封后，准备归家探望，正遇马岱带马超之子马承从阳平关来。赵云说："孟起身亡之事，我一直隐瞒云鹭，怕她承受不了。"

马岱道："此非长久之事，还是让我去告诉她吧。"

说罢，便带马承去见马云鹭，泣道："大哥染疾去世了，已葬于阳平关，吾特来相告。"

马云鹭闻讯晕倒，叫了郎中把脉无妨，赵云才松了口气。夜晚，星空璀璨，赵云陪马云鹭在后院散心，他指着苍穹说："云鹭，还记得那年在长坂时，你跟我说过的话吗？"

马云鹭木然地转头望着他，轻轻地点点头，神色楚楚可怜。赵云指着星空，柔声说："我们头上最亮的星星就是孟起，相信他会在天上默默地守护着你。"

马云鹭抬起头，望了望，猛地蹲地抱头泣道："我马家本是凉州大户，人丁兴旺，而现在都没了，连大哥也走了，只剩我和伯瞻……"

赵云见她情绪激动，一把将她搂在怀中，轻抚着她柔顺的发丝，说："不，你还有我，还有统儿、广儿、承儿。你要保重身体，和伯瞻一起再现马家昔日的荣光。"

马云鹭将头埋在赵云怀里，只顾哭泣。赵云也不再劝慰，他知道，云鹭身上承担的太多太多……

时间飞逝，八月，曹丕欲五路伐蜀（辽西鲜卑轲比能从旱路取西平关。蛮王孟获起兵攻打益州、永昌、牂牁、越嶲四郡，击西川之南。孙权起兵十万，攻两川峡口，径取涪城。孟达西攻汉中。曹真由京兆径出阳平关取西川。）

消息传到成都，群臣震动，相互商议。刘禅年幼，不知如何是好。诸葛亮禀道："陛下勿忧，马家常胜羌人，素有积威，可使马岱守西平关，此路可退。吴蜀本为齿唇，只需派一善辩之士去见东吴，陈于利害得失，东吴必不肯出兵。至于上庸孟达，此人与李严交好，让李严修书一封送去，便可。蛮人征战，一味持勇而不精于智，可派魏延引军前去，无须交战，只摆疑兵。”

刘禅道：“相父欲调魏延，此时曹真十万大军压境，魏延一去，汉中还有何人可守?”

诸葛亮笑道：“赵云将军昔日长坂威震魏军，可挡曹真。臣已飞鸽传书，调他赶往汉中，想必此时已从江州出发。”

刘禅喜道：“赵云老将军去守汉中，朕无忧也。”

商议已毕，正要散朝，有传令急奔至殿前，大呼：“禀陛下，益州郡使者来报，雍闿率朱褒、高定，孟获造反，已取了太守正昂首级献与东吴，被封永昌太守，急盼王师剿贼。”

刘禅闻言，目瞪口呆，不知所措，只转头去望丞相诸葛亮。诸葛亮道：“雍闿之乱暂不足虑，先退五路军马再议。”

遂派遣邓芝访吴，加强蜀吴同盟关系。就如诸葛亮所言，五路退去四路，只剩曹真屯兵阳平关外。赵云接到诸葛亮的飞书，将江州守卫交与李严，便拔营前往汉中。因兵少，故只守不出，曹真遥见赵云军旗，很是忌惮，不敢强攻，只在关下叫骂邀战。赵云只装不知，按兵不出。若是魏军靠近城墙，蜀兵立即射箭，迫得魏军不得不后退。如此数月，曹真片功未立，只得悻悻而退。

至此，蜀、吴联盟与魏形成了三足鼎立的基本格局。三国暂休兵戈，都在等待能够统一的时机。

公元224年，冬，又是大雪纷飞的季节。阳平关高大的墙壁上铺满了皑皑白雪。一队骑士在城前扬鞭驰骋，队形不断变化，踏起雪花溅落，姗姗而落的雪片覆盖在骑士的铠甲上，很快就被战马狂奔带起的风吹散。

赵云与夏侯兰并肩立于城楼，注视着城下的这队骑士。

“转眼间统儿都这么大了，我们可不能不服老啊。”夏侯兰拍去肩甲上的雪花，发出一声感叹。

“我们的时代就快结束了，以后将是他们的时代。”赵云看着带队的赵统，似乎从儿子身上看到自己年少时的身影。

夏侯兰点点头，笑道："再过几年，统儿必然可以担当大任。"

赵云转过头，看着夏侯兰，说："月萱已经走了这么多年了，你还是不肯续娶一位夫人吗？"

夏侯兰听了，没有说话，只是仰起头，然后拍拍赵云的肩膀，转开话题说："我下去纠正一下统儿的不足。"

赵云转过身，默默地看着他的背影，知道夏侯兰的心仍然束缚在博望坡的熊熊烈火中，最后只有长长地发出一声叹息。

翌日，成都飞鸽传信，召赵云归成都。赵云令夏侯兰暂统阳平关，带赵统星夜赶路，倍道兼行，未几日回到成都，叫赵统回家与马云鹭报平安，自己前往相府去见诸葛亮。

诸葛亮将赵云迎入府邸，吩咐下人端水倒茶。两人坐定，赵云问："丞相飞鸽来唤，不知是为何事？"

诸葛亮道："自先主兵败夷陵，我国虽然休养生息，养兵蓄锐，然蜀汉孱弱，仅有一州之地。而北方曹魏坐拥豫、兖、徐、青等北方大州，土地富饶，兵源充足，只需假以时日，大兵南下，我国危矣。"

赵云叹道："若是荆州不失，何来今日之困？与其坐以待毙，不如主动出击，扰乱曹魏。"

诸葛亮本来已端起茶水，赵云话落，他没有喝，又放回桌上，眼睛炯炯有神，说道："子龙此言与我意同，我欲北伐，只是后方雍闿、孟获拥兵叛乱，南中荒蛮，怕水土不服，故犹豫，叫子龙回来商议。"

赵云起身道："蛮地虽荒，然不可不伐，云愿为先锋，剿灭叛逆。"

诸葛亮喜道："就依子龙言，待来年开春，出兵南中。"

诸葛亮获得了赵云等大将的支持，上表刘禅，于公元225年春出兵讨伐南中。

大军出征，兵分三路，李恢领中路军，从平夷县（今贵州毕节）沿小路迂回益州郡（今云南东部），突袭孟获的根据地，切断高定援军。

马忠引东路军，前往牂柯郡（今贵州西南）攻打朱褒。

赵云、魏延同引主力大军为西路，随诸葛亮讨伐益州郡的雍闿。

夏初，大军推至益州郡界首，叛军来迎，各自布阵，有高定部将鄂焕立马在前。此人身材高壮，身披战甲，手持宣花大斧，耀武扬威，很是得意。

副将张翼谓王平："这厮一人出阵，合该我二人立首功。"言罢，拍马而出。

鄂焕将斧一格，百余斤的宣花斧在他手上就如鸿毛般轻巧。仅仅是轻手一挥，斧背碰到张翼刺出的长枪时，张翼顿感一股劲力从枪身传来，双臂一顿，手掌发麻，忙勒马后退。

王平见张翼势危，策马相助。二人左右相行，一刀一枪，将鄂焕夹在中间厮杀。鄂焕哈哈大笑，将一把宣花斧舞得虎虎生风，王平、张翼合战不胜，皆露惊色，皆退回阵中。鄂焕正在追赶，蜀阵又出一骑，长得是：面如重枣，目若朗星，身材魁梧，披褐色铁甲，披红色披风，手握一把开山斧，眉目间透出一股傲气，正是大将魏延。

魏延接住鄂焕，两人皆是使斧，棋逢对手，在阵前杀得难解难分。王平、张翼又归战圈，围住鄂焕乱砍。鄂焕一时难胜，心生退意，虚晃几斧，暂将三人迫开，勒马便退。

魏延将斧一招，蜀军潮水般掩杀过去，两军交锋，杀声连天。鄂焕从容不破，退到后阵指挥兵士冲杀，双方混战，血流成河。

诸葛亮在高处观战，赵云进言道："吾观叛军阵型前紧后松，此时若一军侧面突入，必能取胜。

诸葛亮应诺，赵云遂引数百骑绕行至叛军右侧。顿时出现的蜀军让右侧叛军大吃一惊，赵云冲杀入阵中，直取后阵鄂焕。

鄂焕艺高胆大，虽见侧面骚乱，有蜀兵奔至，面不改色，驱马相迎，举斧劈去。赵云见鄂焕攻势凶狠，心知不可与他比拼蛮力，长枪一送，枪身贴在斧侧，顺势下滑，去压鄂焕手背。迫得鄂焕抬斧格开“涯角”。赵云又回枪刺去，鄂焕举斧架住。赵云枪势一变，鄂焕只感眼前满是枪影，不知枪在哪里，从哪里刺出。只是眼前一花，肩头感到一股刺疼，肩甲迸裂，血流如注。鄂焕大怒，正要举斧去劈，反被赵云一枪挑下战马。鄂焕正要挣扎，被张翼、王平绑了，一起去见诸葛亮。主将被擒，叛军一哄而散，只剩下满地尸首。

丞相长使杨仪在山上，见赵云擒得鄂焕，由心赞道：“常闻赵云将军勇猛，今日亲眼所见，果真虎将也。”

赵云回营下马，立马有人上马牵住缰绳。赵云视之，原来是张飞之子张苞与关羽之子关索。张苞道：“常闻赵叔威名，今日见赵叔在乱军中直取主将，如若无人，侄儿好生佩服。”

赵云将“涯角”枪递给亲兵，道：“老了，不比当年。此次让你们随军出征，正是为了培养你们领兵能力，你们才是蜀汉的基石。”

关索道：“侄儿定然加紧锻炼武艺用兵。”

“我相信令尊在九泉之下，也会为你们感到骄傲。”赵云伸手分别拍拍二人肩膀，转身走向丞相大帐。他的脸上露出一丝欣慰的笑意。

关索、张苞抱拳行礼，垂手尊敬地目送赵云。

未来，将是年轻人的天下。青山依旧，绿水长流，不在的，只是那一张张曾经熟悉的面孔……

赵云来到大帐，诸葛亮已派人将鄂焕释放，魏延、张翼等人皆不解，只有赵云不语。会毕散去，已是晚霞布天，赵云待众人离去，又去见诸葛亮。

诸葛亮见赵云进帐，面带微笑地问道：“子龙前来是为何事？”

赵云抱拳施礼后，说：“自然是来领令。”

诸葛亮笑道：“瞒不过子龙。我放鄂焕回去，雍闿听闻此事必然对高定生疑，定会催促高定与其共同出兵。我欲令子龙与文长（魏延）各领一军，分伏兵于两处入郡要道，待敌至，各个击破。”

赵云也笑着说：“丞相安排如此精细，雍闿之乱不日可平。”

当夜三更，赵云、魏延领令，各领一路人马，趁夜悄悄出寨，一路伏于官道，一路伏于小道，无声无息。

翌日，雍闿果然催高定共同出兵。雍闿直取蜀军大寨，意图引诱蜀军，高定则绕走小路，迂回至蜀军寨后。

山风阵阵，林中万树摆动，树叶纷纷扬扬，随风而落。赵云靠在逐云身上，轻轻地拂拭着“涯角”枪。枪身冰冷依旧，寒气顺着手中，传递到他身上，周围的士兵也跟他一样，没有人发出一点声音，林中弥漫着战前的深冷与肃杀。林外官道传来轰隆隆的马蹄声，踏起的灰尘，缥缥缈缈，飞上半空。赵云起身察看，见一军从大道奔来，当头大将，身披黄金锁子甲，身旁八匹重骑各持刀盾，将他护在中间。左右轻骑，各持旗子，一书“永昌”，一书“吴”，中间大旗用黄丝线绣了“雍”字，很是气派。身后骑步数千，往蜀营奔去。

赵云将弓弩手分为两队。等叛军入伏，下令前队射箭，后队待命，前队射完箭矢，后队上前接着射箭，前队趁机搭箭，如此循环。

林中射出的箭矢，犹如飞蝗，密密麻麻。雍闿先是一惊，却不惊恐，身旁八名重骑举盾并成一排，组成圆形阵势，把主将包裹在中间。其余兵士也各自举盾，无盾的也用身体挡箭，重重叠叠地护在雍闿外围。顿时箭头射在盾牌上，发出一阵阵刺耳的声音，叛军死伤大半。

赵云微皱眉头，将枪一指，小道左右伏兵冲出树林，截住雍闿退路。

雍闿笑道：“没想到居然中了埋伏，不过你们也没想到我会在箭雨中安然无恙吧？”

赵云骂道：“把兵士当作挡箭牌，你这种人也配带兵？”

“士兵存在的意义就是为了给主将卖命，他们为了保护我而自愿献身，我何罪之有？”雍闿仰头大笑，丝毫未把士兵的生命当回事。

赵云怒道：“将不仁，何以为将？今必取汝首级。”

“知道我何以叛蜀投吴吗？就是受不了刘备的假仁假义，这个乱世，还有什么仁慈可讲吗？只有武力才是唯一的道路。”雍闿手一挥，护在周围的军士散开阵型，立于身旁。

赵云面露冷笑，一勒马缰，挺枪去取雍闿。雍闿也不示弱，从马鞍左右拔出两把吴钩。这雍闿也非常人，乃汉什邡侯雍齿之后，建宁豪族。自小家中便重金聘请名师传授其十八般武艺，其最好使钩，故用上好精铁打造两把吴钩。临阵对敌，双钩齐用，上可奇招杀敌，下可钩马绊腿，很是厉害。

赵云迎面就刺，雍闿右手持钩挂住枪头向下拉扯，左手同时反劈。赵云猛地将枪一抖，瞬间爆发的劲力从枪尾传递到枪头，这股力道将挂住枪头的吴钩弹开。雍闿被弹得身体摇晃几下，自然化去了左手劈钩。

雍闿稳住身子，俯身去砍马蹄，赵云将马一勒，逐云前腿高抬，躲过攻击。雍闿双腿一蹬马鞍，借力腾空，利用这股力道，身体旋转，双钩同出。

面对雍闿的奇招，赵云并未惊慌失措，只是将枪斜上一点，不倚不偏，枪头刺中左边钩刃，火星迸溅，发出一声尖锐的声响。赵云双手猛地使力，变刺为挑。

这股瞬发的力道让雍闿身体失去了平衡，只得翻身落地，连退数步，方才稳住了身子。赵云趁势追击，双腿一夹，战马上前，横枪扫击。雍闿双钩合十，枪身扫在双钩的力量让他连连后退。眼见雍闿危机，叛军八匹重骑奔出，一骑拉弓射来。赵云闻劲风尖锐，不假思索，反手挥枪，扫下冷箭，八匹已至跟前，各举兵器围住赵云。雍闿狼狈不堪，爬上战马，就朝后走。赵云见雍闿欲退，将枪一招，蜀军伏兵蜂拥夹击，两边兵士立即疯狂地涌在一起，杀声、哀号声、金属撞击声此起彼伏，不绝于耳。

赵云手握“涯角”枪立于中间，八骑合击，各显神通。赵云面对八骑齐攻，毫无惧意，只将那枪使得是梨花片片随风荡、暴雨点点迷人眼，正是“暴雨梨花枪”。八骑眼中只看到无数枪影，虚实相交，皆有惧色，不敢硬挡，各退开几步。赵云见让出条路，拍马便追。

逐云白马虽已年迈，脚程不减，载着赵云追至雍闿身后。雍闿见状，从怀中掏出一把带毒匕首，等赵云靠近，转身掷去。赵云拿枪拨落匕首，八骑也至，又欲截住赵云。赵云心知追不上雍闿，从马鞍左右取下弓、箭，搭起朝雍闿后背射出。雍闿听得弦响，正准备回头去看，只觉后背一阵疼痛，摇晃着差点落下马背。原来被箭矢射中背心，好在铠甲厚实，未伤性命，被几名叛军轻骑兵拥簇着离去。

赵云不再追赶，勒马去迎八骑，奔马之间，再拉一弓，当先一骑躲避不及，正中面门。其余七骑，显然训练有素，各分一向。赵云将弓放回马鞍，挺枪跃马，正中杀入，七骑左右合围。赵云朝中间一骑直刺，骑士横刀挡枪，赵云右手持枪下压，左手回拔腰间长剑，猛地劈下，以“青虹”之利，顿时将这骑连人带马，斩为两半。旁边重骑拿一对铁锤，以为赵云招式用老，不及回防，便用力掷双锤砸出。

赵云也不收招，右手反抡“涯角”枪，扫落一锤，左手同时挥剑横斩，又将另一锤斩为两半。

这骑大惊，正欲勒马后退，不料赵云战马奔跑如飞，已近身旁，被长枪捅个对穿。

赵云瞬间已杀三骑，剩余四骑皆露骇色。此时蜀兵追杀叛军溃兵至，四骑心知不妙，也欲退去，只是赵云斜提长枪，立于道前，四人进退两难，被蜀兵围在中间，只得下马请降。其余残兵纷纷效仿。

赵云取胜，令人将叛军押回大营，自引一军往小道增援魏延。刚到路口，却见魏延得胜归来，二人合兵归营。

诸葛亮亲自在寨门迎接，说道：“恭贺二位将军斩杀雍闿、高定二贼。”

“吾虽获胜，却未能取高定首级……”魏延面露尴尬。

诸葛亮又去看赵云，赵云只是微微摇头。

诸葛亮笑道："二位将军辛苦了，快回营休息吧。"

魏延抱拳一拜，长叹口气，先行入寨。赵云走出几步，又回头问道："这些降兵丞相打算如何处置？"他知道诸葛亮一向执法严明，这些叛军难免会被问罪。

"子龙认为我该如何处置他们？"诸葛亮摇摇扇子，意味深长地反问。

"他们跟随雍闿叛乱，也是被逼的，所犯罪事，情有可原。云想替他们向丞相求情。"赵云看着诸葛亮，平静地说。

诸葛亮点点头，笑道："子龙不必为他们担忧，此事吾自有打算。"

赵云抱拳施礼，转身离去，此时一阵山风吹来，将他后背的黄褐色披风拂起，如波浪般翻滚。诸葛亮轻轻地将羽扇靠在胸前，赵云的背影逐渐模糊。他似乎看到刘备、关羽、张飞走在赵云身侧，壮志未酬，诸葛亮长叹一声……

当夜，诸葛亮下令将雍闿与高定两部降兵分开关押，叫人假意将高定降兵认作雍闿属下，大加犒劳。又叫他们带话与雍闿，早日将约好的高定带来。兵士归去，照实告知高定，高定又惊又怒，遂与部将鄂焕商议，趁雍闿重伤，砍下人头去见诸葛亮。诸葛亮又叫他去杀朱褒方才准降。于是高定又献朱褒人头，诸葛亮大喜，上表与刘禅，请高定为益州郡太守，鄂焕为牙将，并公告天下，赦免其余叛军的罪责。至此，长达三年的雍闿之乱平定。

五月，诸葛亮在益州郡太守府军议，谓众将曰："雍闿既灭，尚有孟获退入蛮地未曾剿灭，吾欲深入讨伐，诸位可有良策？"

众臣顿时交头接耳，各抒己见。蒋琬劝道："南中腹地，人未开化，兽未驯服，林间草地，不知沼泽毒雾，此不占地利。孟获乃本地豪强，深得蛮民支持，此不占人和。我军既不占地利，又不占人和，如此倾兵远道而去，彼以逸待劳，焉能取胜？恐深陷南中，一旦北方魏国发兵南下，如何是好？"

众将闻言，大多赞同，而赵云却说："孟获必须剿灭，若是就此收兵回朝，不出半年，其必然复归掠境。如此这般反复，南方百姓何时能够安居乐业?”

诸葛亮点点头，这时有永昌太守王伉说道：“赵云将军所言极是。臣知一人，姓吕名凯，深知南蛮地理，丞相讨孟获，少不得此人。”

诸葛亮喜道：“吕凯现在何处?”

王伉言：“就在门外等候。”

诸葛亮令人请入，吕凯入内，献《平蛮指掌图》。诸葛亮大喜，遂叫随军画师画了分给诸将，准备翌日开拔，深入蛮地。

是夜，赵云正与副将张翼在营中察看南蛮地图，突有兵士来告，成都有飞信至。赵云接信一看，顿觉天昏地暗。原来是云鹭亲书，言赵母仙逝。

张翼见赵云神色有异，忙上前搀扶。赵云摆手拒绝，缓缓坐在椅上。

张翼从旁看信，见是赵母离世，忙劝慰道：“生死离别，人之常情，赵将军节哀顺变。不如报与丞相，我部兵马暂时不动，将军先回成都安排老夫人后事。”

“军务大事，岂能延缓，你先回去休息，明早拔营。”赵云说到这里，苍白的脸上露出不容动摇的坚毅。

“赵将军保重。”张翼不知如何是好，只有依言告辞离去。

夜风掀起卷帘，吹入空空的大帐，烛光微颤，在帐壁上印下一道道鬼魅的黑影。赵云站起身，不知不觉间，已泪流满面。

“母亲，请恕儿子不孝。”

他朝着成都方向双膝跪下，重重地磕下三个响头。在国事与家事之间，他毅然选择了前者。

赵母丧事从简，葬于成都郊外。掩埋时，赵统见父亲未归，心中有些怨恨，对母亲言：“祖母去世，父亲久不见归，他岂能如此不孝”?

马云鹭拉着他的手，柔声说：“南中战事紧急，你不要怪他，若换作是统儿带兵，我也希望你与父亲一般正直。”

赵统恍然大悟，不再埋怨。

夏六月，蜀军数败孟获，渡过泸水，对峙于三江口。对于诸葛亮数擒孟获，复又放去，众将不解。诸葛亮笑着说：“马谡与我说，攻城不如攻心，就算杀了孟获，大军一走，蛮人又反，南中难定，不如让孟获心服口服，替大汉治理南中。”

众将听了，皆赞马谡有才，诸葛亮心中更是欣赏马谡。以致于日后街亭之败，这是后话。

且说赵云、魏延各领一军从旱路攻寨洞。孟获便叫蛮兵射出淬毒箭矢，蜀兵伤亡惨重。赵云、魏延久攻不下，各领兵屯于三江洞寨左右。

这日天气炎热，刺目的阳光从空射下。正午，蜀兵正在休息，只听一声巨响，一直龟缩在寨洞中的蛮兵冲出寨门。

赵云闻报，心中有异。张翼催促道：“魏延将军已经抢先出阵，蛮兵不堪一击，若是赵将军去晚了，这功劳就被魏将军夺了。”

赵云道：“这半月来，孟获闭门不战，今日主动出击，定有所持，不可不防。我去试探，伯恭率大军在后。”

张翼领令，赵云只带数百骑兵出寨，到前线高坡下望。见魏延阵中合为弧形，形如弯月，杀气腾腾，正是当日王平在汉水所布“偃月阵”。

赵云策马奔下，至阵中，魏延问道：“赵将军觉得子均所摆战阵如何?”

赵云回答说：“此王将军的‘偃月阵’，一旦交战，阵形旋转，士兵就如潮水冲击，循环往复，很是厉害。”随后又正色道：“只是今日孟获主动出城邀战，恐其有所持，魏将军还需谨慎小心。”

“哈哈哈哈！我倒要看看这些蛮人如何破阵。”魏延将披风一掀，转头轻蔑地望向战场对面的蛮兵，一副志在必得的神情。

赵云见魏延不听劝告，也不多说，只拍马返寻张翼，将部队布置在魏延阵后。对面蛮兵渐近，当先一骑，虎腰熊臂，浓眉大眼，皮肤黝黑，身披兽皮铁甲，手握一把狼牙大棒，目露傲色，此人便是南王孟获。其左边红枣马上端坐一女，皮肤白皙，貌美如花，束红甲，背插五把飞刀，手提丈八长标，额头高抬，眼色凌厉，真是巾帼不让须眉，此女乃火神祝融氏后裔，孟获之妻祝融夫人。右边一将，也生得粗壮，为孟获胞弟孟优。

魏延催马至阵前，拿斧指着孟获，冷笑道："汝数次被擒，还有何脸面与吾军对阵?"

孟获脸色略为尴尬，答道："诸葛亮尽使奸计，算不得真胜。"

"今日擒获，必不轻饶。"魏延言罢，鄙夷地将目光从孟获脸上移开。

"大言不惭。"孟获怒气中烧，将手一挥，蛮兵左右分散，让出一条道来，慢慢走出一头头巨大异兽。这兽大耳扇风，牙如半月，鼻如大蟒，尾绑沾油布，背坐蛮人，披头赤发，赤裸上身文着不知名的图纹，皆持兵器火把。

蜀人不知何物，皆露恐惧之色。

赵云也未见过，心中惊奇，问左右，有降兵道："此兽名为象，性格温顺，力大无比，听闻只有八纳洞主木鹿大王懂得驱使之法。"

赵云听了，再去看蛮兵，最大一头白象上端坐一人，此人身穿金珠璎珞，腰悬两口大刀，正是木鹿大王。

"大胆蜀人，敢犯我南中，莫非欺南中无人乎?"木鹿大王冷眼扫视一眼蜀军阵形，将手一挥，蛮兵将火把点燃象尾破布。大象受惊，莽兵趁机驱象冲入蜀阵。面对庞然大物，蜀兵惊恐万状，来不及交锋，就有部分兵士主动后退，有甚者被吓落马背。魏延拍马，举斧去砍木鹿大王。只见白象长鼻一甩，拍在斧身，魏延只感双臂一顿，大斧已脱手飞出，惊得魏延反身就走。木鹿大王哈哈大笑，指挥蛮兵催促象群践踏，踩死蜀兵不知多少。"偃月阵"在蜀军的惊恐中，瞬间分崩离析，王平立足阵中，不知所措。魏延跑到他身旁喊道："吾军已败，现在不走，更待何时?"

王平闻言，方才回过神来，跟着魏延狼狈而逃。赵云已列箭矢阵于后，待象兵靠近，万箭齐发。只是这象皮厚实，又覆铁甲，寻常铁箭头只能伤个皮毛，仅能暂时逼停。

木鹿大王坐在象首带队，耀武扬威，很是得意。赵云眉头微皱，取箭矢射去，木鹿大王一拍象头，那白象摇头晃脑，长鼻一扇，拍落箭矢。赵云又叫兵士放箭，掩护魏延败兵缓缓退去。

蛮军获胜，孟获大喜，收兵回洞，犒劳木鹿大王，大夸“火象阵”。

魏延大败而归，与王平一路垂头丧气，见赵云赶来，抱拳道：“只怪吾不听赵将军之言，方有此惨败。”

赵云道：“山野猛兽，非人力可敌，两位将军不必耿耿于怀。云见此兽虽然力大无穷，但身躯巨大，笨拙缓慢，可选山高林密处迎战。”

魏延依赵云言，回到营地，收拢败兵，与赵云合兵一处，重选山高林密处扎营。

休息一夜，翌日，赵云与魏延商议，说：“象群凶猛，不可力挡，唯有智取。三江洞寨左侧有一树林，今天气炎热，尽是起火之物。今夜我先引一军埋伏，明日魏将军往城下邀战，待蛮兵出，诱入树林便可引火烧之。”

魏延赞道：“火烧象兵，赵将军好计谋。”

二人计定，各自准备。翌日午时，魏延引兵至三江，孟获令木鹿大王率蛮兵出城。蜀兵假意惊慌溃逃，魏延也不交战，拔马便走，一头钻入左侧树林。

木鹿大王见林子树多草深，也不追入，反引兵士归洞。

孟获问道：“蜀兵慌不择路，跑入林中，正是歼灭之际，何故退兵？”

木鹿大王答：“林深易伏，不可轻入。”说完，就往前走。

孟获自思片刻，嘀咕道：“就算有伏兵，也奈何不了象兵。”正要上前。

其妻祝融拉住孟获的右手，说：“若蜀兵放火，象群行动缓慢，该当如何?”

孟获闻言，不再多说，回洞寨去了。

赵云在林中看得真切，大呼遗憾。计谋未成，二人回到营中，不知如何是好，突有守门兵士快步来禀，丞相已至营寨大门。二人忙去寨门迎入诸葛亮，备言象兵之事。

诸葛亮思索片刻，说:“大象虽猛，也非没有天敌。若以老虎驱之，象群必乱。”

“现在去哪里去抓这么多老虎?况且猛虎如何能驯服?”赵云转头与魏延对视一眼，皆露疑惑之色。诸葛亮笑道:“无须真虎，可将运粮车盖绘下山猛虎图案，洒上虎尿，再暗设机关喷出火焰，此为火车，象群岂有不乱?”

议定，诸葛亮令马谡下去将军中所有粮草推车改为火车，又派人收集虎尿。

数日后，马谡等人回报准备完毕，诸葛亮便定于第二日出兵。

清晨，营中并排摆满绘着虎纹的喷火车，每车由三匹大马拉动，可坐两人，一人驾马，一人作战。众将围在一起，指指点点，很是惊奇。诸葛亮见准备充足，便下令攻打三江洞寨。魏延为前阵，引蛮兵出洞，赵云则保护诸葛亮及马谡带领的喷火车队。临行，魏延伸手拍拍车盖，对赵云问道:“这玩意能顶用?马拉着也半天走不出几里路。”

赵云也伸手放在车盖上，说:“车虽笨拙，但车厢里尽是煤油，一碰就燃，加之野兽怕火，定能破蛮人象兵。”

“但愿如赵将军吉言，我先走一步，到前阵督军。”魏延拉过战马，翻身而上，拱手一礼，拍马而去，身后兵士紧随。

赵云抱拳还礼，随后护着喷火车队缓缓前行，跟在魏延部后。至洞寨外十里平地，诸葛亮下令将喷火车分为十组，每组十辆，成方形阵。赵云率骑、步兵持大盾守在外围。准备完毕，诸葛亮派传令到前阵，令魏延到城下叫战。

孟获正与木鹿大王喝酒，闻诸葛亮亲自引蜀军前来搦战，大笑道："来得正好，今日正好一把擒了诸葛亮，以雪数次羞辱之恨。"

木鹿大王也笑道："南王放心，这酒暂放一旁，等擒了诸葛亮，再一醉方休。"

孟获留带来洞主守洞，亲率万余蛮兵，与蜀军对阵。

魏延见蛮兵出，策马出阵，大喊："孟获，可敢与吾在阵前大战三百回合，分个生死？"

孟获一抖手中狼牙棒，冷笑道："有何不可。"就要出阵。

"杀鸡焉用牛刀，还是由妾身替大王出战吧。"

祝融不等孟获回话，拍马而出，手握丈八长标，望魏延刺去。

"你这妇人不回家去带娃，跑到这里来撒什么泼？"魏延将斧一扬，架住标刺，再用力一挥，祝融毕竟是女子，气力比不过魏延，长标应声脱落。

魏延立马大笑。祝融银牙一咬，瞬间拔出后背飞刀，射出，仅仅是眨眼间。

魏延正自得意，突见银光一闪，朝面门而来。他躲避不及，忙将头往侧边歪了，却听"铛"的一声脆响，飞刀从头盔右侧面射过，锋利的刀刃在盔侧留下一到深深的伤痕。

魏延愣了愣，不等祝融再射出第二把飞刀，勒马转身退入阵中，副将王平下令鸣鼓后撤。

木鹿大王对孟获贺道："夫人真是巾帼不让须眉，这是蜀兵前锋，诸葛亮就在后面，不如趁现在追上去与其决战。"

孟获看看仓皇退去的蜀兵，底气十足地说："此言正合我意，我倒要看看，诸葛亮还能使什么花招。"言讫，引蛮兵追击魏延，追出十余里，见前方有蜀军布阵，旌旗纷飞，大旗"蜀汉丞相"。孟获大笑道："诸葛亮就在这里，可不能让他逃了。"

木鹿大王环视一眼地形，说："人言诸葛亮大智，我观其不过沽名钓誉之辈。此地平坦，利于象兵，诸葛亮却在此与我决战，不过以卵击石罢了。"

两军各自布好阵型，诸葛亮端坐小车于阵中，对孟获言："亮又与南王相见了，不知大王可愿归顺大汉？”

孟获勒住马足，朗声说：“前几次都中了你的奸计，如何能降？”

诸葛亮笑道：“大王若这次再败，可愿降？”

孟获冷道：“蜀军数败，何至此大言不惭？”遂下令进军。木鹿大王领命，率象兵进攻。

赵云在前，待象兵临近，将手一挥，骑、步兵左右分散，喷火车群缓缓驶出。木鹿大王面露疑惑之色。象群对车身所绘猛虎有些惧意，不敢向前，象背上的蛮兵忙驱使象群继续前进。突然间，一根根碗大的火柱从车上喷出，象群受到惊吓，转身就走。这一变动让象群身后的蛮兵来不及躲避，许多惨死在象腿下。孟获大惊，顾不得兵士，转身拍马就走。赵云见孟获欲走，拍马去追，一入阵中，正遇木鹿大王骑着白象逃走。

赵云正要追赶，诸葛亮喊道：“勿伤孟获、孟优、祝融三人性命。”

“诺！”赵云对诸葛亮施骑马礼，拍马奔入蛮军，身边骑兵纷纷跟随。赵云冲杀一会儿，见木鹿大王正驱白象，想重新聚合象群。赵云岂能让他如意，顺手拉弓射出。木鹿大王不察，左肩中箭，惨叫一声，身体不稳，落下白象，正好被慌不择路的象群踩过。他驯养了一辈子大象，却死在群象脚上，也是一种讽刺。

兵败如兵倒，蛮兵四散，孟获自知无力回天，在孟优、祝融等人保护下向洞寨逃去。眼看赵云纵马追上，祝融反手一抬，只听“嗖！”的一声，飞刀脱手而出。

赵云将枪一绞，挑落飞刀，纵马奔驰。

孟优回马，举斧便劈。赵云枪起，使出“七寸盘蛇”。长枪就如大蟒，翻江倒海，枪影层层叠叠，分不清虚实。孟优何曾见过如此精妙绝伦的枪法，顿时不知所措。赵云用枪尾末端刺在孟优胸甲，这股冲击力将他刺落下马，也不停顿，继续拍马追赶孟获。

孟获狼狈不堪，正走间，侧面冲出一队人马，原来是魏延截路。

孟获怒道：“手下败将安敢如此！”持狼牙大棒，去战魏延。

“尔等蛮人，只知逞强好胜，岂知我丞相用兵妙计。”魏延口中不断嘲讽，手舞大斧，接下孟获的狼牙大棒。

两人都身具蛮力，并马厮杀，不分胜负。

祝融拍马而上，引数百蛮兵掩杀，大呼：“追兵即至，大王不可图一时之快。”话音未落，飞刀已出。

魏延知她飞刀厉害，忙拿盾护住身体。孟获趁机抡棒挥去，砸在盾牌上，震得魏延差点落马。

祝融又欲再发飞刀，却闻弓弦响声，忙低头躲避，一支箭羽从耳边掠过，惊得她冒了一头冷汗。回头一看，原来是赵云率骑兵追来，见魏延危险，顾不得孔明的嘱咐，朝祝融射出一箭。

孟获、祝融被蜀军围在中间，无法走脱。赵云斜提“涯角”枪，立于圈中，双眼平静如波。魏延在侧，怒视孟获、祝融，恨声说：“若非丞相不让杀汝，汝等焉能活命至今？还不下马受降？”

祝融心中犹豫，侧头去看孟获。

“奸计胜我，如何降得？”孟获昂首傲视，心高气傲。祝融听了，心一沉，决心与孟获同生死。

赵云策马缓步，说：“既然如此，我就擒二位去见丞相。”言讫，手一招，蜀兵合围。

孟获武艺高强，舞动手中狼牙棒，蜀兵近不得身。

“吾闻昔日赵子龙于百万曹军中来去自若，某又有何不可？尔等谁敢与吾单打独斗？”孟获将狼牙棒一指，仰头大笑，豪气万丈。

魏延将斧一提，就欲出战，四面蜀兵退出百米。赵云心道：“魏将军适才险着暗算，恐下杀手。”便将枪一横，劝魏延说：“将军暂且休息片刻，若云不胜，将军再出阵相助。”

“赵将军出马，岂有不胜之理。”

魏延素来敬重赵云品行，听赵云这么说了，也就勒停战马，不再前进。

赵云骑马缓步走出，龙鳞甲在阳光下，折射出一道道刺目的光芒，犹如天将下凡。

祝融适才被赵云挑落飞刀，心中忌惮，小声对孟获说道："赵子龙非装腔作势之辈，大王莫要掉以轻心。"

孟获一言不搭，跃马奔出，举棒迎头敲下。赵云心中寻思，孟获心高气傲，若不速胜，恐难心服。而孔明临行嘱咐，不可伤他，委实为难，只有先战一阵，再寻方法。想至此，拍马相迎。见孟获来势凶猛，也不躲避，只将左手扶住枪身，右手一弹，枪头受力，撞开狼牙棒。赵云也不停顿，回枪直刺，孟获抡棒乱砸，枪、棒相撞，火花蹦跳，刺耳的金属声不绝于耳。

孟获双臂天生蛮力，舞得狼牙棒虎虎生风，有千钧力劈华山之势。赵云也不与他比拼气力，那枪使得轻盈飘逸，不急不躁。

孟获越战越是心惊，赵云的枪法就如空中飞鸟般灵动，让他难以琢磨，只能靠着蛮力相战。

观战的魏延心中暗道："要不是丞相嘱咐，这孟获岂能坚持到现在。"

祝融在旁也看得明白，心中焦急，面露愁色。孟获气力渐弱，赵云枪势变换，顿时原本的灵逸潇洒变为狂风暴雨，一柔一刚，正是"百鸟朝凤"与"暴雨梨花"的完美结合。

孟获显然没有适应这瞬间的变化，不知如何抵挡。赵云身体从马背跃起，在空中旋转一圈，卸去力道，硬是在中途换招，复落座马背，同时拿枪头分别砸在孟获的头盔与胸甲上。孟获眼冒金光，摔落下地。祝融以为孟获身亡，悲叫一声："大王！"全力掷出飞刀。

赵云早有准备，看也不看，横枪扫去，只听"铛"的一声脆响，飞刀被击到空中，不知落往何处。

祝融快步跑到孟获身旁，赵云勒马立足，说："祝融夫人勿惊，南王休息一会儿就能恢复知觉。"

祝融将孟获搂在怀中，抬起头，杏眼瞪视赵云，质问道："南王数败，尔等已获南中之地，何必苦苦相逼？"

"孟获若不心服，大军今退，明日复反。战乱已让百姓妻离子散、流离失所、土地荒芜，为了南中万民，还是请南王真心归降。"

赵云俯视，双目中露出一丝怜悯。

祝融似乎明白些什么，她低下头，紧紧地搂住孟获。孟获咳嗽一声，苏醒过来。

孟获挣扎着想爬起身，祝融忙将他扶起。

“南王这次可服？”赵云目视孟获，充满期待。

孟获环视，恨声道：“不服。”

赵云略有失望，魏延在旁说：“先绑了，回去让丞相定夺。”

赵云点点头，吩咐左右兵士上前捆绑。此时有兵士来传诸葛亮话，若是孟获不服，便再将他原地释放。

魏延闻令，恨声骂道：“这厮杀了我们多少兄弟，就这样捉了又放，放了又捉，然后又让他率领蛮兵来战，杀我蜀军弟兄？不如抗命一次，杀了孟获，以绝后患。”

赵云不语，只叫兵士将孟优解了，与孟获、祝融一同离去。

孟获看一眼赵云、魏延，朗声大笑，在祝融、孟优的搀扶下，一瘸一拐地走过蜀兵让出的道路。

魏延望着孟获渐行渐远的背影，将手中的马鞭狠狠地摔在泥地上，勒马转身就走。赵云叹口气，他知道魏延心中的不甘，但他同时也知道，孟获对于日后南中安定的重要……

孟获一行人疲惫不堪，正遇带来洞主引了千余败兵，原来三江洞寨已被王平、马忠夺了。

孟获大惊：“这可如何是好？”

带来洞主说：“可往乌戈国，请兀骨突相助。”

孟获喜道：“兀骨突乃南中第一猛将，吾倒是把他忘了。”遂往乌戈国而去。

再说蜀军夺下三江洞寨，赵云、魏延屯兵寨下。诸葛亮在此安民，又收编蛮兵万余。休整几日，诸葛亮聚众将议事。魏延禀道：“探子回报，孟获已往东逃窜，已过逃花河，某愿提兵追赶。”

诸葛亮道：“只需在河岸屯兵扎寨，万不可渡河。”

魏延领令，正要离去，突听人言：“桃花河畔有一泉，淌水成溪，清而无鱼，此水有毒瘴，万不能饮。”

众人视之，原来是吕凯。

魏延愣了愣，抱拳施礼，拔营往桃花河去了。赵云便将本部军马移入洞寨守备。

赵云驻守三江洞寨后，闲时常跟投降蛮兵长谈，很是厚待，蛮兵日渐心服。忽有一日，魏延派人来报，蛮军不知穿的什么铠甲，刀剑不能入，蜀兵不能取胜，急向孔明问计。

诸葛亮聚众将商议，问于吕凯，吕凯道：“听闻渡过桃花河有一国名曰：乌戈。国主兀骨突，力大无比，铜头铁臂，喜好生吃毒蛇毒蝎，为南中第一勇士。而国民将本地特产的竹藤，以秘方配油浸泡七七四十九天，以后取出编甲，遇水不沉，刀剑不能摧。魏延将军必是遇到了藤甲兵，以致大败。”

赵云听闻藤甲刀枪不入，有些好奇，便出列说道：“没想到这蛮荒之地有如此神奇的事，云欲引兵增援魏将军，顺便看看这藤甲如何个刀枪不入。”

诸葛亮轻摇羽扇，点点头，正要说话，有张苞、关索两位小将出列，说道：“吾等一路跟随丞相左右，片功未立，愿随赵叔前去桃花河。”

诸葛亮转头看着赵云，赵云知孔明有意让自己选择，便对张苞、关索说道：“此行凶险，尔等不可离我左右。”

张苞、关索喜道：“一切听赵叔吩咐。”

诸葛亮便令二人随赵云前去增援魏延。

是夜风大，吹得大旗飘荡，赵云、张翼带队夜巡。诸葛亮亲至城楼，背手立于楼中，赵云就叫张翼带队先走，自己上前施礼，问道：“丞相来此，不知是为何事？”

“子龙明日又要出征，故在此等待。”诸葛亮转过身，露出一丝微笑。

“丞相必是有了破敌之策。”赵云走到诸葛亮身旁，远处模糊的山峦在月光下显得分外狰狞，就如这片土地般充满了神秘。

诸葛亮正色道："我虽有破敌之策，但此计太过狠毒，虽有功于江山社稷……"说到此，摆摆头。

赵云长叹一声，坚定地说："云会竭尽全力，如果还是无法取胜，为了南中百姓，还请丞相尽力为之。"

诸葛亮点点头，苦笑道："岁月催人老，我心中最担心的是能不能在有生之年，达成先帝未完成的心愿。"

诸葛亮说到这里，语气很是无奈。

"说实话，我也不知道。但是，我会与丞相一起努力，等南中平定，我们一起北上，杀入许都。"赵云抬起头，望着空中的星辰，他相信，刘备、关羽、张飞、马超等人就在那里，默默地注视着蜀汉，注视了这片被战火肆虐的土地……

赵云领兵至桃花河营地，诸葛亮又调马岱引援军至。赵云与魏延合兵一处，在桃河渡口高筑寨楼。未过几日，蛮将土安、悉尼又引军来犯。

赵云视之，乌戈国人果然披头散发，面目狰狞。

蛮将在寨下搦战，见蜀兵不出，很是得意。

赵云朝土安搭弓而射，箭矢疾飞，直中土安胸甲。土安被这股劲力推倒在地。左右蛮兵连忙将他搀扶起来，土安拿起箭矢，用力一掰，断为两截，扔在地上，嘴上骂骂咧咧。

赵云见他毫发无伤，眉头微皱。张苞、关索惊得不知所言。

魏延说："这些蛮人不知穿的是什么甲胄，刀砍不动，枪刺不入，这仗该如何打？"

赵云知魏延心中焦急，答道："丞相不日将至，必能破敌。"

魏延苦笑道："让丞相看某笑话了。"

悉尼见蜀兵不敢出阵，便对土安说："蜀兵不出，我们劈开寨门，冲杀进去。"

土安适才被射一箭，胸口还有些疼痛，经悉尼这么一说，立马提刀上前。一时间蛮兵涌向寨门，各拿兵器砍断栅栏。

魏延叫兵士放箭，却伤不了敌。赵云道："蛮人刀枪不入，不可力敌，魏将军可领先率军后撤，我引骑兵出寨交战，待大军撤去，我再来寻你。”

张苞道：“我要留下与赵叔一起御敌。”

关索也说：“我也愿留下。”

赵云看着他俩，说：“我领骑兵，来去自如，你们在此反是累赘。若是有什么三长两短，叫我日后如何向你们九泉之下的父亲交代呢？”

魏延拍拍张苞、关索肩甲，说道：“听你们赵叔的话。”又对赵云说：“我将骑兵尽数留下。”

赵云摆手道：“兵不在多，在于精。只需张翼手下五百精锐便可。”

魏延见情势紧急，也不多说，抱拳说声：“保重。”引大军从后门撤退。

关索、张苞向赵云行礼，转身离去。

赵云领数百骑兵，从寨门奔出，迎头正遇土安砸门。赵云提枪就刺，土安看不清枪式，身上连被点中数枪，被迫得连连后退。左右藤甲兵一拥而上，赵云旋枪一扫，藤甲兵如被狂风扫过的落叶，纷纷扬扬，跌落一旁。

乌戈最崇尚武力，见赵云勇不可当，纷纷后退，至悉尼、土安身后。

悉尼步出，将长叉一抖，扑向赵云。蛮人不习武术套路，所有招式皆是凭着一股猛劲，直刺横劈，没有虚招，很是厉害。

赵云笑道：“我也不欺你步行。”跃下马的同时，一枪压下。

悉尼拿叉接住，受此压力，身体不抖，可见力量不弱。赵云双脚落地，身体一旋，这股力量传至枪头，弹开长叉。悉尼回叉再刺，赵云下盘稳健，反身一撩，架住叉身同时，腾空一脚踹在悉尼腰部，悉尼丝毫未受伤害。赵云落地，将枪一送，使的正是“七寸盘蛇”中的“寸枪”，枪头从叉间奔出，正中悉尼上胸。

悉尼仗着藤甲护体，也不在意，将叉顺枪身划下，直劈赵云双手。赵云冷笑道：“天下没有‘涯角’不破之甲。”聚全身之力，瞬间爆发。

只闻“砰”的一声，刺在藤甲上的枪头破甲透体，插入悉尼身体，一股鲜血喷出。赵云拿枪，身体离空旋转，枪头将悉尼五脏六腑绞得稀烂，绝无活命之理。

悉尼阵亡，藤甲兵皆露惊色。从他们出生以来，从未见过藤甲被人刺破，都愣在战场，面面相觑。

土安悲愤相加，用土语大吼一声，藤甲兵回过神来，蜂拥而上。赵云将枪一抖，身形如鸟般灵动，出枪如怒龙翻江，冲在前面的藤甲兵敌不过，仅一个照面便被“涯角”枪破甲而死。赵云身后骑兵跃马而上，越过赵云，与藤甲兵厮杀在一块。

张翼骑马到赵云身旁，说：“兵士伤不了藤甲，现在魏将军也走远了，我等还是退兵吧！”

赵云点点头，一吹口哨，逐云奔到他身前。赵云翻身骑上马背，将枪举过头顶，猛地一挥，旁边传令骑兵吹起号角，骑兵纷纷向赵云身边收缩。

土安提刀紧追。赵云纵马奔出，挥枪扫去，土安不敢靠藤甲去挡，向后一退，躲过枪身，同时向赵云斜斩一刀。赵云回枪架住，土安用力下压，赵云冷道：“找死！”话音刚落，只用右手持枪，左手放开枪身，去抽腰间长剑。土安只见赵云腰剑出鞘，剑气“青虹”相交，知非凡物，忙弃了大刀，身体下蹲翻滚，方才躲开了这一剑，不过左肩甲仍然被划开了一道裂痕，皮肉见血，骇得土安不敢再追，其余藤甲兵将他围在中间，止步不前。

赵云见蛮兵不追，勒马转向，暂时退入营寨。土安已无心再战，收兵渡过桃花河。其兵士将藤甲置于水中，人趴甲上，双臂当桨，划水而去。赵云在寨楼上，忧心忡忡，心道：“这藤甲真是神奇，我若不持“涯角”“青虹”，岂能斩杀蛮将，灭他士气！如果下次卷重来，不知该如何抵挡。”

蛮兵退去，天色已晚，赵云带领军士连夜赶工，修复寨门，又在寨前遍挖深坑，埋地刺于坑中，然后回营寨防守。

翌日，魏延率军归来，见赵云固守桃花渡口，魏延对王平、张苞、关索等人由心赞道："赵云将军真虎将也！"

赵云迎入魏延，重新配置兵士，加强防备。未过几日，诸葛亮至桃花渡口外十里处盘蛇谷，传赵云前去议事。赵云便托魏延受营，自带数百从骑往盘蛇谷去了。

这盘蛇谷，只有一道，四面高崖，草木稀少。赵云骑马入谷，环视左右，心道："此处不易伏击，莫非丞相准备！"想到这里，忙催马速行，从小道上了谷右山，诸葛亮正扎营于此。

赵云入营，诸葛亮问道："子龙可见到藤甲？"

赵云道："藤甲刀枪不入，不出奇策难以取胜。"

诸葛亮长叹口气，说："看来也只能出此下策了。"

"藤甲既然是拿油浸泡，必然易燃，难道丞相是想用火攻破敌吗？"

赵云直视着诸葛亮，他知道一旦用火，藤甲兵必然全军覆灭，很是残忍，诸葛亮也是不得已才为之。

"我已传令魏延，等藤甲兵再犯，一路佯败，引其入谷，再在出谷路中摆放黑油木桶，于谷壁顶设置投石车，点燃沾油铁球投之。"诸葛亮说到这里，将羽扇轻轻拍了几下，但扇起的风，仍然没有吹散额头上的汗水。

赵云此时不知该说什么，只有暂时告退，准备实施诸葛亮的计划。

再说乌戈国主兀骨突在洞中等待捷报，却见土安负伤而归，又闻爱将悉尼阵亡，勃然大怒，自领三万藤甲兵，向桃花渡口杀来。

魏延闻报，只叫兵士朝河中放箭。兀骨突抱手坐在一头大象背上，任它驮着渡河，对射来的飞矢不闻不问，甚至懒得躲闪，任由箭头射在身上。蛮兵零星上岸，魏延开门出战，乱砍一阵，见蛮兵大部登岸，便下令撤退。

兀骨突占了蜀营，正准备下令休息，魏延又引兵复返，在寨外叫骂。

兀骨突大怒，催兵出营追赶。魏延望那兀骨突，心中惊异。见他身高十尺有二，披头散发，面目狰狞，上下裹满藤甲，手中那把玄铁巨斧，在阳光下散发着幽幽蓝光。

魏延笑骂道："这厮莫非便是南中第一勇士？乞丐罢了。"

兀骨突本就是莽夫，听不得激，举斧摇晃道："匹夫胆敢出言不逊，你不要走，吃我一斧。"说罢，催象前冲。

魏延有心与他比试，纵马奔出，抬手一斧，迎面劈去。兀骨突哈哈大笑，只拍象头。大象将前蹄举起，猛地蹬地，仰头长啸，吓得蜀兵战马畏畏缩缩，有甚者不等主人驾驭，转身就跑。

魏延好不容易勒停战马，见蛮兵大笑，骂道："靠畜生而已，算什么能耐？"

"今日非要打得你服气。"

兀骨突跳下战象，肩扛巨斧，走到两军阵前，面露轻视之色。

魏延冷笑两声，就欲下马，王平在旁劝道："丞相是要你引他入谷，将军万不可逞一时之快，耽误丞相大事。"

魏延闻言，低声说道："若不战败，如何引他，你先准备撤退。"言讫，跃下马，也走到阵前，与兀骨突对面而立。

兀骨突斜眼瞥一眼魏延，说道："让你先出手。"

魏延驰骋战场多年，几时被人如此藐视，顿时大怒，举斧便砍。

兀骨突原地不动，魏延大斧砍在胸甲上，纹丝不动。魏延回斧再朝小腿砍去，兀骨突也不躲避，挥斧相向。魏延没有藤甲护体，哪里敢用身体去挡，忙回斧架住。两人比拼蛮力，未分胜负，又战数合，魏延跳出战圈。王平早有准备，将枪一挥，骑兵冲杀上来，掩护魏延后退。

魏延复乘战马，佯败而退，兀骨突杀得兴起，下令追赶。魏延一路走走停停，每战皆败。兀骨突越战越勇，紧追不舍，恨不得立即击溃蜀军，擒获诸葛亮。

赵云站在山谷高处，静静地看着远方，谷外的山道、森林。

“赵大哥。”马岱不知何时来到赵云身后。

赵云回过头，说：“只叹孟起英年早逝，那时我在白帝城保护先帝，未能参与葬礼，只望孟起在天之灵勿要见怪。”

马岱长叹道：“大哥去世时，说未能与赵将军并肩齐力，北伐曹贼，是为此生大憾。”说罢，双手平握一弓，弓身雕龙，神态逼真，栩栩如生。

赵云视之，乃名弓“龙舌”，正要推辞，却听马岱说：“大哥遗命，叫我务必将此弓交付赵大哥，请赵大哥莫要推辞，相信日后定能在北伐中助赵大哥一臂之力。”

赵云接过“龙舌”，感受到弓身的冰凉，也让他想起了吕布。

“荆州已失，夷陵大败，蜀汉国本动摇。反观曹魏，地大物博，兵源充足，除非其内乱，否则仅靠益州一地，北上如何能成功？”赵云抚摸着弓身的花纹，想起当年蜀汉新胜，士气旺盛，正是北伐之机，刘备却为报关羽之仇，南下攻吴，失去了大好机会，以至于蜀汉今日之困。他叹口气，感受到肩上的担子，越来越沉重……

再说兀骨突半日连败魏延十余阵，心中得意，只顾追杀。魏延绕了一圈路，见兀骨突已放松了警惕，便折回进了盘蛇谷。兀骨突追到谷口，见谷峪高窄，心中犹豫，只派人入内探路，回报谷中草木稀少。

兀骨突心道：“此谷既然草木稀少，视野开阔，藏不得人。”便引兵入谷。进谷不久，蛮兵见路边有盛满液体的木桶，忙告兀骨突。兀骨突笑道：“不过是蜀兵逃窜时来不及带走的辎重，无须理会。”

又往前行数里，山道渐窄，又不见魏延踪影，兀骨突心中生异，正想派人到前方查看，却听一声炮响，两面山崖上尽是蜀兵。

诸葛亮端坐左侧山顶，指兀骨突道：“尔等前后皆死路，不如就此归顺我蜀汉，日后位列封疆，岂不美哉？”

兀骨突笑骂道：“吾军有藤甲护体，还怕什么？你便是蜀汉丞相诸葛亮吧？你别走，等吾上来擒你。”言罢，翻身跳下象背，就欲往左山冲来。

诸葛亮似是有些惋惜，将扇一挥，左右红绿旌旗摆动，蜀军同时向山谷投掷带火铁球，就像夜空中的繁星，密密麻麻。

蛮兵大乱。藤甲、藤盾在巨大冲击力的作用下，已经不起作用，火球砸破了油桶，黑油顺着泥土流淌延伸，引燃了整个山谷。

兀骨突想爬上山壁，他紧紧地抓住突出的岩石，双眼瞪视着山顶的诸葛亮。赵云站在诸葛亮身旁，俯视着谷中正在挣扎的藤甲兵、哭声、求救声、凄厉的叫喊声，冲击着他的心。

突然有兵士发现了已爬上半腰的兀骨突，关索正准备下令将投石车瞄准兀骨突，赵云摆手阻止，径直走到崖边，右手持“龙舌弓”，左手搭箭，用力一拉，成贯弓之势，朝兀骨突射出。只听“啪”的一声弦响，箭头撞在兀骨突胸甲，瞬间断为几段，兀骨突也被这股力量撞得摇摇晃晃，他怒吼道：“在上面放冷箭算什么好汉，有本事等爷爷上来。”

赵云将“龙舌弓”递给关索，提枪欲下，关索劝道：“兀骨突必死无疑，赵叔不必犯险。”

赵云正色道：“记住，武者之间，首先要做到的是：能够尊重对手。我要让兀骨突带着尊严死去，这也是将军的归宿。”言罢，飞身跃下，向半山腰跑去。

关索愣了愣，略有所思，赵云这席话已经深深印在他心中……

兀骨突见赵云奔至，大笑说：“我道蜀人皆贪生怕死，玩弄阴谋诡计之辈，不想却还有汝这般胆识之人。”

赵云斜提“涯角”，叹道：“两军交战，必有死生。吾知汝也是条好汉，不忍你被铁炮砸死，辱了名头。”

“你是想亲手送本王一程？”兀骨突瞪着赵云，见赵云只是微微一笑，兀骨突又笑道：“若是你反而死在我手上呢？”

赵云横枪道：“骑马上阵，何惧死哉！”

山谷中熊熊火焰带起的高温，已让二人汗流浃背。兀骨突举斧猛劈，带起劲风阵阵。赵云左右挑枪，用枪头、枪尾交叉撞击斧身，卸去劲力，随后蹬地跃起，一枪压下，使出“飞龙在天”。

兀骨突架住枪头，不待赵云双腿落地，右手松开，一拳朝赵云面门打去。赵云也不躲避，身体侧旋，同时右脚踹出。

拳、脚相撞，两人各退一步，山崖本无路，两人各自在突石上站稳。复又再战，赵云将枪一晃，枪花层叠，兀骨突横斧挡住，连接五枪，身体不晃，下盘不乱。

赵云枪法又变，避如飞鸟，攻似鹰隼，绞、挑、刺、劈，杀得兀骨突连连后退，这是技巧与力量之间的角力。兀骨突忽然大吼一声，如同疯子般舞起巨斧，就凭这股蛮力居然将赵云的“百鸟朝凤枪”一一化解。赵云不退反进，腾身而起，左右劈枪，枪已收回，残影尚在，犹如一只展翅凤凰，正是童渊所传绝技“凤翼”。

兀骨突看不清枪路，左肩被一枪拍中，受坚韧的藤甲保护虽未受伤，仍然感到一股强烈的疼痛。兀骨突吃疼，举斧又是一阵拼命乱砍。赵云抖动枪身，使出“七探盘蛇枪”。那枪头绞成个圈，将斧刃罩住，卸去从斧头传来的劲力。兀骨突身处蛮地，何时见过如此精妙的枪法，越战越惊。赵云反手快攻，疾刺十余枪，兀骨突避无可避，将巨斧狠狠地朝赵云掷出。赵云侧身躲开，回身一枪拍下，兀骨突张开双臂，想凭力抓枪。赵云只是使的虚招，将枪头向后一压，枪尾上翘，由下至上，兀骨突下盘不稳，翻身就要滚下崖壁，赵云一把抓住兀骨突的右手，用力想将他拉上，兀骨突道：“吾已战败，老将军何必救我?”

赵云道：“汝既知败，不如归降大汉，用一身武艺为国效力。”

兀骨突凄然道：“谢老将军厚爱，只是三万将士全军覆没，某岂能独存!”言落，挣开赵云，摔下山谷，掉进大火深处。

赵云收枪在后背，俯视山谷，蛮兵早已不动，横竖趴在地上，谷中犹如人间地狱。赵云嘴角微动，戎马数十年，他还是第一次因为战场的惨烈而动容。这是单方面的屠杀，三万藤甲兵全军覆没，在铁炮下，在烈火的煎熬中死去，而蜀军未损一兵一卒。

赵云慢慢爬上谷顶，神色沉重，走到诸葛亮身前。诸葛亮道：“吾火烧藤甲兵，寸草不留，太过残忍，恐天理不容。”

赵云转过头，说："丞相不必在意，为了蜀汉社稷，就算天降五雷轰顶，云也会挡在丞相前面。"

诸葛亮没有说话，只是露出一丝苦笑。

马岱跑来，笑道："我依丞相之计，派蛮兵去告孟获，说是兀骨突大败蜀军，已擒得丞相于三江口。孟获那厮果然中计，只带数十人出洞，被我埋伏的兵士活捉了。"

诸葛亮忙问："孟获何在？"

马岱便叫将孟获一行押至，诸葛亮谓孟获曰："南王可愿降？"

孟获傲然道："又用奸计诳我，自然不降。"

魏延等人皆露愤色，诸葛亮将扇一挥，道："给南王松绑。"意在放孟获离去。

魏延劝道："这孟获已放七次，如此捉了又放，放了又捉，循环往复，南中何时能定？望丞相三思。"

马岱看看魏延，魏延面有怒色，又看诸葛亮。诸葛亮未发一言，马岱只得令人给孟获等人松绑。

孟获带着祝融、孟优转身就走，赵云指着满谷焦尸，说："谷中满是焦尸，他们都是大王的子民。大王此去，又召集将士复来。沙场无情，不知又添多少冤魂，不知南王于心何忍？"

孟获一愣，跨步欲走，孟优跪地说："诸葛丞相七擒七纵，仁至义尽。大王，你就降了吧！"

孟获略有惊讶，斜瞟一眼，不理孟优，抬腿就走。

又听人道："大王，为了南中百姓，你就降了吧！"孟获回视，原来跪地的是祝融夫人与一干蛮兵。孟获冷哼一声，续往前走。

"你看看谷中惨状，他们都是为了你而死的。"祝融在孟获身后大声喊道。

孟获没有停步，大步从小路下山，此时，他已经众叛亲离。

"冥顽不灵，此人若再留在世上，南中绝无宁日。下次，我定会取他性命。"赵云走到祝融身旁，望着孟获远去的背影，语气平静。

祝融摇摇头，说："他本来是个爱民的人，所以才会得到南中诸部的拥戴。”

“爱民?”赵云看一眼谷中被烧得扭曲的尸体，对孟获充满了鄙夷。

这时，本已消失在后山小道的孟获又走了回来，他径直走到诸葛亮身前，伏地而拜，泣曰：“某以南王之名保证，南中诸部拥护蜀汉皇帝，永不敢叛乱。”

诸葛亮大喜，忙亲自扶起孟获。祝融、孟优等人一拥而上，将孟获紧紧抱住。自此，叛乱多年的南中平定。之后，诸部纷纷来拜。诸葛亮上表后主刘禅，仍令孟获为南王。三军归至泸水，诸葛亮下令在此设坛，祭祀在这场叛乱中死去的两军将士，后又启程，返回成都。

此时已是秋季，大地一片金黄。赵云骑马走在前面，骑兵步兵严整地走在身后。山风袭来，落叶纷飞，飘在将士的铠甲上。赵云伸手拍去衣甲上的枯叶，蜀汉的后方安定了，终于可以聚集力量，随时准备挥兵北上，去完成大家的梦想。他双腿一夹，逐云战马纵身一跃，载着赵云飞奔，留下一排清晰的脚印。

人生如梦若花期，一世盛开亦凋零。刀光剑影金戈马，莫等白了少年头。

第十三章　英雄无悔，蜀汉顺平侯

随着诸葛亮南征得胜归来，孟获归降，蛮人归心，蜀汉再无后方忧患。于是诸葛亮又制订了一系列内政措施，在发展本国经济的同时，等待进攻魏国的机会……

赵云这日在帐中习兵书，突闻外面嘈杂，出帐一看，中间校场演武台上，有一少年将军，意气风发，长得是皮肤白皙，浓眉大眼，身穿蓝布劲装，一把红缨长枪，在他手中犹如大蟒，翻江倒海。周围十余陪练兵士，无不身体壮实，却挡不住他，不过数回，尽被打翻在地，让围观的兵士不时发出一阵阵赞叹。

少年将军右手高举长枪，很是得意，见到赵云走出营帐，忙施礼道："父亲觉得孩儿的枪法如何?"原来此人便是赵云长子赵统。

赵云微笑着点点头："你这套马家枪，使得甚为精湛，只是山外有山，人外有人，你切不可骄傲自大。"

赵统垂手低首道："爹爹教训得是，孩儿受教了。"他心里却不以为然。

赵云知道赵统心高气傲，也不多说，转身回帐看书。赵统则去寻夏侯兰，跟着操练骑兵。

已至午时，营外有人求见，赵云问为何人?兵士答："来人自报叫作童飞。"

赵云将书放置桌案，起身快步行至营门，见大旗下有一人负手而立。这人两鬓雪白，神色傲然，目光如炬，果是童飞，只是身体比当年显得有些瘦弱。赵云多年不见童飞，此时相见，格外欣喜，邀进主帐，吩咐兵士准备酒菜。

两人对桌而坐，各斟满酒，童飞笑道："当年一别，未想今日再见时，我二人已是白发苍苍，垂暮之年。"

赵云也道："岁月不饶人，只叹未能完成师父安定天下的心愿。"

"这天下岂是靠一个人的力量就能左右的，子龙不必自责。人既然选择了，就没有遗憾。你是这样，张绣是这样，张任也是这样，不像我，一生漂泊，到了最后才发现，自己这一辈子什么也没有做。"童飞端起酒，仰头饮下。

赵云没有搭话，只是拿起酒壶，给童飞满上酒，然后抬起青铜杯，敬了童飞一杯。他知道，童渊的死，在童飞的心中永远是个解不开的结，也是童飞这一生都在世外逃避的起因。

酒过数巡，童飞举杯道："今日前来打扰，一是为了看望子龙，二是为了告知你，我父童渊的尸骨，就埋在太行山北。"

赵云闻言，激动地起身道："师兄若肯早些告知于我，我定要去师父坟前祭拜。"

童飞说："太行山乃曹操辖地，子龙追随刘备，岂能轻易涉险，故一直不敢相告。只是你我年事渐高，若再不相告，恐遗憾终身。"

赵云望北跪拜，曰："师父，徒儿不肖，今日才知师父尸骨所在，数十年未能祭拜，望师父勿怪。"说罢，狠磕三个响头。

童飞扶起赵云，又饮几杯，便起身欲走。赵云挽留不了，送出营门，两人沿着树荫小道并肩而行。

童飞说："我在天水偶遇一子，姓姜名维，字伯约。自幼习家传枪法，虽平凡无奇，但在他手中，却也变得精妙了。吾见他天姿聪慧，起了爱才之心，便指点了几招。若是子龙有缘在战场相遇，勿要伤他性命，日后能为蜀汉栋梁。"

"师兄的话云记住了，只是这次别离，还有相见的之时吗？"赵云停住了脚，看着瘦弱的童飞。

"也许还会有，也许不会有，要看缘分。"童飞这样说着，他朝着前方小道，头也不回地往前走。

赵云目送童飞离去，在他心中，更多的是一种莫名的失落。林荫路中，风起叶落，正如童飞所言，这就是师兄弟最后一次相见……

公元226年，也就是黄初七年五月，魏高祖文皇帝曹丕病逝于洛阳，其子曹叡继位，为魏明帝。

诸葛亮在成都得此消息，大喜，在相府召集朝中文武重臣商议，之后下令全国扩大兵役，囤积粮草，于公元227年，上《出师表》与蜀皇帝刘禅，曰："禀陛下，老臣日思达成先帝遗愿，以报三顾之恩。今曹丕新亡，曹叡登基不足以服众，则魏国朝局不稳，君臣难和，此天赐蜀汉伐魏良机。老臣愿亲率大军北上，兵定洛阳，扫平叛逆，恢复汉室正统之位，望陛下恩准。"

刘禅平日受诸葛亮约束太深，巴不得诸葛亮离开成都，大喜道："一切皆由相父做主。"诸葛亮便定于次年出征。

朝会散去，赵云归家，马云鹭见他面带愁色，便问道："夫君为何闷闷不乐？"

赵云说："今日丞相征得陛下同意，定于明年北上。"

马云鹭奇道："这不是夫君想了一辈子的事业吗？何故不喜反忧？"

"我只叹这惊喜来得太晚，若是还能年轻十岁就好了。"赵云勉强露出一丝笑容。

"带上统儿与你一起上阵吧。"马云鹭岔开话题，双眼看着赵云，期待着他的答案。

赵云微点头："是该让他好好历练，我像他这么大时，早已在先帝帐下当差了。"

马云鹭笑着说："要是北伐成功了，我要去将我爹娘的尸骨移回西凉。"

赵云知道妻子说这句话时心中的感受，他只能在心中默默地祈祷。

公元228年，春，诸葛亮以赵云、邓芝为前锋，起十万蜀军，从成都陆路，浩浩荡荡北上，后主刘禅百里相送。另一方面，在洛阳的曹叡，获前方紧急战报，令安西将军夏侯楙率二十万关中军马前去阻截……

且说夏侯楙屯兵长安，与诸将商议御敌对策，有兵来禀，西凉大将韩德前来求见。夏侯楙叫人引入，见来人身高八尺，壮如蛮牛，身披黑铁战甲，威风凛凛。

夏侯楙很是喜欢，问道："韩将军是西凉何处人士？"

韩德抱拳道："吾非西凉人，乃北方韩家子弟。今闻仇人赵云为蜀军前锋，特引西凉骑兵来助将军一臂之力。"

满堂闻言皆惊，都道："原来是枪王韩荣之后，韩家与赵云势如水火，难怪肯前来相助。"

夏侯楙大喜，遂命韩德为先锋在前，自己率大军在后。

再说赵云引兵北上，一路势如破竹，无人能敌。至凤鸣山，见前方旌旗遍布，戟戈如林，有魏兵在此布阵等候。

赵云也令夏侯兰布阵，与魏军争锋相向。

韩德在阵中，他身后立马四将，皆人高马大，目露傲色，乃韩德四子，分别为长子韩瑛，次子韩瑶，三子韩琼，四子韩琪，皆有万夫不挡之勇。

韩德指着赵云，谓四子曰："那银甲老将，便是我韩家生死仇人赵云。尔等韩家子弟，当取其首级，夺回'天涯海角'枪。"

四子齐道："儿等必杀赵云，为族长报仇雪恨。"

韩德便引四子出阵，指赵云骂道："赵云老匹夫，可记得我韩德乎？"

赵云也在蜀军阵前，听闻韩德骂声，不怒反笑道："汝便是当年在荆益界首欲刺杀张永年之人。今日在此，必是想夺我手中这把长枪吧？"

韩德冷笑道："任你赵云如何勇猛，依旧敌不过岁月。今你已老迈，还能不败？"

赵云将枪一提，大笑说："这枪便是'天涯海角'枪，想要就来拿吧。”

“老贼休要猖狂，看吾来擒汝。”

话音未落，韩瑛纵马奔出，踏起尘沙风扬。

“杀鸡焉用牛刀，让吾会会你。”赵统面露霜色，拍马奔出，去迎韩瑛。夏侯兰与邓芝正要阻止，赵云摇摇头，说：“是该让统儿知道战场残酷的时候了。”

赵统、韩瑛并马厮杀，一个枪如迅雷，雷霆万钧，一个枪抖如雪，纷纷扬扬。

赵云皱皱眉头，“马家枪”与“风花雪月寒梅枪”皆为当世绝顶枪法，只是在这两个后生小辈手里，总差了些火候。赵云心道：“若是孟起兄使用这套枪法，这韩瑛岂能相抗。”

赵统虽然枪法精妙，但毕竟初次上阵，毫无临敌经验，枪使得中规中矩。反观韩瑛，自小跟随族人与羌人作战，经验丰富，又处于体力巅峰期，自然比赵统高明得多。只见他出枪越来越刁钻毒辣，赵统手忙脚乱，终于败下阵来，回马入阵。

韩瑛也不追赶，单手举枪，骑马缓步在两军阵前耀武扬威。

赵统骑马至赵云跟前，低头说：“孩儿学艺不精，给爹爹蒙羞了。”

夏侯兰在旁安慰道：“统儿已经表现得很好了，不必在意。”

赵云脸上露出一丝微笑，说：“你能明白自己的不足就好，权且在旁观战。”

韩德见韩瑛取胜，大喜，指着蜀阵骂道：“皆言蜀人胆小如鼠，既然如此不济，干脆向我大魏皇帝投降罢了，省得四处丢人现眼。”魏兵纷纷起哄，声势浩大。

夏侯兰正要出阵，却听赵云说：“此吾与韩家之事，德义不必插手。”言落，赵云将枪一挺，已纵马跃出。

韩瑛举枪就刺，顿时枪花皑皑如白雪，人影叠叠似乱枝。

赵云横枪架住，冷声说：“自古两军交战，必有死伤。吾虽斩韩家数将，皆是光明正大的战场厮杀，非个人私仇，尔等既领兵前来，吾当全力以赴。”言讫，长枪一抖，弹开韩瑛长枪，也使出“风花雪月寒梅枪”。

“我倒是忘了赵云也会我家枪法！”在旁观战的韩德大惊，忙大呼：“瑛儿！勿要使‘风花雪月寒梅枪’与赵云交战。”话音未落，只闻扑通一声，韩瑛已被赵云一枪挑落下马，身体落地时，砸得地面上的灰尘腾起，非赵云三合之敌。

“大哥！”

韩瑶纵马而出，挥起手中大刀，劈头一阵乱砍。赵云左右摆枪，荡开刀刃，反枪盖去，韩瑶举头抬刀架住。赵云正要用力下压，只闻夏侯兰喊道：“子龙小心暗箭！”

赵云俯首马背，箭矢擦背披而过，赵云斜眼瞟去，原来是韩琼射出的冷箭。韩瑶趁机挥刀又砍，赵云斜枪一撩，用枪尾弹开刀锋，借力用枪头反拍。韩瑶来不及收刀，忙侧身躲避，被一枪拍在左肩甲上，疼得他忙策马后退。赵云正要追赶，韩琼手握方天画戟，已奔上前，朝着赵云背心一戟刺去。赵云从容不迫，在马背上转身瞬间，伸出右手，抓住方天画戟，顺手一拉，韩琼抓不稳，被赵云反夺画戟，忙拔出腰间佩剑。赵云单手抡戟抽去，韩琼拿剑护体，画戟抽在剑身，这股冲击力震得韩琼在马背上左右摇晃，险些摔落下马。

韩瑶见韩琼势危，提刀复来，这时韩琪也脱阵而出，将赵云夹在中间。

“赵云老贼，杀我大哥，今日定将汝砍为肉泥。”

韩琪双手各握一刀，唤作“日月雌雄刀”，此人为四子中最强，所使武艺叫作“子午断魂刀”，一旦使出，刀光一片，刚猛之至，寻常对手哪里阻挡得住，死在其刀下被剁为肉酱者不知其数。

赵云以一敌三，神色自若，大战一阵，虚晃一枪，假意不敌，纵马就往本阵奔去。韩琪报仇心切，举刀拍马，大呼：“老贼休走！”纵马便追。

赵云猛地转身回马，同时将画戟掷出，韩琪挥刀挑落画戟，不料赵云反催马至身前，慌忙举刀。赵云又岂会放过这绝好机会，一枪刺出，韩琪斜身躲避，不想仍被刺中右肋，长枪破甲而入，赵云再用力一挑，韩琪惨叫一声，落下马来。

正要复枪刺死，斜眼瞟见韩琼在旁拉弓射箭，赵云索性弃了韩琪，将枪一抖，连挑韩琼三箭。此时魏军偏将趁机上前抢回韩琪归阵，韩德去看，伤口稀烂，已是救不活了，韩德大呼："老贼又杀吾韩家二人，韩琼、韩瑶，你二人先回阵来。"

赵云已从马鞍取下"龙舌弓"，朗声笑道："来而不往非礼也，既然到阵前厮杀，就别走了。"说罢，拉弓对着韩琼。

那韩琼心道："我射赵云的箭都被其挑下，若我不挑下他的箭，岂不被天下人笑话？"想到此，将刀护住身体，就欲挑箭，谁知弦音已落，未见箭矢，韩琼正疑，又闻一声箭矢，躲避不及，正中面门，翻身跌落马下，一命呜呼。原来赵云第一次只是以空弦惑他，韩琼果然中计，遂被第二箭射死。

韩瑶大怒，不顾韩德叫他归阵，拾起韩琪遗落的"日月雌雄刀"，直奔至赵云身前，右手横刀腰斩，赵云侧枪接下。韩瑶又使左手斜劈，赵云将枪一旋，弹开双刀。韩瑶双手同劈，赵云将枪由下至上，斜挥而出，砸开双刀，顺势脚踏马背，腾空而起，右脚猛踹，一脚踢中韩瑶胸口。韩瑶吃疼，身体后仰，赵云再复一枪，拍在韩瑶头盔上，发出一声金属撞击的声响。

韩瑶两眼一花，侧身跌落，被赵云一把抓住，扔在地上。夏侯兰将枪一指，蜀兵蜂拥而上，韩瑶死于乱刀之中。可怜韩家四将，英姿飒爽，正值意气风发之时，皆是英雄少年，不想却折戟于此，实是让人惋惜。

赵云复骑战马，挺枪跃马，银甲闪耀，去取韩德。韩德又悲又惧，拍马入阵。赵云哈哈大笑，豪气万丈，单枪匹马冲入魏阵。魏兵见赵云勇猛，谁敢阻挡，纷纷后撤，阵型不战自溃。

邓芝见状，下令蜀军冲锋，大破魏军，杀得凤鸣山上惨叫连连，血流成河，平添亡灵无数。

赵云得胜归来，邓芝赞道：“老将军连斩韩家四将，就算廉颇在世，也不过如此!”

赵云抖去枪身的血液，说道：“邓将军言重了，可惜走脱了韩德。”

夏侯兰笑着说：“子龙不必遗憾，韩德必会再来。”

赵云见天色已晚，便选地筑营扎寨。

再说韩德逃出数十里，一路收拢了败兵，去见夏侯楙，泣道：“赵云杀吾四子，请将军拨我五万兵马，明日再去凤鸣山决一死战。”

夏侯楙忙劝慰说：“韩老将军暂且息怒，令郎之仇乃国家之仇，我当亲率大军前去。”

翌日，魏军至凤鸣山。赵云早得探子报告，令邓芝、夏侯兰紧守寨门，自己引千余骑兵出寨迎敌。正要出行，赵统在门前等候，见赵云骑马过来，抱拳请命说：“儿愿与父亲一齐上阵退敌。”

赵云见军情紧急，经不住赵统纠缠，只得应诺，赵统雀跃，骑马跟随。来到阵前，见大旗之下有一将，身穿白金厚甲，头戴虎纹盔，正是夏侯楙。

赵云枪指夏侯楙，喊道：“曹魏篡汉，乃天下大罪。今我大汉皇帝遣军北上，替天行道，剿灭叛逆，尔等还不弃械投降。”

夏侯楙骂道：“昔汉献帝布告天下，禅位与魏王，百姓皆知。反观刘备，强抢刘璋府地以自立，伪帝也，不过一州之兵，安敢犯境?”

韩德想起四子惨死，不待夏侯楙下令，提斧纵马冲出，眼底闪烁着仇恨的冷光。

赵云拍马相迎，二人并马，韩德举斧狂砍，赵云连续挑开数斧，问道：“为何弃枪不用，反使大斧?”

韩德冷笑道：“吾韩家的绝技‘风花雪月寒梅枪’，都被你练熟了，如何能胜你?”

“你使枪，尚能与吾战数十合，若是使这斧头，只怕你在我手中走不过五合。”赵云的表情很是不屑。

韩德横斧砍去，怒道："废话少说，老贼还我儿命来！"

赵云冷哼一声，将枪一拍，贴在斧面，随斧柄向下压去。韩德一抖斧身，弹开长枪，俯身横劈，想砍断赵云坐下马蹄。若是寻常战马兴许一时反应不及，被斩了前腿，可这逐云白马，跟随赵云久经沙场，身经百战，斧刃未到，已后腿撑地，前腿抬起，有惊无险地避开了攻击。

韩德一击不中，挺身反手用斧背拍去。赵云拿枪斜挑，架开大斧，直枪刺去，韩德逞勇，伸出右手去抓枪头。赵云见枪头被韩德紧捏在手，也不惊慌，只将那枪头一绞，韩德发出一声哀号，忙弃了枪头。只见他右手鲜血直流，原来手掌被枪头绞得皮肉迸裂，勒马就退。赵云催马上前，又起枪刺去，韩德顾不得右手掌疼痛，抬斧架枪，赵云再往前一送，枪头滑过斧杆，刺透韩德胸甲。韩德面如死灰，弃了大斧，双手紧紧抱住枪身，叹道："罢了！罢了！能死在'天涯海角枪'下，也不辱某威名。"

韩德说罢，用尽最后的气力，将枪头从胸口拔出，落马而亡。

赵云突然想起往事，当年在长坂坡，韩荣临死赠枪，历历在目。他缓缓抬起"涯角"枪，让鲜红的血液沿着枪头滴在地面。

"战场交锋，各为其主，怪不得我又斩韩家五将。"想到这里，赵云手猛一挥，抖落附在枪上的血液。斜提长枪，立马阵前，喊道："韩德已亡，谁敢出来一战？"

夏侯楙见折了韩德，大惊，扭头问众将："久闻赵子龙长坂威名，以为不过人言亦言，今见其果然猛不可挡，汝等谁可去战赵云？"

有参军程武禀道："兵法云：避其锐，攻其惰。赵云虽老，勇猛不减，又斩韩家父子，蜀军士气高扬，我军气馁，非决战之机，不如暂退，在图破敌妙计。"

夏侯楙听了，又去看众将，皆低头不言，无人敢出阵，夏侯楙只得下令退兵。

赵云见魏兵欲退，将枪一招，赵统引骑兵冲出，跟着赵云冲杀魏兵后阵，大胜而归，夺取辎重无数。回营后，赵统向邓芝等人述说战场之事，众人皆赞，赵统扬扬自得。

夏侯楙退出十余里，见天色已暗，暂时下寨休整，聚众将于大帐，怒道："赵云年老，英雄尚在，今日对阵，居然无人敢出，不知诸位还有何脸面回洛阳去见陛下。"

众将羞愧难当，程武却笑道："赵云虽勇，不过莽夫也！大将军只需避开蜀军细作，连夜分兵至官道两侧。明日挑战，诈败而走，引赵云入伏，四面包围，必能擒他。"夏侯楙应诺，便遣步将董禧、薛则各领一军埋伏。

次日，夏侯楙引军复返，至蜀营前布阵，令先锋潘遂叫战。赵云引军出营，临行，邓芝进言道："魏军昨日方退，今日又来，恐其有诈。老将军还请多加提防。"

赵云还未答话，一旁的赵统说："魏军不过一群乌合之众，爹爹也不必亲自出马了，我去擒了夏侯楙回来请功。"

赵云皱皱眉头，心中有些不悦，呵斥道："两军交战，岂能儿戏？"

赵统见父亲动怒，低头不语，勒马前行几步，心中却是不服。

赵云知他心思，便对夏侯兰说："统儿像他母亲，心高气傲，吾恐对他成长无益。你与他关系密切，有劳你常开导于他。"

夏侯兰道："我待统儿如子，不必客气。"

那魏将潘遂见蜀军出寨，不敢单斗，将旗一摇，令兵士冲杀。赵云叫邓芝于后压阵，自引骑兵精锐冲杀。赵统年轻气盛，纵马上前，挥枪乱舞，直取潘遂。夏侯兰怕他有失，在旁协攻，杀得正酣，魏营又奔出八名裨将，一同围住赵云。

潘遂佯败，拍马便走，赵统策马欲追，有骑兵劝道："少将军慢行。赵将军并未下令追击，再者潘遂未战几回便走，恐其有诈。"

赵统笑道："想当年吾父单枪匹马，纵横于百万乱军之中，救出陛下。今日所对不过昨日败兵，何惧之有？何况潘遂早已胆寒，若是不追，岂不便宜了他。"言讫，引从骑追赶。

夏侯兰在乱军中不见赵统，忙问兵士，有人曰："适才见少将军往北追潘遂去了。"

夏侯兰大惊，也领兵往北，去援赵统。

赵云枪法精妙，枪影随形，杀退八将，魏军溃败而走。赵云恐其有诈，也不追赶，清点战场，不见赵统与夏侯兰。

邓芝慌道："二位将军定是追潘遂去了。"

想到夏侯兰年事已高，赵云心急，忙说："我领一千骑兵先行，有劳邓将军统大军垫后。"言落，不待邓芝回话，纵马就走，周围骑兵左右跟随。邓芝欲言又止，率军在后。

赵云前行数里，见前方道旁尽是乱树山丘，路中脚印凌乱，心道："此处最善伏兵，夏侯兰不会盲目追逐，必是统儿一路莽进。"想到此处，心中更急。又行一阵，见地上插满箭矢，蜀兵尸体横七竖八，堵满了山道。原来赵统、夏侯兰中计被潘遂领魏兵围住，射出无数箭矢，蜀兵死伤惨重，夏侯兰只身护着赵统撤退。赵云急行，在山中寻找，在北山见赵统、夏侯兰正被潘遂围在中间，赵云挺枪跃马，眨眼奔至魏兵身后，扬枪一挥，扫死两名魏兵。潘遂见赵云至，反身就走，赵云催马追上，潘遂硬着头皮迎战，被赵云一枪刺于马下，魏兵四散，不敢交战。

夏侯兰见魏兵退走，长舒口气，突感后背剧痛，翻身落马。赵统不知所措。赵云下马，快步上前，扶起夏侯兰，见他后背有血浸出，有箭矢半入体内，眼看活不成了。

"汝为何不遵军令？"赵云起身拔剑转身欲砍赵统。赵统心中悲恸，低头不语，也不躲避。眼见就要劈中赵统，却听夏侯兰大声喊道："此事与统儿无关，你若杀他，我如何瞑目于九泉？"

赵云听了，将"青虹剑"稍微斜向，劈在旁边石头上，顿时将石头一分为二，转身搂住夏侯兰。

夏侯兰脸色苍白，已无血色，颤抖着身子，说："子龙不必难过，吾年事已高，死不足惜，统儿年纪尚浅，莫要怪罪于他。"

"都怪我轻敌冒进，侄儿万死难辞其咎。"赵统跪地，泣不成声。

“我看到月萱了，她来接我了。”夏侯兰的双眼逐渐模糊，他的面色突然红润起来。赵云知道这是回光返照，紧紧将他搂在怀中，埋头痛哭。他的脑海浮现出家乡门外的那棵树，树的旁边，就是夏侯兰的屋子……

有诗云：落叶归土泥芬芳，将士北望思故乡。牡丹盛开洛阳美，不及幽兰藏暗香。

赵云取下披风，裹住夏侯兰尸身，绑在马背上，准备原路返回。只走数里，却见山道两旁尽是魏兵旗帜，魏将董禧在山上喊道：“汝等中我将军计也，已被大军围住，此时不降，更待何时?”

赵云冷笑：“吾大军在后，尔等岂能阻我。”

“邓芝在后自顾不暇，哪里还能赶来?”董禧哈哈大笑。

赵云担心邓芝，想强行突破，董禧只叫射箭，赵云兵少，只得暂退，往北寻路，遇薛则领大军埋伏。赵云护住赵统，左右冲杀，此时董禧又引军追杀至此，好一场厮杀，只听刀枪剑戈声，只见尸横遍野血成渠。赵云心道：“我走北，魏军便围北，我走南，魏军就围南，必是有人在高处指挥。”想至此，往上张望，果见北山上有旌旗摇晃，又见帅旗高立。赵云知道夏侯楙在山上，心道：“擒贼先擒王，为今之计，只有先擒了夏侯楙。”主意一定，挺枪向山坡冲去，魏兵抵抗不住，纷纷后退。山上的夏侯楙大惊，程武却道：“都督不必担心，吾早有准备。”就叫兵士将准备好的圆木、滚石落下，顿时蜀兵人马皆翻，砸翻百余。

赵云见冲不上坡，退下山，杀开魏兵，又往南走，一路血战。四面皆敌，直战至天黑，身旁只剩数百余人，皆疲惫不堪。赵云便寻一处高地休整，赵统见赵云独坐战马旁，似乎苍老许多，知夏侯兰的逝世对他打击很大，自责道：“都怪我好大喜功，害死了夏侯叔叔，又让父亲身陷险境。”

赵云看一眼逐云马背上的夏侯兰尸体，长叹一声，对赵统说：“你要记住，你这条命是你夏侯叔叔换来的，他一生无嗣，视汝为亲生。日后每到端午重阳，莫忘了烧香拜祭。”

“孩儿知道了。”赵统点点头，神色严肃。

赵云叹道：“人不得不服老，若是壮年……”说到这里，眼中透出一股沧桑。

赵统说道：“爹爹武艺高强，何故出此泄气之言？”

赵云摇摇头，说：“你错了，为父能纵横战场数十年，并不是靠手中的长枪，而是有一群有情有义、生死相随的弟兄。想当年，吕奉先武艺天下无双，谁人能敌？但一人之力实在渺小，最后众叛亲离，不得善终。为父追随先帝多年，无论成败，不离不弃，是为了报答先帝知遇之恩。也正是这股信念，让吾拖着这年迈之躯，统军北上。”

赵统恍然大悟，抱拳道：“孩儿当继承父亲的意志。”

赵云拍拍儿子的肩膀，说：“记住，做人，要有情有义，生死不弃，这样的人才能纵横于战场不败，才是真正的英雄。”赵云站起身，翻身上马，对夏侯兰的尸体说：“你先在奈河桥前驻足片刻，我即刻便来。”说罢，又对赵统说：“我率兵继续北攻夏侯楙，诱其主力，你换了魏兵衣甲，趁乱突围。回去与你母亲说，我愧对于她。”

赵统跪泣，不肯独走，赵云枪指道：“莫要忘记你适才所言，要继承我的遗志。去吧，留可用之躯，报效国家。”言落，突闻左右山间杀声大作，火光冲天。原来关索、张苞带兵前来，一路厮杀，寻得赵云，说道：“丞相得邓将军急报，令我二人前来相助。”

赵云点点头，说：“幸亏二位贤侄赶得及时，夏侯楙何在？”

关索道：“只斩了董禧、薛则，不曾见到夏侯楙。”

赵云指北山，曰：“夏侯楙就在山上，不如趁机攻上山去，生擒夏侯楙。”

张苞、关索对视一眼，勒马便走。赵云见二人朝气蓬勃，心中欣慰，又对赵统说：“走，与我一起冲上北山，以慰你夏侯叔在天之灵。”

赵统擦去眼泪，紧握“凤尾枪”，点点头，跟随父亲冲锋，杀得魏兵四窜，来到北山顶，夏侯楙早已逃之夭夭。蜀兵乘胜追击，至南郑，赵云索性围住城池，又令赵统戴孝护送夏侯兰遗体回成都安葬。

围城十余日，诸葛亮使计破城，活捉了夏侯楙，军指天水……

夏，大地极力呈现着它的美丽，深绿的草，红色的花铺满了山野，点缀着雄伟的天水城池。突然一头苍鹰在空中掠下，抓起了一只野兔，又展翅飞上天空。此时，吊桥缓缓落下，架在护城河上，一队兵马从城门奔去，踏着桥面，迅速离去。

赵云领兵藏在左侧的树林中等待消息，探子来告，天水太守马遵中计出城，往南郑去了。

赵云大喜，率兵奔至天水城外，大呼："尔等已中我丞相计也，速开门投降，也可留条性命。"原来诸葛亮连派人假扮夏侯楙使者，前往天水求援，诱马遵出城，又令赵云趁城内空虚，前来夺城。

守将在城楼反笑道："汝能否攻下城，尚不得知。"

赵云大怒，下令攻城，却听右侧一声炮响，四面火光，有一军冲出，带头为年轻将军，眉清目秀，身披麒麟甲，骑卷毛红鬃驹，手握长枪"麒麟牙"，气度非凡。奔至赵云军前，勒马笑道："尔等奸计早已被吾识破。"

赵云微皱眉头，也不慌乱，斜背长枪立马阵前，问道："吾不杀无名小卒，汝是何人？报上名来。"

青年将军将枪一横，朗声道："我乃中郎将姜维，在此恭候多时了。"说罢，提枪便刺。

赵云听他报了家门，想起童飞之言，心想："师兄有言，不可伤了他性命，就让我先试试他武艺。"想至此，挑开姜维长枪，正欲直刺，未料姜维枪势不变，双手往下压，枪尾撩拨赵云坐骑。赵云心中暗暗叫好，同时变刺为压，扫在姜维撩起的枪尾上。姜维只感一股劲力从枪身传递到双臂，顿时双手发麻，勉强抓住长枪，心中惊道："人言赵子龙年纪虽老，英雄尚在，今见果不其然，若他也是我这般年龄，我毫无胜算！"姜维不敢大意，枪势一变，使出的居然是"百鸟朝凤"。

赵云心中乐道："看来师兄还是将这枪法传给了他。"想到这里，也使出"百鸟朝凤"。

二人并马对枪，各出奇招，战百合，未分胜负。赵云越战越欣喜，这姜维小小年纪，就能把"百鸟朝凤"练得炉火纯青，实在是练武奇才。

姜维也是暗暗吃惊，虚晃一枪，勒马退出战圈，问道："赵老将军与我使的可是同一路枪法？"

赵云点头笑道："你我皆使'百鸟朝凤'。"

姜维又问："原来这路枪法便是'百鸟朝凤'，赵老将军可认识童飞？"

"童飞乃我师兄，既传你武艺，你便与我有缘，可愿跟我一同北伐，匡扶汉室吗？"赵云收枪，注视着姜维，很是期待。

"童飞叔叔虽然对我家有恩，然忠臣不事二主，伯约既为魏将，岂能投蜀！"姜维同样看着赵云，目光炯炯有神，很是坚定。

赵云不怒反喜，赞道："好一个忠臣不事二主，只是曹魏篡汉，本不在理，望你好自为之。"话落，后方官道传来一阵马蹄声，马遵抄背后小路奔来，截了蜀军退路。

赵云笑道："来得好快。"勒马欲走，又对姜维说道："为自己利益而战的人不算英雄，我想你不是一个追求私利的人。下次见面希望你给我一个答案。"说罢，策马归阵，领兵后退。

姜维点头，挺枪道："老将军好意伯约心领了，只是两军交战，岂能让你轻易离去？"遂拍马追赶。

赵云不想与他纠缠，引兵后撤，打算直接突破马遵的包围。

马遵谓偏将梁虔道："我等非赵云敌手，只有合力一战。"

梁虔抖抖手中大刀，说："久闻赵子龙英名，某不敢托大，当与将军同战。"

二将上前，一枪一刀，阻住赵云去路。梁虔争功，举刀就劈，赵云身子一偏，躲过刀刃，挥枪反劈，眼看就要劈中梁虔，情急只间，马遵出枪架住，梁虔回过神来，举刀又砍。赵云猛地使力，横格开马遵长枪，同时横枪斜竖，挡开刀刃，又反手疾刺。梁虔收刀护住胸口，枪头正中刀背，只听“铛”的一声脆响，梁虔硬是被这股劲力震得东歪西倒，险些落马。马遵见赵云来不及收枪，双手用力一捅，朝赵云胸口刺去。

赵云也不躲闪，右手抽出“青虹剑”，马遵只见青光闪烁，手中的长枪寸寸断裂，吓得他忙退到一旁，不敢阻挡。此时姜维从后追上，见二将势危，情急之下，提枪猛地朝赵云刺去。赵云看也不看，反手一枪扫开“麒麟牙”。姜维拿稳长枪，正欲复刺，却见眼前：枪影交错，如若凤凰双翅舒展，看不清枪从何方收，又从何方出，惊得接连后退。

赵云也不追击，收枪说：“此乃绝技‘凤翼’，你可看得明白？”

姜维勉强点点头，说：“得觑个大致。”

赵云哈哈大笑，众骑兵护在左右，组成白马冲锋阵。马遵、梁虔下令组阵，却见关兴、张苞从两侧杀出接应赵云，马遵、梁虔反而被夹在中间，只得与姜维合兵，退到一旁，让赵云离去。

马遵对姜维言：“多亏伯约看破蜀军奸计，否则天水危矣！”

“将军过奖了，此次赵云退去，诸葛亮必然领军前来。我欲引一军伏于东北树林，二位将军分兵两处，等蜀军至，以火为号，三面夹击，任他兵多，也不足虑。”

马遵对他信任有加，立即着手部署。

姜维回头，立马远望蜀军离去的方向，剩下的只有满地尸体，马蹄踏起的滚滚浓烟，久久飘荡。

赵云回到营中，去见诸葛亮，备言姜维之事。诸葛亮也不多言，次日，亲引一军前往天水。

到天水城外，抬头见城楼旗帜整齐，兵士严整。

赵云等将请命攻城，诸葛亮道：“马遵知我大军前来，浑然不觉，不合常理，恐其有诈。”于是暂在城外下寨。天色还未黑尽，东北突然火光冲天，接着杀声四起。赵云在营中听得城上敲鼓呐喊，暗道不妙，忙与关兴、张苞护着诸葛亮突围。至后寨，火光摇曳，分不清敌我，又走一阵，回头见火把如长蛇起舞，追赶而来。

赵云神色自若，对关兴、张苞说：“你二人保护丞相先走，吾在后截住追兵。”便将兵马分伏于道路两旁。

再说姜维纵马追赶，见赵云持火把，立马于道中，身后只有数十骑兵，心中起疑，勒停战马。马遵、梁虔也至，见赵云挡道，姜维不前，马遵问：“赵云就在前方，且兵不过百，伯约何故不追？”

姜维道：“赵云信步于此，恐其有诈，故不敢轻进。”

梁虔见马遵重用姜维，心生嫉妒，便说：“蜀兵已被杀得丢盔弃甲，抱头鼠窜，此时追击，定可生擒诸葛亮，岂能被赵云疑兵所困？”

马遵听了，心中一动，垂涎生擒诸葛亮的功劳，便不听姜维劝告，与梁虔继续追击。姜维苦劝不了，只得按兵不动，随时准备增援。

赵云见马遵、梁虔迎面冲来，待其进入伏击圈，只将手中火把扔在地上，两面战鼓声起，蜀兵拉弓射箭，魏兵顿时落马一片。待箭雨过后，魏兵早已锐气尽消，赵云挺枪跃马，奔入魏兵，左突右冲，如若无人。马遵惊惶，不知有多少蜀兵，勒马反身便走。魏兵四散，梁虔硬着头皮上前去战赵云，未战三合，被赵云一枪劈碎护心镜，跌落马下，偏将拼死抢回。此时姜维率部增援马遵，赵云又往南走，杀将挑兵，扬长而去。马遵见梁虔负伤，还有躺在地上数百具魏兵尸体，弯腰抽出一具尸体上的箭矢，猛地掰为两截……

诸葛亮退回本营，谓众将曰：“姜伯约果然英雄少年，不可轻敌。”会毕，独招赵云入见，言：“姜维文武双全，我甚喜之，子龙可有招降之策？”

赵云道：“姜伯约乃义士，岂肯背弃魏国，莫非丞相已有计策？”

诸葛亮笑道：“我闻其母便在冀县，可派人围住不攻，待姜维前来。”

“末将愿往。”赵云抱拳请命，他心中也非常希望招降姜维。

诸葛亮摇摇羽扇，说：“魏延去就可，子龙还得去上邽，绝了天水粮草。”

赵云应诺，连夜准备。次日诸葛亮起本部十万军马，至天水城外三十里处扎营，分遣赵云、魏延各领一军攻打上邽、冀县。

姜维闻报，在城中彻夜难眠，翌日清晨去见马遵，哀求道：“吾母在冀县，恐其有失，望将军允我引兵增援，也不失孝道。”

马遵沉思片刻，说：“蜀军兵临城下，且上邽被围，也需增援，故吾只能与你三千兵马。”

姜维拜谢而退，引兵赶往冀县。梁虔伤势不重，也请命往上邽，二将皆不受阻，入得城内。

诸葛亮又假意对夏侯楙说：“姜维遣人见我，言：只要驸马安在，吾愿投降。汝可愿去劝降姜维乎？”夏侯楙本就无谋之人，听诸葛亮放他离去，自然连声称是，一路骑马往冀县去。诸葛亮又选形似姜维之人候命。

夏侯楙沿途遇百姓奔走，说是姜维已降。夏侯楙回视，见无人跟踪，便往天水去，马遵迎入，备言姜维已反。马遵疑惑，偏将梁绪、尹赏皆言：“未见姜维，不可只听一面之词，便下结论。”

马遵道：“还是待他归来问个虚实。”见天色渐黑，便设宴款待，突有兵禀，姜维率兵攻城，直叫夏侯楙出去说话。

马遵与夏侯楙上城观望，火光之下，果见姜维，夏侯楙喊道：“大魏对汝不薄，如何反戈相向？”

只听姜维在城下答曰：“不是大都督叫我反吗？你要脱身，却陷我于不义。”

夏侯楙又说：“那是权且之策，汝岂能当真？”

姜维骂道：“大丈夫一言九鼎，岂能像汝等这般言而无信。”说罢，令兵高架云梯攻城，攻至天明不破，引兵退去。

马遵叹道：“想不到姜伯约这般忠勇之人，也会叛国投敌。”

再说姜维进入冀县，先去探望母亲。姜母曰：“我家世受汉皇帝恩德，今蜀汉兴义师，讨伐曹魏，匡扶汉室，吾儿怎可助纣为虐？”

姜维道：“魏国待孩儿不薄，若是弃魏投汉，岂不被天下人所不屑。”正说间，有兵来禀，蜀兵运来粮草，已往魏延营内去了。

姜维心道：“城中粮草不足，若是夺得这批粮草，岂不美哉!”便趁夜引兵出城截营，悄行至魏延营前。

姜维令人射落寨楼哨兵，上前一看，原来皆是草人。姜维暗道不妙，忙叫兵士后撤。四周火起，放眼望去，尽是火把，把魏兵围得是里三层，外三层，原来是张翼埋伏于此，专待姜维劫营。

姜维钢牙一咬，挺枪纵马，奋力厮杀。张翼难敌，王平又引兵至，二人只围住姜维混战。

姜维兵少，不敢久战，虚晃一枪，拍马就走。逃到冀县，见城门上火光通明，有人在城头大呼：“汝可认得我魏延乎?”

姜维急道：“两军相争，各为其主，不可祸及家室。”

魏延笑道：“令母尚好，我自会好生看待，汝不必担心。”言讫，手一招，城上弓弩手放箭。

姜维舞枪挑下几支箭羽，又见张翼、王平追来，只得往天水逃去。至天水城外，马遵获报，上城拒敌，姜维不知缘故，喊道：“将军何故拔剑相向?”

马遵骂道：“你个无耻叛徒，上次强攻不下，今日又来。”

姜维又说：“我都在冀县防守，何时来过天水，必是诸葛亮叫人假扮。”

夏侯楙在旁大呼：“上次看得真切，容不得你狡辩。”言罢，令人射箭。

姜维百口难辩，又退往上邽叫门。梁虔冷道：“你这叛徒，想来赚我城池。”也叫墙上兵士一阵乱射。

姜维进不了城，只得折返，准备退往长安。未走数里，途经树林，关兴率兵奔出，姜维奋战走脱。回首身后兵士仅剩十余人，皆蓬头垢面，疲惫不堪，便寻一无名山丘躲避。姜维靠在一块石头上，大口饮水，然后猛地将水壶扔下山，叹道：“某对魏国忠心耿耿，没想却落到如此地步。我死不足惜，只是可怜了我老母亲，父亲早亡，母亲含辛茹苦将我拉扯大，未享一天清福，却因我所害，我实在是不孝之人。”

“令母在我军中，无人敢不敬。伯约已无路可走，不如归降蜀汉，讨伐逆贼，成不世之功。”

姜维闻言，脸色如常，抬头望去，见赵云居高临下，蜀兵早已将他包围。

姜维笑道：“要杀便杀，自古忠臣不侍二主，休想要我投降。”

“夏侯楙深信你已投蜀，去了长安，你焉能有命？”赵云摇摇头，不知是欣赏他的坚贞，还是叹息他的愚忠。

姜维拍拍衣甲上的尘土，说：“我愿以死尽忠。”

赵云一掀背披，说道：“你走吧，希望你在去长安的路上，回转心意。”

姜维站起身，对赵云一拜：“但愿后会有期，日后赵将军若是见到我童飞叔叔，请帮我问候一声。”说完，上马转身就走，周围蜀兵让开一条路。

赵云突然喊道：“伯约一心寻死，可想令母尚存，若知伯约死讯，焉能独活？”

姜维身体一颠，心道：“赵将军所说非虚，魏国我是回不去了，既然如此，不如投了蜀汉，也可保母亲安危。”于是翻身下马受降。

赵云大喜，扶起姜维，一同下山，正遇诸葛亮亲至。赵云领姜维拜见，诸葛亮亲自拉住姜维道：“吾自出茅庐以来，遍寻可传之人，今见伯约，吾愿足也。”

赵云听了，忙对姜维说：“还不快下跪行拜师之礼。”

姜维朦朦胧胧，反应过来，大喜，俯身便拜。诸葛亮哈哈大笑，扶起姜维，收兵回营去了。未过几日，姜维手书劝降信射入天水，故意让马遵得到。马遵、夏侯楙中计，欲杀尹赏、梁绪，逼得二人不得不反，迎蜀军入城。马遵、夏侯楙在数十骑的保护下，逃亡长安。梁绪又修书一封与其弟梁虔，于是天水、上邽、蓟县尽归蜀汉所有。

这日天气晴朗，赵云在营中休整，兵士来禀：“本地富商派人投了拜帖。”

赵云拿帖视之，见落名“何俊”，喜道：“原来是故人，我得前去拜访。”便与来人前去。

至城东，有一府邸，赵云视之，牌匾“何府”。翘角飞檐，褐墙黑瓦，依稀与当年在西凉时相似。门丁慌忙通报，一人跌跌撞撞，出门来迎。赵云仔细一看，果是何俊，只是当年的英俊少年，已是银发老翁。

故人相见，分外亲热，何俊拉着赵云入屋赴宴，何家后人尽在屋中等待。二人席间备言当年之事，谈起逝去的故人，皆有悲色。

日落西山，天色渐暗，赵云与何俊辞别，何俊道：“吾俩已是暮年，不知今日之别，还能再见乎？”

赵云沉默片刻，拍拍何俊的肩膀，转身骑马离去。夕阳斜照，只将赵云的背影拉得越来越长，何俊的眼眶不知何时，已经挂满了泪水……

人的一生是短暂的，许多人、许多事，也就转眼间，就什么都不在了……

数日后，诸葛亮在太守府议事，谓众将道：“曹叡又遣曹真率兵前来，吾欲分兵，一路疑兵，扬言斜谷进攻郿城，诱曹真大军，一路出祁山，迂回到曹真身后，两面夹攻，曹真必败。只是这疑兵风险太大，不知诸位谁愿担任此责？”说完，就去看关兴、张苞等人。

赵云出列道：“此疑兵之计，非老将不能以假乱真，某愿率本部五千兵马前去箕谷。”

邓芝也说：“吾愿与赵将军同去。”

诸葛亮闻言，动容道：“赵将军此去，定要注意自身安危。”

赵云朗声笑道：“丞相还是担心吾老迈无用，吾才斩韩家五将，精神抖擞，不必担心。”

诸葛亮起身，对赵云一拜，道：“箕谷，就拜托子龙了。”遂令赵云、邓芝进兵箕谷。

且说魏主曹叡亲督长安，召宛城司马懿到长安听令。数日不见司马懿至，有人言司马懿恐有异心。曹叡不知真假，正要遣人去探，卫兵来报，司马懿在外求见。曹叡忙召入，看那司马懿，身高七尺，面目和善，温而尔雅，跪见魏主，曰：“老臣受召，月前便应启程，只是闻孟达欲反，故待平叛之后，方来面圣。”

曹叡大喜，道：“多亏将军洞悉贼子阴谋，否则两都（西都长安，东都洛阳）危矣。”遂叫司马懿起身。

“此乃陛下洪福，某不敢居功。”司马懿起身，躬身而立，规规矩矩。

曹叡见他身为长者，居功不傲，一身儒气，很是喜欢，说道：“诸葛亮北犯，连败夏侯楙与曹真，兵逼长安。此危机之时，实在是不得已，方召老将军出山，以退蜀兵。”

司马懿躬身说：“老臣受先帝之恩，理当报国。”

曹叡便封司马懿为平西将军，正要设宴送行，司马懿又说：“蜀将赵云，勇冠三军，当年长坂一战，历历在目。此行需一员猛将与他相抗。”

曹叡皱皱眉头，问：“我知其已老迈，满朝文武莫非就无人可敌？”

司马懿禀道：“右将军张郃，乃枪王韩荣之徒，武艺高强，曾数战赵云，皆全身而退，可担此大任。”

曹叡喜道：“朕这就召他前来，与你同去。”

数日后，司马懿调聚长安、洛阳兵马，共二十万，以张郃为前锋，出关迎击诸葛亮。

赵云兵至箕谷，探子回禀：曹真领十万大军，已下寨于北谷口，阻挡蜀军。

“若曹真倾军前来，该当如何？”邓芝略有不安，去问赵云。

赵云微笑着说：“伯苗不必担忧，我时常引兵搦战，曹真不知虚实，岂敢轻进。”

邓芝方才宽心，带着兵士修筑寨楼，又立军帐数万。次日，赵云只带千余骑兵出寨，奔至魏军寨前，见大寨安于平坦之地，兵营如麻，也不畏惧，只在寨外掠战。

曹真闻报，领军出营，只见旌旗遍布，刀枪如林，兵马如蚁，步、骑挺立，曹真骑马于阵中，骂道："区区一隅之地，也敢犯我大魏。"

赵云斜背"涯角"枪，冷道："曹魏篡汉，理当伐之，汝可敢出阵与我一战？"

曹真知赵云武艺，哪里敢出阵，只问左右将士，道："谁能替我取赵云首级。"

左右多为年轻将军，皆跃跃欲试。

"吾愿替大都督取赵云首级。"言落，不待众人请命，一人已纵马奔出。原来是偏将军宋安，善使长鞭，欺赵云年老，抡鞭就抽。赵云看得长鞭抽来，身体往左微侧，避开鞭身，只听"啪"的一声，鞭头砸在地上。宋安正要收鞭，不想赵云伸手一把抓住鞭身，猛地一拉，宋安来不及使力，便被拉下马。赵云顺手刺去，正中宋安咽喉，复收枪去看曹真，脸色平静。

曹真心想："赵云为蜀军前锋，后面还有本部大军，吾不必与他争一时胜负，还是固守箕谷要道，等待长安援军，方是上策。"想至此，下令鸣金收兵。

赵云见曹真欲退回寨，拍马冲出。曹真身边五名小将冲出，各拿武器围住赵云，掩护曹真归营。赵云抽出"青虹剑"，枪、剑齐出，交战十合，连斩三人，剩下二将不敢再战，退入寨门，曹真忙叫楼上弓兵射箭。

赵云哈哈大笑，引兵退去。曹真果然以为赵云是诸葛亮派来诱他出兵，遂不敢轻易出兵攻打蜀营。

如此相持月余，天气渐热，赵云在帐中歇凉，邓芝慌慌张张地跑入帐中，喊道："刚才探子来报，曹真倾巢而出，意欲与我决战，我们还是暂退吧。"

赵云摇头说："当日我与丞相承诺，就在箕谷拖住曹真，岂有退兵之说？"

邓芝苦笑道：“我俩屯兵在此已有月余，不见丞相兵马。今曹真兵甲十万，营中这区区五千兵马，如何拒敌？”

赵云说：“你我分兵，我在大道相迎，你往小路绕其侧面放火，不必进攻，只需虚张声势，曹真尚不知我虚实，必然不敢轻进。”

邓芝也无办法，只好应诺，领一军往左侧山路去了。赵云自行一千五百骑，在大道候敌。曹真率军至，见赵云只引千余兵马在前阻路，心中疑惑，问左右偏将：“昨夜司马懿来信，说诸葛亮主力已过祁山，箕谷只是疑兵。然吾大军前来，赵云不退反迎，莫非司马懿之言不实？”

有人言：“司马老将军做事向来慎重，大都督不必怀疑，平添烦恼。”

曹真一咬牙，拔出腰间长剑一指，大喊：“取赵云人头者，官升三级，赏黄金万两。”

魏兵势众如蚁，遍布山谷，刀枪剑戈密密麻麻，铺天盖地。

赵云一掀背披，拔出“青虹剑”，面对十万大军，豪气万丈。身后骑兵，面色坚毅，随时准备以死报国。

突然左侧山上火起，浓烟滚滚，又有箭矢射出。曹真转头一望，想起赤壁大火，大惊，道：“吾中赵云计也，这火若沿两旁草木烧下，截了谷道，如何脱身！”便叫鸣金。

赵云见曹真中计，双腿一勒，战马飞奔，左右骑兵跟随冲锋，追杀魏兵。曹真也非庸才，忙叫前排兵士放箭，迫得赵云不能追赶。

回到营中，邓芝见赵云未伤一兵一卒，便退了曹真，心中暗乎侥幸，又言：“算这日子，丞相大军也该前来增援，为何现在还不见人影？”

“可能是遇到什么事耽搁了。”赵云心中也隐隐不安。正说间，谷中突起一阵大风，只听“啪”的·声，中军“蜀”字大旗应声折断。

赵云、邓芝闻声出帐视之，知不祥之兆，皆心绪不宁。

再说曹真领军后退数里，寻地下寨扎，有骑士疾奔而来，见曹真，忙下马禀道：“吾受平西将军之令，来传战报，蜀军主力兵败街亭，现已大举溃逃。郭淮将军率五万大军，已从侧小路往箕谷，讨伐谷内蜀军。请大都督即刻行大路追赶诸葛亮。”

曹真闻禀，猛地将马鞭砸在地上，破口大骂：“吾被赵云这厮骗了。”随即下令急行军，弃了箕谷，往大路去。

赵云获报，谓邓芝道：“魏兵从小路来，恐其已晓我军底细。兵力悬殊，不可力敌，唯有暂退，选窄口死战，待丞相援军。”言讫，又有急报魏将郭淮已至此不到十里。

赵云、邓芝同时大惊失色，面面相觑。邓芝急道：“若是被郭淮先至，我军休也，请赵将军立刻弃寨南走。”

“未得丞相军令，岂能临阵脱逃！”赵云怒视邓芝，大声训斥。

邓芝又要再劝，有诸葛亮派来传令，急奔入营禀道：“马谡将军失利街亭，丞相下令全军退回汉中。”

赵云闻言，仰天长叹：“长安近在咫尺，可惜我等却要在此止步，无功而归。”遂拔营急退。

郭淮赶至，只有空营一座，便令骑兵先行，步兵在后。

情势紧急，赵云、邓芝催马疾走。见后方烟尘起，赵云勒马，见道旁有小树林，转头对邓芝说：“情势紧急，你拿吾旗号在前先退，徐徐而行，我自引一军断后。”

邓芝劝道：“魏兵来势凶猛，我又在丞相面前许诺照看好老将军，此刻怎能让你涉险？”

赵云笑道：“你们是嫌吾老了吧！速速离去，吾保你无恙。莫要在此耽搁，反坏了吾计谋。”

邓芝见他胸有成竹，便叫兵士接过赵云旗帜，往前走了。赵云见他离去，引军藏于林中。

却说魏将郭淮在后追赶，先锋苏颙上前请令道：“蜀兵就在前方，末将愿率精锐骑兵先行。”

郭淮道：“吾久闻蜀将赵云勇猛，你切不可大意。”

“请将军放心。吾定抓赵云来见将军。”苏颙抱拳行礼，拍马就走，率本部三千骑兵奔出。

苏颙刚走，郭淮放心不下，又唤部将万政，吩咐道："吾担心苏颙年轻气盛，非赵云敌手，你速去增援，我领步兵随后就到。"

万政领命而去，心中嘀咕："郭将军事事争先，今日不知何故，反而令我等在前，他自在后指挥。"只走数里，见败兵逃窜，万政认得是苏颙军马，拦下问道："你家将军何在？"

有败兵道："我家将军已被赵云斩了。"

又有一人颤声道："那赵云虽然年老，我家将军却非其一合之敌。"

万政与苏颙时常比试武艺，知道他武艺高强，此刻听闻死讯，惊骇道："果如传闻所言：赵子龙天下无双！"往前数里，见苏颙尸体，又见赵云提枪扼守道路。万政只叫兵士驻足，不敢上前。直到天色黄昏，赵云心想邓芝已走远，引兵退去。不久郭淮兵至，万政心中犹豫不决，虽不愿赵云交手，又怕郭淮责罚，只得硬着头皮追赶。行至数里，路旁又有一林，万政刚过，突听身后有人大喊："常山赵子龙在此。"

万政回头视之，见一银甲将军率兵从林中冲出，认得是赵云，吓得头皮发麻，顾不得手下安危，独自拍马就走。赵云见他不敢交战，心中鄙夷，无心杀他，抬手一箭射去，正中万政头盔红缨。骇得万政滚落马下，落到路旁溪水中，浸湿了衣甲，很是狼狈。

赵云拍马上前，俯视道："吾饶汝性命，你且回去，叫郭淮速来。"

万政连滚带爬，去见郭淮，泣道："赵云武艺高强，只一合便斩了苏颙，吾也非其敌，拼死回来见将军。"

郭淮冷笑道："赵云虽然厉害，毕竟年老，若能趁机除去，可谓断了蜀汉一条臂膀。"遂下令继续追击。

再说赵云快马追上邓芝，合兵一起狂奔，至箕谷南口，已天色尽黑。邓芝喜道："出了谷口，郭淮休想追上我军。"

赵云没有说话，只是微抬左手，旁边的从骑拿火把一挥，全军驻足。

邓芝奇道："赵将军为何下令止步？"

赵云沉声道："此处夜无虫鸣，也无兽吼，两旁恐有伏兵。"

邓芝惊道："莫非司马懿在此？"

赵云不答，只叫兵士持盾护在前排。此时谷口两边山上突起火光，如长蛇蜿蜒曲折，谷道冲出一军，扼守谷口。为首老将，白马银甲，手提"虎头亮金枪"，目光炯炯，老当益壮，正是魏名将张郃。

赵云勒马笑道："儁义兄，久违了。"

张郃也哈哈大笑，骑马上前，说："当年汉水一别，不想再见时，我俩已是残烛之年。"

"人生如梦，只叹壮志未成，我们却先老了。"赵云见张郃苍老，也发出一声感叹。

张郃道："吾已年迈，唯有一个心愿未了，便是再与子龙分个高低。"

赵云闻言，将枪一抖，说："追兵在后，云不敢在此久待，恐儁义兄要失望了。"

"吾已在谷口布满弓弩，你认为你们还能冲过去吗？不如与我再比试一次，若是你赢了，放你过去，如何？"张郃脸上仍然保持着微笑。

"先让我的军队出谷，我便与你一战。"赵云也笑了。

张郃点点头，左手轻轻一挥，谷边魏兵左右分开，让出一条出路。赵云看一眼邓芝，将"青虹剑"交给他，说："出谷速走，若是我不能归，便拿此剑向我夫人报丧。"

邓芝接剑泣道："吾岂能弃老将军独走。"

赵云拍拍他的肩甲，说："你还年轻，蜀汉的未来需要你，去吧。"说罢，横枪一扇邓芝坐骑马臀，战马吃疼，撒腿就走。蜀兵纷纷跟随，离谷而去，只剩百余骑兵与赵云一起留在谷中。

张郃跳下马，说道："马战无意思，下马来吧。"

“正合吾意。”赵云飞身下马。两人对视，哈哈大笑，张郃身体一晃，摆出“风花雪月寒梅枪”的起手势，赵云同样起手“百鸟朝凤枪”。两人持枪各使奇招，枪枪相碰，火星溅射，仿佛二人又回到了那气血方刚的岁月，纵横在这乱世中，撰写英雄的时代……

赵云离去后，张郃站在谷口道中，望着赵云的背影越来越远，他苍老的脸上露出一丝失落，转身正要收兵，郭淮追兵至，问：“老将军可曾见到赵云？”

“见过，吾武艺不及，拦不住他，早已走远了。”

张郃言落，已勒马北归，身后的骑兵踏起阵阵灰尘，久久缭绕。

万政道：“看此地，不像是……”

郭淮摆手阻止他继续说下去，万政戛然而止，不知为何。郭淮转过身，说：“此事莫要再提，令部队继续追击。”

万政应诺，突见前方火光映天，前方兵士快马回报，入蜀栈道已被烧毁。郭淮亲到崖前，朝南方遥望，晨曦下群山叠嶂。

万政进言说：“将军稍等，末将这就下令搭桥。”

郭淮摆摆手：“罢了。”他心中暗道：“这益州富饶之地，迟早为吾大魏所有，就让你们多待几天吧。”遂下令收兵北归。

天色大亮，邓芝远望阳平关，心中暗叹，不知如何去见诸葛亮，突闻身后有兵欢呼：“赵老将军回来了。”

邓芝回头一看，果见赵云率军赶来。邓芝大喜，下马相迎，呈“青虹”剑与赵云，泣道：“老将军归来，可喜可贺。”

赵云接剑别于腰间，朗声笑道：“张儁义天下英雄，岂肯食言，倒让你担心了。适才吾过了栈道，恐郭淮追来，便烧桥绝路，想其也追不及了。”

邓芝抹去眼角泪水，破涕为笑，二人并马徐行，入了阳平关。诸葛亮正担忧赵云、邓芝未能从箕谷脱身，正令关兴、张苞各领一军出城接应，突闻赵云归来，大喜，亲自出门迎接。

赵云下马拜道：“败军之将，何劳丞相亲自出城相迎。”

诸葛亮急扶起赵云，说道：“是吾错用马谡，以致满盘皆输，前功尽弃，陷老将军于险地。”言罢，又见赵云兵马虽然疲惫不堪，却无损伤，辎重等物，也无丢失，便问其由。邓芝道：“赵将军叫我先领军先行，他独自断后，斩将破敌，故我军未损一兵一卒。”诸葛亮听了，大喜，令人取五十两黄金赠予赵云，又取绢万匹赏给赵云部卒。

赵云推辞道：“北伐失利，三军皆有过，云岂能受赏？不如将这金、绢入库，待冬季在发放给将士御寒。”

诸葛亮感动地说：“先帝在时，常说子龙心无私念，只有国家大义，乃蜀汉之臂膀。”

公元228年，夏，诸葛亮第一次北伐失利，退回成都。赵云降为镇军将军，归家后，对马云鹭言：“兵临长安，只差一步之遥，甚是可惜。”

马云鹭道：“胜负乃兵家常事，况且责不在你。”

赵云脱下龙鳞甲，叹道：“劳民伤财，却无建树，愧对成都百姓。”

马云鹭望着赵云花白的头发，安慰道：“好事多磨，相信下次北伐定能成功。”

赵云不愿再谈这个话题，问道：“统儿还在给德义守陵吧，我也应该去看看。”

马云鹭说：“今日晚了，明日我备了香烛、纸钱陪你一起去吧，顺便到公公、婆婆墓前看看。”

赵云点点头，说：“还是云鹭想得周到。我先去给逐云喂点新鲜草料。它也年老不堪了，却跟着我受罪，今日回来得让它好好吃饱吃足。”说罢，独自前去马厩。

逐云见主人来了，很是兴奋。赵云伸手抚摸着它背上的鬃毛，笑道：“老伙计，你也老了，跟着我征战一生，苦了你，以后就好好在这里颐养天年吧。”

逐云通人性，似乎能够感受到主人心中的无奈，转过头，怔怔地看着赵云……

次日，成都的天气依然炎热，赵云换上一身蓝色布衣，听马云鹭在屋外唤他。赵云答应几声，徐步走出屋门，又回头看了一眼挂在墙上的龙鳞甲，依旧在阳光下闪闪发光，靠放在床沿的“涯角”枪与“青虹剑”依然散发着冰冷的杀气。

赵云的脸上露出一丝不易察觉的微笑，仿佛听到了战马的嘶鸣。他双手轻轻将门掩上，将一切关在屋里，转身朝马云鹭走去，似乎就像当年跟随父亲去太行山寻童渊时一样……

次年，春，赵云突感身体不适，卧床几日，吃了郎中抓的药仍不见好转，神志越渐糊涂。一日夜梦刘备、关羽、张飞、马超围立床前，惊醒后见马云鹭守在榻前照顾，回味梦中所示，知命不久矣，先与云鹭言：“吾一生征战，夫妻聚少离多，未能好生待你。云鹭空有一身武艺，却只能在家替我孝敬父母，云愧也。若有来生生于盛世，定再娶云鹭为妻。”又叫云鹭唤赵统、赵广二子至床前，言：“吾已命尽，未能亲自传授你们武艺，是我之过。为父不求你二人建功立业，只求你们恪尽职守，严于律已，宽以待人，戒骄戒躁，如若不然，不如解甲归田，孝敬母亲。”说罢，又对云鹭道：“吾二子无继承‘天涯海角枪’之能，姜伯约得童飞师兄传授‘百鸟朝凤枪’，理应继承此枪。至于‘青虹剑’，曾是吾与云鹭定情信物，你可留下纪念。”言罢，眼中无光，迷糊间，似乎自己又立马长坂，四周全是迷雾，只闻阵阵战鼓声响。正疑惑间，突听有人唤他，回头一看，见杨昆、宋谦手持赵字大旗，神采奕奕。再环视左右，雾气已散，山上山下，密密麻麻，全是曹兵。赵云将枪一横，纵马飞奔，杨昆、宋谦一左一右，跟着冲杀出去……

后成都街巷有人言：铁马金戈踏磐河，壮志凌云走当阳。北伐狼烟功未成，只叹岁月不留人。蓦然回首，江山依旧，成败皆成空。

公元229年，春，赵云病逝于成都，自此蜀汉五虎猛将全部陨落。诸葛亮正欲兴兵二次北上，突闻赵统、赵广前来报丧，泣道：“蜀汉又失栋梁也!”

后主闻之，也悲，下旨将赵云遗体厚葬于锦屏山，并引百官亲行送葬，沿途百姓自发跪拜者无数。

公元261年，后主诏曰：“云昔从先帝，功绩既著。朕以幼冲，涉涂艰难，赖恃忠顺，济于危险。夫谥所以叙元勋也，外议云宜谥。”大将军姜维等议，以为云昔从先帝，劳绩既著，经营天下，遵奉法度，功效可书。当阳之役，义贯金石。忠以卫上，君念其赏；礼以厚下，臣忘其死。死者有知，足以不朽；生者感恩，足以殒身。谨按谥法，柔贤慈惠曰顺，执事有班曰平，克定祸乱曰平，应谥云曰顺平侯。

江城子·祭赵云

安红利

群雄纷扰路茫茫。左关张，右马黄。义同金兰，忠勇付刘皇。匹马单枪沙场路，英雄气，世无双。

当阳常志世难忘。战八荒，见贤良。两扶幼主，功高美名扬。一袭征袍鲜血染，晚开张，射天狼。

后　记

《三国猛将赵云传》第二部终于完成了，坐在电脑前，看着屏幕上文件夹里的稿子，我百感交集。任何一个时代，都需要“英雄”，我写这本书，就是为了宣扬“英雄”。

赵云之所以成为三国时代最璀璨夺目的武将，被后人所喜爱和敬仰，是因为他不但拥有忠、勇、义等高尚品质，更有一颗对平民百姓的爱心。这在封建时代，尤其在三国时代难能可贵！

所以，我创作这部作品目的很明确，就是让每个读者，特别是青少年读者，在心中埋下一颗有大爱之心的“英雄”的种子。当他们在漫漫人生路上，遇到困难时，会更加勇敢，更加坚强，那颗种子也将破土发芽，树立读者讲信用、重情义、尊老爱幼的优良品质。我相信，在这个拜金浮夸，甚至崇洋媚外的时代中，这种良金美玉般的品质，将会不断涌现出股股清泉，去守护中华民族数千年的传统美德。我并非在呐喊，而是真诚希望，仅此而已。

有人批评我，写的是什么嘛，文言文夹杂些白话文！上本出版时，就有人这么提出疑问，给我出了一个难题。我的初衷是：人物语言不能完全文言文，要能让各个文化层次的读者都看得懂。从上本的读者反馈来看，大多数读者还是很认同我的想法，所以这本的写作方法与上本是保持一致的，只是在章节上做了调整，把数篇短文合成一个大章节。

在第二部的创作中，贵州诗人哑默老师给了我很多指导。他德高望重、谦虚、平易近人，给我介绍了很多优秀的书籍。还有我的老师王力农及清镇作家程家强老师，他们在知道我写历史小说后，特意购买了相关历史书籍相赠。另外，还有我的兄长萧静、安红利等人，分别从百忙中抽出时间为此书作序、赋词，在此一并谢过。

作　者

2016年9月1日

图书在版编目(CIP)数据

三国猛将赵云传. 2 / 曹伟著. — 北京 : 中国文史出版社, 2017. 1(2025. 9 重印)
(跨度传记文库)
ISBN 978-7-5034-8262-5

Ⅰ. ①三… Ⅱ. ①曹… Ⅲ. ①长篇历史小说-中国-当代 Ⅳ. ①I247. 5

中国版本图书馆 CIP 数据核字(2022)第 048934 号

责任编辑：薛媛媛

出版发行：**中国文史出版社**
社　　址：北京市海淀区西八里庄路 69 号院　邮编：100142
电　　话：010-81136606　81136602　81136603（发行部）
传　　真：010-81136655
印　　装：廊坊市海涛印刷有限公司
经　　销：全国新华书店
开　　本：720×1020　1/16
印　　张：18. 75　　　字数：258 千字
版　　次：2017 年 1 月北京第 1 版
印　　次：2025 年 9 月北京第 6 次印刷
定　　价：56. 00 元